국보 国宝

상 · 청춘편

KOKUHO-SEISHUN HEN
by YOSHIDA SHUICHI
Copyright © 2018 YOSHIDA SHUICHI

All rights reserved.
Original Japanese edition published by Asahi Shimbun Publications Inc., Japan
Korean translation rights arranged with Asahi Shimbun Publications Inc., Japan
Korean translation rights © 2025 by DAEWON C.I. Inc.

국보

国宝

상 ✧ 청춘편

한 줄기 빛처럼
강렬한 가부키의 세계

요시다 슈이치
장편소설

김진환
옮김

하빌리스

차례

제1장
하나마루 요정의 터
007

제2장
키쿠오의 녹슨 칼
045

제3장
오사카 초단
080

제4장
오사카 2단
116

제5장
스타 탄생
153

제6장
소네자키 숲의 도피
189

제7장
출세어
(出世魚)
224

제8장
풍광무뢰
(風狂無賴)
259

제9장
침향목침
(伽羅枕)
295

제10장
괴묘
(怪猫)
330

제1장

하나마루 요정의 터

그해 정월, 나가사키에는 흔치 않은 큰 눈이 내렸습니다. 언덕길 바닥의 젖은 판석과 나들이용 기모노를 입은 정월 참배객의 어깨에 쌓이는 것은, 마치 무대에 흩날리는 종이 꽃가루처럼 근사한 함박눈이었습니다.

이런 큰 눈에도 나가사키에서는 마루야마초丸山町에 위치한 전통 있는 요정 '하나마루'에 까만 고급 승용차가 차례차례 도착하고 있습니다.

까만 기와에 하얀 기둥의 정문까지 바다 판석이 쫙 깔린 길 위에서, 타치바나立花파의 젊은 야쿠자들이 쭉 늘어서서 정장으로 쿠로몬츠키(黒紋付: 결혼식, 성인식, 장례식 등에서 입는 남성용 일본 전통 예복-옮긴이)를 차려입은 선배 야쿠자들을 공손하게 맞이합니다.

"오시느라 고생 많으셨습니다!"

일치된 목소리와 함께, 젊은 야쿠자들의 하얀 숨결도 동시에 새어 나옵니다.

더는 차가 도착하지 않는데도 젊은이들은 극한의 추위 속에서 꼿꼿이 서서 부동자세를 유지했지만, 얼어버린 손가락을 몰래 비비기도 하고 감각이 사라진 발가락을 움츠리는 식으로 작은 온기를 갈구합니다.

매년 이곳 하나마루 요정에서 열리는 타치바나파의 신년회는 정말 성대한 규모입니다.

이곳에 초대되는 사람은 전쟁 이전 시대부터 이어진 명문 야쿠자, 미야지宮地파의 회장님을 필두로 전후에 공연 기획자로 이름을 떨친 쿠마이 카츠토시를 계승한 아이코愛甲회, 또 사세호佐世保의 히라오平尾파와 시마하라島原의 소다曽田파, 그리고 타치바나파의 보스인 곤고로의 형제 항렬 야쿠자들이 후쿠오카나 사가에서도 모여들기 때문에 두목급만 해도 대충 열다섯, 열여섯 정도입니다. 거기에 간부와 그 아내, 아이들까지 더하면 대형 연회실인 '두루미 방'과 '해오라기 방' 사이의 칸막이 문을 전부 치워도, 밥상을 앞에 두고 앉은 무릎이 옆 사람과 서로 닿을 정도입니다.

참고로 이곳 요정 하나마루의 시작은 에도시대인 1642년인데, 막부(幕府: 사무라이의 수장인 쇼군이 텐노를 대신해 일본을 다스리던 통치 기구-옮긴이)에서 스페인, 포르투갈 상선 입항이나 일본인의 해외 출항을 금지한 후에 네덜란드인을 나가사키의 데지마로 이주시킨 것이 1년 전인 1641년이니까, 일본이 이른바 쇄국 상태가 된 직후에 창업한 셈입니다. 하지만 쇄국이라는 단어가 주는 황량한 인상과는 달리, 이곳 나가사키 마루야마는 에도의 요시하라, 교토의 시마하라와 어깨를 나란히 하는 3대 유곽으로 꼽혔습니다. 그 유명한 이하라 사이카쿠井原西鶴가 '나가사키에 마루야마라는 곳만 없었다면, 높으신 분들의 지갑도 무사했으련만'이라고 노래한 것만 봐도, 무척 화려한 시대였다는 걸 짐작할 수 있습니다.

이 요정 하나마루는 다행히 원폭 피해를 보지 않은 덕분에 1960년, 그러니까 큰 눈이 내리는 올해의 4년 전에 현에서 사적史蹟으로 지정되면서 사적지에서 요정 영업을 하는, 전국에서도 흔치 않은 명소가 되었습니다.

요정 하나마루가 세워진 언덕길 중간에 마침 겐반(檢番: 게이샤를 관리하고 파견하는 사무소-옮긴이)이 있었는데, 이 무렵엔 마루야마의 신新 5인조라고 불린 인기 게이샤들이 요염한 자태로 사람들의 시선을 잡아끌었습니다. 덧붙이자면 초대 마루야마 5인조 중에는 〈나가사키 어슬렁어슬렁 타령〉으로 이름을 남긴 게이샤 아이하치愛八도 있었습니다.

두목급이 전부 도착했을 즈음엔 두루미 방과 해오라기 방 모두 손님들로 바글바글했고, 철없는 어린아이들은 넓은 연회실 크기에 흥분해서 뛰어다니다가 여기저기서 어른들한테 붙잡힐 뻔하지만, 또 열심히 도망 다닙니다.

평소엔 복대에 점퍼 차림으로 다니는 조직원들도 이날만큼은 정장을 빼입었습니다. 연말에 근처 이발소에서 깔끔하게 자른 머리도 시원해 보였고요. 그 옆에서는 프랑스 여배우 같은 화장에 머리카락을 높이 땋아 올린 야쿠자 아내들이 여기저기 돌아다니며 새해 인사를 하느라 여념이 없습니다.

그러던 와중에 드디어 쿠로몬츠키를 차려입은 타치바나 곤고로가 게이샤 느낌의 쿠로토메소데(黒留袖: 여성용 예복으로 쓰이는 검은색 기모노-옮긴이)를 입은 아내 마츠를 데리고 나타나자 이 순간만큼은 찬물을 끼얹은 듯 조용해졌지만, 매년 그렇듯 곤고로는 표정을 풀며 호쾌하게 웃습니다.

"새해가 시작되는 첫날, 오늘 내리는 눈처럼 좋은 일도 가득 쌓이길'. 여러분, 새해 복 많이 받으시길 바랍니다. 이렇게 새해 첫날부터 내리는 눈이야말로 올해의 좋은 징조 아니겠습니까? 자, 드디어 1964년을 맞이했고 올해에는 올림픽도 열립니다. 타치바나파는 여러분의 도움을 받으며 끝없는 영광을 향해 약진해 나갈 뿐입니다."

그런 인사말이 끝나자, 좌중 여기저기서 "새해 복 많이 받으십시오" 하고 들리는 굵은 목소리와 함께 신년회의 막이 오릅니다.

잔마다 빠르게 맥주가 채워지고, 명문 미야지파 회장의 선창으로 건배를 나눕니다.

이 미야지파 회장님은 전쟁 이전 시대부터 이어진 명문 협객 일가의 후계자지만, 전쟁 이후로는 시대의 흐름과 함께 신세가 크게 바뀌어 사위 등의 일가친척을 현의회나 시의회에 진출시키고 본인은 토목건축 분야에 종사하는 사업가나 다름없었습니다.

곤고로와는 전후 혼란기에 8대 2의 배분으로 형제의 연을 맺었지만, 이젠 누가 봐도 '협객 세계'에서는 그 위상이 완전히 역전되어 미야지파 회장이 2, 곤고로의 타치바나파가 8의 입장입니다.

그래도 미야지는 엄연히 곤고로의 형님이었기에, 여기 모인 모두가 자신을 비웃는다는 걸 알면서도 "이 곤고로 녀석은……" 하는 식으로 다른 사람 같으면 감히 엄두도 못 낼 호칭을 써서 체면을 차립니다.

회장이 허세를 부리면 부릴수록 곤고로는 더욱 공손하게 대응하는데, 그런 여유로운 모습이 오히려 사람들 앞에서 자신의 위세를 과시하는 효과를 낸다는 걸 잘 알기 때문이겠죠.

건배가 끝나면 종업원들이 바쁘게 돌아다니고, 연주를 담당하는 게이샤들이 들어와 무대에서는 샤미센(三味線: 일본 전통의 현악기-옮긴이)과 북소리가 들리기 시작합니다.

매년 처음 공연되는 건 그 훌륭한 '쿠루와산바소廓三番叟'였고, 이 시끌벅적한 노래와 함께 신년회는 격식 없이 즐기는 자리가 되어갑니다.

"여보, 잠깐만. 저기 앉은 사람, 누군지 알아?"

불쑥 입을 연 것은 곤고로의 아내 마츠였는데, 그 살찐 손가락으로 통통한 뺨을 어루만지는 건 아침부터 충치로 아팠던 탓입니다.

곤고로가 마츠의 시선을 따라가자, 아이코회를 이끄는 츠지무라 사장 옆에 60대로 보이는 나이지만 옷차림이 깔끔하고 세련된 남자가 앉아 있었습니다.

"내가 어디선가 봤던 것도 같은데……."

마츠의 말을 듣고 보니, 곤고로도 확실히 낯이 익습니다.

아우 입장인 아이코회의 츠지무라가 데려온 사람이니 전에 소개받은 적이 있는 건가 싶어 기억을 되짚어보지만, 좀처럼 생각나지 않았습니다.

그러던 와중에 "아!" 하고 마츠가 손뼉을 딱 칩니다.

"뭔데?"

"나, 알았어."

"누군데?"

"당신, 놀라지 마. 사람들 앞에서 부끄러우니까."

"내가? 놀라긴 왜 놀란다는 거야?"

무대에선 어느새 노래와 춤을 담당하는 게이샤들도 합류해서 화려한 춤사위를 뽐냈고, 그 남자도 북소리를 따라 기분 좋게 '쿠루와산바소'의 박자를 손동작으로 맞추고 있었습니다. 그런데 그 손동작이 얼마나 경쾌하던지요.

"아."

그 순간, 멍하니 새어 나온 것은 곤고로의 목소리였습니다.

"알겠지?"

마츠가 얼굴을 가까이 들이밀며 묻자…….

"……탄바야丹波屋?"

쩍 벌어진 입을 다물지 못합니다.

"역시 맞지? 한지로 씨……. 2대손 하나이 한지로 씨잖아?"

"그래. 틀림없네."

"한지로 씨가 왜 여기 있지?"

"내가 어떻게 알겠어."

"츠지무라 씨가 데려왔나?"

그때, 곤고로 부부의 대화를 옆에서 조용히 듣고 있던 히라오파 두목의 아내가 눈을 동그랗게 뜨며 묻습니다.

"한지로 씨면 그, 오사카의 가부키 배우?"

배우라는 단어의 전파력이 좋은 건지, 좌중이 빠르게 술렁였습니다.

실은 마츠뿐만 아니라 다들 어렴풋이 알아봤으면서도 굳이 언급하지는 않고 있었는지, 배우라는 단어가 퍼지자마자 여기저기서 놀라는 목소리가 들렸습니다.

"역시 그랬구나."

"어? 진짜 그 사람이었어? 우와 웬일이야."

2대손 하나이 한지로로 보이는 남자는 그런 분위기를 아는지 모르는지, 여전히 기분 좋게 게이샤의 춤을 흉내 낼 뿐입니다.

이 무렵 2대손 하나이 한지로라고 하면 간사이 가부키가 맥을 못 추던 시대임을 고려해야겠지만, 영화배우로 세상에 널리 알려진 인물이었습니다.

영화에서는 굳이 따지자면 악역을 자주 맡았습니다. 돈만 밝히는 악인이나 긴자銀座의 술집 여자를 속여먹는 공장주, 또 시대극에서도 악당 같은 역할을 주로 연기했는데, 그건 역시 가부키에서도 〈카와쇼河庄〉의 지헤이나 〈쿠루와분쇼廓文章〉의 이자에몬 같은 츳코로바시(つっころばし: 가부키에서 기품 있으면서도 유약한 인간미가 넘치는 남자 캐릭터를 지칭한다-옮긴이)로 불리는 상인 가문의 젊은 당주를 전문으로 하는 배우답게, 아무리 나쁜 악역을 맡아도 자연스레 배어 나오는 기품이 느껴졌기 때문일 겁니다. 그게 인기의 비결이기도 했고요.

지난 연말에도 〈주시로암살검十四郎暗殺僉〉이라는 인기 시대극 시리즈의 신작이 개봉했는데, 곤고로도 최근 시안바시思案橋에 술집을 차려준 미츠코의 권유로 조직의 젊은 무리를 이끌고 보러 간 게 얼마 전이었습니다. 그 영화에서도 한지로는 악역인 은퇴한 나가사키 지방관 역할을 연기했습니다.

이 자리에 2대손 하나이 한지로가 왔다는 소문은 두루미 방에서 해오라기 방 구석구석까지 전해졌는지, 개중에는 무례하게도 엉거주춤하게 서서 노골적으로 손가락으로 가리키는 자까지 나오기 시작했습니다.

그때까지 시치미를 떼고 있던 아이코회의 젊은 사장 츠지무라가 그제야 곤고로를 향해 슬며시 시선을 돌리며 장난을 들킨 사람처럼 웃었습니다.

"야."

곤고로가 손짓하자 츠지무라가 웃음을 꾹 참는 무표정한 얼굴로 다가와서는…….

"형님, 깜짝 놀랐지? 진짜 맞아. 2대손 하나이 한지로 씨."

그렇게 통쾌하다는 듯 말했습니다.

"……다음 주부터 나가사키에서 영화 촬영이 있다더라고. 미리 와 있을 거라고 하길래, 그럼 내가 평소에 신세 지는 형님의 신년회에 와줄 수 없겠느냐고 부탁했더니, 이렇게 와준 거야."

"와줬다니, 넌 대체……."

"의리를 아주 중요시하는 양반이라, 우리 두목님과의 인연을 잊지 않고 이렇게 인사하러 와준 거지."

막상 진짜라는 말을 듣자, 곤고로는 어떻게 해야 할지 망설였습니다.

중요한 인물들이 많은데 그에게만 인사하러 일어설 수도 없고, 그렇다고 계속 모른 척할 수도 없었으니까요.

그런 곤고로의 고민을 알아챘는지, 한지로가 먼저 눈에 띄지 않도록 방석에서 일어나 재빨리 다가왔습니다.

"오늘 이렇게 초대해 주셔서, 참으로 감사합니다."

간사이식 인사에 곤고로도 미소 지으며 화답했습니다.

"아닙니다, 아닙니다. 이 츠지무라 녀석이 아무 말도 안 해줘서……. 오시는 줄 알았다면 호텔까지 마중 나갔을 건데요."

"아닙니다."

"그럼 나가사키 관광호텔에서 묵으시는 겁니까?"

"네."

"영화 촬영으로 오셨으니까, 한동안은 거기서 지내시는 거죠? 관광호텔이면 거기 지배인이랑 잘 아는 사이입니다. 필요한 게 있으면 뭐든 말씀해 주세요."

"……이야, 정말 떠들썩한 신년회네요."

한지로가 눈을 돌린 무대에서는 '쿠루와산바소'가 끝나고 마루야마 신 5인조 중 가무 담당인 소노키치園吉와 고모모小桃에 의한 〈나가사키 어슬렁어슬렁 타령〉이 시작되고 있었습니다.

"한 잔 따라주세요."

곤고로는 한지로에게 술잔을 건네고 술을 따랐습니다.

술잔을 한 번에 들이킨 한지로도 어슬렁어슬렁 타령을 잘 알고 있었는지, "응? 이거는……." 하고 다시 무대를 돌아봅니다.

"〈나가사키 어슬렁어슬렁 타령〉이네요. 나가사키의 연회에서 이게 빠질 순 없지요."

  ♩ 나가사키 명물, 연날리기, 추석 축제
   가을에는 스와신사의 축제 연주
   마을 사람들이 어슬렁어슬렁

곤고로는 다시금 눈앞에 있는 한지로의 옆얼굴을 유심히 바라봅니다. 평범한 사내와는 역시 뭔가가 다른데, 구체적으로 그게 무엇인지 알 수 없었습니다.

"아, 그러고 보니 회장님의 이름은 〈시바라쿠暫〉의 가마쿠라 곤고로에서 따오셨다지요?"

한지로가 불쑥 묻자, 곤고로가 겸연쩍게 웃습니다.

"아아, 그렇긴 한데, 그 이름값은 전혀 못 하고 있습니다."

생각해 보면 기묘한 인연입니다. 이 한지로를 데려온 츠지무라가 사장을 맡은 아이코회는 원래 사세호에서 공연 기획자로 활동하던 쿠마이 카츠토시가 세운 조직이었고, 이 쿠마이와 함께 전후의 나가사키에서 큰 성공을 거둔 게 곤고로였으니까요.

이 쿠마이라는 인물은 종전 직후에 미소라 히바리와 인기를 양분하는 대중가수를 흥행시켜 전국에 이름을 알린 남자였습니다.

전후의 나가사키에서는 원폭으로 전부 타버린 들판 위로 판잣

집이 세워지기 시작했고, 암시장이 생겨났습니다. 어느 지역이든 마찬가지겠지만, 시장이 생겨나면 불량배들도 몰려들어 전쟁 이전 시대부터 이어진 협객 일가와 세력 다툼을 일으킵니다. 곤고로가 바로 이런 불량배 무리 출신이었지요.

나가사키에는 미야지파라는 명문 야쿠자가 있었지만, 곤고로는 종전 직후에 사세호에서 이름을 떨친 공연 기획자 쿠마이와 손을 잡고 이 미야지파를 압박하기 시작했습니다.

1952년, 시안바시의 카바레에서 미야지파의 조직원이 아이코회의 조직원에게 집단 폭행을 당하는 사건이 발생해 미야지파는 아이코회에 결투장을 보냅니다. 그 결투 장소로 향하는 아이코회 조직원 다섯 명을 잠복해 있던 미야지파의 스무 명이 기습, 큰 난투 끝에 아이코회의 전원이 중상을 입었지요. 하지만 기습 같은 비겁한 수를 쓴 미야지파가 오히려 웃음거리가 되면서 신흥 세력인 아이코회 명성만 높아지는 결과를 낳았습니다. 이때부터 미야지파 세력은 약해지기 시작하고 아이코회, 그리고 곤고로가 이끄는 타치바나파가 나가사키 땅에서 세력을 확장하게 되는데, 이것이 후에 '나가사키 항쟁'이라 불리는 15년 전쟁의 시작이었습니다.

다만 이 난투로부터 4년 뒤인 1956년에 쿠마이는 아이코회 창립 7주년을 기념하여 유명 여배우 미즈노에 타츠코와 국민 배우 모리시게 히사야의 합동 공연을 기획하는데, 공연 당일, 극장에 인사하러 나온 쿠마이를 미야지파 조직원들이 일본도로 공격하는 사건이 발생합니다.

전차가 다니는 거리까지 도망쳐 나와 행인들을 휘말리게 하면서도 맨손으로 적의 일본도와 맞서 싸운 쿠마이의 용맹함은 두고두고 회자되었지만, 열여덟 번이나 칼에 깊이 찔린 끝에 결국 피투성이가 된 채 향년 28세라는 젊은 나이로 생을 마감합니다. 그리고 그 복수전의 선두에 선 사람이 곤고로였습니다.

앞서 아이코회의 츠지무라가 가부키 배우를 신년회에 데려온 것이 기묘한 인연이라 말씀드렸는데, 사실 곤고로에게 "네 이름은 아무래도 약해 보이는데. 개명하는 게 어때?"라고 권한 사람이 바로 쿠마이였습니다. 그때 쿠마이가 용맹을 강조한 가부키 작품 〈시바라쿠〉의 주인공인 곤고로는 어떠냐고 제안했던 것이지요. 암시장의 막소주집에서 그 이름을 들은 순간, 곤고로는 그것이야말로 자기 이름이라는 확신이 들었다고 합니다.

암시장에서 쿠마이와 나누었던 대화를 추억에 잠기며 떠올리던 곤고로는 떠들썩한 신년회 자리에서 퍼뜩 정신을 차렸습니다.

조금 전까지 곁에 있던 한지로는 이미 자기 자리로 돌아갔고, 유명인과 말 한마디라도 나눠보려는 조직원과 그 아내들의 술잔을 받아내느라 여념이 없습니다.

"한지로 씨, 너무 무리하진 마세요."

곤고로가 그렇게 말을 건네자…….

"고맙습니다. 저는 이건 아무리 마셔도 안 취합니다."

한지로는 술잔을 들어 올리는 시늉을 하며 웃어 보입니다.

"벌써 8년인가, 아직 8년인가…….."

그런 중얼거림이 곤고로의 입에서 흘러나오며 8년 전, 숨을 거둔 쿠마이의 피로 붉게 물든 붕대를 움켜쥐며 병원을 뛰쳐나오던

날의 기억이 생생하게 되살아납니다.

쿠마이의 시체가 아직 병원 영안실에 잠들어 있었을 무렵, 곤고로는 가고마치籠町의 로열 여관에 터를 잡고 타치바나파 및 아이코회의 부하들은 물론이고 사세호의 히라오파, 시마하라의 소다파에게도 결집 명령을 내렸습니다.

한편 곤고로 측의 보복을 두려워한 미야지파에서도 이미 오사카, 고베의 휘하 세력 조직원들이 대형 트럭을 타고 지원을 위해 달려오고 있다는 소식도 들려오고 있었지요. 이번 기회에 아이코회와 타치바나파를 동시에 없애버리기 위한 전면전을 준비하는 것처럼 보였습니다.

며칠 만에 나가사키 시내의 여관은 야쿠자로 가득 찼고, 고쿠라와 구마모토에서 달려온 중립 세력 두목들이 중재를 위해 열심히 뛰어다녔지만 양 세력의 태도는 완강하기만 했고, 결국 전쟁이 터지기 직전, 드디어 움직인 나가사키 경찰이 시내의 여관 열여섯 곳을 포위하면서 당장은 양쪽 모두 물러나게 됩니다. 다만 이 애매한 휴전이 항쟁을 더욱 부추기는 결과를 낳아 그 후 10년 넘게 지속되었던 것이죠.

지금도 타치바나파 응접실에는 이때 로열 여관에서 찍은 흑백사진이 확대된 채로 장식되어 있습니다. 그 사진이 담아낸 것은 훈도시 차림으로 일본도를 뽑아 든 채 온몸의 문신을 드러낸 곤고로입니다.

승천하는 용 문신은 양쪽 허벅지부터 타고 올라와 배, 가슴, 등, 양팔을 거쳐 손목까지 퍼져 나가고, 무엇보다도 그 표정에는 죽음을 두려워하기는커녕, 오히려 기대하는 듯한 대담함이 드러나 있습니다.

곤고로와 미야지파의 대립은 몇 년이나 지속되었습니다. 하지만 그러는 동안, 세상살이에 능숙한 미야지파의 회장님은 인연이 깊은 간사이 쪽 형제 야쿠자들의 힘까지 빌려서 본격적으로 토목건축 업계로 진출했습니다. 사위 등의 일가친척을 차례차례 현의원과 시의원에 당선시키면서 현의 토목 예산을 꽉 쥐고 있지요.

양지로 진출하려는 미야지파에게 밀려나듯이, 이 무렵의 곤고로는 범죄 세계와의 관계를 더욱 공고히 해서 대만의 야쿠자와 동맹을 맺어 권총, 약물 밀수에 손을 대기 시작했습니다. 그런 와중에 정세가 바뀐 게 5년 전인 1959년, 냉전이 장기화된 상태에서 혈기 넘치는 젊은 조직원들의 울분이 폭발한 것이지요.

발단은 시내 여관을 점령하다시피 하던 양쪽 야쿠자들이 경찰에 포위된 당시, 실랑이를 벌이다가 공무집행방해죄로 체포되어 복역하던 타치바나파의 조직원들이 정식으로 출소한 날이었습니다. 출소한 조직원이 마중 나온 후배 야쿠자들과 함께 미야자키 형무소에서 나가사키로 돌아오는 와중에 나가사키선의 히젠야마구치肥前山口역에 정차 중이던 열차를 미야지파의 학생 조직원들이 습격하면서 권총과 칼을 사용한 큰 난투 끝에 많은 인원이 그 자리에서 체포되었습니다.

다행히 사망자는 나오지 않았지만, 평소엔 조용하던 히젠야마구치역의 승강장은 분노에 찬 고함 속에서 피바다로 변했고, 난투를 말리기 위해 끼어든, 당시 신혼이었던 차장이 옆구리를 찔려 위장이 손상되었을 뿐만 아니라 불운하게도 유탄에 맞은 주부가 오른쪽 귀를 잃는 참사가 벌어졌습니다.

당시 본인의 정계 진출 이야기까지 나오던 미야지파의 회장은 더 이상의 항쟁은 자신의 입지를 약하게 만들 거라는 판단을 내리고, 곤고로 측에 화해를 제안합니다.

곤고로는 미야지파 회장의 실질적인 은퇴를 조건으로 이 제안을 받아들이지만, 그 결과 본인의 안위만을 신경 쓰는 회장은 조직원들의 신뢰를 잃었고 미야지파는 순식간에 몰락하고 맙니다.

조직을 떠난 부하들이 미야지파의 재건을 위해 작은 조직을 창설했지만, 정작 회장님은 전혀 관심이 없다 보니 성과가 나올 리 없습니다.

이 기회를 놓치지 않은 곤고로는 회장이 손에 넣은 시내의 토목·건설 이권은 눈감아주면서도 나가사키의 범죄 사업을 전부 장악해 버렸습니다. 그리고 의형님인 회장을 타치바나파의 신년회에 불러 말석에 앉혀놓는 짓을 시작했지요.

재작년, 그 광경을 직접 목격한 미야지파의 고참 조직원이 울분을 참지 못하고 애인의 아파트에서 목을 매다는 사건까지 벌어질 정도였습니다.

술을 나르는 종업원들이 두루미 방과 해오라기 방의 복도를 바쁘게 왕래할 때마다 타치바나파의 신년회는 더욱 소란스러워졌습니다.

종업원들이 안쪽 테이블로 가져가려던 술을 복도에서 손님들이

가로채 갑니다.

"아가씨, 술! 왜 이쪽엔 술을 안 갖다주는 거야?"

여기저기서 재촉하는 목소리가 늘어나는 건 말할 필요도 없겠지요.

사람들이 취해간다기보다도 도자기 술병에 담겨 옮겨지는 술부터 이미 취해 있어서, 취한 술을 취한 사람이 마시다 보니 술이 남아날 수가 없는 것 같습니다.

무대 위에선 연회장의 소란을 부추기듯이 게이샤들이 취한 남자들을 무대 위로 데려와 허리를 흔드는 '갓포레かっぽれ' 춤을 보여줍니다.

그중에는 반라 상태의 젊은 조직원이 문신으로 가득한 등이 벌겋게 달아오른 채로…….

〻 힘내자, 힘내자
  감차甘茶 마시고 힘내자

그런 노래에 맞춰 게이샤들의 춤을 따라 하는데, 그 어설프고 엉거주춤한 모습에 여기저기서 웃음소리와 들어가라는 야유가 쏟아집니다.

술자리는 이미 반쯤 파했고, 식사에 싫증이 나서 연회장을 뛰어다니는 아이들도 있었고, 창가에 자리 잡고 담배를 피우는 간부들의 모습도 보입니다.

곤고로 본인도 격식 같은 건 좋아하지 않는 성격이라 차례차례 신년 인사를 하러 오는 부하들과 기분 좋게 술잔을 나누지만, 차려입었던 쿠로몬츠키의 윗도리를 이미 반쯤 벗어버린 모습이었습니다.

그러는 사이 갓포레 소동도 끝난 무대 위에서 지금까지는 한 번도 내려간 적 없는 막이 갑자기 내려갑니다. 그 막이 가부키에서 쓰이는 검정, 감색, 연두색의 정식 무대막이었기에 사람들의 기대하는 목소리가 들려옵니다.

"응? 다음엔 뭐야?"

막 안쪽에서 우당탕거리며 큰 장비 같은 것을 옮기는 소리가 들려옵니다. 각자 제멋대로 즐기던 손님들도 무슨 일인가 하며 시선을 무대로 향하기 시작합니다.

곤고로 역시 막을 내린 무대로 눈길을 향했지만, 그는 다음에 무슨 일이 시작되는지 이미 알고 있다는 듯 입꼬리를 히죽 씰룩이고 있습니다.

둥둥둥, 하고 대형 태고太鼓의 무시무시한 소리가 울리기 시작한 것은 바로 그때였고, 이미 손님들은 무대에 눈을 떼지 못합니다. 개중에는 타치바나파의 신년회에 관해 잘 아는지 올해도 시작된다는 듯 몸을 앞으로 내미는 사람도 있었고, 그 기대에 부응하는 것처럼 태고 소리가 둥둥둥 더욱 크게 울려 퍼집니다.

막이 단숨에 걷히자, 불길한 태고 소리와는 정반대로 무대 위에는 큰 눈 속에서 어째서인지 벚꽃이 만개해 있었습니다. 중앙에 선 큰 벚나무, 천장에선 만개한 벚꽃 가지가 가득 매달려 있습니다.

그런 호화로운 무대를 보며 객석에서 탄식이 새어 나오고, 태고 소리가 더욱 높이 울려 퍼진 바로 그때, 거목 줄기에 걸려 있던 까만 천이 스르르 풀리면서 나무 안에서 유녀遊女 스미조메墨染가 나타났습니다.

강한 조명 아래 드러난 것은, 연회색 옷감에 늘어진 벚꽃 가지 장식을 수놓은 복장의 유녀 스미조메. 츠부시시마다(つぶし島田: 에도시대 후기에 유행한 머리 모양-옮긴이) 스타일의 머리를 수많은 기생용 비녀로 꾸민 모습입니다.

예상치 못한 변주에 객석에선 파도와 같은 박수가 터져 나오고, 2대손 하나이 한지로도 이렇게 중얼거립니다.

"호오. 세키노토関の扉인가?"

이것이 바로 가부키 무용극의 명작 〈쌓이는 사랑 눈 세키노토〉의 명장면으로, 무대 아래쪽에는 이야기꾼 역할을 맡은 게이샤들과 샤미센이 쭉 늘어서고, 큰 벚나무 옆에는 관문지기인 세키베이関兵衛가 가만히 대기하고 있습니다.

그리고 드디어 둥둥둥 하는 대형 태고 소리도 최고조에 달합니다.

⌐ 이것은 환영인가, 깊은 눈처럼 쌓이는 벚꽃 잎이
   아침에는 구름이 되고 저녁에는 또 비가 된다

⌐ 허무하고 덧없는 이름만 널리 퍼져……
   머리를 깎고 중이 되어 조용한 암자로

이야기꾼의 설명과 함께 유녀 스미조메가 큰 나무 안에서 걸어 나오더니, 정령 같기도 하고, 그저 유녀 같기도 한 환상적인 춤으로 세키베이를 유혹하려 합니다.

기모노의 소매 움직임, 우수 어린 눈빛, 무엇보다 커다란 묶음 머리를 흔들며 춤추는 그 작은 어깨에 객석의 누구도 눈을 떼지 못하는 건 말할 필요도 없습니다. 다다미 바닥에 버려진 도자기 술병조차도 마치 몸을 일으켜 무대를 지켜보는 것만 같습니다.

한지로가 무심결에 중얼거렸습니다.

"이거, 정말 훌륭한 스미조메로구나. 나가사키에 이렇게 실력 좋은 게이샤가 있었던 건가."

"아니에요, 저건 게이샤가 아니라 타치바나 형님네 중학생 외동아들입니다."

그렇게 알려준 사람은 아이코회의 츠지무라였고, 두 사람이 동시에 고개를 돌리니 곤고로는 시작된 극의 대사를 만족스러운 듯이 혼자 읊조리고 있습니다.

세키베이: 흐음, 이 근처에선 못 보던 여자로군. 이 산간 관문에는 언제, 어디서 온 게냐.
스미조메: 네, 저는 저기 멀리 슈모쿠 마을撞木町에서 왔사옵니다.
세키베이: 용건은 무엇이냐.
스미조메: 뵙고 싶어서요.
세키베이: 누굴 말이냐.
스미조메: 당신을요.

세키베이: 뭐라, 나를? 그건 또 무슨 이유냐?

스미조메: 저의 정인情人이 되어주시옵소서.

두 사람이 나누는 문답이 술을 나르던 종업원들의 걸음마저 멈춰 세웁니다.

가부키 같은 건 처음 보는 어린아이들은 물론이고, 조직원과 그 아내들 역시 손에 든 술잔이나 젓가락을 내려놓는 것도 잊은 채 멍하니 무대를 바라보고 있습니다. 그런 가운데 문답은 더욱 열기를 띠면서 유녀는 유혹하고, 관문지기는 의심합니다.

세키베이: 그런데 기생 아가씨. 그대의 이름은 무엇이오.

스미조메: 스미조메라 하옵니다.

세키베이: 뭐라, 스미조메. 저 벚나무의 이름도 원래는 스미조메거늘. 참으로 좋은 이름이구려. 그런데 기생 아가씨. 나는 지금까지 유곽에 가본 적이 없소. 이것은 기생들의 손님 끌기가 아니오?

스미조메: 손님 말고, 정인이 되어달라는 말이옵니다. 진심으로요.

세키베이: 거짓말이겠지.

스미조메: 우리 두 사람만 몰래 만날 장소도 있사옵니다.

세키베이: 그래봐야 유곽의 뒷방 아니오.

스미조메: 그렇다면 그냥 여기서 이야기하시던가요.

문답이 끝나자, 게이샤들의 샤미센이 일제히 스가가키(清掻き: 샤미센의 세 현 중에 두 번째, 세 번째 현을 동시에 튕기는 소리와 세 번째 현을 당

기는 소리를 번갈아 내는 연주법-옮긴이)를 시작하고, 무대에서 내려온 스미조메가 세키베이를 유혹하듯 꽃길(花道: 무대 위에서 극장 뒤쪽까지 이어지는 길로 배우들이 드나드는 통로이자 무대 일부로 쓰이기도 한다-옮긴이)로 설정된 두루미 방과 해오라기 방 사이의 복도를 교태를 부리며 달려갑니다.

 그 모습에 손님들의 박수는 더욱 뜨거워지고, 그에 응답하듯 열기를 더하는 샤미센 연주 속에서 세키베이는 우산을 들고 꽃길을 따라 스미조메를 뒤쫓습니다.

 이윽고 다시 무대로 돌아온 두 사람의 모습은 마치 오이란(花魁: 고위층 손님을 상대하는 최고급 유녀-옮긴이)의 행렬 같습니다.

 객석의 박수는 멈출 줄을 모르고, 멈춰 섰던 종업원들까지 그 자리에 앉아 쟁반을 내려놓고 구경하느라 여념이 없습니다.

 그런데 이 스미조메와 세키베이의 모습은 사실 가짜입니다. 왜냐하면 스미조메는 원래 벚나무의 정령이고, 세키베이로 말할 것 같으면 천하를 노리는 대악당, 오토모노 쿠로누시大伴黒主였으니까요.

 무대 위에선 세키베이가 그 본성을 드러내고 있습니다. 붓카에리(ぶっかえり: 가부키에서 연기 중에 순간적으로 의상을 바꾸는 기술-옮긴이)로 관문지기의 분장에서 까만색 관복 차림으로 변해 험악해진 표정으로 커다란 도끼를 치켜듭니다.

 한편 이에 맞서는 스미조메도 유녀 분장에서 화사한 연분홍색 옷감에 벚꽃이 수놓인 기모노로 변신해서 관자놀이와 귀 사이의 머리카락을 길게 뺀 모습으로 만개한 벚꽃 가지를 손에 든 채 대악당 쿠로누시 앞을 막아섭니다.

두 사람의 대결을 고조시키는 이야기꾼의 목소리에 게이샤들의 태고 소리가 화답하고, 벚나무 정령이 벚꽃 가지를 이리저리 휘두르면 쿠로누시의 큰 도끼가 상대를 공격합니다.

서로를 노려보는 두 사람. 무대의 긴박감이 객석까지 지배하면서 어느새 누구도 숨소리 하나 내지 못하고 있습니다.

그때 두 사람의 쿠로고(黒衣: 검은 옷을 입고 무대를 돕는 사람-옮긴이)가 높은 발판을 들고 무대에 나타나면서 드디어 힛파리노미에(引っ張りの見得: 가부키에서 종막쯤에 주인공과 대립하는 인물이 물리적으로 충돌하는 등의 상태에서 동작을 멈추는 연기-옮긴이)의 종막을 향해 달려갑니다.

발판 위에 올라선 스미조메와 큰 도끼를 치켜든 쿠로누시. 두 사람의 기모노 옷자락을 쿠로고들이 활짝 펼쳐 보이면, 두 사람은 바로 지금이라는 듯 서로를 무섭게 노려보며 몸동작을 취합니다. 마치 움직이는 그림을 보는 듯한 광경에 객석에서 우렁찬 박수가 터져 나옵니다.

울려 퍼지는 악기 연주와 멈출 줄 모르는 박수. 그런 무대와 객석 사이를 갈라놓듯이 정식 무대막이 내렸습니다.

막이 내린 뒤에도 좀처럼 멎지 않는 박수를 복도 안쪽, 기둥 뒤에서 몰래 듣고 있는 사람은 곤고로의 아내 마츠였습니다.

그 표정에서 그야말로 뜻대로 됐다는 만족스러움이 묻어납니다. 소매에서 담배 한 개비를 꺼내 그 도톰한 입술에 물고 거사라도 끝마친 것처럼 한 모금 빨아들입니다.

사실을 말하자면, 해마다 이 여흥을 열심히 준비하는 장본인이 바로 마츠였습니다. 원래부터 중증의 공연 애호가라 1년에 한 번

뿐인 아내의 취미라고 곤고로를 꼬드겨서 고가의 의상에 가발, 무대 장비뿐만 아니라 게이샤들에 대한 화대, 일본 무용 선생님에게 내는 수업료까지, 신년회의 여흥이라기엔 지나칠 만큼 많은 돈을 쏟아붓고 있었으니까요.

마츠는 담배를 입에 문 채 팔짱을 끼고 복도에서 무대 뒤편으로 돌아 들어가더니 무대로 나가는 장지문을 열었습니다.

얇은 막 한 장. 객석에선 아직도 선명하게 박수 소리가 들려옵니다.

그 박수를 마치 보고 있는 것처럼, 스미조메를 연기한 아들 키쿠오와 세키베이를 연기한 말단 조직원 토쿠지가 멍하니 입을 벌린 채 서 있었습니다.

"언니!"

마츠의 곁에 쪼르르 달려온 사람은 샤미센을 연주하던 게이샤 고모모였습니다.

"……나 깜짝 놀랐어. 도련님도 토쿠지도 실전에 강하네요. 연습할 때는 불평만 하면서 춤도 제대로 못 외우는 것 같던데. 난 스미조메가 꽃길로 내려왔을 때는 너무 예뻐서, 넋 놓고 보느라 연주까지 틀렸다니까."

놀란 사람은 고모모뿐만 아니라 나란히 선 다른 마루야마 게이샤들도 마찬가지였는지, "대단했어" "이 정도면 돈 받고도 할 수 있겠다"라며 맞장구를 칩니다.

"너희들. 잘했다, 잘했어."

마츠가 두 사람에게 말을 건네자 멍하니 서 있던 스미조메와 세키베이가 뒤를 돌아봅니다.

　무거운 의상을 입고 춤추던 키쿠오와 토쿠지 모두 그야말로 김이 피어오를 만큼 땀으로 흠뻑 젖어 얼굴에 칠한 하얀 분도 흘러내리기 직전입니다.

　그제야 퍼뜩 정신이 든 벚나무의 정령, 아니, 아들인 키쿠오가 어리둥절한 듯 말합니다.

　"막이 오르자마자 몸이 멋대로 움직이더니, 정신을 차리고 보니 끝나 있었네."

　"큰누님, 나도 똑같아. 시작됐다 싶더니 바로 끝나버리던데?"

　오토모노 쿠로누시, 말단 조직원 토쿠지도 고개를 깊이 끄덕입니다.

　이 두 사람, 키쿠오가 올해 열넷에 토쿠지가 열여섯으로 두 살 차이지만, 묘하게 죽이 잘 맞는지 서로 "토쿠짱" "도련님"으로 부르며 집안의 험상궂은 남자들의 눈을 피해 몰래 장난을 치며 돌아다닙니다.

　10대 나이에 두 살 차이면 조금 과장해서 부모와 자식 정도의 차이기 때문에 대부분 연상인 토쿠지가 장난을 가르치곤 했지만, 배우는 입장인 키쿠오도 야쿠자의 아들답게 하나를 가르치면 열을 안다고 할지, 어린데도 재능이 있다고 해야 할지, 아무튼 흡수력 하나는 뛰어나다고 하겠습니다.

　"하나마루 사장님이 목욕물 데워놓는다고 했으니까, 같이 가서 화장부터 지우고 와."

　오늘 두 사람에게 열심히 춤을 가르친 게이샤 소노키치가 말하자, 두 사람이 나란히 걸어갑니다.

"그래, 가자, 가. 땀에 흠뻑 젖었네."

조금 전까지 유녀였던 키쿠오도 기모노 옷자락을 걷어 올리고는 희미하게 털이 자라난 종아리를 드러내며 안짱다리로 복도를 나아갔습니다.

"아, 연회장에 한지로 씨 와 있던데."

문득 불러 세운 마츠의 목소리에 두 사람이 돌아보지만, 어리둥절한 표정입니다.

"한지로 씨가 누군데?"

"참나, 너희는 한지로 씨도 몰라? 아, 가부키 배우인데, 영화 〈주시로암살검〉에도 나왔잖아."

10대 소년들이 즐겨 볼 만한 영화는 아니었는지, 마츠의 설명을 듣고서도 두 사람은 고개만 갸웃거리다가 화장을 지우는 게 급하다는 듯 욕실로 가버립니다.

"또 기모노 거칠게 벗지 말아!"

주의를 주는 마츠의 목소리도 이미 두 사람의 귀에는 들리지 않는 듯합니다.

분장실로 쓰이는 싸리나무 방으로 뛰어 들어가자 그곳에는 아까 옷 입는 걸 도와준 종업원들이 대기하고 있었고, 가발을 벗은 두 사람을 향해 여기저기서 손이 뻗어 나와 오비 고정끈, 오비 장식, 오비와 다테지메(伊達締め: 오비 안쪽에서 허리를 묶는 띠-옮긴이), 마지막으로 나가주반(長襦袢: 기모노 안쪽에 입는 내복-옮긴이)까지 차례차례 벗겨냅니다.

결국 알몸에 훈도시 하나만 걸친 모습이 되자, 마치 미리 짜기라도 한 듯 둘이 동시에 재채기해서 종업원들을 웃게 했습니다.

"욕실은 어디야?"

먼저 복도로 달려 나가는 토쿠지 등에는 대나무 숲 호랑이 문신이 밑그림만 그려져 있었는데, 상처가 아직도 빨갛게 부어오른 모습입니다.

토쿠지는 원래 나가사키에서 무역상을 하던 화교가 게이샤를 통해 낳은 아들로, 태어난 직후에는 화재로 타다 남은 히가시야마테東山手의 서양식 저택을 빌려 두 모자가 부족한 것 없는 생활을 했습니다. 하지만 이 화교 아버지라는 사람이 워낙 모험심이 강한 남자라 전쟁 직후의 혼란이 진정되자 일생의 도박에 나서고 싶다며 본처와 그 자식들은 물론이고 토쿠지와 그 어머니까지 내버려 둔 채 자신의 고향인 중국 푸젠성으로 떠났습니다.

본처 쪽은 그 자식들이 이미 독립하기도 해서 간신히 생활을 이어 나갈 수 있었던 반면, 토쿠지의 어머니는 어쩔 수 없이 게이샤 생활로 돌아간 것까진 괜찮았지만 불행하게도 원폭 후유증이 발병하면서 토쿠지가 다섯 살이 되기도 전에 돌아가셨습니다.

그 뒤로 토쿠지는 먼 친척 집에 맡겨졌지만, 일곱 살쯤에는 호텔 주방에서 빵을 훔치다 붙잡혔을 정도였으니까 그리 좋은 대접을 받진 못한 것 같습니다.

그런 토쿠지가 타치바나파의 말단 조직원이 된 계기는 3년 전, 타치바나의 이인자인 사나다라는 남자가 조직 소유인 파친코 가게에서 놀고 있었을 때였습니다.

"아저씨, 구슬이 필요하면 이걸 5분의 1 가격으로 사지 않으실래요?"

퇴근 후 파친코를 즐기던 회사원에게 토쿠지가 그렇게 접근했던 겁니다.

아직 앳된 얼굴에 까까머리를 한 꼬마가 어디서 구했는지 헐렁한 신사복을 그럴듯하게 차려입고 입에는 담배까지 물고 있었습니다.

"쟤는 뭐야?"

궁금해진 사나다가 묻자, 가게 주인이 재미있어 하며 대답했습니다.

"요새 자주 와요. 이삼일 전에 쫓아냈더니만, 수염까지 붙이고 다시 오던데요?"

이야기를 들어보니 미성년자라도 파친코를 즐기는 정도라면 문제없겠다 싶어서 그냥 내버려두었더니 은근히 손재주가 좋아서 구슬을 잘 따냈다고 합니다. 그런데 구슬을 환전하고 싶어도 역시 경품 교환소에서 꼬마를 상대해 주진 않으니까, 가게에 오는 손님 중에 착해 보이는 사람에게 다가가서 구슬을 현금과 바꾸고 있었다는 것이었지요.

"야, 꼬마야."

"뭐야?"

사나다가 말을 걸자 기세 좋게 노려보았지만, 진짜 야쿠자라는 걸 바로 알아보았는지 금세 태도가 바뀌었습니다.

"아, 형님. 왜 그러세요?"

"너, 어느 파 소속이냐?"

사나다가 장난을 치자…….

"저는 사정이 있어 따로 모시고 있는 형님들은 없습니다."

놀랍게도 야쿠자식 자기소개까지 하는 것이었습니다.

매우 재밌어진 사나다는 토쿠지의 가느다란 목덜미를 붙잡아 데리고 나갔답니다.

"가자. 고기 먹여줄 테니까."

그 뒤로도 파친코 가게에 갈 때마다 "형님, 형님" 하고 잘 따르다가, 어느새 심부름꾼으로 조직에도 드나들게 된 것입니다.

요정 하나마루의 욕실은 햇볕이 들지 않는 북쪽에 있었지만, 반투명 유리가 끼워진 미닫이문을 열면 눈이 소복이 쌓인 일본식 정원이 내다보였습니다.

그 미닫이문을 토쿠지가 확 열어젖히자 욕실에 가득 찬 증기가 편백나무 향과 함께 빠져나가면서 냉기가 확 스며들었기에 두 사람은 좁은 편백나무 목욕통으로 뛰어들었습니다.

"아, 춥다, 추워."

목욕통에서 넘쳐흐른 뜨거운 물에서 다시 김이 피어올랐다가, 이내 또 창밖으로 빠져나갔습니다.

"그런데, 도련님. 아까 나 좀 잘하지 않았어?"

오토모노 쿠로누시의 화장을 씻어내며 토쿠지가 말하자…….

"네, 저는 저 멀리 슈모쿠 마을에서 왔어요."

바셀린을 얼굴에 바르던 키쿠오도 장난을 치며 "뭐 하러 왔느냐?" "보고 싶어서요" 하고 함께 깔깔댑니다.

목욕통 밖으로 나가기엔 추웠기에 키쿠오가 바셀린을 마구 퍼바른 얼굴을 내밀자 토쿠지가 목욕물을 손으로 뿌려주었고, 하얀 분에 탁해진 물이 타일 위로 흘러가다가 배수구로 빨려 들어갑니다.

"그런데 토쿠짱, 문신사 타츠 씨한테 얘기해 봤어?"

이번엔 반대로 토쿠지의 머리에 물을 끼얹어주며 키쿠오가 물었습니다.

"아, 그거 말인데, 타츠 씨가 아무래도 안 내킨대."

"안 내킨다니? 어째서?"

"아, 어째서겠어. 타치바나파 총두목 아들 몸에 문신…… 그것도 큰형님이랑 큰누님한테는 비밀이잖아. 나중에 문제라도 생기면, 타츠 씨는 손가락 자르는 정도로 안 끝날 건데."

"타츠 씨가 그렇게 말한 거야? 보기보다 담이 작은 양반이네."

"아니, 나는 타츠 씨 심정도 이해해. 도련님의 주변 환경은 도련님이 생각하는 것보다 훨씬 위험하다니깐."

"그래도 야쿠자 아들이면 문신사한테 최고의 손님 아니야?"

"아, 그건 그렇긴 한데."

토쿠지의 등에 밑그림만 새겨진 호랑이가 목욕물에 잠겨 있습니다. 물론 이 대나무 숲과 호랑이는 타츠가 새긴 문신입니다.

"등, 아직 아픈 거야?"

"아니, 이제 목욕할 때는 괜찮아. 여자들이 끌어안을 때만 좀 아프고."

키쿠오의 질문에 토쿠지가 허세를 부리더니 웃으며 말을 이었습니다.

"······도련님도 하루에랑 할 때는 등을 손톱으로 할퀴어서 아픈 거 아니야?"

이때 키쿠오는 이미 자기 등에 어떤 문신을 새길지 정해두었고, 똑같은 문신을 하기로 약속한 하루에와 상의한 끝에 선택한 것이 양 날개를 넓게 펼친 수리부엉이였습니다.

참고로 키쿠오의 수리부엉이는 그 날카로운 발톱으로 비단구렁이를 움켜쥐고 있습니다.

수많은 문신 그림 중에서 수리부엉이를 고른 이유가 있습니다. 야생 조류, 그것도 맹금류라면 사람에게 길들긴커녕 난폭하게만 군다고 생각하기 쉽지만, 사실 이 수리부엉이라는 새는 한 번 은혜를 입은 인간을 절대 잊지 않는다고 합니다.

상처를 입은 수리부엉이를 우연히 구해준 남자가 있었습니다. 집으로 데려와 상처를 치료해 주자, 목숨을 빚진 수리부엉이는 무사히 날 수 있게 된 다음 날부터 매일같이 은혜를 갚기 위해 쥐나 뱀을 남자에게 가져다주었다고 합니다.

이 이야기를 하루에한테 들었을 때, 키쿠오는 가슴이 뜨거워졌습니다. 단순하다면 단순한 생각이지만 그 수리부엉이처럼 살고 싶었고, 수리부엉이의 그런 마음가짐이야말로 이 세상에서 가장 숭고하게 느껴졌습니다.

"······도련님. 하루에는 아직 공원에서 일하는 거야?"

키쿠오가 달아오른 몸을 창문 밖으로 내밀고 있자, 토쿠지가 그

엉덩이를 찰싹 때리며 물었습니다.

"일하는데, 매일 밤 내가 지켜보고 있어. 이상한 손님이 와도 내가 쫓아내고 있지."

창밖으로 내민 키쿠오의 등에서 눈송이가 녹아내립니다. 달아올랐던 몸이 다시 식었는지, 키쿠오는 다시 목욕통 안으로 몸을 담급니다.

"으, 추워."

그때, 활짝 열어둔 미닫이문에서 흔들리는 소리가 나는 동시에 두 사람이 몸을 담근 목욕물이 살짝 물결쳤습니다. 두두두두, 하고 들려오는 발소리는 한두 사람의 것이 아니었고, 마치 요정 하나 마루 전체를 누군가가 짓밟는 듯했습니다.

"뭐, 뭐야? 지진?"

당황하며 일어선 두 사람의 귀에 남자들의 성난 목소리가 들려왔습니다.

"뭐야? 뭐야?"

목욕탕에서 뛰쳐나간 토쿠지가 욕실 문을 열자, 열린 문으로 종업원 두 명이 비명을 지르며 도망쳐 들어옵니다.

"뭐야? 뭐야?"

"살려줘요!"

종업원들은 옮기던 밥상을 그대로 든 채 알몸인 토쿠지 등 뒤에 숨었습니다.

"뭐야? 뭐가 어떻게 된 거야?"

당황한 토쿠지의 목소리가 신년회 연회장 쪽에서 들려오는 남자들의 성난 목소리에 파묻히고, 이리저리 도망치는 여자들의 비명도 들려옵니다.

"공격이야! 미야지 쪽에서 공격해 온 걸지도 몰라!"

목욕탕에서 걸어 나온 키쿠오가 그렇게 소리치며 욕실을 뛰쳐나갑니다.

"도련님!"

즉시 토쿠지가 뒤를 따르지만, 바로 그때 묶은 머리가 다 흐트러진 마츠가 양팔을 펼치며 달려왔습니다.

"가면 안 돼!"

평소에 보인 적 없는 살벌한 표정으로 나가려는 키쿠오를 붙잡으며 토쿠지에게 소리칩니다.

"토쿠지! 너도 와서 붙잡아!"

재빠르게 다가온 토쿠지도 키쿠오의 겨드랑이로 팔을 넣어 꽉 붙잡았습니다.

"이거 놔! 토쿠짱, 이거 놓으라니까!"

버둥거리는 키쿠오의 목소리에 섞여 연회장에서 들려오는 건 성난 목소리와 비명뿐 아니라, 깊은 상처를 입은 남자들이 흘리는 단말마의 신음도 있었습니다. 그 숫자는 분명 한두 명이 아닙니다.

뒤에서 붙잡힌 키쿠오의 시선은 복도 너머를 향했습니다. 연회장에서 도망쳐 나온 종업원들이 기모노 옷자락을 흐트러뜨리며 정원으로 뛰어내렸고, 전부 창백한 얼굴에 어린아이처럼 엉엉 울며 도망치는 사람도 보입니다.

정원에 쌓인 눈 위로 도망치는 종업원들의 발자국이 정신없이 새겨집니다.

정원에 접한 장지문이 부서지더니 서로 뒤엉킨 남자들이 바닥을 구르다 정원 위로 떨어진 건 바로 그때였고, 추격당하는 쪽은 조금 전까지 반라 상태로 갓포레 춤을 추던 타치바나파의 젊은 조직원, 추격하는 쪽은 일본도를 든 미야지파 조직원이었습니다.

"거기 안 서!"

굴러떨어진 젊은이는 이미 옆구리를 다쳐 그 피가 배에 두른 천과 눈밭을 새빨갛게 물들이고 있습니다.

"거기 안 서냐고!"

다시 공격하려던 남자가 이끼 낀 돌에 발이 미끄러졌고, 몸을 지탱하기 위해 지팡이처럼 짚은 일본도가 바닥을 기어 도망치려던 조직원의 허벅다리 뒤쪽에 푹 박혔습니다.

그 순간, 그 자리의 모든 소리를 하얀 눈이 삼켰습니다. 젊은이는 가만히 눈밭을 바라봅니다.

허벅다리를 관통한 일본도 끝이 진흙으로 더럽혀진 눈밭에 박혔고, 그 눈을 새빨간 피가 물들이고 있습니다.

소리도 없이 갈라지는 허벅다리. 젊은이의 이마에는 진땀이 맺히고, 차츰 몸이 떨리기 시작합니다. 찌른 남자의 이마에도 땀방울. 움직임을 잃은 두 남자 앞에, 빨갛게 피가 물든 눈밭에서는 뜨거운 김이 피어오릅니다.

한편 연회장에서는 서로 뒤엉킨 남자들의 발밑에서 공황에 빠진 종업원들이 도망 다니고, 조직원 아내 중에는 쓰러진 남편을 구하기 위해 미야지파 조직원의 등에 매달려 귀를 물어뜯는 억센 이도 있었습니다.

 울부짖는 아이들을 양 겨드랑이에 낀 미야지파 남자가 정원에 뛰어내리며 아이들을 그대로 눈밭에 내던지고는, "으랴앗!" 하고 소리치더니 다시 연회장으로 돌아갑니다.

 연회장은 이미 사람뿐 아니라 도자기 술병과 그릇까지 난투에 끼어든 모양새입니다. 다다미 바닥 위로 정월 요리인 다테마키(伊達卷: 생선 살을 갈아 달걀과 함께 두껍게 말아 부친 음식-옮긴이)와 검은 콩 조림이 짓밟혀 있고, 쟁반에 흘러넘친 술에 빨간 피가 튀어 뒤섞입니다.

 세차게 부는 눈발 섞인 겨울바람에 싸우는 남자들의 숨이 하얗게 피어오르고 얼굴도 더욱 창백해져서, 봄기운 넘쳐흐르던 신년회 연회장에서는 서서히 색이 사라져 갑니다.

 다리 몇 개, 팔 몇 개, 그리고 머리 몇 개가 연회장에 뒹굴고 있어 뒤엉켜 싸우는 남자들은 어느 것이 자기 다리고 어느 것이 상대방의 팔인지도 구분하지 못합니다. 그런 가운데, 장지문 뒤에서 몸을 벌벌 떠는 사람은 미야지파의 젊은 조직원으로, 손에는 피투성이가 된 단도를 쥐고 있고 발밑에서는 타치바나파의 젊은 조직원이 당장이라도 흘러넘칠 듯한 자기 창자를 필사적으로 억누르고 있습니다.

 다리가 후들거리는 미야지파 조직원이 지린 소변 냄새가 피와 술, 분 냄새와 뒤섞입니다.

 겨울바람이 불어닥치는 복도 끝에 2층으로 올라가는 계단이 뻗어 있었고, 아까부터 미야지파 조직원들이 곤고로를 쫓아 위로 올라가려는 것을 타치바나파의 남자들이 필사적으로 막아내고 있습니다. 다만 무기를 든 미야지파 상대로 타치바나 쪽 남자들은 전부 맨손. 아래에서 내찌르는 일본도와 단도 앞에서 피투성이가 된 팔다리로 열심히 맞서 싸웁니다.

속수무책으로 베이고 찔리는 타치바나 쪽 남자들은 그저 크게 소리를 질러 상대를 위협하고, 그저 크게 소리를 질러 고통을 견딥니다.

그런 부하들의 목소리가 일단 2층 연회장으로 몸을 피한 곤고로에게 들리지 않을 리 없습니다.

이미 웃옷을 전부 벗어 던지고 문신이 가득한 상반신을 상기시킨 채 당장이라도 아래층으로 되돌아가려 하지만, 부하들도 승산 없는 전쟁터에 두목을 보낼 수는 없다는 듯이 필사적으로 팔다리를 붙잡아두고 있습니다.

방의 장지문이 벌컥 열린 건 바로 그때였고, 뛰어 들어오는 사람은 아이코회의 사장 츠지무라와 얼굴에서 완전히 핏기가 사라진 한지로였습니다. 얼굴에는 누군가의 피가 튀어 마치 불꽃 모양의 가부키 화장처럼 보입니다.

"한지로 씨, 이쪽으로!"

완전히 겁을 집어먹은 한지로를 곤고로가 방으로 들인 다음 순간, 계단에서 급하게 형성된 방어선도 결국 무너졌는지, 미야지파 조직원들이 개가를 올리며 2층으로 올라옵니다.

곤고로는 자신을 막아 세우던 부하들을 "됐다!" 하고 확 뿌리치고는 방의 장지문 하나를 빼서 양손으로 들고 복도로 뛰쳐나갔습니다.

"이 새끼들, 우쭐대지 마라!"

미야지파 조직원들도 역시 적의 대장 앞에서는 주춤할 수밖에 없었고, 곤고로는 그 틈을 놓치지 않고 장지문을 휘두르며 공격합니다.

전쟁 후의 암시장에서 몸뚱이 하나로 이 자리까지 올라온 남자답게, 일단 난동을 부리기 시작하자 6척尺이 넘는 거구가 더욱 커다랗게 보입니다.

"한지로 씨, 이쪽으로!"

그 뒤에서 아이코회의 츠지무라가 한지로를 더욱 안쪽 방으로 피신시킵니다.

마치 가부키에서 붓카에리라도 한 듯 전혀 다른 곤고로의 모습에 눈을 동그랗게 뜨던 한지로는 등을 떠밀고 팔을 잡아당기자 급하게 안쪽 방으로 달려갔습니다. 닫은 장지문 틈새로 일본도와 단도를 든 적들 앞에서 장지문 한 장으로 맞서 싸우는 곤고로의 뒷모습이 보였습니다. 하지만 역시 장지문은 장지문. 소나무가 그려진 맹장지도 점점 찢겨 나가면서 나무 틀만 남다시피 했지만 그래도 곤고로의 기세만큼은 조금도 줄어들지 않습니다. 단도를 내미는 젊은 조직원의 목을 장지문 모서리로 밀어 벽으로 밀어 넣나 싶더니, 반대쪽 손으로는 일본도 칼날을 꽉 붙잡고 낮게 으르렁대며 상대에게 다가섭니다.

그때 곤고로의 부하들이 달려들어 그 손에서 일본도를 빼앗기 전에 이미 상대방 등에 찌르기 한 번.

그대로 나동그라지며 계단을 굴러떨어지는 미야지파 조직원. 일본도를 높이 들고 형세 역전, 계단을 뛰어 내려가는 타치바나 쪽 남자들.

그때 장지문 틈새로 지켜보던 한지로의 어깨를 쓱 잡아당기는 사람이 있었습니다. 돌아보니, 마치 다른 사람 같은 표정의 츠지무라가 서 있습니다.

"츠지무라 씨……."

그때, 츠지무라가 난폭하게 밀쳐내면서 비틀거리며 넘어진 한지로의 눈에 들어온 것은 발터 권총이었고, 비비탄을 넣는 장난감 총으로는 많이 봤어도 실물을 보는 건 처음이었습니다.

"츠지무라 씨, 당신……."

조심하라는 의미로 한지로가 그렇게 중얼거린 다음 순간, 츠지무라가 눈앞의 장지문을 걷어찼습니다.

"형님……."

그렇게 말을 건네는 츠지무라를 찢어진 장지문을 옆으로 내던진 곤고로가 돌아보았습니다.

그 순간, 곤고로의 눈가가 경직되며 움찔거리는 게 한지로의 눈에 선명히 보였습니다. 당연히 둘이 힘을 합쳐 아래층에서 분투하는 부하들을 도우러 가려는 것으로 생각했지만…….

"……마사키."

츠지무라를 이름으로 부른 곤고로의 눈동자는 당황하는 기색이 역력합니다.

자세히 보니 장난감이 아닌 발터의 총구가 곤고로 복부를 똑바로 향하고 있었습니다.

"뭔 짓이야?"

곤고로가 천천히 한 걸음 나아가려 했습니다. 하지만 그 얼굴은 이미 죽어 있는 것만 같습니다.

빵.

지독하게 건조한 소리였습니다. 떠들썩한 신년회부터 대 난투까지 거친 직후여서 그랬는지, 그건 너무나도 허무하고 아무 감흥도 없는 건조한 소리였고, 도저히 인간 한 명이 죽는 소리라고 할 수 없었습니다. 일본도나 단도에 찔려 죽는다면 반드시 태고 소리가 둥둥둥 울립니다. 하지만······.

빵.

그때 힘 있게 선 곤고로의 복부로 두 번째 총알이 발사되었습니다. 곤고로는 아직도 당황스럽다는 듯이 오랜 세월 친하게 지낸 동생 츠지무라를 바라보고 있습니다. 그리고 자신이 죽는다는 사실을 그제야 깨달은 사람처럼 "응?"이라고 작게 신음하는 것이었습니다.

제 2 장

키쿠오의
녹슨 칼

"키쿠짱, 추우니까 문 좀 닫아."

"응."

하루에의 목소리에 고개를 끄덕이면서도, 키쿠오는 2층 창문으로 더러운 하천을 내려다보고 있었습니다. 이곳 도자銅座강의 양 기슭에는 유흥주점이나 바 같은 가게들이 덕지덕지 들어서 있었지만, 섣달그믐날인 오늘만큼은 모든 가게가 쉬는 날입니다. 지난주까지는 크리스마스 장식으로 현란한 네온사인이 수면 위로 반사되며 나름 괜찮은 분위기를 자아냈지만, 지금은 살찐 쥐들이 기어다니는 원래의 더러운 하천으로 돌아왔습니다.

하루에는 올해부터 컬러 방송으로 바뀐 〈홍백가합전〉을 흑백텔레비전으로 보고 있습니다. 어지간히 추운지 코타츠의 이불을 목덜미까지 끌어올렸지만, 말려 올라간 스웨터 아래로 드러난 하얀 허리는 적외선램프 불빛으로 붉게 물들었습니다.

다다미 여섯 칸 크기의 방은 코타츠와 석유난로, 화로의 열기로 후끈후끈합니다. 여기에 주전자에서 뿜어져 나오는 김이나 코타츠 안에 고인 열 등이 뒤섞이면서 창문이라도 열지 않으면 머리가 멍해질 지경이었습니다.

키쿠오는 코끝을 스치는 방 냄새에 얼굴을 찡그리면서도 담배 한 개비를 다 피우고는 "아, 춥다 추워"라고 몸을 부르르 떨며 코타츠 안으로 돌아와 응석을 부리듯 하루에의 몸을 끌어안습니다.

"키쿠짱 손, 왜 이렇게 차가워!"

하루에가 키쿠오의 몸을 밀어내고는 부엌에서 설거지하던 어머니에게 말합니다.

"엄마, 우리도 컬러텔레비전 사면 안 돼?"

하지만 컬러텔레비전 같은 것에는 전혀 관심이 없는 어머니는 말머리를 돌립니다.

"올해 홍팀 마지막 출연자는 미소라 히바리〈야와라〉고, 백팀은 누구니?"

하루에도 그렇게까지 컬러텔레비전을 갖고 싶은 건 아니었는지, "사카모토 규 아니면 미나미 하루오겠지" 하고 대답합니다.

키쿠오는 그런 모녀의 대화를 무시한 채 벌렁 드러눕고는 천장에 처진 거미줄을 바라보면서 '그러고 보니 도쿄 하늘도 참 파랬는데' 하고 두 달 전의 올림픽 컬러 영상을 떠올렸습니다.

당연히 도쿄의 하늘은 공장 지역 매연으로 시커멓게 변했으리라고 생각했지만, 컬러텔레비전을 통해 새파란 하늘을 보고 나니 영화에서 보는 하늘이라면 촬영소에서 만들어낸 가짜일지 몰라도 텔레비전은 진짜일 수밖에 없다고 묘하게 감탄했던 겁니다.

담뱃갑에 손을 뻗지만 빈 갑이었습니다.

"아줌마, 가게에 담배 있나?"

키쿠오가 묻자 행주를 들고 코타츠로 돌아온 하루에의 어머니가 놀라며 되묻습니다.

"벌써 다 핀 거니?"

"그야 세 사람이 뻐끔뻐끔 피우는데, 금세 없어지지."

키쿠오가 코타츠를 빠져나와 양말을 신으려 하자 이번에는 하루에가 붙잡습니다.

"어디 가는데?"

"아래층에 담배 가지러."

"아래층에 가는데, 양말은 왜 신는 거야?"

"아, 추우니까."

아무래도 상관없는 대화를 나누며 사다리 같은 계단을 내려가는 키쿠오에게, 이번엔 하루에의 어머니가 말합니다.

"신세이 말고 피스로 가져와."

키쿠오는 중간까지 내려오다가 쓱 뛰어내렸습니다. 내려오자마자 건조한 겨울밤인데도 어째서인지 비 냄새가 났습니다. 손님이 없는 술집에선 늘 이런 냄새가 납니다.

1층은 하루에 어머니가 운영하는 '무라사키'라는 유흥주점이었고, 깜깜한 실내에 카운터 위에 의자 대여섯 개가 거꾸로 올려져 있습니다.

키쿠오는 카운터 안쪽으로 들어가 선반에서 알루미늄 담배통을 꺼낸 다음, 그 자리에서 바로 한 개비에 불을 붙이고 카운터에서 내린 의자에 앉았습니다.

"너희, 〈홍백가합전〉 끝나면 스와신사에 새해 참배 갈 거지?"

"엄마도 같이 가?"

"아니, 춥잖아. 엄마는 먼저 잘 테니까. ……그보다도 키쿠짱은 중학교 졸업하면 뭘 하려나?"

날림 공사로 지은 건물이라, 2층에서 소리 낮춰 말하는 목소리도 그대로 들려옵니다.

"불— 조심—!"

추운 밤하늘 아래서 동네를 순찰하는 소리가 들려온 건 바로 그때였습니다.

"어, 섣달그믐날 별일이네."

"어느 동네 자치회일까?"

2층에서 또 모녀의 목소리가 들려옵니다.

원래 밤에 동네를 순찰하며 외치는 소리는 멀리서부터 천천히 가까워졌다가 다시 천천히 멀어지는 게 보통이지만, 너무 갑작스레 등장한 데다 좀처럼 집 앞에서 움직이질 않습니다.

키쿠오는 문득 불길한 예감이 들어 카운터 안쪽에 숨겨둔 야구방망이를 꽉 움켜쥐었습니다.

"불— 조심—!"

또 가게 밖에서 목소리가 들려옵니다. 다만 어디선가 들어본 목소리 같기도 했고, 키쿠오는 반신반의하면서도 야구방망이를 든 채 가게 입구로 다가가 문을 열었습니다.

하지만 그곳에는 아무도 없었습니다. 평소에 취객으로 가득하던 뒷골목은 텅 비어 있고, 먹이를 못 찾은 도둑고양이 한 마리가 스윽 가로질러 갈 뿐입니다. 가만히 지켜보니, 도둑고양이가 다가간 곳에 남자 한 명이 쪼그려 앉아 햄을 주려 하고 있습니다.

바로 위에 가로등이 있어 남자의 얼굴은 그림자에 가려졌지만, 키쿠오는 말을 걸었습니다.

"토쿠짱? ……토쿠짱 맞지?"

"불— 조심—!"

남자가 고양이를 쓰다듬으며 외칩니다.

"토쿠짱, 여기는 어떻게 온 거야?"

토쿠지의 갑작스러운 방문에 놀라는 키쿠오와 달리, 토쿠지는 태연하기만 합니다.

"방금 소년원에서 도망쳐 왔어. 도망쳐 나오기 제일 쉬울 때가 섣달그믐날이라고 하던데, 진짜 쉽더라고."

자세히 보니 입고 있는 것도 명찰이 달린 소년원 옷이고, 그 위에 어디서 훔쳤는지 여성용 코트를 걸치고 있습니다.

"도망쳤다니…… 왜 그랬어?"

"왜긴, 큰형님의 일주기잖아."

갑자기 몸을 일으키는 토쿠지에게 놀랐는지, 도둑고양이가 햄을 입에 문 채 도망갑니다.

"일단 들어와."

키쿠오가 가게 안으로 들이려 하자, 몸을 일으킨 토쿠지는 맨발에 여자 신발을 신은 채로 몸을 부들부들 떨고 있었습니다.

"어디서 훔친 거야?"

키쿠오가 하얀 코트를 잡아당기며 물었습니다.

"최근에 부임한 여자 생활지도관이 있는데, 그 방에서 가져온 거야. 여자인데도 여기에 수염이 난 선생님이라······."

그렇게 말하며 토쿠지가 키쿠오 인중에 난 이방 수염을 잡아당깁니다.

"······어라, 도련님도 수염이 난 거야? 응? 아니, 이거 수염 맞아?"

키쿠오가 무심결에 뿌리친 토쿠지의 손은 차갑게 식어 있었습니다.

"지금 난로 켜줄게."

성냥을 당겨 석유난로에 불을 붙이자, 화악 피어난 푸른 불꽃과 함께 등유 냄새가 풍겨옵니다.

미야지파 잔당이 공격해 온 타치바나파 신년회에서 벌써 1년이라는 세월이 흘렀습니다. 두목인 곤고로를 포함해서 타치바나 측의 사망자는 네 명, 미야지파의 사망자는 한 명이지만 부상자의 경우 양측 총 쉰 명에 이르고, 그중 열한 명은 외팔이가 되거나 하반신 마비 등의 후유증으로 지금도 고생하고 있습니다.

새해 첫날에 발생한 처참한 항쟁 사건은 순식간에 전국에 보도되었고, 올림픽을 앞두고 새로운 시대를 기대하던 국민들은 아무리 세상이 바뀌어도 여전히 그림자는 남아 있다는 사실을 여실히 깨닫게 됩니다.

먼저 공격한 건 미야지파였지만 타치바나파의 반격도 정당방위라 할 수준이 아니었기에 양측의 체포자는 쉰두 명에 달했습니다.

사건 직후, 빠르게 기자회견을 연 미야지의 회장님은 "나와는 아무 상관 없이 진행된 계략"이라며 자신의 결백을 주장하면서 행동을 일으킨 부하들을 잘라냈고, 또 다수의 인원이 체포되면서 오랜 역사를 지닌 명문 미야지파는 결국 해산되고 맙니다.

한편 곤고로를 잃은 타치바나파도 혼란이 생겨났습니다. 조직을 이어받아야 하는 이인자 사나다는 체포되었고, 공교롭게도 나머지 간부 중에는 특출난 인물이 없어 이대로 가면 조직 내에 파벌이 생겨 내분이 일어날 게 뻔했습니다. 그러다 보니 아직 중학생인 키쿠오를 보스로 추대하자는 비현실적인 의견까지 나올 정도였습니다.

곤고로의 사십구재가 끝날 무렵에는 일촉즉발의 상황이 되어 키쿠오를 자택에서 납치해 억지로 승계를 선언시키려는 소동까지 발생합니다.

이런 상황을 보다 못해 소란을 정리한 사람이 아이코회 사장인 츠지무라 마사키였습니다. 본거지인 사세호에서 달려와 수감된 사나다와 빠르게 연락을 취하고, 그의 대리자가 되어 서로 대립하던 타치바나파 조직원들을 규합하기 시작했습니다.

그의 수완은 대단해서 곤고로가 죽고 반년 정도 지났을 무렵에는 후계 싸움의 불씨도 완전히 꺼진 상태였습니다.

이때 츠지무라가 조직원들에게 인정받을 수 있었던 건, 먼저 곤고로의 유일한 혈육인 키쿠오의 장래까지 염려했다는 점 덕분입니다.

"현재 미야지 회장 개인의 활약과 미야지파의 몰락을 봐도 알 수 있듯이, 앞으로의 야쿠자는 양지로 진출해야만 합니다. 구역이니 상납이니 하는 작은 세상에서 벗어나서, 일본의 양지 경제에 끼어들어야만 하는 거예요. 그 희망의 상징이 바로 우리 키쿠오 조카지요. 잘 공부시키고 대학까지 보내면, 훌륭히 성장한 키쿠오가 우리한테 새로운 세상을 보여줄 겁니다."

이인자의 임시 대리인으로 시작해서 어느새 곤고로의 묘비 설립이나 납골 등을 처리한 사람이 츠지무라였습니다. 물론 외부자라면 외부자였기에 조직 내에서 이의를 제기하는 사람도 있었지만, 그렇다고 다른 후계자를 세우려 하면 또 내분이 발생할 게 뻔한 상황이라 결과적으로 츠지무라의 지휘에 따를 수밖에 없었지요. 하지만 이때 보여준 우유부단함이 나중에 타치바나파가 아이코회의 하부 조직으로 전락하는 화근이 되고 맙니다.

"키쿠짱, 누가 왔어?"

사다리 같은 계단을 내려온 사람은 하루에였습니다. 아까부터 춥다고 노래를 부른 것치고는 양말도 신지 않아서 그 하얀 발이 난로 불빛에 붉게 물듭니다.

"하루에, 나야, 나."

토쿠지가 그렇게 대답하자 목소리를 듣고 놀란 하루에가 속 편한 농담을 합니다.

"뭐야, 소년원에도 정월 휴가가 있어?"

"있겠어?"

어이없다는 듯 말하는 토쿠지.

"술 취해서 경찰관 패고 소년원에 들어간 놈한테, 뭐가 이쁘다고 정월 휴가를 주겠냐?"

그 말에 키쿠오까지 웃고 말았습니다.

토쿠지가 소년원에 가게 된 것은 아이코회 츠지무라 사장 지시로 곤고로의 납골이 무사히 끝난 직후였습니다.

키쿠오와 토쿠지가 평소처럼 똘마니들을 데리고 신세계 극장에 〈희극 역 앞 여사장〉을 보러 갔더니 2층 맨 앞줄에 교복을 입은 집단이 보였습니다.

원래 그 좌석은 키쿠오 일당 전용이라 사정을 모르는 어른들이 앉아 있는 때는 있어도 그때마다 토쿠지가 즉시 쫓아냈고, 주변 중고등학교에선 이 자리가 타치바나파 도련님의 특등석이라는 사실이 널리 퍼져 있었기에 일단 학생들은 절대 앉지 않았습니다.

"지금 거기서 뭐 하는 거야?"

이미 상영이 시작된 어둑어둑한 상영관에서 토쿠지가 말을 걸자, 우메오카 중학교의 불량 학생들이 돌아보았습니다. 바로 도망치겠지 생각했지만…….

"뭐하긴, 영화 보는 거 안 보여?"

우두머리로 보이는 여드름 소년이 히죽 웃으며 되받아칩니다.

이 히죽 웃는 소년으로 말하자면, 상당히 못돼먹긴 했어도 나가사키에서 가장 큰 건축 자재 회사 사장의 아들로, '닛키의 조지'라는 별명으로 나름 유명했습니다.

닛키의 조지가 히죽 웃자마자 토쿠지가 좌석을 걷어찼습니다.

근처에 있던 여자 손님들이 "꺄악" 하고 비명을 질렀고, 서로 노려보는 두 사람으로부터 도망치듯이 가방을 끌어안고 1층으로 내려갔습니다.

"이제 구경꾼도 사라졌으니까, 지금 여기서 무릎 꿇고 빌면 용서해 줄게."

토쿠지가 닛키의 조지 무릎 위로 발을 올리고 포마드 바른 머리를 툭 때립니다.

닛키의 조지가 바로 자리에서 일어났기에 당연히 물러난다고 생각했지만, 놀랍게도 갑자기 토쿠지의 얼굴에 주먹을 날렸습니다.

너무나 갑작스러운 공격이라 토쿠지는 코를 정통으로 맞았고, 바로 뿜어져 나오는 코피를 손으로 억누르며 주저앉습니다.

"'타치바나'라고 하면 사람들이 계속 겁먹을 것 같아? 다 망해 빠진 야쿠자 말단 새끼가 어디서 허풍이야?"

주저앉은 토쿠지의 등을 닛키의 조지가 나막신 신은 발로 짓밟았습니다. 담배꽁초와 빵 부스러기, 단내 나는 주스 얼룩으로 지저분한 바닥에 토쿠지의 코피가 번집니다.

"너도 타치바나파 두목 아들이라고 뻐기지 마."

닛키의 조지가 토쿠지의 등을 짓밟은 채로 키쿠오의 먹살을 잡으려 손을 뻗습니다.

"······자기 아빠가 총 맞아 죽었는데, 복수도 못 하는 겁쟁이 아들내미는 여기서 영화나 보고 앉았냐? 사람들이 너를 얼마나 우습게 보는지 알아? 이제 타치바나파 조직원들은 카바레 웨이터로 일하면서 미야지파 회장님이나 우리 아버지 같은 사람한테 맥주나 따른다던데?"

 닛키의 조지가 웃음을 터뜨리며 키쿠오의 멱살을 잡아당겨 억지로 좌석에 앉힙니다.

 "······영화가 그렇게 보고 싶으면, 실컷 봐. 〈희극 역 앞 야쿠자〉가 시작될 테니까."

 "이거 놔."

 말이 끝나기도 전에 키쿠오가 닛키의 조지의 손목을 비틀려고 했지만, 상대방도 타치바나파 두목의 아들이라는 걸 알면서 시비를 걸어올 정도니까 싸움에는 자신이 있었는지, 역으로 키쿠오의 팔을 비틀었습니다.

 어쩔 수 없이 무릎을 꿇은 키쿠오의 얼굴을 향해, 이번엔 닛키의 조지가 보란 듯이 주먹을 날립니다.

 그제야 웅크리고 있던 토쿠지가 필사적으로 두 사람 사이에 끼어들려 하지만, 아직도 현기증이 나는지 다리가 비틀거렸습니다.

 그러는 사이 승기를 잡았다는 걸 확신한 닛키의 조지 쪽 똘마니들은, 타치바나 두목의 아들을 이긴다면 평생 남을 자랑거리라는 생각으로 그때까지도 가만히 상황을 지켜보던 키쿠오 똘마니들에게 덤벼들었습니다.

 양측 일고여덟 명이 일제히 싸우기 시작하자 상영관 안은 더는 영화 같은 걸 볼 상황이 아니었습니다. 2층의 손님은 물론이고 1층 손님들까지 몸을 일으켜 이쪽을 올려다봅니다. 얼굴이 피투성이가 된 토쿠지가 불리한 형세의 키쿠오를 구하려고 닛키의 조지 허리에 매달렸지만, 몸에 힘이 제대로 들어가지 않습니다.

그 앞에서 닛키의 조지는 신고 있던 나막신을 손에 들고, 제대로 움직일 수 없게 된 키쿠오의 머리를 굴욕적으로 때려댔습니다.

키쿠오도 어떻게든 피하려 하지만 하필 무릎이 시트 사이에 끼어 빠지지 않았습니다.

피로 물든 토쿠지 눈에도 나막신에 머리를 얻어맞는 키쿠오의 모습이 보입니다.

난투가 벌어지는 가운데, 누가 가져왔는지 소화기를 분사했고 손님들의 비명과 함께 하얀 연기가 상영관 안을 가득 채웁니다.

근처 파출소에서 순경들이 달려온 건 바로 그때였고, 불이 켜진 상영관 안에 호루라기 소리가 울려 퍼지자 닛키의 조지를 선두로 소년들은 누가 먼저랄 것도 없이 도망치기 시작합니다.

"도련님, 도망쳐."

바닥에 주저앉아 있던 키쿠오는 피투성이의 토쿠지에게 등을 떠밀려서 몸을 일으켰고, 같이 가자는 듯이 토쿠지의 팔을 잡아당겼지만, 바로 뿌리쳤습니다.

"난 괜찮으니까 빨리 가!"

다음 순간, 소화기 연기 속에서 나타난 순경이 두 사람의 팔을 동시에 붙잡았습니다.

"이 자식들, 어딜 도망가는 거야!"

전부 끝났다고 생각했을 때, 토쿠지가 마지막 힘을 쥐어짜 그 순경을 향해 박치기했습니다.

비틀거리는 순경을 밀쳐낸 토쿠지가 다시 키쿠오의 등을 떠밀었습니다.

"도련님, 도망치라니까!"

키쿠오는 즉시 난간을 넘어 "에잇!" 하고 1층으로 뛰어내렸습니다.

"거기 서!"

뒤쫓아오는 다른 순경 허리에 토쿠지가 매달렸고…….

"이거 놔!"

"못 놔."

그렇게 실랑이를 벌이는 사이, 키쿠오는 간신히 도망칠 수 있었지만, 마지막엔 순경 세 명에게 포위당한 토쿠지 혼자 공무집행방해죄 현행범으로 체포되어 그때까지 저지른 여러 잘못까지 함께 처벌받으면서 결국 소년원에 보내지고 말았습니다.

"이렇게 추운 데 있지 말고, 방으로 올라와."

하루에가 어이가 없다는 듯 말했습니다. 여전히 키쿠오와 토쿠지는 어둑어둑한 유흥주점 바닥에 놓인 석유난로에 얼굴을 나란히 대고 있었고, 하루에는 일단 두 사람을 내버려둔 채 2층으로 올라가 〈홍백가합전〉을 계속 보고 있었습니다. 하지만 어느새 프로그램도 슬슬 끝이 나자 다시 두 사람에게 내려왔던 겁니다.

"토쿠쨩, 위로 올라와. 해넘이 국수 데워줄 테니까."

따뜻한 국수 냄새라도 상상했는지, 토쿠지의 배에서 꼬르륵 소리가 납니다.

"고마워. 하지만 나 같은 수배자랑 엮이면 너한테도 피해가 갈 거야."

토쿠지가 잔뜩 무게를 잡으며 코트를 어깨에 걸치자, "이 과부 킬러!" 하고 키쿠오가 농담을 합니다.

"뭐 마음대로 해도 되는데, 토쿠짱, 오늘 밤은 자고 갈 거 아니었어? 내일 우리 집 특제 떡국을 먹게 해줄게."

예전과 다름없는 두 사람의 장난에 장단을 맞추기엔 너무 추웠는지, 하루에는 그렇게 말하며 2층으로 돌아갔습니다.

2층에서는 미소라 히바리가 부르는 〈야와라〉와 함께, 하루에의 어머니가 이상한 음정으로 따라 부르는 목소리까지 들려옵니다.

하루에가 사라지자 토쿠지가 다시 목소리를 낮췄습니다.

"그래서 아까 하던 이야기 말인데, 큰형님 복수는 언제 할 거야? 난 더 못 기다리겠는데."

재촉하는 토쿠지의 말을 키쿠오가 웃어넘깁니다.

"그러니까, 복수 같은 건 안 한 댔잖아."

"안 한다니, 도련님……. 설마 그거 진심으로 하는 말은 아니지?"

난로 앞으로 몸을 내민 토쿠지 무릎이 키쿠오 무릎과 강하게 부딪칩니다.

"진심이고 뭐고, 복수 같은 건 생각해 본 적도 없어."

"아니, 도련님……."

"그리고 토쿠짱이 지금 복수 같은 일에 끼어들었다간, 그때는 틀림없이 특별 소년원에 가게 될걸."

"나는 괜찮다니까. 특별 소년원이든 아바시리網走 감옥이든 얼마든지 갈 각오가 되어 있어. 들어가 봐야 몇 년만 살다가 나올 건데 뭐."

"아바시리는 무슨……. 그렇게 추위 잘 타는 토쿠짱이 잘도 버티겠네."

키쿠오가 농담으로 넘기려 하지만 토쿠지는 물러서지 않습니다.

"도련님, 내가 오늘 도망쳐 나온 건, 큰형님의 일주기라서 그렇기도 하지만, 그것보다도 도련님이 너무 답답해서 그랬어. 난 큰형님의 복수를 하려고도 안 하는 도련님을 도저히 이해할 수가 없어."

눈물까지 글썽이며 토쿠지가 간언하지만, 키쿠오는 더는 이야기하고 싶지 않다는 듯이 빈 담뱃갑으로 만든 우산을 손가락으로 빙글 돌리다가 어깨에 툭 기대는 시늉을 합니다.

"도련님, 장난은 그만하고."

"미안해."

이 우산은 손재주가 좋은 하루에의 어머니가 심심풀이로 만든 건데, 키쿠오도 가끔 코타츠에 누워 돕곤 했습니다.

"도련님…… 역시 이대로 가만히 있는 건 너무 한심해. 큰형님도 무덤에서 우실 거야. 하나밖에 없는 아들이 원수를 갚을 생각도 안 하고, 여자 집에서 이렇게 빈둥거리기만 해서야……."

먼저 빈 담뱃갑을 구기지 않고 쫙 편 다음 삼각형을 만듭니다. 이걸 100개 정도 만드는 건 쉽지 않은 작업이지만, 거의 완성되면 철사를 넣어 우산 모양을 만들고, 뼈대 부분에는 이쑤시개를 하나하나 집어넣습니다. 마지막은 뼈대 끝부분을 실로 쭉 꿰매면 담뱃갑 우산이 완성되고, 상표마다 담뱃갑의 색과 모양이 다 다르기에 이 세상에 하나밖에 없는 만화경 같은 모양의 우산이 완성되는 겁니다.

"……도련님, 난 이번에 모든 걸 각오하고 소년원에서 도망쳐 왔어. 도련님이 정말 가만히 있겠다면, 내가 대신 할게. 동참할 사람도 모아서 내가 미야지파의 늙은이 목을 베버릴 거야."

잠시 침묵하던 토쿠지가 역시 이해할 수 없다는 듯이 떨리는 목소리로 말합니다.

그리고 마치 당장이라도 미야지 회장 집에 쳐들어갈 기세로 이렇게 중얼거립니다.

"연장은 내가 준비할 수 있어."

"연장이라니, 토쿠짱……."

모처럼 만든 담뱃갑 우산을 해체하던 키쿠오가 말리지만, 토쿠지는 듣지 않습니다.

"소년원에서 알게 된 녀석이 개조된 무기라면 알아봐 줄 수 있다고 했어. 토기츠에서 농사짓는 애긴 한데, 믿을 만하거든. 우리도 단도나 일본도 정도는……."

"개조라니, 토쿠짱……."

키쿠오는 해체시킨 담뱃갑 우산을 손바닥 위에 펼쳐놓았습니다.

"……우리 같은 꼬마들끼리 어떻게 해볼 상대가 아니야."

"그래도 도련님, 이대로 가만히 있는 건……."

매달리는 토쿠지를 뿌리치듯 키쿠오가 스윽 몸을 일으키자 마침 2층에서 하루에가 내려왔습니다.

"키쿠짱?"

팽팽한 분위기를 어렴풋이 느꼈는지, 눈치를 보듯 내려오더니 웃으며 말합니다.

"토쿠짱도 같이 새해 참배 가자."

문득 귀를 기울이면 제야의 종소리와 교회 종소리가 겨울 하늘에 울려 퍼지고 있습니다.

"토쿠짱도 모처럼 소년원에서 도망쳐 왔으니, 같이 스와신사에 가서 붙잡히지 않게 해달라고 기도하자. 그런 다음에 국수도 먹고."

키쿠오의 농담에도 토쿠지는 얼굴도 들지 않습니다.

키쿠오는 2층으로 올라가서 코타츠에 누워 텔레비전으로 〈가는 해 오는 해〉를 보고 있는 하루에 어머니를 넘어 토쿠지가 신을 양말과 목도리를 챙겼습니다.

흑백텔레비전에서는 문이 열리기만 기다리는 새해 참배객들이 추위에 언 손에 입김을 불어 넣는 모습이 흘러나옵니다.

"아줌마, 이게 어디 신사야?"

"여기? 교토의 후시미이나바伏見稲荷일 거야. 컬러텔레비전이었으면 이 빨간 도리이(鳥居: 신사 입구에 세운 기둥 문-옮긴이)가 쭉 늘어선 게 예뻤을 텐데."

"아줌마는 가본 적 있어?"

"교토? 없지. 아줌마가 제일 멀리 가본 게 구마모토야."

"언젠가 하루에랑 같이 데려가 줄게, 교토."

키쿠오가 그렇게 중얼거리자, 하루에의 어머니는 매우 놀란 듯이 고개를 들고는 기뻐합니다.

"헤에, 키쿠짱이? 그것참 기대되네."

코타츠에 하반신을 넣고 있는 탓인지, 아니면 술집 영업용 화장을 하지 않은 탓인지 몰라도, 하루에 어머니의 몸이 무척 왜소해 보였습니다.

"아줌마 몸, 되게 작네."

키쿠오가 무심결에 중얼거리자, 놀란 듯 고개를 든 하루에 어머니는 어째서인지 낮은 천장을 올려다봅니다.

"키쿠짱은, 이제부터 훨씬 더 커질 거야."

키쿠오의 아버지 곤고로는 총탄 두 발을 배에 맞고서도 사흘 동안 나가사키 대학병원 침대에서 계속 살아 있었습니다.

결국 의식은 한 번도 돌아오지 못했지만, 그래도 병원의 작은 파이프 침대에서 삐져나온 굵은 팔다리는 반드시 다시 일어설 것만 같은 강한 생명력으로 가득했습니다.

그 커다란 몸이 갑자기 쪼그라든 것처럼 보였던 게 사흘째 밤이었습니다.

잠도 거의 못 자며 간병하던 아내 마츠가 피곤해서 의식을 잃은 듯이 잠들어버리자, 병실에 깨어 있는 사람은 키쿠오 혼자였습니다. 집에 돌아가려고 몸을 일으켜 별생각 없이 곤고로를 내려다보았을 때, 무심결에 '응?' 하는 목소리가 새어 나올 만큼 그 몸이 작아져 있었던 겁니다.

의식을 잃은 뒤에도 곤고로는 중환자답지 않게 요란하게 코를 골아댔습니다. 그런 커다란 코골이는 병원의 작은 침대에서 팔다리가 삐져나오는 거구의 남자에게는 어울릴지 몰라도, 작게 쪼그라든 몸에서는 아무 위엄도 없이, 오히려 허세를 부리는 듯한 비참함밖에 없었습니다.

키쿠오는 다급히 곤고로의 코를 움켜쥐었습니다. 그러자 입을 확 벌리더니, 또 '그으, 그으' 하고 더욱 우스꽝스럽게 코를 골기 시작했습니다.

키쿠오는 곤고로의 얼굴을 유심히 바라보았습니다. 자기 아버지가 죽는다는 사실이 전혀 슬프지는 않았습니다. 그저 아버지가 무언가에 패배한 채 생을 마친다는 게 분해서 눈물이 마구 흘렀습니다.

용태가 급변한 곤고로가 사망한 것은 그 뒤로부터 여섯 시간 뒤였고, 41년의 떠들썩했던 생애의 마지막을 결국 아무도 없는 병실에서 쓸쓸히 맞이했다고 합니다.

곤고로가 사망하면서 키쿠오는 어디에도 의지할 데 없는 신세가 되었습니다. 왜냐하면 키쿠오를 키워준 마츠는 곤고로의 후처였고, 친엄마라는 사람은 키쿠오가 두 살 무렵 사망했기 때문입니다.

그게 1952년 말이었다고 하니까, 원폭 피해를 당한 나가사키 대학병원도 아직 근처 초등학교에 가설된 진료소에서 외래환자를 보던 시절입니다. 키쿠오의 친모 치요코는 결핵으로 죽었다고 하니까, 아마 병상에 누운 뒤부터는 충분한 치료도 받지 못한 채 최후를 맞았을 겁니다.

당시 곤고로 일가가 생활하던 곳은 번화가가 위치한 동네에서 나가사키항을 사이에 낀 반대편, 지금은 야경 명소가 된 이나사稻佐산의 중턱이었습니다.

시대는 마침 빠르게 발전하던 나가사키에서 곤고로가 아이코회의 쿠마이와 함께 한창 활약하던 때였고 이미 가정을 이룬 상태였지만, 미야지파가 장악한 나가사키에서는 아직 신흥 조직 중 하나에 불과했습니다. 문도 울타리도 없는 전세 단층집에 커다란 문신을 새긴 젊은이들이 드나들며 날씨가 좋으면 집 앞에서 씨름하고, 비가 내리면 실내에서 화투를 치는 느긋한 시절이기도 했습니다.

이 단층집 뒤에 함석지붕을 얹은 연립주택이 있었는데, 그 맨 끝, 비가 내리면 문짝이라도 깔아둬야 지나갈 수 있을 만큼 배수가 엉망인 방에 친모인 치요코가 누워 있었고, 늘 탁한 기침 소리를 내며 더러운 이불에 까만 머리카락이 뒤엉킨 것처럼 보였다고 합니다.

병이 병이니만큼 아무나 쉽게 병문안을 갈 수도 없었고, 아직 어린 키쿠오는 단 한 번도 이 방에는 들어가지 못했습니다.

"저기 가까이 가면 눈이 멀고, 피를 토하게 된다"라며 주위 어른들이 겁을 주었고, 어린 마음에도 그곳에 누운 친모를 괴물 같은 존재처럼 두려워했던 기억도 있습니다.

그때 이미 곤고로는 나중에 후처로 맞는 마츠를 집에 들이고 있었습니다.

가끔 찾아오는 의사를 제외하면 아무도 가까이 가지 않는 치요코의 방에 하루 세끼 식사를 가져다준 사람이 바로 마츠였습니다.

원래 마츠는 곤고로가 젊은 시절부터 신세를 진 이웃 할머니 손녀로, 이 이나사초稻佐町의 전셋집에서 가정을 이룬 김에 할머니의 소개로 가정부로 고용되었습니다. 그런데 천성이 성실하다고 해야 할지, 걸레질하라고 하면 이마에 구슬땀을 흘리며 부끄럽지도 않은지 하얀 허벅지를 드러낸 채 일하는 모습에 곤고로가 욕정을 일으키는 데는 그리 오랜 시간이 걸리지 않았지요.

당시에 이미 치요코의 건강이 많이 안 좋았기에, 어린 키쿠오의 기저귀를 갈아주고 밤에 울음을 터뜨리면 안고 나가 산책을 시켜주는 사람도 마츠였습니다.

결국 치요코가 뒷방에 몸져눕게 되자 곤고로는 마츠를 아예 마누라처럼 대했고, 부부 동반으로 가야 체면이 서는 관혼상제 행사에도 치요코 씨에게 죄송하다고 거부하는 마츠에게 예복을 입혀 억지로 데려가기 시작했습니다.

즉흥적인 곤고로와 밤낮 가리지 않고 격렬하게 몸을 섞은 직후에 치요코에게 식사를 가져다줘야 할 때도 있었습니다. 곤고로를 누구보다 잘 아는 본처 치요코가 마츠의 몸에서 발산되는 희미한 열기를 못 느낄 리가 없었겠지요. 당시의 두 사람이 어떤 심정이었는지는 이제 누구도 알 수 없지만, 그런 치요코가 버림받듯 죽었을 때 누구보다 열심히 장례식을 주관한 사람이 마츠였다고 합니다.

두 살짜리 어린애의 기억이라 확실하진 않지만, 키쿠오는 이 두 사람이 뒷방에서 대화하는 모습을 어째서인지 기억하고 있습니다. 몰래 마츠를 뒤따라갔던 건지, 아니면 이제 못 만날 수도 있다며 마츠가 안아 들고 갔던 건지는 모르겠지만, 그 기억 속에서 마츠는 병에 괴로워하는 치요코의 등을 쓰다듬으며 이렇게 말했습니다.

"치요코 씨, 힘내요. 애써 원폭에도 지지 않고 살아남았잖아요. 병 같은 거에 지면 안 되죠."

문신사 타츠가 쥔 조각칼이 째깍째깍째깍, 하고 마치 마음 급한 시계 같은 소리를 냅니다.

　얇은 이불 위에 엎드린 키쿠오는 비지땀을 흘리는 이마를 베개에 파묻은 채로 하얀 등에 새어 나오는 피를 거즈로 거칠게 닦아낼 때마다 고통에 얼굴을 찡그립니다.

　타츠의 조각칼은 거침없이 키쿠오의 등에 날개를 펼친 수리부엉이를 새겨넣고 있었지만, 소년의 등이 가냘픈 탓인지, 아니면 맹금류의 날개가 너무 큰 탓인지 몰라도 수리부엉이는 당장이라도 그 등에서 벗어나 어딘가로 날아가 버릴 것만 같습니다.

　"타츠 씨. 오늘은 여기까지만 하면 안 돼?"

　"왜?"

　"아침부터 열이 좀 나서……."

　"열?"

　타츠는 키쿠오의 핑곗거리를 들어줄 생각도 없는지, 조각칼의 움직임은 멈추지 않습니다.

　"하루에는 오늘도 세 시간이나 견뎌내고 다음번엔 완성인데. 도련님은 왜 이렇게 약해 빠졌어?"

　"그야 워낙 둔감한 여자애라 그렇지."

　아까 키쿠오가 옷을 벗고 엎드렸을 때, 이 이불에는 아직 하루에의 온기와 땀이 남아 있었습니다.

　실내에는 석유난로가 켜져 있지만, 아치형의 석조 다리가 놓인 나카시마中島강을 내려다보는 창문은 활짝 열려 있어서 등의 상처를 매서운 겨울바람과 난로의 열기가 번갈아 휩쓸었습니다.

　"그래, 그럼 오늘은 여기까지."

타츠가 갑자기 조각칼을 내려놓자 몸이 떨릴 만큼 긴장하던 키쿠오의 몸에서도 힘이 빠져나갑니다.

"타츠 씨, 이제 몇 번 더 하면 완성이야?"

"세 시간 동안 견뎌낼 수 있으면 한 번. 못 견뎌내면 두 번."

타츠는 기묘한 동작으로 다다미 위를 기어가서 창가에 앉습니다. 그에게는 당연히 있어야 할 오른쪽 다리가 없었습니다.

"타츠 씨, 폭탄에 날아간 그 오른쪽 다리에도 문신했었어?"

"그래, 허벅다리까지 가득 새겼었지."

이 타츠라는 문신사는 미에三重현 출신으로 전쟁 이전에는 건설 노동자로 일했다고 합니다. 징병으로 육군에 입대한 뒤에는 사이판섬의 주력 수비대에 배치되었고, 총력전이 끝난 뒤에도 경기관총만으로 게릴라전을 수행하던 와중에 폭탄을 맞고 오른 다리를 잃은 채 미군에 포로로 잡힌 남자였습니다.

포로수용소에서는 전신을 뒤덮은 화려한 일본식 문신이 화제가 되어 종군 카메라맨에게 찍힌 나체 사진이 미국 잡지에 실렸다는 이야기도 있고, 안 실렸다는 이야기도 있습니다.

전쟁이 끝나고 귀국하자 다리를 잃은 탓에 건설업으로 돌아갈 순 없었고, 어린 시절부터 그림을 좋아했던 적성을 살려 문신사가 되어 나고야와 고베를 떠돌았습니다. 그러던 어느 날 밤, 술에 취해 문득 올라탄 증기선이 나가사키항에 도착한 뒤로는 물과 음식이 잘 맞았는지, 도박장에서 친해진 곤고로의 비호를 받으며 그대로 이 땅에 정착했다고 합니다.

"타츠 씨, 다리를 잃으면 사라진 발끝이 가렵다고 하던데, 그거

"진짜야?"

타츠가 차가운 바셀린을 등에 발라줄 때 키쿠오가 물었습니다.

"그래, 가렵지. 그보다도, 폭탄을 맞기 직전에 사이판 정글에서 개미가 신발 속에 막 몰려들었는데, 그때의 느낌이 아직도 사라진 발끝에 남아 있어."

"정글에서 사는 개미는 엄청 굵다면서?"

"그래, 통통하게 살이 찐 불개미였어."

타츠는 듬뿍 바른 바셀린 위에 투명한 필름 같은 것을 붙이려 했습니다.

"그건 뭐야?"

"요새 많이 팔리는 식품용 랩이라는 거야."

키쿠오의 질문에 대답하면서, 아직도 따끔거리는 바셀린투성이 등에 투명한 필름을 둘렀습니다.

"생선이든 고기든 이걸로 싸놓으면 한동안은 안 썩는대. 거즈보다 좋은 거지."

키쿠오는 사이판섬에서 잃었다는 타츠의 오른 다리가 이 랩에 싸여 일본으로 운반되는 모습을 멍하니 상상하고 있었습니다.

유곽 거리였던 마루야마에 가까운 시안바시 주변 지역은 나가사키 제일의 환락가였고, 이 당시는 수천 명을 수용할 수 있는 대형 카바레 '12번관'이나 '은마차'를 중심으로 고급 클럽과 유흥주점이 좁은 골목을 꽉 채우고 있었습니다. 마침 나가사키의 거대 기업인 미츠비시 조선소가 호황이었던 덕분에 그야말로 매일 밤이 축제처럼 떠들썩했습니다.

그리고 밤거리가 활기를 띠면, 거기서 독특한 문화도 생겨납니다.

예를 들어 이 '12번관'이라는 카바레에서 전속 밴드로 일하던 '다카하시 마사루와 콜로라티노'는 몇 년 뒤 〈시안바시 블루스〉라는 곡으로 화려하게 데뷔하면서 일본 가요계에서의 나가사키 붐을 형성합니다. 아오에 미나의 〈나가사키 블루스〉, 세가와 에이코의 〈나가사키의 밤은 보라색〉 등의 명곡이 연이어 발표되는 가운데, 라이벌 카바레 '은마차'의 전속 밴드 '우치야마다 히로시와 쿨 파이브'도 드디어 데뷔하면서 일본에서 모르는 사람이 없는 대히트곡, 〈나가사키는 오늘도 비가 내리네〉도 탄생했습니다.

사실 이 시안바시思案橋는 지명에 다리 교橋 자가 들어가긴 해도 이 무렵엔 이미 매립되어 다리의 모습은 남아 있지 않습니다. 다만 원래 강가였던 골목에 남아 있는 버드나무가 매일 밤 밤바람에 흔들리면서 거리의 취객과 변해가는 시대를 지켜보고 있습니다.

이 주변은 옛 유곽 거리였던 만큼 시대가 흐른 뒤에도 이른바 '연애용 여관'이 쭉 늘어서 있었고, 따라서 아직 가로등도 많지 않던 당시에는 근처에 있는 마루야마 공원과 그 골목길은 밤의 여자들에겐 절호의 판매장이나 다름없었습니다.

"자, 고기만두 사 왔어."

버드나무 아래서 추위에 몸을 웅크리던 하루에 코앞에 키쿠오가 김이 모락모락 피어오르는 고기만두를 내밀었습니다. 바로 대나뭇잎 포장을 풀자 향긋한 마늘 냄새가 겨울밤에 피어오르며 근처에 있던 또래 여자애들까지 다가와 차례차례 손을 뻗습니다.

"좋겠다, 하루짱. 이렇게 귀여운 오빠가 좋아해 줘서."

추운 날씨에 고기만두를 받은 보답인지, 평소엔 키쿠오를 "오빠 거시기는 제구실을 하긴 하는 거야?" 하고 놀리던 여자들이 웬일로 아부를 떱니다.

"누나들도 곤란한 일이 생기면, 언제든지 타치바나로 와서 얘기하면 돼."

키쿠오도 어엿한 남자 대접을 받는 게 나쁜 기분은 아니었는지 선심 쓰듯 말했지만, 곤고로 사후에 타치바나라는 이름은 밤의 여자들 사이에서도 유통기한이 지난 지 오래였습니다.

"그러고 보니 두목님의 일주기 법회 말인데. 절도 삼류에 스님도 삼류라 너무 초라했잖아."

이렇게 두려워하기는커녕 오히려 가엾게 여기는 실정입니다.

키쿠오도 뭐라고 반론하고는 싶었지만, 실제로 법회를 주관한 아이코회의 츠지무라가 선정한 곳은 그녀들의 말처럼 삼류 절과 삼류 스님이라, 타치바나의 조직원은 물론이고 옛 의리를 잊지 않고 찾아온 참례객들까지도 너무나 초라한 광경에 말을 잇지 못할 정도였습니다.

그 비참함은 당연히 장례의 선두에 선 키쿠오와 마츠가 누구보다 여실히 느꼈지만, 어느새 아이코회 하부 조직이 되어버린 타치바나파에서 츠지무라에게 항의할 수 있는 사람은 아무도 없었습니다.

양손으로 펼친 대나뭇잎의 고기만두도 세 개만 남았을 무렵, 갑자기 누군가가 어깨를 툭 때리면서 비틀거린 키쿠오의 손에서 고기만두가 데굴데굴 굴러떨어집니다.

"야 이, 조심 안 하냐?"

위협하듯 돌아본 순간, 눈앞에 선 거구의 남자가 다짜고짜 키쿠오의 머리를 세게 후려갈깁니다.

"중학생 꼬마가 여기서 삐끼짓이나 하는 거냐?"

너무 아픈 나머지 눈앞에서 별이 보이며 비틀거리는 키쿠오의 목덜미를 바로 잡아채는 이 거구의 남자는, 사실 키쿠오가 다니는 중학교의 오자키라는 체육 교사였습니다. 전후 민주주의 시대에 태어난 교사의 전형으로 평소 야쿠자라는 존재를 매우 혐오한 나머지, 유도 수업 때는 일부러 키쿠오를 시범 상대로 골라 제대로 일어설 수도 없을 만큼 업어치기를 한다거나 실신 직전까지 조르기 기술을 사용하기도 했습니다.

곤고로의 아들이라는 이유로 함부로 대하지 못하는 다른 교사들과는 정반대라 다른 학생들은 오자키가 언젠가 타치바나파 조직원들에게 반죽음을 당할 거라 수군거렸지만 정작 본인은 전혀 상관하지 않는 듯했고, 키쿠오가 학교에서 나쁜 짓을 하면 얼굴 모양이 바뀔 만큼 마구 폭행했습니다.

사실 키쿠오가 중학교에 거의 나가지 않게 된 건 이 오자키 탓도 있었고, 딱 한 번, 이런 부당한 대우를 참지 못해 곤고로에게 하소연한 적도 있었지만…….

"호오, 아직도 그렇게 뚝심 있는 선생이 남아 있다고? 네 문제는 네가 해결해라."

오히려 감탄하는 반응을 보이며 아직도 부어오른 키쿠오의 얼굴을 한 대 더 때릴 뿐이었습니다.

"너는 또 어디 중학교야?"

너무 아픈 나머지 바닥에 웅크린 키쿠오의 머리 위에서, 오자키가 이번에는 아무 저항도 못 하는 하루에의 머리채를 잡아채고 있었습니다.

"……머리에 피도 안 마른 녀석이 이런 멍청이한테 속아 넘어가서 이런 데서 돌아다니기나 하고. 너는 네 몸이 얼마나 소중한지도 모르는 거냐?"

오자키가 하루에의 머리카락을 움켜쥔 채로 난폭하게 흔들었습니다. 그 밑에서 "그만해!" 하고 키쿠오가 저항하려 했지만, 얼굴만 걷어차이고 끝났습니다.

"오라버니, 그 정도면 됐잖아요."

너무 심하다고 생각했는지, 평소 같으면 이런 소동에는 일절 상관하지 않는 밤의 여자들까지 말릴 정도였습니다.

그런데도 오자키의 분노는 가라앉지 않았는지, 이미 바닥에 쓰러져 있던 키쿠오를 억지로 일으켜 세웠습니다.

"너는 계속 평생 이딴 식으로 살다가 죽을 거냐?!"

"내가 나중에 타치바나파를 이어받으면, 제일 먼저 너부터 죽여버릴 거야!"

키쿠오도 자존심만큼은 누구보다 강했기에 다리를 비틀거리면서도 허세를 부렸지만, 그 말을 기다렸다는 듯이 오자키의 손이 키쿠오 뺨을 때리며 다시 바닥에 쓰러지고 말았습니다.

"너는 눈도 없어? 지금 그 타치바나파가 남아 있긴 하고?"

안타깝게도 오자키의 말이 전혀 틀린다고 할 수도 없습니다. 곤고로가 죽고 1년의 세월이 흐른 지금, 일주기 법회에는 역시 모든 조직원이 참가했지만, 그 대부분은 이미 아이코회 나가사키 지부에 드나들고 있었습니다. 마츠와 키쿠오만 남은 타치바나 본가에 예전처럼 드나드는 사람은 곤고로와 직접 형제의 잔을 나눈 간부들뿐입니다. 젊은 남자들이 잔뜩 모여 있는 광경은 늘 칙칙해 보였지만, 막상 사라지고 나니 그곳에 있던 열기까지 사라진 것처럼 지금까지 신경도 쓰이지 않던 집의 외풍이나 차가운 나무 바닥이 유독 싸늘하게 느껴집니다.

그런 데다 세상이란 곳은 워낙 타산적이라, 불과 며칠 전에 마츠가 장어덮밥을 배달시켰을 때는 이런 일도 있었습니다. 배달원에게 수고했다는 말과 함께 언제나처럼 팁을 주며 돌려보내려 하자 우물쭈물하며 가만히 서 있는 것이었습니다.

"저기……."

무슨 일인가 하니, 이제부터 음식값은 되도록 현금으로 받아오라고 가게 주인이 시켰다는 이야기였습니다. 마츠는 놀라기도 하고 창피하기도 해서 다급히 지갑을 가지러 들어갔다고 합니다.

장어집 배달원이 그렇게 나올 정도니, 곤고로와 알고 지내던 눈치 빠른 사업가들이 앞다퉈 타치바나파와의 거래를 끊은 것도 당연하다면 당연한 일입니다.

이른 아침, 조직 사무소의 괘종시계 소리가 집 안에 울려 퍼졌습니다. 아직 7시지만 곤고로가 살아 있던 시절이라면 이미 잠에서 깬 말단 조직원들이 청소하는 소리와 하품만 한다고 혼나는 소리 등으로 소란스러워서 사무소의 괘종시계 소리가 2층에 있는 키쿠오 방까지 들려올 일은 없었습니다.

이날 아침, 키쿠오가 오랜만에 교복을 입고 부엌으로 내려가자, 요리사 출신 말단 조직원인 코테츠와 함께 아침을 준비하던 마츠가 동글동글한 눈을 더욱 동그랗게 떴습니다.

"아이고, 별일이네. 학교 가는 거야?"

그러자 코테츠가 바로 끼어들며 농담을 합니다.

"어젯밤에 오자키라는 선생한테 실컷 얻어맞고 왔다던데, 이제 무서워서 선생 말 잘 듣는 건가?"

키쿠오는 두 사람을 무시한 채 식탁에 앉아 호박 조림을 한 입 먹고는 무뚝뚝하게 말했습니다.

"밥."

오자키에게 얻어맞은 머리의 혹은 아직도 아팠지만, 눈이 부은 건 잠을 설친 탓입니다.

예전엔 대식구가 모이던 아침 식사도 지금은 키쿠오와 마츠를 포함해서 서너 명이고, 말 한마디 없이 방금 지은 밥과 뜨거운 된장국을 먹어 치우고는 누가 먼저랄 것도 없이 부엌을 나옵니다.

키쿠오도 현관으로 걸어 나와 운동화를 신으려다가 문득 멈춰 서더니, 사무소로 뛰어 돌아와 곤고로의 위패 앞에서 양손을 맞댔습니다.

"호오, 도련님이 불단 앞에서 기도를 다 하고, 별일이 다 있네. 해가 서쪽에서 뜨려나?"

고참 조직원이 이를 쑤시며 말을 건넸지만, 키쿠오는 대답도 없이 현관으로 돌아갔습니다.

"다녀오겠습니다."

밖으로 나오자마자 전봇대 뒤에서 튀어나온 토쿠지와 딱 부딪쳤고…….

"아파라, 뭐 하는 거야?"

"쉿!"

오히려 입을 틀어막으며 전봇대 뒤로 끌고 가는 것이었습니다.

"토쿠짱? 그동안 어디 있던 거야? 우리 집에도 소년원 직원들이 몇 번이나 찾으러 왔었어."

"미안해. 그래도 어디서 지내는지는 못 알려줘."

"어째서?"

"어째서는, 도련님이나 다른 형님들한테 피해가 갈 거 아니야."

섣달그믐날에 소년원을 탈출한 뒤로 3주 동안, 곤고로의 일주기 법회 때는 절의 천장에 숨어 추모했다는데, 그 이후로는 어디서 숨어 지내는지 키쿠오에게도 연락 한 번 없었습니다.

"이런 아침 댓바람부터 무슨 일이야?"

문득 이상하다 싶어 키쿠오가 물었지만…….

"오늘 도련님이 오랜만에 학교에 간다고, 하루에한테 들었지."

"그래."

키쿠오는 토쿠지의 말을 흘려넘깁니다.

"도련님, 나는 나가사키를 떠나서 오사카라도 가려고."

"오사카?"

토쿠지의 갑작스러운 선언에 키쿠오가 무심결에 되물었지만, 그 얼굴을 유심히 보니 벌써 자길 말려달라는 듯한 표정이 그대로 드러났습니다. 오사카에 아는 사람도 없으면서 이러는 걸 보면, 도망 생활이 어지간히 힘들었나 봅니다.

"나가사키역에 가기 전에, 잠깐 도련님한테 인사하러 온 거야."

"나가사키역이라니, 일단 점심까지만 기다려."

"못 기다려."

"나도 학교 갔다가 점심때 돌아와서 토쿠짱하고 같이 오사카로 갈래."

"뭐? 도련님도?"

전혀 예상치 못한 말이 나오자, 토쿠지는 믿어도 되는 건지 의심하는 눈치입니다.

"일단 열두 시에 나가사키역에서 만나."

키쿠오는 그렇게 말하자마자 토쿠지의 어깨를 툭 치고는 학교로 달려갔습니다.

"잘 다녀와······."

배웅하는 토쿠지는 아직도 어안이 벙벙한 얼굴입니다.

달려간 키쿠오는 불량식품 가게 앞에서 모퉁이를 돌아 그대로 판석이 깔린 언덕길을 뛰어 올라갔고, 긴 계단 언덕의 중간에 있는 담뱃가게의 공중전화 앞에 서서 손가락으로 110번 다이얼을 돌렸습니다.

"여보세요. 섣달그믐날에 나가사키 소년원에서 도망친 하야카와 토쿠지라는 남자가 오늘 열두 시에 나가사키역에 있을 거예요.

본인은 깊이 반성하고 있어서 자수할 각오는 했는데요, 도저히 자기 발로 소년원에 돌아갈 용기가 안 났댔어요. 제발 선처해 주시길 바랍니다."

일방적으로 그렇게 말하고는 "여보세요? 장난 전화하는 겁니까?" 하는 목소리를 무시한 채 수화기를 내려놓았고, 전교생 조회 시간에 늦지 않기 위해 다시 가파른 계단 언덕을 뛰어 올라가는 것이었습니다.

어깨에 멘 가방이 흔들릴 때마다, 사무소에서 몰래 가져온 칼날 20센티미터 길이의 단도가 그 무게감을 드러냅니다.

중학교로 이어지는 이 길고 가파른 계단 언덕은 넓은 묘지 안을 가로질렀고, 나란히 늘어선 묘비가 아침햇살을 받아 이슬에 젖은 것처럼 반짝였습니다.

뒤를 돌아보니 나가사키 거리가 한눈에 내려다보입니다. 한 번의 패배를 안겨준 동네지만, 키쿠오가 나고 자란, 사랑하는 동네기도 했습니다.

학교 정문으로 뛰어 들어가자 이미 교정으로 나온 동급생들이 키쿠오가 오랜만에 등교한 것을 보며 놀랐습니다. 키쿠오는 그대로 1층 화장실로 뛰어 들어가 가방에서 단도를 꺼내 바지 안에 집어넣고는 아무렇지 않은 얼굴로 조회에 나서는 학생들 사이에 섞였습니다.

오늘 조회 시간에는 근래에 아동도서관 건설에 막대한 돈을 기부한 자선가와 그 사업을 추진하는 시의원이 '꿈을 가져야 하는 이유'라는 주제로 연설할 예정이었습니다. 그 자선가가 바로 미야지파의 회장이자 이제는 '센츄리 건설'의 회장이 된 미야지 코조, 그 사람이었습니다.

키쿠오는 느릿하게 교정으로 걸어 나오는 행렬 속에서 배에 닿은 단도를 꽉 움켜쥡니다.

길게 늘어선 전교생 앞에서 교장의 소개가 끝나자 짝짝짝 하는 마지못한 박수 속에서 그 미야지파의 우두머리가 사위인 시의원과 함께 단상에 섰습니다.

구름 하나 없는 푸른 하늘에서는 아까부터 솔개 두 마리가 먹이를 찾아 공중을 선회하고 있습니다.

맨 앞에서 다섯 번째 줄에 선 키쿠오는 계속 고개를 숙인 채 기회를 노리고 있었습니다.

지난 1년 동안, 키쿠오는 누구에게도 이런 마음을 털어놓지 않고, 가만히 이 순간이 오기만을 기다렸습니다.

인생에는 이길 때가 있으면 질 때도 있습니다. 그건 열다섯 살의 키쿠오도 잘 알고 있었습니다. 다만 자기 아버지가 그 인생의 마지막을 패배로 마감한다는 사실을 아들로서 도저히 견딜 수 없었던 겁니다.

단상에서는 사위인 시의원의 지루하기 그지없는 소개말이 이어지고 있습니다. 키쿠오가 슬쩍 고개를 들자, 어젯밤 그를 실컷 때렸던 체육 교사 오자키가 어째서인지 이쪽을 가만히 노려보고 있었습니다.

키쿠오는 다급히 시선을 떨구며 다시 발끝의 돌멩이를 밟아 땅에 파묻습니다.

여기서 단상까지는 5미터 정도, 달려 나가면서 단도를 빼 들고 단상에 뛰어오르는 데 필요한 시간은 일이 초 정도입니다. 키쿠오는 미야지파 회장의 배에 단도를 찔러넣는 자기 모습을 머릿속으로 거듭 상상했습니다.

드디어 미야지파 회장이 마이크 앞에 섰습니다. 키쿠오는 단도를 강하게 움켜쥐고 아침햇살에 눈을 가늘게 뜨는 회장을 올려다보더니, 그대로 단숨에 뛰쳐나갔습니다.

다급한 나머지 앞에 선 동급생의 어깨와 툭 부딪치면서 1초가 늦어졌지만, 그래도 "하아앗!" 하고 소리치며 돌진하여 단상에 뛰어오르는 건 금세였습니다. 어느새 깊이 주름진 회장의 얼굴이 코앞에 있었습니다. 옆에서는 체육 교사 오자키가 무언가 소리치며 이쪽으로 돌진하는 게 보였지만, 키쿠오는 무심하게 단도를 찔렀습니다.

칼날이 들어가는 게 느껴졌습니다. 하지만 다음 순간, 어깨에 강한 충격을 입으며 그의 몸이 허공에 붕 뜨고 말았습니다.

제 3 장

오사카
초단

　나가사키역의 명물로 유명한 교회풍 삼각 지붕을 차가운 빗방울이 때립니다. 역 건물의 하얀 벽을 장식한 호화로운 스테인드글라스도 오늘은 햇빛을 잃고 슬퍼 보입니다.
　억수 같은 빗속에서 급정거한 택시에서 다급히 내린 사람은 키쿠오와 마츠였고, 트렁크에서 커다란 여행 가방을 꺼내고는 그대로 개찰구 쪽으로 달려갑니다.
　"키쿠오, 표는?"
　"챙겼어!"
　"오사카의 한지로 씨 댁에 도착하면 제대로 인사하는 거다!"
　"알았다니까!"
　두 사람을 태운 택시 뒤에 도착한 다른 차량에서는 타치바나 조직원 네 명이, 이쪽도 무척 다급한 모습으로 여행을 떠날 키쿠오를 배웅하기 위해 뒤따라옵니다.

키쿠오가 표를 보여주고 개찰구를 빠져나오자, 같이 들어가려는 마츠가 역무원에게 제지당합니다.

"손님, 표는요?"

"아들 가는 것만 배웅하고 올 게요."

"그래도 입장권은 사셔야 해요."

승강장 쪽에서는 침대 특급열차 '사쿠라'의 출발을 알리는 벨이 울렸고, 그제야 우락부락한 조직원들이 따라잡습니다.

"역장님, 돈은 나중에 낼 테니까, 들어가게 해줘요."

"아, 저는 역장이 아닌데……"

"그게 뭐가 중요해요?"

마츠와 조직원들이 밀려들 듯이 개찰구를 빠져나와 승강장을 달려가는 키쿠오를 따라갔고, 중간에 조직원 한 명이 도시락 장수한테서 도시락과 냉동 귤을 낚아채며 외칩니다.

"돈은 나중에 낼게. 타치바나파 사람이야!"

벨 소리가 멈추기 직전, 열차에 올라탄 키쿠오 뒤로 마츠와 조직원들이 급하게 뛰어오지만…….

"키쿠오…… 아무튼, 조심……해."

숨을 헐떡이느라 제대로 말하지도 못합니다.

그러는 사이 조직원들은 갑작스러운 만세삼창을 시작했습니다.

"만세! 만세! 만세!"

마츠도 어깨를 크게 들썩이면서도 일단 만세삼창에 참여하자, 마치 차장이 그들을 기다려준 것처럼 열차 문이 닫힙니다.

"키쿠오! 잘 때는 복대 꼭 두르고 자야 해!"

다른 좋은 말도 있었을 테지만, 마츠의 입에서 순간적으로 나온 당부에 키쿠오는 키쿠오대로 울컥하고 맙니다.

침대 특급열차 '사쿠라'가 천천히 움직이기 시작하고, 기차로 하는 이별은 사람을 필요 이상으로 감상적으로 만드는지, 그중에는 소매로 눈물을 닦는 조직원도 있습니다.

"도련님! 몸조심해!"

크게 흔드는 손에는 미처 건네주지 못한 도시락과 냉동 귤이.

"키쿠오! 도착하면 꼭 편지해!"

"도련님! 파이팅!"

열차 안에서는 유리창에 얼굴을 댄 키쿠오가 멀어져가는 마츠와 조직원들을 향해 마지막까지 손을 흔들고 있습니다. 방금까지만 해도 나고 자란 나가사키 거리를 떠난다는 것에 아무 감흥도 없었던 주제에, 등 뒤로 멀어져가는 역 건물이 슬퍼 보이는지 눈시울이 뜨거워지는 키쿠오였습니다.

집을 떠나기 전에 곤고로의 불단 앞에서 향을 피우고는 '그럼 다녀올 테니까. 딸랑딸랑, 딸랑' 하고 장난스럽게 방울을 흔들던 자신이 마치 딴 사람처럼 느껴집니다.

차창 밖으로 나가사키 풍경이 흘러갑니다. 키쿠오는 자신이 이대로 울지도 모른다고 생각하며 이마를 차가운 유리창에 기대지만, 기분이라는 게 워낙 변덕스러운지라 울 준비를 하자마자 갑자기 감정이 차분하게 가라앉아버립니다.

키쿠오는 괜한 허무함을 느끼며 차가운 창유리에서 이마를 떼고는 쓴웃음을 짓습니다.

"앞으로 영영 못 볼 것도 아니고……."

일단 자기 침대로 향합니다.

좌석은 3호차 A8의 위 칸. 감상적인 기분이 사라지고 나니, 떠나게 된 이유가 어떻든 간에 이 오사카행을 자신이 얼마나 기대했는지 떠올립니다.

키쿠오가 탄 이 침대 특급열차 '사쿠라'는 나가사키와 도쿄를 약 스무 시간에 주파하는 인기 열차로, 이듬해에는 아츠미 키요시 주연으로 대히트를 기록한 〈희극 급행열차〉의 무대가 되기도 했습니다.

이건 여담이지만, 이 열차 시리즈가 나온 다음 해 아츠미 키요시는 그 유명한 〈남자는 괴로워〉에서 쿠루마 토라지로라는 인생 배역을 만나 국민영예상까지 받게 되는데, 이 열차 시리즈를 연출한 영화감독도 이후의 일본 연예계에 적지 않은 영향을 끼쳤습니다. 70년대에 야마구치 모모에 주연으로 인기를 얻은 텔레비전 드라마 '붉은 시리즈'와 80년대에 호리 지에미 주연으로 사회현상을 일으킨 〈스튜어디스 이야기〉 등도 연출했으니까요.

한편 키쿠오는 나가사키역을 출발한 침대 특급 '사쿠라'의 열차 안에서 자리를 찾아 돌아다니고 있었습니다. 밖에는 하필 비가 내렸지만, 드디어 인기 열차에 타본다고 흥분하는 승객도 있었고, 아직 오후 3시경인데도 침대를 빨리 써보고 싶었는지 커튼을 쳐놓고 코를 고는 손님도 있었습니다.

한편 키쿠오는 지금까지 몇 번 마츠와 함께 오사카로 전통 공연을 보러 간 적이 있어서 열차 자체는 그리 신기할 게 없었지만, 그래도 새로운 곳으로 떠난다는 건 특별한 일이었기에 어깨에 멘 여행 가방과 선물이 담긴 보자기가 그리 무겁게 느껴지지 않을 만큼 기분이 들떠 있었습니다.

좌석을 찾아내자 다행히 아직 아래층 침대를 쓰는 승객은 타지 않은 것 같았기에, 키쿠오는 짐만 위층 침대에 던져놓고 아래층에 걸터앉았습니다.

마침 카트 판매원이 지나가는 게 보여서, 아까 받지 못한 역 도시락과 냉동 귤을 사려고 프릴이 달린 하얀 앞치마를 두른 젊은 판매원을 불렀습니다.

"학생, 혼자 여행이야?"

몇 살 차이도 안 날 듯한 판매원이 말을 꺼냅니다.

"누님은 어디까지 근무해? 오사카까지면, 거기서 나랑 놀래?"

여정의 첫걸음부터 얕보일 수는 없다는 생각에 키쿠오는 있는 힘껏 어른인 척을 하지만, 새침한 느낌이 여배우 와카오 아야코와 살짝 닮은 판매원은 키쿠오의 머리를 거칠게 쓰다듬고 가버렸습니다.

판매 카트가 가버리자 열차가 마침 터널에 들어섰고, 유리창에 반사된 자신의 얼굴을 바라본 키쿠오는 저런 도시 여자의 눈에 자기 같은 건 새파란 어린애로 보일 거란 생각에 초조해집니다.

당연한 말이지만, 이번 오사카행은 지금까지의 가부키 구경과는 성격이 전혀 달랐고, 놀러 가는 게 아니라 쉽게 말해 나가사키에서 도망쳐 나오는 길이었습니다.

태평한 척 카트 판매원을 꾀어보는 것도 사실은 불안감을 덜기 위해서였고, 키쿠오가 이렇게 중학교도 졸업하기 전에 길을 떠나는 건, 당연히 학교 조회에서 벌어진 사건 때문이었습니다.

그날 아침, 키쿠오가 찌른 단도는 틀림없이 미야지파 회장의 배를 찔렀습니다. 다만 공교롭다고 해야 할지 운이 좋다고 해야 할지, 마침 회장의 배에 가죽 지갑이 끼워져 있어서 단도가 가죽 지갑을 관통하긴 했지만 큰 상처를 입히지는 못했던 겁니다.

오히려 반사적으로 몸을 날린 체육 교사 오자키 탓에 단상에서 튕겨 나간 키쿠오 쪽이 어깨가 탈구될 정도의 큰 부상을 입었습니다.

이목을 집중시키는 학교 조회의 흉기 사건. 게다가 피해자가 미야지파의 전 보스와 그 사위인 시의원이라면 아무리 큰 피해는 없었다고 해도 당연히 경찰에 신고되고 키쿠오는 그 자리에서 제압당했습니다. 그런데 이때 기민하게 움직인 사람이 바로 체육 교사인 오자키였고, 동요하는 학생과 교사들 앞에서 얼굴이 창백해진 미야지 회장을 우선 보건실로 안내한 다음, 간단한 치료를 받게 하면서 다음과 같은 말을 속삭였습니다.

"회장님. 이번 일은 미담으로 남기지 않으시겠습니까?"

그게 무슨 말인가 하니, 단도로 공격한 사람은 회장도 잘 아는 곤고로의 아들인 타치바나 키쿠오입니다.

세간에서 이번 흉기 사건은 아들이 부모의 원수를 갚기 위해 나선 기특한 행위로 알려질 것입니다. 그렇다면 회장은 어쩔 수 없이 악역인 키라 코즈케노스케(吉良上野介: 가부키 〈츄신구라忠臣蔵〉의 악역. 주인공 오이시 쿠라노스케의 주군을 죽음으로 몰아넣었다-옮긴이)가 되고, 키쿠오는 젊은 오이시 쿠라노스케(大石内蔵助: 가부키 〈츄신구라〉의 주인공으로 주군을 죽게 만든 오이시 쿠라노스케의 일가를 죽여 복수한다-옮긴이)처럼 보일 겁니다.

그렇게 되면 자선가로 쌓아온 회장의 명성은 물론이고, 그 영향력을 나가사키에서 전국으로 넓히려는 일족의 계획에도 악영향을 미칠 수밖에 없습니다.

그래서 말인데 다행히 회장님의 상처도 깊지 않으니만큼, 키쿠오의 행동을 세상 물정 모르는 어린애의 일탈로 받아들이고 그 분노를 꾹 삭여줄 수 없겠느냐, 그런 부탁을 했던 겁니다.

"……물론 아무 일도 없었던 걸로 넘어가진 않을 겁니다. 저 오자키가 평생 미야지 회장님이 가엾은 중학생에게 얼마나 큰 자비를 베푸셨는지, 학생과 보호자들은 물론이고 세상에 널리 알릴 테니까요."

바로 옆에서 허둥지둥하며 당장 경찰을 부르라느니, 피해 신고를 하라느니 떠들어대던 시의원 사위는 오자키의 일방적인 제안이 말도 안 된다며 발끈했지만, 처세술이 뛰어난 회장은 이해력도 빠른 데다가 키라 코즈케노스케라는 악명을 꽤나 꺼리는 것 같았습니다.

"그래요, 선생님 말씀도 일리가 있네요. 그럼 그 아이가 가져온 건 단도가 아니라, 대나무를 깎아 만든 칼이었던 걸로 하시죠."

그 말과 함께 상황은 빠르게 수습되었습니다.

다만 여전히 수습이 안 되는 건 교정에서 다른 교사들에게 붙잡혔으면서도 "경찰이든 미야지파든 어디든지 넘겨!" 하고 여전히 난동을 부리는 키쿠오였습니다.

키쿠오는 이대로 전교생이 보는 앞에서 경찰에게 연행될 운명이었지만……

"빨리 경찰 부르라니까!"

교사에게 붙잡힌 채 몸부림치는 사이에 바로 그 미야지 회장이 오자키와 함께 돌아왔습니다. 상처가 깊지 않다는 건 다들 알았지만, 그걸 고려해도 너무 빠른 복귀였습니다.

회장이 키쿠오 앞에 서더니 그의 머리를 부드럽게 쓰다듬으며 말했습니다.

"너는 참 효자구나. 네 아버지가 폭력에 굴복하면서 얼마나 억울했겠어. 그래도 키쿠오 군, 네가 복수해야 할 상대는 이 미야지가 아니라네. 네 적은 아직도 이 일본에 만연한 폭력 그 자체인 거야. 그리고 너한테는 그것과 싸울 수 있을 만한 능력이 있어. 네 인생은 이제부터 시작인데, 이런 데서 포기하면 어쩌자는 건가."

칼에 맞은 상처를 손으로 억누르며 자애로운 연설을 늘어놓는 미야지를 향해 교사들 사이에서 조용한 박수가 나왔습니다. 그도 그럴 것이, 조회 시간에 흉기 사건이라면 학교 교무회의는 물론이고 시의 교육위원회에서도 쉽게 다룰 수 없는 사안이었으니까요.

그러는 사이 회장이 다시 단상으로 돌아와 지루한 연설을 재개하기 시작합니다. 아침부터 발생한 흥미진진한 이벤트에 들떠 이대로 휴교 조치를 기대하던 학생들은 허무한 결말에 너무 실망한 나머지 여기저기서 한숨이 새어 나왔습니다.

다만 한 사람, "이거 놔! 놓으라니까!" 하고 아직도 난동을 피우는 키쿠오만 마치 엉뚱한 장면에 등장한 배우처럼 보였습니다.

결국 조회는 평소처럼 끝나고 학생들은 무거운 발걸음으로 수업이 기다리는 교실로 돌아갑니다. 키쿠오만 오자키에게 양팔을 묶인 채 강제 귀가 처리되었습니다.

사실 보건실에서 담합이 이루어질 때, 미야지 회장이 오자키에게 내건 단 하나의 조건이 있었습니다. 그것이 바로 '타치바나의 아들을 나가사키에서 당장 쫓아내는 것'이었고, 그렇게만 한다면 피해 신고는 하지 않겠다는 이야기였습니다.

나가사키역을 출발한 침대 특급 '사쿠라'는 정해진 시간표대로 이사하야諫早, 사가佐賀를 지났고, 이제 곧 어둑어둑한 하늘 아래서 하카타博多에 도착합니다.

'사쿠라'를 탄다고 들떴던 승객들도 이젠 완전히 익숙해진 모습이었고, 열차 안에는 사가 평야를 달리는 기차 소리만 덜컹덜컹하고 규칙적으로 들려올 뿐입니다.

키쿠오는 침대에 벌렁 드러누워 집에서 챙겨온 라디오를 켰습니다. 흘러나온 노래는 붕붕, 붕부, 부부붕, 하는 경쾌한 리듬으로 시작되는 사카모토 규의 히트곡 〈내일이 있다〉였습니다.

♪ 늘 지나는 역에서 늘 만나는
  세일러복에 긴 생머리
  이제 곧 나타날 텐데, 이제 곧 나타날 텐데
  오늘도 오매불망 기다리네

"실례합니다. 표 좀 보여주시죠."

키쿠오가 콧노래를 부르고 있자 어째서인지 아까도 다녀간 검표원의 목소리가 들렸습니다.

"이미 아까……."

대꾸하며 몸을 일으킨 키쿠오 앞에 놀랍게도 토쿠지가 서 있었습니다.

"어? 토쿠짱!"

놀라는 키쿠오 앞에서 토쿠지는 끌어안고 있던 커다란 가방을 툭 던져놓고는 키쿠오의 아래층 침대에 벌렁 드러누웠습니다.

"어? 어떻게 된 거야? 어디서 탔어?"

"도련님, 그렇게 당황할 거 없어. 그보다도 침대 특급 사쿠라, 참 멋지네. 난 처음 타보니까 식당 차량도 갔다가, 남의 침대도 훔쳐보고 하다가 도련님을 놀라게 해주러 오는 게 너무 늦어버렸지만."

실제로 토쿠지는 처음 타보는 침대차를 만끽하고 있는지, 목에 건 싸구려 카메라로 위층 침대에서 내려다보는 키쿠오와 침대의 모습 등을 계속 촬영하고 있습니다.

"토쿠짱, 우연히 만난 거 아니지?"

"설마! 우연일 리가 있겠어? 나도 도련님 일행으로 오사카에 가는 거야!"

"내 일행? 어째서?"

"어째서긴, 내가 없으면 도련님은 아무것도 못 하잖아."

토쿠지의 웃음소리가 조용한 열차 안에 울려 퍼집니다.

여기서 잠시 시간을 돌려 흉기 사건이 발생한 날로 돌아가 보겠습니다.

 키쿠오와 토쿠지, 이 두 사람 사이에는 상당히 깊은 인연이 존재하는지, 소년원에서 도주 중인 토쿠지가 "난 나가사키를 떠나서 오사카에라도 갈 거다"라고 말한 날이 바로 키쿠오 일생일대의 복수의 아침이었습니다.

 영원히 도망칠 수 있을 리도 없고, 장래를 생각해서 소년원으로 돌아가길 바란 키쿠오는 제일 쉬운 방법으로 경찰에 토쿠지를 팔았지만, 어린 시절부터 이런 종류의 감만큼은 뛰어난 토쿠지인지라 키쿠오와 만나기로 한 나가사키역에 도착하자마자 주변의 이상한 분위기를 감지하고 소년원 직원이나 경찰에게 발견되기 전에 재빨리 도망쳤습니다.

 그리고 그다음 날 듣게 된 소식이 학교 조회에서 벌어진 흉기 사건입니다.

 역시 우리 도련님이야! 그런 생각으로 토쿠지가 바로 타치바나 저택에 가자, 정작 키쿠오는 자기 방에 연금 중이고, 사무소에서는 사세호에서 달려온 아이코회의 츠지무라와 마츠, 그리고 체육 교사 오자키가 무릎을 맞댄 채 한창 논의 중이었습니다.

 이야기를 들어보니, 키쿠오가 이대로 나가사키에 계속 남아 있어 봐야 정상적인 어른이 되긴 힘들 테니까 다른 집에 맡기자는 방침은 이미 결정된 것 같았습니다. 키쿠오를 맡길 곳으로 제일 먼저 거론된 곳은 규슈나 간사이 지역의 야쿠자 일가였지만, 그건 마츠가 단호히 반대했습니다.

 "저는 키쿠오 친엄마, 치요코 씨랑 약속했단 말입니다. 절대 키쿠오를 야쿠자로 만들지는 않겠다고. 꼭 성실한 인간으로 키우겠다고요."

그때 츠지무라 입에서 나온 제안이, 작년 타치바나파의 신년회에 참석해 준 오사카의 인기 가부키 배우, 2대손 하나이 한지로의 이름이었습니다.

키쿠오와 토쿠지를 태운 침대 특급은 간몬関門 터널을 빠져나와 시모노세키下関, 우베宇部, 도쿠야마德山를 시간표대로 통과했고, 방금 히로시마역에 도착한 참이었습니다.

이 히로시마역을 23시 5분에 출발하면 이토자키糸崎, 오카야마岡山, 고베神戸, 그리고 심야 3시 54분에는 드디어 오사카역에 도착합니다.

"도련님, 자?"

아래층 침대에서 위층 침대를 툭툭 차는 토쿠지였습니다. 방금까지만 해도 처음 타보는 침대 특급인 데다 이제부터 시작될 오사카에서의 새로운 생활에 대한 기대감에 들떠 가방에 있던 컵술을 마시며 키쿠오와 떠들어댔지만, 보다 못한 차장이 "조금은 자 둬" 하고 주의를 주었기에 일단 침대에 누운 참이었습니다.

이 차장이란 사람, 외모는 고지식한 철도원처럼 보이지만 꽤 융통성이 있는 사람입니다. 키쿠오와 토쿠지가 일자리를 찾아 도시로 떠나는 젊은이인 줄 알았는지 그들이 들고 있던 컵술은 못 본 척해주었습니다.

"도련님, 자냐니까."

토쿠지가 한 번 더 침대 바닥을 차자 대답이 들려옵니다.

"안 자."

"도련님이 복수했다는 이야기를 듣고, 내가 얼마나 기뻤는지 모를걸."

"그럼 뭐해, 실패했는데."

"실패해도 돼. 그럴 배짱이 있냐 없냐의 문제니까. 그리고 앞으로 얼마든지 기회는 있어."

"그 기회를 안 주려고, 토쿠짱이 감시 역할로 오사카에 따라오는 거 아니야?"

"아니, 그건 그렇긴 하지만."

조금 졸린 듯한 두 사람의 웃음소리가 조용한 차내에 울려 퍼집니다.

"그런데 오사카 가부키 배우 집에서 우리는 뭘 하면 되는 거야? 뭐, 도련님은 거기서 고등학교에 다니긴 할 테지만."

문득 불안해졌는지 토쿠지가 혼잣말처럼 중얼거리며 딱딱한 베개를 끌어안습니다.

위층 침대에서는 똑같이 딱딱한 베개를 끌어안은 키쿠오가 역시 조금 불안해하는 얼굴이었습니다. 열차가 기분 좋게 흔들리자 차츰 눈꺼풀이 무거워졌고, 어느새 츠텐카쿠通天閣나 오사카성에 가보고 싶다는 토쿠지의 목소리가 아득해졌습니다.

갑자기 누군가 어깨를 흔드는 느낌에 키쿠오가 눈을 뜨자, 오사카 도착을 알리는 안내 방송이 열차 안에 울려 퍼지고 있었습니다.

깨워준 사람은 어제 컵술을 못 본 체해준 차장이었습니다.

"자, 친구도 깨우고 슬슬 내릴 준비 해야지."

어느새 반대편 침대에서 자는 승객들을 배려해서 작게 속삭이는 목소리였습니다.

내려다보니 잠버릇이 고약한 토쿠지의 몸은 침대에서 반쯤 나와 있었습니다.

"토쿠짱."

자기 짐을 챙기면서 토쿠지를 흔들어 깨우자 잠꼬대를 합니다.

"현관 앞은 이미 다 쓸었는데요……."

열차 속도가 서서히 느려졌고, 창밖에는 오사카 거리가 보입니다.

"토쿠짱, 오사카야."

오사카라는 단어에 토쿠지가 퍼뜩 눈을 뜨더니, "도련님, 가자" 하고 몸을 벌떡 일으킵니다.

눈부실 만큼 밝게 조명이 켜진 승강장에 열차가 천천히 미끄러져 들어오고, 키쿠오와 토쿠지는 각자의 여행 가방을 어깨에 둘러멥니다.

정차한 열차 문이 열리자 앞다투어 승강장으로 뛰어내리는 두 사람. 한겨울 새벽 4시의 승강장은 뼛속까지 얼어붙을 만큼 추웠지만, 두 사람이 내뿜은 하얀 숨결은 이미 즐거움으로 가득했습니다.

"우와."

토쿠지가 무심결에 중얼거린 건 역 건물을 둘러싼 높은 빌딩을 보면서였고, 이렇게 커다란 빌딩은 나가사키에는 없었습니다.

"도련님, 저 빌딩은 뭐야?"

"저게 한신阪神이고, 이쪽이 한큐阪急백화점."

두 사람의 도착을 축하하듯이 추운 승강장에서 기적 소리가 들립니다.

네온이 꺼져 있긴 해도 주변에는 커다란 간판이 나란히 세워져 있습니다. '도시바 라디오' '아틀라스 양모' '하쿠츠루 청주淸酒' 글자 하나하나가 거대했기에 마치 그 글자 자체가 거리를 습격하는 고질라 영화의 괴수처럼도 보입니다.

침대 특급 '사쿠라'에서 내린 승객들이 졸린 눈을 비비며 개찰구로 향하는 가운데, 토쿠지는 모든 게 신기한 나머지 승강장에서 움직일 생각을 못 합니다.

"도련님, 신칸센은 어디야?"

"신칸센은 여기서 안 멈춰. 그건 신오사카역."

"우와, 역이 하나 더 있다고?"

"하나가 아니라, 오사카엔 다른 역이 열 개인가 스무 개인가 있을걸."

"와, 열 개 스무 개?"

"어쨌든, 가자, 토쿠짱."

토쿠지는 키쿠오에게 등을 떠밀리고 나서야 걸어가기 시작했습니다. 새벽 4시인데도 역 앞은 택시 불빛이 휘황하게 비추었고, 두 사람이 다른 승객들을 따라 개찰구를 빠져나오자 한산한 대합실에서 찬바람에 몸을 떠는 한 중년 남자가 손을 비벼대며 서 있었습니다.

그 남자는 키쿠오와 눈이 마주치자 외투 안쪽에서 무언가를 꺼냈고, 둘둘 말린 종이를 펴자 '타치바나 키쿠오 군'이라는 글자가 적혀 있었습니다.

"앗."

먼저 반응한 건 토쿠지였습니다.

"……도련님, 저기에 마중 나온 사람이 있는데?"

"응. ……그런데 누굴까?"

경계하는 키쿠오를 내버려둔 채 토쿠지가 남자에게 달려가자 그가 묻습니다.

"키쿠오 군인가?"

"아니, 우리 도련님은 저쪽인데요."

"그럼 갈까? 이런 데서 계속 서 있어 봐야 춥기밖에 더 하겠나."

남자는 어느 쪽이 키쿠오든 별로 상관없다는 듯이 성큼성큼 걸어가 버립니다.

키쿠오는 토쿠지와 얼굴을 마주 보다가 일단 남자를 따라가기로 합니다.

역 건물에서 한 걸음 걸어 나오자, 길에 흩어진 쓰레기가 겨울바람에 휘날리는 게 보입니다.

달려오는 택시를 잡은 남자가 재빨리 조수석에 올라타며 말했습니다.

"아, 맞다. 쟤네가 짐을 실어야 하니까, 뒤에 트렁크 좀 열어주세요."

열린 트렁크에 여행 가방을 집어넣고, 키쿠오와 토쿠지도 서둘러 뒷좌석에 올라탔습니다.

택시는 바로 출발했지만, 남자는 딱히 별말이 없습니다.

이름이 적힌 종이를 들고 있었던 걸 보면 마중 나온 사람인 건 분명하지만, 정체를 전혀 모르는 사람을 따라가는 것도 역시 꺼림직했기에 키쿠오가 먼저 입을 열었습니다.

"저기…… 아저씨는 어디서 나오셨는지…….'"

그러자 잠깐 눈을 붙이려던 남자가 가늘게 눈을 뜨더니…….

"나는 한지로 씨네 지배인이다. 뭐, 어쨌든 자세한 이야기는 내일 하자."

그렇게만 말하고는 다시 눈을 감아버립니다.

옆을 돌아보니 토쿠지는 차창에 얼굴을 딱 붙인 채로 오사카 구경에 여념이 없습니다.

"오늘부터 신세를 지게 됐습니다."

키쿠오가 일단 마츠에게서 철저히 교육받은 대로 인사를 하자 졸린 듯한 남자가 고개를 돌렸습니다.

"……처음 뵙겠습니다. 저는 키쿠오라고 하고, 이쪽은 제 의형제인 하야카와 토쿠지입니다."

키쿠오의 정중한 소개에 토쿠지도 다급히 턱을 내민 채로 인사를 합니다.

"호오, 예의 한번 바르네. 아저씨는 다노 겐키치라고 한다. 음, '테다이手代'라고 해도 잘 모를 테니까 그냥 '겐 아저씨'라고 부르면 된다. 뭐든 곤란한 일이 생기면 언제든 아저씨한테 말해라. ……그렇지, 집에 가도 아무것도 없을 건데. 꼬마들, 배 안 고프냐?"

남자의 말에 두 사람은 반사적으로 얼굴을 마주 보았습니다.

"기사님, 신사이바시心斎橋에 이 시간까지 여는 중화국숫집이 있는데, 거기서 세워주십쇼."

김이 모락모락 피어오르는 중화국수를 상상하는 것만으로 키쿠오와 토쿠지의 입에는 군침이 돌았습니다.

복도를 걸어 다니는 하녀들 발소리에 키쿠오는 평소처럼 눈이 떠졌지만, 평소 같으면 문을 열며 "도련님, 아침밥" 하고 부르는 목소리는 들리지 않았고, 어째서인지 발소리는 그대로 멀어져갑니다. 키쿠오는 그럼 더 자야겠다고 베개를 다시 끌어안았지만, 평소와 다른 베개 감촉에 정신이 번쩍 들었습니다.
"응?"
졸린 눈을 비비며 바라보니, 무방비하게 잠들어 있는 토쿠지의 얼굴이 보입니다.
아, 여긴 하나이 한지로의 집이었지…….
키쿠오가 둔감했던 탓인지, 자기가 지금 어디에 있는지 떠올리자마자 집 안의 이런저런 소리가 들려오기 시작합니다.
제일 먼저 들려온 것은 바로 근처에 있는 부엌문에서 유독 당당하게 들리는 집사의 목소리였고, 거기에 대답하는 하녀들 외에도 집 안을 돌아다니는 발소리는 한두 명이 아니었습니다. 여기저기서 문을 여닫는 소리도 들려오고 누군가를 크게 부르는 남자의 목소리, 부엌에서는 요란하게 그릇을 겹쳐놓는 소리까지 들려와서 가만히 집중해 보니 이런 시끄러운 곳에서 어떻게 푹 잠들었는지 신기하게 느껴질 정도입니다.
다만 일단 모든 잡음을 구분하고 나서 키쿠오가 왠지 그리운 기분이 들었던 건, 이런 소란스러운 아침이 곤고로가 살아 있을 때

집 안 풍경을 떠올리게 했기 때문이었습니다. 그런데 그때 나가사키의 본가에선 한 번도 들린 적 없는 샤미센 음색이 멀리서 희미하게 들려옵니다.

어젯밤 지배인인 젠키치에게 중화국수를 얻어먹은 다음, 어딘가의 주택가에 도착한 것이 아침 5시쯤이었습니다. 한지로 저택의 유독 훌륭한 현관문을 등 떠밀려 들어가면서 "먼 길 오느라 힘들었겠구나, 방에서 좀 자라" 하고 권했기에 부엌 수도꼭지의 물소리까지 들릴 만큼 고요한 저택의 복도를 살금살금 걸어갔던 게 조금 전 일 같기도, 며칠 전 일 같기도 합니다.

키쿠오가 누운 채로 옆에 덮인 이불을 걷어차려는데, 토쿠지도 어느새 눈을 뜬 채로 귀를 기울이고 있습니다.

"샤미센 소리 아니야?"

"꼬마들, 잘 잤나!"

갑자기 머리맡에서 장지문이 열리면서 어둑어둑하던 방에 햇살이 스며들었습니다.

"이제 점심때다. 날씨가 굉장히 좋다. 슬슬 일어나는 게 좋지 않을까?"

밝은 빛 속에 드러난 먼지를 털어내듯이 지배인 젠키치가 요란하게 이불을 밟으며 들어왔습니다.

"……세면대는 복도 끝에 있다. 비누 같은 건 거기 있는 거 쓰면 돼. 화장실은 그 옆이고. 한지로 선생님은 이미 극장에 가셨는데, '음, 익숙해질 때까지는 한동안 느긋하게 오사카 구경이라도 하면 어떨까'라고 하셨다. 그리고 사모님의 교습이 거의 끝나가니까 세수하고 나면 인사하러 가자. 우리 사모님이 일본 무용으로 유명한 사가라相良 가문 출신인 건 너희도 잘 알지?"

이 겐키치라는 남자는 말도 빠르지만, 손도 그 못지않게 빨라서 이런저런 이야기를 하는 사이 키쿠오와 토쿠지가 덮고 있던 이불을 뺏어 들고 금세 개어 벽장에 집어넣었습니다. 어쩔 줄 몰라 멍하니 선 두 사람을 곁으로 쫓아내려는 듯이 장지문과 창문을 활짝 열어놓고는, 그 창문으로 상쾌하게 얼굴을 내밉니다.

"오세이짱! 규슈 꼬마들 일어났네, 우유라도 먹게 해줘."

"알겠어요. ……어, 겐 씨. 선생님하고 같이 극장 간 거 아니었어요?"

"이번 달은 극장에 출입금지야."

"어째서요?"

"첫날 아침부터 자른다, 가른다, 떨어진다고 금지어 연발하는 바람에 선생님이 화내셨어."

"그건 겐 씨가 잘못했네요."

"아, 사모님 교습 끝나셨네. 자, 꼬마들. 빨리 세수하고 와라."

어디선가 들려오던 샤미센 소리는 어느새 사라졌습니다.

세면대에서 몸가짐을 반듯하게 하고 어디선가 다른 일을 처리하고 온 듯한 겐키치를 따라 긴 복도를 좌로 우로 꺾으며 나아갑니다. 나가사키의 본가도 결코 좁은 집은 아니었지만, 역시 배우의 집이라 그런지 어딘가 분위기가 다릅니다. 양쪽 모두 깨끗이 청소된 복도였지만, 야쿠자의 집은 오랜 세월 남자들이 맨발로 밟아온 느낌이 드는 반면에 이쪽은 왠지 여자들의 맨발이 연상됩니다.

긴 복도 끝에서 두 단段 정도 내려가자 그 안쪽이 넓은 교습장이었습니다.

매년 신년회에서 공연하는 가부키 교습을 받을 때 키쿠오와 토쿠지도 마루야마 겐반의 교습소에 다녔지만, 이 교습소에서는 새 나무의 좋은 냄새가 납니다.

"사모님."

겐키치가 마침 교습장에서 걸어 나오는 여자를 불렀습니다.

"어, 겐 씨, 마침 잘 왔어요. 잠깐 미도스지御堂筋의 텐마야天馬屋에······."

거기서 말을 끊은 사모님이 "어머" 하고 키쿠오와 토쿠지를 발견하고는 눈을 동그랗게 뜹니다.

"아직도 자고 있었나? 배 많이 고프겠네?"

이 집의 사모인 사치코는 한지로의 후처로 이때 아직 30대 후반, 까만 머리카락을 땋아 올린 목덜미의 요염함은 나가사키 마루야마의 최고 인기 게이샤 고모모에게도 지지 않습니다.

"오늘부터 신세 지게 됐습니다. 저는 타치바나 키쿠오고, 이쪽은 하야카와 토쿠지입니다. 아직 많이 부족하지만, 부디 잘 부탁드립니다."

마츠가 열심히 교육한 인사말입니다.

"나야말로 잘 부탁한단다. 그런데 좀 그렇네. 나도 아직 자세한 이야기는 못 들어서. 설마 이렇게 다 큰 애들의 부모 노릇을 할 수도 없을 테고, 계속 여기서 지내게 하는 것도······. 어쨌든, 일단 점심부터 먹자꾸나. 후지타야藤田屋에서 사 온 순무 절임이 맛있더라."

환영해 주는 것 같기도 하고, 지금부터 쫓아낼 생각을 하는 것 같기도 한 애매한 첫인사였습니다.

오사카라는 지방의 특징인지 몰라도, 일단, 이 집 사람들은 사모인 사치코부터 지배인인 겐키치를 필두로 가사를 주로 담당하는 여자 집사인 오세이, 젊은 하녀들과 남자 하인들까지 전부 말이 많습니다.

"그런데 새 짚신을 싸놓은 보자기 말인데, 아침에 제대로 보낸 거 맞나요?"

예를 들어 부엌으로 향하면서 사모인 사치코가 그런 식으로 묻자, 겐키치는 이렇게 대답합니다.

"신페이가 가져갔을 건데요. 그, 빨간 보자기 아니었습니까?"

"아닐 거예요, 새 짚신 넣은 건 초록색 보자기 아닌가요? 얘, 오세이야!"

"저는 몰라요. 그래도 신페이가 맨날 들고 다니는 가방만 들고 가던데, 거기에 들어 있던 거 아닌가요?"

"아, 그러면 안 되는데. 안 가져갔으면 우리 남편, 분장실에서 신을 짚신이 없어요."

"새로운 짚신 말씀하시는 거죠? 오늘 아침에 신페이가 가지고 나가려고 하는데, 선생님이 '그거 신으면 불편하니까 필요 없다'라고 하셨습니다."

지붕에서 빗물받이를 청소하던 남자들이 큰 목소리로 말해주었습니다.

그 뒤로는 다들 각자 가져갔다느니 안 가져갔다느니, 봤다느니 못 봤다느니, 선생님이 필요 없다고 했다느니 안 했다느니 의견이

분분하다가, 무대 뒤를 맨발로 걸어 다니는 한지로를 상상하며 안타까워하면서도 웃음을 참지 못하는 것이었습니다.

"아니, 이거 봐요. 역시 여기 있었네."

결국 사치코가 짚신이 든 보자기를 현관 신발장에서 찾아냈습니다.

"우리 남편, 지금쯤 맨발로 돌아다니겠네."

그렇게 말하며 한숨을 쉬자, 집 안에 웃음소리가 가득해집니다.

이러니저러니 하는 사이 키쿠오와 토쿠지가 도착한 곳은 가족용 부엌이었고, 완전한 일본식 저택에 어울리지 않게 원색 페인트를 칠한 부엌에서 키쿠오와 비슷한 또래의 소년이 혼자 심기 불편하게 앉아 고기 우동을 먹고 있습니다.

"슌도령, 너 아직도 있었어? 우동 한 그릇을 어째 종일 먹니."

사치코에게 구박받는 이 소년은 하나이 한지로의 외동아들로 본명은 오가키 슌스케. '하나이 한야'라는 이름으로 가부키 무대에도 데뷔한, 키쿠오와 동갑인 열다섯 살이었습니다.

그는 엄마에게 어린애 취급당한 게 분했는지, 신참인 키쿠오와 토쿠지 앞에서 허세를 부리듯 거만하게 말합니다.

"뭐야. 이번에 들어온 하인들은 엄청 어리네."

키쿠오와 토쿠지도 평소 같으면 시비 거는 상대를 피하지 않지만, 눈앞에 있는 소년의 투명할 만큼 하얀 피부에 놀라느라 시비를 걸고 있다는 사실 자체를 깨닫지 못했습니다.

나가사키 번화가 출신이라 해도 대도시인 오사카에 비하면 규슈의 촌동네에 불과합니다. 여름엔 네즈미지마鼠島에서 해수욕, 겨울은 도핫케이唐八景산에서 연날리기로 남자아이들은 햇볕에 타는 게 당연했던지라 슌스케의 새하얀 피부가 특이하게 보였던 겁니다.

두 사람이 아무 반응도 없자 초조해졌는지, 슌스케는 불쾌하다는 듯 자리에서 일어나며 키쿠오의 어깨를 툭 치며 말합니다.

"이거 그릇 좀 치워놔라."

그리고 부엌에서 나가려 하자, 그제야 퍼뜩 현실을 자각한 토쿠지가 그의 멱살을 붙잡았습니다.

"뭐, 치워놔라? 네가 지금 감히 누구한테 그런 소릴 하는 거야!"

웬만한 소년이라면 싸움 경험이 많은 토쿠지의 고함에 벌벌 떨었겠지만, 슌스케는 보기와 달리 배짱이 두둑했습니다.

"누구긴, 너희한테 하는 소린 것도 모르냐! 멍청하긴."

그렇게 식탁은 일촉즉발, 어느 한쪽이 조금이라도 움직이면 당장이라도 싸움이 날 분위기였습니다.

다만 거기서 먼저 움직인 사람은 사치코였습니다.

"아, 성가시게 뭐 하는 거니, 너희들. 어차피 금세 친해질 거면서 뭘 그렇게 센 척인데? 그래도 에휴, 어쩌겠니. 꼭 싸우고 싶으면 오늘이나 내일까지 빨리 끝내놔라."

사치코가 그릇을 싱크대로 가져가자, 슌스케는 멱살을 잡은 토쿠지의 손을 뿌리치고는 자못 거만하게 겐키치를 부릅니다.

"겐 아저씨! 겐 아저씨!"

"아, 네. 왜 그렇게 큰 소리로 부릅니까?"

겐키치가 달려옵니다.

"왜긴, 나갈 거야."

"어디로요?"

"어디긴, 교습이지."

"하아."

"뭐가 하아인데? 빨리 바래다줘."

"바래다주라니, 뭘로요?"

"뭐라니, 자동차지."

거기까지 듣고 있던 사치코가 웃음을 터뜨립니다.

"뭐라고 하는 거야. 네가 언제부터 교습받으러 갈 때 차를 탔는데? 어릴 때 겐 씨 어깨에 목말 탔던 거랑 착각한 거야?"

그렇게 되자 슌스케는 키쿠오와 토쿠지 앞에서 완전히 체면을 구긴 셈이라 얼굴이 새빨개지며 어린애처럼 뺨을 확 부풀리고는 요란한 발소리를 내며 현관으로 가버립니다.

"사모님, 너무 웃으셨습니다."

겐키치가 사치코를 타이르고는 슌스케를 따라갑니다.

"도련님, 도련님! 교습장까지 이 겐키치가 같이 가드리겠습니다."

나중에 알게 된 사실이지만, 이 겐키치란 남자는 원래 한지로의 제자였지만, 예술적인 재능보다는 충성심과 의리를 높이 평가받아 슌스케의 교육 담당 혹은 남자 유모 같은 존재가 되었습니다. 인기 가부키 배우와 일본 무용의 후계자인 부모를 대신해서 슌스케를 어릴 때부터 정성껏 돌봐왔던 것이죠.

"자, 밥이나 먹자. ……오세이짱! 잠깐 지금 와줄 수 있나?"

슌스케와 겐키치가 집을 나가자 사치코는 집사인 오세이를 부릅니다.

"저기……."

그런 그녀의 뒤에서 말을 꺼낸 사람은 키쿠오였습니다.

"교습이면 무슨 교습입니까?"

아까 들었던 이야기를 아직도 곱씹고 있었던 모양입니다.

"아마 오늘은……."

사치코가 벽에 걸린 달력을 들여다보자…….

"도련님은 오늘 기타유義太夫 배우러 갔는데요."

집사인 오세이가 끼어듭니다.

"맞네, 오늘은 이와미 선생님이었네."

"기타유……?"

흥미를 보이는 건 키쿠오뿐이고, 토쿠지 쪽은 오세이가 뚜껑을 여는 냄비 속이 훨씬 궁금한 것 같았습니다.

"기타유가 뭔지 아니?"

찬장에서 그릇을 꺼내며 사치코가 묻자…….

"어머니가 인형극을 좋아해서요. 어릴 때부터 오사카에 오면 같이 보러 갔어요."

키쿠오가 대답합니다.

"그래, 키쿠오 군의 어머니는 인형 창극을 좋아하셨구나. 어떤 걸 봤었니?"

"세속극은 〈사카야酒屋〉하고 〈츠보사카壺坂〉, 시대극은 〈이모세야마妹背山〉의 〈미치유키道行〉 같은 걸 봤습니다. 그리고 〈고조바시五条橋〉 같은 게이고토(景事: 춤이 많이 가미된 인형 창극-옮긴이)도요."

"어머, 게이고토 같은 말도 아니? 키쿠오 군도 이쪽 분야를 많이 좋아하는구나."

꼭 그렇다고 대답하긴 힘들지만, 당연히 싫어하진 않았습니다.

그런 키쿠오 옆에서 토쿠지는 배가 어지간히 고팠는지, 된장국을 데우는 오세이 뒷모습만 바라보고 있습니다.

"관심이 있으면 점심 먹고 한번 가보렴."

밥통에서 조금 식은 밥을 담기 시작한 사치코가 문득 생각난 듯이 말했습니다.

"가다니, 어디로요?"

"아, 이와미 선생님한테지. 가서 슌스케가 배우는 거나 구경하다 와. 그래도 엄한 선생님이니까 얌전히 있어야 한다."

"정말 그래도 되나요?"

무심결에 그런 말이 나오는 걸 보면, 역시 키쿠오는 기타유를 좋아하는 거겠지요.

이야기의 시점을 조금 앞으로 되돌리자면, 키쿠오를 이곳 하나이 한지로의 집으로 맡기기로 결정되었을 때, 마츠가 우선 중개역인 아이코회의 츠지무라에게 부탁했던 것이 '일단 오사카에서 고등학교에 다닐 수 있어야 한다'라는 점이었습니다.

이 뜻을 츠지무라가 한지로에게 전달하자, "그럼 마침 잘됐네. 우리 아들놈이 곤고로 회장님 아드님과 마침 동갑이니까, 아들놈이 봄부터 다닐 사립 덴마 고등학교에 키쿠오 군도 같이 다니면 되죠"라고 답변했던 겁니다.

이 덴마 고등학교는 흔히 말하는 명문 인문계 고등학교지만, 한편으로 간사이 지방의 문화 예술 발전에도 힘을 쏟고 있습니다.

사실 1904년생인 하나이 한지로 본인은 '배우한테 학문은 소용 없다. 그럴 시간이 있으면 선배들 공연을 1분이라도 더 보는 게 낫다'라는 일 대 하나이 한지로의 교육 방침 탓에 초등학교도 제대로 졸업하지 못했습니다. 못 배워서 무시당한 것에 대한 서러움과 한 때문인지, 마흔 중반에 겨우 얻은 아들 슌스케만큼은 그런 꼴을 당하지 않게 하겠다며 동년배의 다른 배우들보다 교육열만큼은 뜨거웠습니다.

"오세이 씨, 이건 무슨 요리인가요? 맛있는데."

원래 토쿠지의 붙임성이 좋긴 하지만, 어째서인지 늘 배가 고파서 자기한테 밥을 주는 사람한테는 그 붙임성이 유독 강하게 발휘되었습니다.

"맛있지? 미트볼 모르니? 탄바야의 특제 토마토소스란다."

키쿠오의 밥그릇에 두 그릇째 밥을 덜어주면서 오세이도 자랑스럽게 이야기합니다.

"태어나서 처음 먹어봐요. 도련님, 타치바나 저택에서도 이렇게 맛있는 건 못 먹어봤잖아."

토쿠지의 말에 문득 고개를 든 사람은 순무 절임에 차 말이 밥을 먹던 사치코였습니다.

"맞네, 키쿠오 군도 '도련님'이었지. 우리 슌스케도 '도련님'이니까 도련님 1호랑 2호네."

그런 말과 함께 재미있다는 듯 웃습니다.

이를 쑤시며 소화라도 시키러 나온 듯한 분위기로 한지로 저택에서 걸어 나온 것은 밥을 배불리 먹은 키쿠오와 토쿠지였습니다.

그런데 밖으로 나오자마자 토쿠지가 걸음을 멈추고 자못 감개무량한 듯이 파란 하늘을 올려다보는 것이었습니다.

이 주변은 오사카 굴지의 고급 주택가라서 인기 배우 한지로의 저택은 물론이고 저쪽으로 눈을 돌리면 영화배우, 이쪽으로 눈을 돌리면 그 위스키 사장의 저택이 있는 식이라, 아름다운 나무 울타리와 소나무가 세련된 길가에 쭉 늘어서 있습니다.

"도련님, 어딜 봐도 산이 안 보이는데."

놀라는 토쿠지 옆에서 키쿠오도 하늘을 빙 둘러봅니다. 어느 곳에 있든 내려다보면 바다, 올려다보면 산이던 나가사키와는 확실히 전혀 다른 풍경이었습니다.

"어제 여기 도착했을 때는 어두워서 전혀 몰랐네."

토쿠지는 아직도 까치발을 들고 서서 저택 지붕 너머로 보이지 않는 산을 찾고 있습니다.

"……도련님, 이 길은 아무리 걸어가도 계속 평평한가?"

"그러겠지. 그래도 오사카에는 바다 대신 큰 강이 있어. 나가사키에선 찾아볼 수 없을 만큼 넓은 강이라 물이 멈춰 있는 것처럼 보인다니까."

하늘 밑에서 계속 산을 찾으며, 두 사람은 느긋하게 걸어가기 시작합니다.

"아, 도련님, 여기는 언덕이 없으니 자전거로 어디든 갈 수 있겠어."

토쿠지가 문득 깨달았다는 듯이 기쁘게 목소리를 높이자, 언덕투성이라 동네에 자전거 가게도 없던 나가사키에서 멀리 떠나왔다는 걸 새삼 실감하며 감상에 젖는 키쿠오였습니다.

"그래도 도련님은 자전거, 난 오토바이야."

"왜 토쿠짱만 오토바이인데?"

조용한 거리에서 웃음소리를 내며 한동안 걷자, 오세이가 가르쳐준 대로 속달 전용 파란 우체통이 세워져 있고, 그 오른쪽에 '이와미'라고 적힌 훌륭한 문패가 걸린, 요정으로 착각할 만한 집이 있었습니다.

커다란 대문을 지나자 팽팽한 공기가 감도는 듯한 마당에서 '탁, 탁, 타탁, 탁' 하고 박자에 맞춰 책상을 쥘부채로 두드리는 소리와 함께, 기타유 타령을 교습받는 슌스케의 목소리가 들려옵니다.

현관문을 열고 들어가려는 토쿠지의 어깨를 잡아당기며 키쿠오가 목소리가 들려오는 안뜰 쪽으로 향하자 툇마루의 투명 장지문 너머에서 슌스케가 땀을 잔뜩 흘리며 교습을 받고 있습니다.

"너희 아버지는 너처럼 '으윽' 하고 힘 안 준다. 힘주면 안 된다. 자, 계속해 봐."

♩ 때—마침—바로—그때—

"틀렸다. '으때—'다. '으드애—'가 아니라니까."

♩ 때—마침—

"틀렸다! 좀 더 안쪽에서 소리를 내봐라."

⌒ 때―

"아니야. 자, 내 배를 한번 봐라. 움직이는 게 보이잖아. 네 배는 안 보여. 배에 힘이 안 들어간다는 얘기다. 자."

⌒ 때―마침―바로―그때―

땀을 뻘뻘 흘리는 슌스케 앞에서 책상을 탁탁 때리는 사람이 이와미 츠루타유였고, 이때 이미 칠순을 넘긴 나이였지만 얼마나 목소리의 힘이 좋고 피부의 혈색이 좋은지, 슌스케의 빛나는 젊음조차 그 생명력 앞에서는 시들시들해 보일 정도였습니다.

⌒ 구―마가이노―, 지로후―

"아, 또 이러네. '후―'가 아니라 '오―'다."

⌒ 구―마가이노―

"턱이다. 턱을 당겨야 한다니까."

⌒ 지로후―

"아 또 이러네! '지로오―'라고, '지로후―'가 아니라. 자, 뒤쫓아 왔다부터."

♩ 뒤쫓아왔다―, 아―, 아―, 아―

"그게 아니라, '왔다―, 아―아아―'다."

♩ 왔다―, 아―

"박자를 당기면 안된다니까! '왔다―, 아―아, 아아―, 아아 아――'라고 했잖아!"
마치 서로에게 짖어대는 투견들 같아서 지켜보는 키쿠오와 토쿠지까지 숨이 막히는 듯합니다.

♩ 왔다―아―, 아―아아―, 아―

"그렇게 목에 힘주지 말고. 아―아아―."

♩ 가아―, 아아―

"아, 그런 소리를 내면 안 된다고. 내가 몇 번을 말하니, 기타유 는, 특히 시대물에선 절대 힘을 주면 안 된다. 힘을 주면 스케일이 작아진다고."

"네……."

"좀 쉬자. 넌 저기 있는 차라도 마시고 땀 좀 닦아라."

실이 툭 끊어진 듯이 교습장의 분위기가 바뀌었고, 그저 지켜보기만 한 두 사람까지 작게 한숨을 쉽니다.

그런 기척이 안쪽까지 전해졌는지…….

"아아, 너희들이구나. 규슈에서 왔다는 슌스케 군 친구들. 아까 사치코 씨한테 연락받았다. 그렇게 추운 데 있지 말고, 얼른 들어와라."

그렇게 말을 걸어준 사람은 방금까지 도사견처럼 사납던 이와미 츠루타유였습니다. 교습 시간만 아니면, 오래된 도자기 찻잔이 잘 어울릴 분위기의 사람 좋은 할아버지입니다.

"얘네들, 제 친구 아닌데요."

슌스케도 일단 항의하지만, 교습을 받느라 무리한 목에서는 소리가 제대로 나오지 않습니다.

"실례하겠습니다."

사양하지 않는 성격의 토쿠지가 먼저 방으로 들어가고, 그 뒤를 키쿠오도 따라 들어갑니다.

"너희도 잘 들어둬라. 가부키 배우라는 건 말이다, 기타유하고 춤을 제대로 배워두지 않으면 한 사람 몫은커녕 반 사람 몫도 못 하는 거야. 이게 꼭 필요한 이유가, 기타유를 모르면 일단 목소리를 구분해서 쓸 수가 없다. 기타유라는 건, 그 목소리만 들어도, 아아, 이 역할은 나쁜 할아버지구나, 이 역할은 젊은 미남이구나 하는 걸 알 수 있어야 한다."

엉뚱한 사람에게 강의하는 츠루타유를 토쿠지는 몰래 비웃었지만, 키쿠오는 중요한 사실을 알았다는 듯이 묘하게 감탄하는 얼굴입니다.

흔히 말하는 기타유 극은 인형 창극을 지칭하는 것으로, 예를 들어 〈요시츠네 천본앵의経千本桜〉이나 〈스가와라 전수 배움의 귀감菅原伝授手習鑑〉처럼 원래는 인형극으로 상영되던 것이 나중에 가부키의 형식으로 바뀌어 인기 작품이 된 경우도 많습니다.

"……그러니까 기타유를 그냥 기타유로 공연하는 것뿐이라면 단순한 인형극하고 다를 게 없어. 가부키에는 인형극을 굳이 가부키로 바꾼 이유가 없다면 그 가치가 없다. 가부키는 살아 있는 인간들이 무대에서 연기하는 거니까 훨씬 생생하고 훨씬 실감 나는 공연이어야 한다. 그걸 보면서 아, 인형 창극에서 유래된 거니까 인형극 같은 부분이 있네, 그런 생각을 관객이 품게 하면 안 되는 거라고. 알아들었니?"

그때 식은 차를 입에 머금던 슌스케가 사레라도 들린 듯이 기침을 합니다. 옆에 있던 토쿠지가 다급히 등을 두드려주자 "건드리지 마라" 하고 거부하지만, 뿌리치는 팔에는 힘이 담겨 있지 않았습니다.

"너, 잠깐 소리 좀 내봐라. 아까 들었을 테니까. '왔다—, 아—아아—'다."

츠루타유의 갑작스러운 지명에 키쿠오가 당황하면서도 따라하자…….

"다음은 너 해봐라."

이번엔 토쿠지를 지명합니다.

"왔다—, 아—아아———."

슌스케의 등을 두드려주며 토쿠지가 따라하자, 츠루타유가 묻습니다.

"너, 몇 살이니?"

"열일곱이요."

"그럴 줄 알았다. 넌 변성기가 완전히 끝났네. 그래도 너희 둘은 아직이다. 원래는 목을 좀 쉬게 해주는 게 좋은데, 너무 안 쓰면 무뎌지기도 하고. 그 시기가 배우한테는 제일 성가시지."

그렇게 말하며 쥘부채로 책상을 '탁!' 내리칩니다.

↷ 왔다—, 아—, 아아—.

"자, 해봐라."

그렇게 갑작스레 교습이 재개됩니다.

"아, 너희 둘이 왜 여기 있는 거야. 방해되게."

거의 처음 만난 사이인 키쿠오와 토쿠지 앞에서 교습을 받으며 혼나는 모습을 보여주기 싫었는지 슌스케는 그들을 쫓아내려 하지만, 정작 키쿠오는 시범을 보이는 츠루타유의 목소리에 반한 눈치였고, 토쿠지는 토쿠지대로 그릇에 담긴 다과자에 정신이 팔려서 슌스케의 바람대로 될 수 없는 상황입니다.

"자, 해봐라."

츠루타유의 재촉에 슌스케도 어쩔 수 없이 소리를 내지만, 옆에서는 토쿠지가 츠루타유의 눈을 피해 다과자를 먹어대고, 그 옆에 선 키쿠오가 츠루타유의 쥘부채 소리에 맞춰 자기 무릎을 치고 있습니다.

　왔다―, 아―아아―

"그래, 아까보다 낫네."

교습장이 다시 투견장 같은 분위기로 돌아오면서 팽팽한 긴장감이 감돌았습니다. 자, 여기서 이상한 점은 상대방이 아직 열다섯 살 제자라 해도 신성한 교습장에 그 친구들을 쉽게 들여 보내준 츠루타유의 의도입니다.

실은 여기엔 숨겨진 내막이 있었는데, 바로 며칠 전에 츠루타유를 직접 찾아온 한지로가 "이번에 어쩔 수 없이 남자애를 맡아 키우게 됐는데, 슈스케와 함께 교습을 해줬으면 한다"라고 부탁한 겁니다.

참고로 그렇게 한 데는 두 가지 이유가 있었습니다. 우선 첫 번째는 외동아들로 애지중지 키운 슈스케에겐 독한 구석이 없어 교습을 열심히 받지 않으니까 경쟁자를 만들어주고 싶어서. 그리고 두 번째는 아직 구체적으로 판단할 순 없겠지만 그 아이들에겐 배우로서의 타고난 자질이 있는 것 같아서라는 이유입니다.

그런 이야기가 오간 것도 모른 채, 키쿠오는 이날부터 츠루타유가 가르치는 기타유의 포로가 되어갔습니다. 이번 장도 슬슬 마무리를 지어야 하니, 이 이야기는 또 다음 기회에 해야 할 것 같습니다.

제 4 장

오사카
2단

 1965년의 오사카는 5년 앞으로 다가온 세기의 제전 '일본 만국 박람회'를 향해 뜨겁게 약동하는 도시였습니다. 6,400만 명의 입장객을 모은 만국박람회가 오사카를 국제도시라는 세련된 어른으로 성장시켰다면 1965년의 오사카는 아직 사춘기 중학생 정도라, 어른도 아니고 어린애도 아닌, 도시도 아니고 지방도 아닌, 인중에 조금씩 수염이 자라나기 시작한 풋풋한 고장이라 할 수 있었습니다.
 그중에서도 오사카역 앞은 그런 면모를 가장 잘 드러내는 장소였고, 지방에서 도시를 꿈꾸며 올라온 젊은이들이 밤낮으로 속속 도착하고 있었습니다.
 오늘도 소녀 한 명이 소란스러운 역 앞 풍경에 이미 압도당하고 있었습니다. 눈길을 잡아끄는 것이 너무도 많아 먼저 무엇에 눈길을 둬야 할지 모르는 것처럼, 하늘 높이 솟은 백화점의 풍선 광고, 넓은 도로에 가득 정체된 차량, 최신 머리 모양으로 활보하는 직장 여성이 보이는가 하면 발밑에는 만취한 남자가 맨바닥에서 자고 있습니다. 상쾌해야 할 초여름 바람에는 배기가스와 헤어스프레이, 술 냄새와 함께 역 앞의 다양한 냄새가 뒤섞여 있었습니다.

"아가씨, 오사카에 방금 도착한 거 맞지?"

소녀가 양손에 든 가방을 고쳐 들며 걸어가려는데, 등 뒤에서 젊은 남자가 말을 걸었습니다. 딱 봐도 불량해 보이는 남자로, 생긴 것대로 시골에서 가출해 올라온 소녀들을 꾀어 어딘가로 팔아치우는 양아치입니다.

"어디서 왔어? 오사카 처음? 얼굴에 그렇게 쓰여 있네."

친한 척하는 말투에 경계하며 고개를 옆으로 홱 돌린 이 소녀는, 양아치의 예상대로 방금 나가사키에서 오사카로 온 하루에였습니다.

"아가씨, 일하러 왔나? 여기 친척이라도 있나 보지?"

양아치의 입에서는 사탕 냄새가 났습니다.

"여기 마중 나오기로 한 사람이 있어서 기다려요."

하루에가 친근하게 어깨를 감싸는 양아치를 밀어내며 그렇게 대답하자…….

"아가씨, 규슈에서 왔지? 우리 엄마도 후쿠오카야."

큰 소리로 후쿠오카 억양을 흉내 내면서 혼자 웃습니다.

"……나는 아베노의 벤텐이라고 한다. 특별히 아가씨를 속여먹으려고 말을 건 게 아니다. 혼자 불안해하는 게 보여서 조금 걱정

돼서 그런 것뿐이야. 내가 생각해도 참 친절한 남자라니까.”

별명이 벤텐이라는 것만 봐도 질이 안 좋아 보이는 남자지만, 그의 익살에 자기도 모르게 웃음이 나오는 하루에였습니다.

“……마중 나오기로 한 사람은 누군데?”

“애인. ……키쿠짱.”

“헤에, 아가씨, 남친도 있어? 그 키쿠짱이라는 애인은 여기서 뭐 하는데? 공돌이 아니야?”

“고등학교 다니면서 배우 수업 받아요.”

“배우면 신희극新喜劇 같은 데 나오는 거야? 나도 무대에 나오는 개그맨 중에 아는 사람 있는데.”

말이 너무 빠른 남자라 하루에는 듣기만 해도 머리가 어질어질 합니다.

“신희극 말고, 가부키 배우 수업인데.”

“가부키면, 이 가부키 말이야?”

벤텐이 〈간진초勸進帳〉에 나오는 벤케이弁慶처럼 폼을 잡으며 “갓, 갓, 갓” 하고 우스꽝스러운 목소리를 냈기에 하루에도 웃음을 터뜨리고 말았습니다.

“야.”

그때 벤텐의 몸을 누군가가 뒤에서 확 잡아당기나 싶더니, 불쑥 얼굴을 내민 사람은 토쿠지였습니다.

“당신 지금 하루짱한테 뭐 하는 거야!”

벤텐을 겁주는 토쿠지 옆에서, 하루에가 주위를 두리번거리며 묻습니다.

"키쿠짱은?"

"도련님은 오늘 춤 교습 때문에 못 오게 돼서, 대신 내가 마중 나왔어."

하루에에겐 오랜만에 보는 토쿠지의 미소였습니다.

"이봐, 형씨. 갑자기 왜 끼어들어? 이 아가씨는 너 말고 애인인 키쿠짱 기다린다고 하는데."

밀려났던 벤텐이 이번엔 토쿠지에게 바싹 다가섭니다.

"시끄럽다! 너 어디 소속인데? 내가 나가사키 타치바나파라는 건 알고 이러는 거야?"

"나가사키 타치바나파가 뭔데? 이 멍청한 자식, 장난하냐!"

마침 점심시간이라 식사를 마치고 나온 회사원들이 이쑤시개를 입에 문 채, 서로 으르렁대는 두 사람을 구경하고 있습니다.

토쿠지는 구경꾼이 늘어날수록 신이 나기 때문에 주먹을 빙빙 돌리며 '미친 풍차'의 별명을 가진 복서, '파이팅 하라다'처럼 스텝을 밟습니다. 반면 벤텐은 정통파 유도 자세로 허리를 낮추며 천천히 토쿠지에게 다가갑니다.

"싸워라!"

구경꾼들의 환호 속에서 먼저 공격한 건 토쿠지였지만, 벤텐이 그의 펀치를 빠르게 피하고는 오히려 목을 붙잡아 땅에 눕힙니다. 하지만 토쿠지도 기세는 꺾이지 않았기에 서로 뒤엉킨 채로 얼굴에 펀치를 날리면서 주먹이 살을 치는 둔탁한 소리가 울려 퍼집니다.

얼핏 힘은 막상막하로 보였고, 구경꾼들의 발밑에서 이쪽으로 데굴데굴, 저쪽으로 데굴데굴 뒹구는 꼴이 사자들이 목숨 걸고 싸우는 모습 같기도 하고, 새끼고양이들이 뒤엉켜 장난치는 모습 같기도 했습니다.

두 사람이 점점 지쳐가며 힘이 풀리자, 점심 볼거리에 흥미를 잃은 구경꾼들도 하나둘씩 일터로 돌아가기 시작합니다.

결국 역 앞 길가에 남겨진 것은 바닥에 대자로 누워 숨을 몰아쉬는 두 사람과…….

"토쿠짱, 정말…….."

손수건으로 입가의 피를 닦아주는 하루에였는데, 옆에는 벤텐도 비슷한 꼴로 뻗어 있습니다. 굳이 신경 써줄 이유가 없었는데도 인정이 많다고 해야 할지, 오지랖이 넓다고 해야 할지, 결국 그의 코피도 손수건으로 닦아주는 하루에였습니다.

"괜찮아? 퉁퉁 부었는데."

하루에가 물로 적신 손수건을 입가에 대자, 토쿠지는 무뚝뚝한 얼굴로 노면전차의 흔들림에 몸을 맡기고 있습니다.

"키쿠짱한테 받은 편지에선 오사카에서 평범하게 생활하는 거에 익숙해졌다고 했는데, 하나도 변한 게 없네."

하루에의 발밑에는 꼭 필요한 생활용품이 든 커다란 가방이 두 개 놓여 있습니다.

"오사카 생활은 어때?"

토쿠지가 역에서 샀다는 단팥빵 포장을 찢을 때 하루에가 묻자…….

"도련님은 매일 학교에 교습에 엄청 바쁘다. 뭐, 나도 나대로 겐 아저씨 따라다니면서 테다이 일을 돕기도 하고."

그렇게 대답하며 단팥빵을 먹기 시작합니다.

"토쿠짱, 오사카 억양이 좀 섞였는데?"

"그래?"

"응. 방금 말투가 그랬어. 그런데 '테다이'가 뭐야?"

"뭐, 타치바나파로 따지면 하숙하는 조직원 같은 거."

"그럼 나가사키에서 살던 때랑 변한 게 없네."

"그렇지. 가끔 도련님하고 같이 춤 교습을 받을 때도 있고."

"헤에, 토쿠짱도?"

"뭐, 도련님들 연습 상대 같은 거지."

"도련님들?"

"아아, 슌도령이라고, 우리 선생님 아들도 있어."

그때 노면전차가 목적지에 도착했고…….

"내릴게요, 내려요!"

두 사람은 황급히 전차에서 뛰어내립니다.

"전통 가옥만 잔뜩 있네."

전철에서 내려 주위를 둘러본 하루에가 말하자…….

"이젠 익숙해."

토쿠지가 대답하고는 진짜 이 동네에 사는 사람처럼 전차 정류소에서 뒷골목으로 접어들더니 신사 경내를 가로질러 키쿠오가 있다는 집으로 향해 갑니다.

"저기, 난 거기 사람들한테 뭐라고 소개하면 되는 거야?"

집에 거의 다 왔다는 말을 듣고, 하루에가 갑자기 긴장하며 묻습니다.

"하루짱은 도련님의 먼 친척이라고 해놨어."

"친척이라고 해도 괜찮은 거야?"

"하루짱이 생활할 곳은 나하고 도련님이 몰래 준비해 놨으니까."

"어? 나 혼자 다른 데서 살라고?"

하루에가 놀라며 걸음을 멈춘 곳이 훌륭한 대문이 세워진 하나 이 한지로 저택이었습니다.

"여기가 우리 집이야."

토쿠지가 당당하게 문을 지나 "다녀왔습니다!" 하고 말하는 모습을 보면, 정말로 자기 집처럼 익숙해진 것 같았습니다.

"토쿠짱, 너 어디 갔다 왔니? 아까 겐 씨가 찾던데."

"오, 토쿠 왔어? 오늘 밤 마작 인원이 모자라진 않겠네."

"토쿠짱, 부엌에 양갱 있어."

여기저기서 남녀 하인들이 토쿠지에게 말을 건넵니다.

"가자, 가자."

토쿠지는 그런 목소리를 무시하면서 왼쪽으로 꺾고 오른쪽으로 꺾으며 하루에를 저택 안쪽으로 데려갑니다.

"여기 사모님이 일본 무용 명문가인 사가라 씨 출신이셔."

"아, 또 오사카 억양."

토쿠지는 무의식중에 튀어나오는 오사카 억양을 하루에에게 지적받고 머리를 긁적입니다.

희미하게 들려오던 샤미센과 북소리가 차츰 선명해지자 토쿠지가 발소리를 죽이며 속삭입니다.

"교습 중이네."

쉿, 하고 입술에 검지를 세워 보이더니, 교습장과 다른 방 사이에 놓인 복도로 하루에를 데려갔습니다.

토쿠지가 쭉 늘어선 하얀 장지문 중 하나를 소리 없이 1센티미터 정도 열자…….

"여기서 보여."

바로 얼굴을 갖다 댄 하루에의 눈에 키쿠오의 그리운 모습이 들어옵니다.

"무대에 같이 서 있는 게 슌도령이야."

일본 무용 교습이니까 유카타浴衣라도 입고 있어야 할 것 같은데, 어째서인지 두 사람 모두 속바지 한 장만 입은 채 아까부터 탁, 탁, 하는 박자목拍子木 소리에 맞춰 똑같은 춤을 반복하고 있습니다.

♪ 양팔을―, 펼치고―

기타유 발성에 맞춰 키쿠오가 오른발을 앞으로 내딛자…….

"아니, 아니, 틀렸어!"

언성을 높이며 무대 위로 올라온 사람은 키쿠오와 똑같이 속바지만 걸친 하나이 한지로였습니다.

"대체 몇 번을 말해야 알아듣겠니. 그렇게 올렸던 발을 내디딜 때는 천천히 기다렸다가 내밀어야 한다. 그렇게 해야 동작이 커 보이는 것이다. 그렇게 쪼잔하게 움직이면 네 등에 있는 올빼미가 울겠다."

그렇게 말하며 키쿠오의 허벅다리를 움켜쥐고 인형 다리를 다루듯 잡아당깁니다.

"이렇게, 이렇게다!"

벌써 몇 번이나 당했는지, 키쿠오 허벅지에는 파란 멍까지 생겨났습니다.

"자, 다음은 네 차례다."

한지로가 이어서 슈스케를 돌아봅니다.

"……자, 계속해서 상의를 벗고 오른발 한 번에 왼발. 맞다, 오른발 내밀면서 빙 돌고, 칼을 돌리면서 오른손으로 주먹 쥐고. 그대로 자세 취하고. 아니라니까! 거기서 손 올릴 때는 이렇게, 이렇게!"

한지로에게 붙잡힌 슈스케의 오른쪽 어깨에서도 희미한 멍이 보였습니다.

"잘 들어라. 이 공연은 무용담이다. 우메오마루梅王丸하고 사쿠라마루桜丸가 주인공이란 말이다. 무대에선 무거운 의상을 몇 겹이나 입어야 한다. 그런데 옷을 벗고 움직이면서 그렇게 작게 보이면 어쩌자는 거냐? 이렇게 웃통을 벗고 교습을 받게 하는 건 골격을 보기 위해서다. 근육은 이제부터 얼마든지 만들 수 있다. 그러니까 우선은 뼈로 기억해야 한다. 그렇게 미에(見得: 가부키에서 중요한 순간에 팔을 펼치며 눈의 동공을 자유자재로 조절하며 멈추는 것을 말한다-옮긴이) 자세를 취한 상태로 계속 있으면 힘들지? 어깨가 막 부들부들 떨리지? 바로 그거야. 팔을 어디까지 올리면 떨리기 시작하는지, 너희가 아슬아슬하게 할 수 있는 가장 좋은 자세를 뼈로 기억하는 것이다."

그렇게 말하면서 먹물을 듬뿍 묻힌 큰 붓을 들고 온 한지로가 키쿠오의 견갑골에 선을 쭉 긋더니…….

"이 뼈다. 이 뼈가 기억해야 한다."

마치 등의 문신을 지워버리려는 듯이 몇 개의 선을 더 긋습니다.

"자, 한 번 더. 탁, 타탁!"

자세를 낮춘 채 버티는 키쿠오의 이마에는 구슬땀이 맺힙니다.

춤동작을 뼈로 기억하라는 한지로의 말 때문인지, 아니면 몸에 먹물을 묻힌 채 부들부들 떨며 움직임을 멈춘 키쿠오와 슌스케의 진땀 때문인지, 몰래 엿보는 하루에까지 몸 구석구석이 아파오는 것만 같습니다.

"진짜, 내가 몇 번을 말해! 이 정도도 못 하면서 무슨 배우를 한다고 하는 거야!"

이번엔 한지로의 손바닥이 키쿠오의 뺨으로 날아듭니다. 하지만 반사적으로 시선을 피한 하루에 옆에서는 토쿠지가 태연한 얼굴로 사탕을 빨아 먹고 있습니다.

"평소에도 이렇게 엄하셔?"

하루에가 그렇게 묻자…….

"오늘은 그나마 친절한 편이야. 선생님 기분이 안 좋을 때는 둘 다 죽도로 잔뜩 얻어맞으니까."

"죽도로?"

"오늘은 죽도가 없지? 내가 도련님들을 위해 어젯밤 몰래 숨겨났지."

토쿠지가 의기양양한 표정을 짓습니다.

"키쿠짱, 괜찮은 거 맞아? 왠지 좀 야윈 것 같아."

"근육이 생기면서 군살이 빠진 거지. 지난번엔 도련님하고 팔씨름해서 처음으로 졌다니까?"

교습장에서는 두 사람이 아직도 똑같은 동작을 거듭 반복하고 있었고, 사정을 듣고 보니 이리저리 서성거리는 한지로가 죽도를 찾고 있는 것처럼 보이기도 합니다.

"이거, 끝나려면 좀 걸리겠네. 하루짱, 먼저 아파트에 데려다줄게."

"아, 또 오사카 억양 나오네."

소리 높여 웃을 뻔한 하루에의 입을 다급히 틀어막으며, 토쿠지가 다시 발소리를 죽이고 교습장을 벗어납니다.

"미에 자세를 할 때, 여기 이 견갑골을, 이렇게, 좀 더 펼치라니까!"

"아윽, 아파!"

하루에와 토쿠지의 등 뒤에서 키쿠오의 비명이 들려옵니다. 무심결에 돌아보는 하루에의 팔을 토쿠지가 강하게 잡아끌었습니다.

"빨리 가자. 여기 있으면 도련님한테 방해된다고."

아직 점심때지만 난카이南海 전철의 고가교를 따라 세워진 낡은 아파트 실내는 이미 깜깜했습니다.

토쿠지가 어둠 속을 더듬으며 낮은 천장으로 손을 뻗자, 찌그러진 양철 전등갓 밑으로 당장이라도 꺼질 듯한 알전구 하나가 드러납니다. 당연히 조명에 비친 방 안도 초라합니다.

"이 방밖에 없었어?"

무심결에 중얼거리는 하루에의 불안한 목소리에도 깊은 한숨이 섞입니다.

한지로 저택이 있는 주택가에서 두 개 역 정도 떨어진 장소지만, 이쪽은 쪽방촌에 가깝다 보니 두 사람이 역에서 지나온 고가교 밑에는 이른바 '도둑 시장'도 형성되어 출처가 수상한 라디오나 가재도구 등을 돗자리 위에 펼쳐놓은 채 팔고 있습니다.

"타치바나 큰누님은 매달 생활비를 보내주고 계시는데, 우리 선생님이 엄격한 분이라서 어린애한테 큰돈을 쥐여 주면 안 된다면서 도련님이나 나나 용돈을 받는 처지라 돈을 모으기가 쉽지 않아. 그러니까 한동안은 여기서 참고 지내. 만약에 무슨 일이 생기면 도련님은 말할 것도 없고, 나도 바로 달려올 테니까."

토쿠지가 설명한 대로, 이 무렵엔 나가사키에 남은 마츠가 키쿠오와 토쿠지의 생활비로 삼만 엔씩을 월말마다 한지로에게 보냈습니다. 당시의 대졸자 첫 월급이 이만 엔 정도였으니까 고등학교 학비 등은 별도로 치고 키쿠오와 토쿠지 식비 및 숙박비만 계산해도 충분한 돈이었을 겁니다.

다만 역시 토쿠지가 말한 대로 한지로의 교육 방침이 워낙 엄격한 편이라, 라면 한 그릇에 칠십 엔 하는 시대에 아들인 슌스케에게도 매달 백오십 엔의 용돈밖에는 주지 않았습니다. 물론 이는 아이들을 위한 것일 뿐, 결코 돈에 인색한 사람은 아니었기에, 실제로 마츠에게서 받은 생활비 전부를 키쿠오를 위해 저금해 두고 있었습니다. 다만 이 저금 때문에 나중에 약간의 소동이 벌어지는데,

그건 또 나중 기회에 이야기하기로 하겠습니다.

아파트 복도의 취사장에서 저녁을 준비하는 여자들의 목소리로 떠들썩한 시간, 긴 여정에 지쳐 잠든 하루에와 평소처럼 달리 할 일이 없어 낮잠을 자는 토쿠지에게 교습을 끝낸 키쿠오가 찾아왔습니다.

"하루짱."

키쿠오의 목소리에 벌떡 일어난 하루에가 "키쿠짱" 하고 몇 달 동안 못 만난 그리움을 쏟아내듯 끌어안자, 키쿠오는 교습이 어지간히 힘들었던지 버티지 못하고 그대로 주저앉아버렸습니다.

"키쿠짱, 괜찮아?"

"미안, 갑자기 다리가 후들거려서."

쓴웃음을 짓는 키쿠오의 다리를 옆에서 토쿠지가 거칠게 잡아당기더니, 눕혀놓고 안마를 하기 시작합니다.

"지금 주물러두지 않음, 내일 또 못 움직일 거야."

"키쿠짱. 나, 빨리 만나고 싶었어."

"미안. 매일 교습받느라 바빠서 좀처럼 틈이 안 났어."

"교습받느라 힘들어 보이더라. 아까 잠깐 엿봤거든."

"어, 봤다고? 이번 주는 계속 선생님이 가르쳐주셔. 평소엔 사모님이 해주시는데. ……그래도 역시 선생님이 잘 가르쳐주신다니까. 봐……."

몸을 일으킨 키쿠오가 오늘 배운 우메오마루의 미에 자세를 취합니다.

"……이 무릎 각도가 몸이 제일 크게 보이는데, 그렇게 하면 이쪽 오른팔이 따라오질 못해. 그런데 선생님이 말하는 대로 등을 움직였더니 따라오는 게 신기해. 봐봐."

하루에는 가만히 내버려둔 채 몇 번이고 자세를 취해 보이는 키쿠오였습니다.

"하루짱은 일단 미나미의 유흥주점에서 일한대. 아줌마가 아는 사람이 하는 가게를 소개를 받았다는데."

그렇게 알려주는 토쿠지의 목소리조차 돌 던지기 자세를 확인하느라 바쁜 키쿠오의 귀에는 전혀 들어오지 않았습니다.

"그러니까, '차렷, 기웅례'다. '경례'가 아니라."

"차렷, 경례!"

"아니라니까. '기웅례'라고 했다."

"'차렷, 경례!' 맞잖아?"

"아니라고. 키쿠짱이 '경례'라고 하니까 다들 빵 터졌다니까."

키쿠오와 슌스케가 교문에서 달려 나온 자전거에 함께 타 있었습니다. 아무래도 어설픈 오사카 억양을 교정해 주는 모양입니다.

"슌도령, 집에 돌아가면 바로 교토로 출발이지?"

"아니다. 이대로 역으로 직행할 거야. 겐 아저씨가 우리 짐 가져와 준다고 했어."

"어, 그랬나?"

"응. 재밌겠네, 교토."

"그렇군."

이번 달에 교토 미야코좌 극장에서 하나이 한지로가 〈땅거미土

蜘)의 에이잔叡山 승려 지추智籌를 연기하게 되었습니다. 학기가 끝나려면 아직 멀었지만, 이번 무대만큼은 수업을 빠지더라도 꼭 보여주고 싶다는 한지로의 뜻에 따라 그날부터 공연 마지막 날까지의 보름 동안 공연을 돕는 쿠로고로서 교토에 가게 된 것입니다.

다만 나중에 알게 된 사실이지만, 한지로는 아들과 제자에게 자기 연기를 보여주려 한 게 아니라, 그달에〈스미다강隅田川〉에서 한뇨노마에班女の前를 연기하는 희대의 여장 배우 6대손 오노가와 만기쿠의 무대를 두 사람이 꼭 봐두기를 바란 것이었습니다.

키쿠오가 한지로의 집에서 지내게 된 지 벌써 1년이 지났고, 학교 수업과 병행하면서도 가부키 교습을 게을리한 적은 없었습니다. 그 과정에서 한지로가 키쿠오와 슌스케에게서 발견한 것은, 행운인지 불행인지 남자 주인공 역할이 아닌 여자 역할의 재능이었습니다.

이걸 한마디로 설명하긴 어렵지만, 두 사람 모두 남자로서 여자를 흉내 내는 것이 아닌, 남자가 일단 여자로 변했다가 그 여자의 껍질마저 벗어던진 다음에야 '여자 역할'을 할 수 있다는 걸 본능적으로 깨닫고 있었던 겁니다.

"슌도령. 교토에 가면 기온祇園 거리에 데려가 준다고 한 거, 진짜야?"

핸들을 쥔 슌스케의 어깨를 키쿠오가 몇 번이나 잡아당겼기에 자전거가 아까부터 당장이라도 넘어질 듯 좌우로 흔들리고 있습니다.

"진짜지, 진짜. 잘 넘어갈 수 있게 겐 아저씨도 도와주신데."

"처음이다. 게이샤랑 노는 건."

"내가 뭐든 다 가르쳐줄게."

"ㅅ 콘피라 뱃놀이ㅡ. 이렇게 하는 거 아닌가? 그래도 역시 예쁘겠지, 게이샤는."

"향기가 좋다."

"진짜?"

"아, 맞다. 겐 아저씨한테 들었는데, 키쿠짱이 견습생이 된다던데?"

"아아, 그거."

신호등 앞에서 자전거를 세운 슌스케가 돌아보자, 키쿠오가 그의 어깨를 짚으며 짐칸 위에 올라섰습니다.

"위험하게 뭐 하는 거야."

"괜찮아. 페달만 똑바로 밟으면 된다."

"페달을 어떻게 밟으라는 건데? 바로 넘어질 거 같은데."

"안 넘어지게 네가 잘해야지."

이 견습생에 관해 간단히 설명을 드리자면, 아역 시절부터 상급 배우의 집에 들어가 분장실 예절부터 무대 위에서의 기술까지 철저히 교육받는 신분입니다. 이른바 '후계자'로 불리는 유명 배우의 세습 자제가 아니라 일반인이라도 견습생으로 인정받으면 장래에 큰 배역을 맡을 수 있게 되지만, 일반 제자가 되면 아무리 재능과 소양이 있어도 평생 조연밖에 맡지 못합니다.

참고로 가부키 배우의 계급은 크게 '나다이(名題: 상급 배우-옮긴이)'와 '나다이시타(名題下)'로 구분되는데, 견습생이 된 시점부터는 이 나다이와 동급으로 취급받습니다.

키쿠오를 견습생으로 삼고 싶다는 이야기는 사실 한지로가 나가사키의 마츠에게 먼저 꺼냈습니다.

마츠는 한지로의 편지를 읽고 그걸 승낙할지 거절할지 정하기 전에 먼저 아들 얼굴부터 봐야겠다며 며칠 만에 오사카로 달려왔습니다.

오사카역으로 마중 나온 키쿠오를 본 마츠는 아들이 이곳 오사카에서 충실한 생활을 보내고 있다는 걸 확신합니다. 한편 키쿠오도 조금 야위긴 했어도 여전한 어머니의 모습에 안심했는지, 만난 순간부터 어리광을 부리며 자기가 어떤 역할의 교습을 받고 있는지 등을 신나게 떠들어댔습니다.

물론 편지를 주고받긴 했지만, 키쿠오가 나가사키를 떠난 뒤로 거의 1년 만의 재회였습니다.

나중에 알게 된 사실이지만, 마츠가 오사카로 올라오면서 입은 비단 기모노는 사실 전당포에 간곡히 부탁해서 빌려 입은 것이었습니다. 이때 이미 타치바나파는 해산 상태나 마찬가지였고, 매일 빚과 위약금에 시달리는 생활이었기에 땅과 집은 저당 잡힌 지 오래였습니다. 그래도 부족한 부분을 가산이나 기모노를 전당포에 맡겨가면서 한 달 한 달을 넘기는 처지였으면서도 키쿠오에게 보내는 생활비만큼은 닷새가 늦고 열흘이 늦더라도 제일 먼저 보내고 있었습니다.

그래서 입은 비단 기모노였고, 아들을 맡긴 집으로 인사하러 온 '협객' 일가 안주인으로서의 일생일대의 허세였습니다.

한지로도 타치바나 집안의 곤궁함을 어렴풋이 깨닫고는 있었던 것 같습니다. 그것이 견습생으로 삼겠다는 결정에 영향을 끼친 측면도 있었겠지요. 다만 키쿠오가 이런 사실을 전혀 모른 채 천진난만하게 지낼 수 있도록 어른들이 비밀을 지켜준 것이, 몇 년 뒤 일부 평론가들에게 '타고난 기품이 있다'라고 평가받은 키쿠오의 춤으로 이어진 것이겠지요. '가난에는 품격이 있다. 하지만 가난한 티에는 품격이 없다'라고 희대의 여류작가가 말하기도 했지만, 이때 마츠의 필사적인 보호 덕분에 키쿠오는 그야말로 배우의 생명이라 할 수 있는 그 품격을 물려받을 수 있었던 겁니다.

"키쿠짱, 그냥 여기서 기다리면 돼."

아까부터 몇 번이나 일어서서 주변을 둘러보는 키쿠오를 잡아끌며 슌스케가 담배를 입에 뭅니다.

"자, 키쿠짱도."

건네받은 담배에 불을 붙이며 연기를 한 모금 빨아들인 키쿠오가 다시 몸을 일으켜 주변을 둘러보았기에 슌스케가 놀랍니다.

"후지코마가 그렇게 마음에 들었나 보지?"

두 사람은 지금 교토 기온 중심가 하나미코지花見小路에서 골목길로 조금 접어든 기온 고부甲部 가부렌조歌舞練場 뒤쪽에 있었습니다. 스토쿠 텐노 사당 앞의 돌계단에 걸터앉은 그들이 기다리는 사람은 조금 전까지 '이마사井政'라는 요정에서 같이 놀던 두 게이샤, 후지코마와 후쿠하루였습니다.

"슌도령, 잠깐 저기 우물에서 물 좀 마시자. 취해서 목이 마르다."

키쿠오가 그렇게 말하며 자리에서 일어섰을 때…….

"겨우 그거 마시고 잘도 취했다는 소리가 나오네."

평상복으로 갈아입은 후지코마와 후쿠하루가 나타났습니다.

"아무한테도 안 들킨 거 맞지?"

그녀들의 뒤를 살피는 슌스케에게 말합니다.

"언니들이 좀처럼 잠들지 않는 걸 어쩌겠어. 안 그래, 후지코마?"

"나도 오빠들을 이런 데서 몇 시간이나 기다리게 하느라 안절부절못했어."

그렇게 말하며 슬쩍 이쪽을 쳐다보는 후지코마에게서 키쿠오는 눈을 떼지 못합니다.

아까 요정에서는 연두색 기모노가 잘 어울리고 빨간 머리 장식도 귀여워 보였던 후지코마는 휴일인 내일을 앞두고 화장과 가발을 없애고 나니 그 연한 맨살이 오히려 성숙해 보였고, 밤바람에 나부끼는 까만 머리카락은 금방 씻고 나왔는지 아직 살짝 촉촉했습니다.

"우리가 묵고 있는 호텔로 가는 건 어때?"

슌스케가 후쿠하루의 손을 잡아끌며 말하자…….

"이렇게 늦은 시간에, 그건 좀 그렇지."

"그럼 어떻게 하고 싶은데?"

거기서 후지코마가 끼어들며 등 뒤의 암흑을 가리킵니다.

"난 저기 경내에서 모닥불 피우고 싶어."

사당 경내에서 사각형 캔에 마른 낙엽을 모아 불을 피웠습니다.

한동안 불을 둘러싼 채 앉아 있다가, 슌스케가 문득 일어서더니 후쿠하루의 손을 억지로 잡아끌며 어둠 속으로 사라집니다. 자기들은 석등 뒤에 완벽히 숨은 줄 알고 있지만, 키스를 나누자 그 그림자가 다 드러납니다.

"슌도령하고 후쿠하루, 오래 만났나 보네?"

두 사람의 애정행각을 애써 외면하면서도 신경이 쓰일 수밖에 없었기에, 키쿠오와 후지코마의 대화도 자연스레 그들에 대한 주제로 흘렀습니다.

"탄바야의 도련님, 열셋인가 열네 살 때부터 여기 다녔으니까, 후쿠하루가 견습 게이샤가 된 해부터였을 거야."

후지코마가 마른 나뭇가지 끝으로 허공에 날리는 불씨를 모으려 하는 걸 보고 키쿠오가 웃습니다.

"그걸로 불을 모을 수 있겠니."

"그러게. 궁상떠는 버릇을 못 고친다니까. 지금처럼 예쁜 기모노를 입고, 저녁마다 맛있는 음식을 먹으면서도, 어릴 때부터 생긴 버릇이라 뭐든 자꾸 모아두려고 해. 지난번엔 언니들이 버린 오래된 허리끈을 내가 주워서 모아놓는 걸 들켜서 '아아, 궁상맞아' 하고 다들 크게 웃었다니까."

불이 옮겨붙은 마른 가지를, 후지코마는 어째서인지 키쿠오에게 건넸습니다. 받아든 순간, 살짝 맞닿은 후지코마의 손가락은 놀랄 만큼 차가웠습니다.

"후지코마는 교토 사람이야?"

"태어난 곳은 아키타야. 가나아시오이와케金足追分……라고 해도 잘 모르겠지. 눈만 펑펑 내리는 농촌이야. 열두 살 무렵부터 지금 엄마한테 신세 지게 됐어. 중학교는 교토에서 다녔고."

"헤에. 후지코마는 열두 살부터 이 동네에서 산 거구나."

키쿠오는 불이 붙은 가지를 왜인지 다시 후지코마에게 돌려줍니다.

"키쿠오 씨는 나가사키랬지? 따뜻한 곳이겠네. 눈은 와?"

"거의 안 와. 그래도……."

문득 키쿠오의 뇌리에서 2년 전 큰 눈이 내리던 타치바나파의 신년회 풍경이 되살아납니다. 키쿠오에게 눈은 아버지 곤고로의 죽음과 연결되는 이미지로 남아 있습니다.

"저기, 키쿠오 씨. 기온 거리의 요정에서 노는 건 오늘이 처음이었지?"

후지코마의 얼굴이 빨간 불빛에 물들어 있습니다.

"맞아."

"그럼 난 결정할래."

"결정하다니, 뭘?"

"난 키쿠오 씨로 할래."

"나로 한다니, 뭘?"

"그러니까, 키쿠오 씨한테 내 인생을 걸어보겠다는 소리야. 나도 뭔진 모르겠지만, 그냥 직감적으로 그렇게 느꼈어."

"인생을 건다니, 우린 아까 만났잖아."

일방적인 선언에 키쿠오는 그저 당황스러웠지만, 후지코마는 자기 속마음을 다 털어놓았다는 듯 시원스러운 표정입니다.

"이런 건 만난 시간하곤 상관없어. 모 아니면 도지. 내 게이샤 인생을 당신한테 걸겠어."

갑작스럽긴 해도 기온 거리의 게이샤가 자기한테 인생을 걸겠다는데 기뻐하지 않을 남자는 없었기에, 키쿠오도 싫지 않은 눈치입니다.

"그거 진심으로 하는 소리야?"

"……여자는 두말 안 해. 그리고 키쿠오 씨. 당신은 꼭 인기 배우가 되어야 해. 너라면 될 수 있어. 난 그런 직감이 잘 맞거든. 그렇게 되면 아내로 맞아달라는 뻔뻔한 소린 안 할 테니까, 대신 두 번째나 세 번째는 내 자리로 예약해 둘게. 그래도 되지?"

"되긴 뭐가 되는데. 너무 성급하다."

"성급한 거 없어. 나이는 금세 먹으니까."

"그런 소리, 나 말고도 아무한테나 하는 거지?"

키쿠오의 서툰 추궁에 후지코마는 결백을 증명하듯 얼굴을 바싹 들이댑니다.

키쿠오는 다시금 그녀를 마주 봅니다.

어째서인지 후지코마와 함께 있으면 자신이 원래보다 훨씬 큰 존재처럼 느껴지는 게 신기했습니다.

슌스케가 던진 공이 키쿠오의 낡은 야구 글러브를 쑥 빠져나가 벽까지 데굴데굴 굴러갑니다. 지금 그들은 교토 시조四条 거리에 있는 미야코좌 극장의 옥상에 있었고, 다급히 공을 주우러 간 키쿠오의 눈 밑에는 벚꽃이 만개한 가모鴨강이 펼쳐져 있었습니다.

"키쿠짱, 어제 그 뒤에 후지코마하고 어디까지 갔냐?"

슌스케가 투구 자세를 확인하며 묻습니다.

"아무 데도 안 갔어. 후지코마를 집에 데려다주고 바로 호텔로 돌아왔어."

"그랬냐? 분위기 좋아 보이던데."

키쿠오는 아무 대답도 하지 않고 주워 온 공을 다시 던집니다.

"이제 분장실로 돌아가야 하지 않을까? 엔슈야遠州屋의 삼촌한테 인사하러 가야 한다며."

키쿠오가 던진 공이 빨려 들어가듯 슌스케의 글러브로 들어갑니다.

엔슈야의 삼촌이란 6대손 오노가와 만기쿠를 지칭하는 것으로, 이번에 만기쿠가 연기하는 〈스미다강〉의 한뇨노마에를 한지로가 두 사람에게 꼭 보여주고 싶어 했습니다.

이 〈스미다강〉은 이른바 '광란물狂乱もの'로 불리는 무용극으로 봄 3월, 스미다강 물가에 넋이 나간 듯한 미친 여자가 나타납니다. 이 여자는 사실 귀족인 요시다 쇼쇼吉田少将의 정실부인 한뇨노마에인데, 자식을 인신매매범에게 납치당한 슬픔을 이기지 못해 미쳐버리고 그 행방을 묻고 물어 먼 동쪽 지역까지 찾아온 것이었습니다.

여자는 뱃사공에게 배에 태워달라고 부탁합니다. 그 배를 타고 강을 한동안 건너갔더니, 반대편 물가에서 많은 사람이 염불을 외우고 있습니다. 뱃사공에게 물으니 1년 전쯤에 교토에서 인신매매범에게 잡혀 온 소년이 긴 여정을 이기지 못하고 병을 얻어 그대로 강가에 버려졌다는 이야기였습니다.

그 소년이야말로 여자가 그토록 아끼던 바로 그 자식입니다. 그 죽음을 알게 된 여자는 자식이 묻힌 초라한 무덤에서 오열하다가 그토록 그리워하던 자식의 모습을 보고 자식의 목소리를 듣게 되지만, 자식으로 보였던 것은 버드나무였고 목소리로 들렸던 것은 강의 수면 위로 날아다니는 물떼새의 울음소리였습니다.

옥상에서 상급 배우들의 분장실로 돌아오자, 이번 달은 출연 시간이 늦게 있어서 마침 호텔에서 방금 도착한 한지로가 두 사람을 혼냅니다.

"뭐냐, 너희들. 칠칠치 못하게 유카타 옷자락이나 걷어 올리고. 엔슈야 씨한테 인사하러 가자."

키쿠오와 슌스케는 바로 허리끈을 다시 맸습니다.

"예의 바르게 인사해야 한다. 엔슈야 씨는 엄한 분이니까."

소란스러운 복도를 한지로가 걸어가면, 가발 담당자, 의상 담당자, 쿠로고들이 "나오셨습니까" 하고 인사합니다.

"네, 잘 부탁드립니다. 네, 잘 부탁드립니다."

한지로도 인사를 받을 때마다 정중히 대꾸합니다.

그런 한지로의 뒤를 따르며 키쿠오는 왠지 가슴 근처가 오싹오싹해집니다. 바로 얼마 전의 유럽 공연에서도 〈스미다강〉의 미친 여자를 연기해 대성공을 거뒀다는 당대 제일의 여장 배우, 오노가와 만기쿠를 만난다는 것보다도, 분장실 포렴을 지나면 그곳에 한 명의 미친 여자가 있을 것 같은 느낌이 들었기 때문입니다.

"실례하겠습니다."

그런 키쿠오의 기분과는 상관없이 한지로가 아무 망설임도 없이 포렴을 걷으며 안쪽을 향해 인사합니다.

"……한지로입니다. 이번에 제 자식놈들이랑 같이 왔는데, 잠깐 만나주실 수 있겠습니까."

분장실 안쪽으로 성큼성큼 나아가는 한지로 어깨 너머로, 거울 앞에 앉은 오노가와 만기쿠의 가냘픈 뒷모습이 보였고, 숨이 막힐 듯한 난초 향기에 압도당한 키쿠오와 슌스케는 서로의 뒤에 숨으려 합니다.

"거기서 뭘 우물쭈물하고 있니."

한지로가 노려보자 두 사람이 동시에 안으로 들어갑니다. 거울 속에서는 피부가 유난히 매끄러운 노옹이 입을 크게 벌리며 건강해 보이는 이를 드러냅니다.

"위에 야구장이라도 있는 모양이죠? 아침부터 기운찬 발소리가 들려서 나까지 같이 뛰노는 느낌이라 기분이 상쾌하더라고. 호호호호."

눈부시게 빛나는 듯한 미소였습니다.

얼핏 비꼬는 말처럼도 들렸지만, 그 큰 눈동자는 아까 옥상에서 내려다본 가모강처럼 반짝였습니다.

"옥상에서 뭘 했지?"

한지로가 또 노려보자…….

"캐치볼이요."

둘이 한목소리로 말하자, 만기쿠가 몸을 빙글 돌려 이쪽을 쳐다보았기에 키쿠오와 슌스케도 다급히 무릎을 꿇었습니다. 한지로가 두 사람을 소개합니다.

"제 아들놈과 만나는 건 몇 년 만이시죠? 이 녀석이 슌스케입니다. 그리고 이쪽은 타치바나 키쿠오 군인데 지금 제가 맡아 키우는 아이고요."

"헤에, 슌스케 군도 많이 컸네. 마지막으로 만난 게 아마, 탄바야 씨하고 가부키 극장에서 〈스미다강〉을 공연했던 때일 거예요."

"그렇습니까. 그럼 벌써 5년이나 됐네요."

"5년 사이에 아이들은 이렇게 크고, 우리는 그만큼 늙은 거겠죠. 오호호호."

만기쿠의 말투나 태도가 너무 부드러워서, 키쿠오는 조금 허무했습니다. 놀이공원에서 유령의 집에 들어가자마자 모든 전등이 켜진 듯한 느낌입니다.

다만 다음 순간, 키쿠오는 슬쩍 자신을 향하는 만기쿠의 시선에 꿰뚫리고 맙니다. 어떻게 설명하면 좋을지 모르겠지만 그 눈만 웃고 있지 않았고, 더 자세히 말씀드리자면 한지로와 슌스케의 각도에선 웃고 있는 것처럼 보이는데도 어째서인지 키쿠오의 위치에서만 다른 눈빛으로 보이는 것이었습니다.

등줄기가 섬뜩해지며 키쿠오는 시선을 피합니다. 눈길을 돌린 곳에선 기묘할 만큼 긴 만기쿠의 손가락이 날씬한 허벅지 위에 가지런히 놓여 있었고, 당장이라도 뱀처럼 움직이며 이쪽을 향해 기어 올 것만 같았습니다.

도움을 요청하듯 슌스케를 돌아보지만, 그에게는 전혀 다른 만기쿠가 보이는 건지, 아무 스스럼 없이 말하고 있습니다.

"전에 삼촌이 미국 공연 다녀오실 때, 진짜 가죽으로 만든 카우보이모자를 선물로 주셨습니다. 어린애용이라 이제 머리에는 안 맞지만요."

키쿠오는 다시 만기쿠의 손을 바라봅니다. 하얀 분을 바른 배우의 손이라고 생각하면 자연스럽지만, 노옹의 손에 분을 칠했다고 생각하면 역시 너무 부자연스럽게 느껴집니다.

그러는 사이 오랜 팬이라는 소설가가 만기쿠의 분장실에 인사하러 와서 "그럼 이만 가보겠습니다" 하고 몸을 일으키는 한지로를 따라 키쿠오도 그만 돌아가려 했을 때였습니다.

"키쿠오 군이랬지? 잠깐만."

만기쿠가 키쿠오만 불러세웠습니다.

긴장하며 돌아보자 만기쿠가 물끄러미 바라보다가 말합니다.

"정말 예쁜 얼굴이네."

키쿠오는 어떻게 반응해야 할지 모르는 채 그 자리가 불편해서 견딜 수 없었습니다.

"하지만, 그래. 배우가 되려고 한다면 그 얼굴이 가장 큰 걸림돌이 될 거야. 언젠가 그 얼굴에 네가 잡아먹힐 테니까."

더욱 혼란스러워지는 키쿠오였지만, 다행히 팬이라는 소설가가 나타났기에 덫에서 해방된 새끼 짐승처럼 이때라는 듯 슌스케의 뒤를 쫓습니다.

마치 목덜미에 축축한 천을 두르고 있는 듯한 기분 속에서, 키쿠오는 한지로의 분장실에서 달걀 샌드위치로 점심을 때우고 그날 특별히 예약해 둔 공연장 좌석으로 교복을 입고 향합니다.

좌석은 꽃길에 가까운 중앙 쪽이었고, 객석을 가득 메운 관객들은 오노가와 만기쿠가 등장하기만을 기다리고 있습니다.

"키쿠짱, 아까 가기 전에 엔슈야 삼촌이 뭐라고 했어?"

"별거 아니야."

입에서 홍차 냄새가 나는 슈스케에게 키쿠오가 대답하자 개막을 알리는 박자목 소리가 들려옵니다.

"……그 사람, 좀 무섭다."

문득 중얼거린 키쿠오의 말에…….

"그 사람? 엔슈야 삼촌? ……왜? 그 삼촌, 전혀 안 무서워. 키쿠짱은 처음 봐서 그런 거야. 친절한 이모 같은 사람인걸."

그렇게 웃어넘기는 슈스케에게, 자신이 느낀 두려움을 제대로 설명하지 못하는 키쿠오였습니다.

막이 오른 건 바로 그때였고, 순식간에 객석 전체가 무언가에 삼켜진 듯 조용해집니다.

구슬픈 샤미센 가락이 푸르게 물든 해 질 녘 스미다강에 흐릅니다.

> 부모의 마음이란 게 원래 어둠에 속하진 않으련만
> 자식을 너무 아낀 나머지 길을 잃기도 하네

넓은 극장 안에서 어딘가에 구멍이 뻥 뚫린 것 같았고, 그 구멍에서 당장이라도 무언가가 튀어나올 것 같은, 그런 불길함으로 객석 전체가 전율할 듯한 바로 그때, 자식을 찾아다니다 광인이 된 오노가와 만기쿠가 꽃길에 도깨비불처럼 나타났습니다.

한뇨노마에는 꽃길을 슬금슬금 걸어가며 무대로 향합니다. 그 모습, 그 색채, 그 음영은 마치 이 세상의 것 같지 않았고, 마루야마 오쿄(円山応挙: 유령을 주로 그린 에도시대 유명 화가-옮긴이)가 그린 유령이 그곳에 나타난 것처럼 무시무시합니다.

어느새 키쿠오도 그 기괴한 세계에 빨려 들어갔고, 현실도 꿈도 아닌, 뭔가 어둡고 축축한 장소에 혼자 서 있는 것만 같았습니다. 그건 다른 관객들도 마찬가지였고, 다들 망령이 되어 만기쿠를 바라보고 있습니다.

"이런 게 무슨 여자야. 괴물이지."

너무나도 강렬한 체험에 키쿠오의 마음은 거부반응을 보이지만, 차츰 그 괴물이 슬픔에 젖은 여자로 보이기 시작합니다.

"……아니, 이런 건 여장 배우도 아니야. 여장 배우란 건 좀 더 넋을 잃고 바라볼 만큼 예뻐야지. 그게 여장 배우다."

키쿠오가 만기쿠의 마력에서 벗어나려는 듯이 옆에 앉은 슌스케로 눈을 돌리자, 역시 무언가에 홀린 듯이 무대를 응시하고 있습니다.

"……이건 그냥 괴물 아닌가."

무언가로부터 도망치듯 웃어넘기는 키쿠오의 말에, 슌스케는 다음과 같이 대답했습니다.

"확실히 괴물이다. 그런데, 아름다운 괴물이야."

실은 이날 두 사람이 직접 목격한 오노가와 만기쿠의 모습이 훗날 그들의 인생을 크게 뒤흔들게 되지만, 당연히 두 사람 모두 그것을 알 리는 없었습니다.

"이모, 이 접시 좀 빌릴게요."

하루에가 달콤한 냄새가 나는 냄비 뚜껑을 열고 국자로 국물을 맛봅니다.

발밑에서는 아파트 옆방의 남자아이가 세발자전거를 타고 다니고, 싱크대에서는 이 남자아이의 젊은 엄마가 등에 업은 아기를 달래며 쌀을 씻고 있습니다.

"하루에, 너 또 엄청 많이 만들었네. 이 정도면 가게에 가져가도 남는 거 아니니?"

접시를 빌려준 이모가 냄비를 들여다보며 물었기에…….

"이 정도는 금방 없어져요."

그렇게 대답하면서 잘 익은 감자 하나를 젓가락으로 집어서 주자, 아주머니가 숨으로 후후 식힌 뒤 입에 넣었습니다,

"하루에가 만든 요리, 이모 같은 오사카 사람한테는 좀 단 것 같아."

"나가사키에선 뭐든 달게 먹으니까요. 그래도 그 덕분에 나가사키 출신 손님들이 엄청나게 마시러 와준다고요."

"그렇구나. 하루에 가게가 잘 된다는 얘기는 들었지."

"그게 왜 제 가게예요. 저는 그냥 일하는 사람인데요."

큰 냄비를 양손으로 안고 하루에가 방으로 돌아가려는데, 낡은 아파트 전체가 흔들리는 듯한 발소리를 내며 토쿠지가 계단을 올라옵니다.

"하루짱! 있어? 저기, 가게에서 쓸 냉장고, 딱 좋은 사이즈로 찾아냈어."

"진짜?"

"벤텐이 찾아줬다."

"에엥? 벤텐이?"

하루에가 바로 미심쩍게 바라보자, 토쿠지가 대답합니다.

"훔친 거 아니야."

"정말?"

"정말이야. 그것도 공짜로 주는 거라고."

"왜?"

"하루짱한테 반했으니까 그런 거 아니겠나? 아, 그것보다도 요새 도련님은 좀 와?"

토쿠지의 질문에 대신 대답한 것은 조금 전의 이모였습니다.

"요새 그 곱상한 남자애는 안 오는 거 같던데. 하루에 혼자 독수공방해."

"아니에요. 지난 주에도 왔어요."

냄비를 든 하루에의 뒤를 따라 토쿠지로 방으로 향합니다.

"지금 가게에 갈 거지? 지금 밑에서 벤텐이 차를 타고 기다리고 있어. 냉장고랑 함께."

"그래? 그럼 바로 나갈 준비할게."

"그럼 나도 밑에서 기다리고 있는다."

"아, 잠깐만."

그때 나가려던 토쿠지를 하루에가 불러세웠습니다.

"토쿠짱은 언제부터 벤텐이랑 친해진 거야? 그 뒤에 텐노지天王寺에서 우연히 만났다는 얘기는 들었는데."

"별로 친한 건 아니야. 그래도 뭐, 텐노지촌天王寺村에 있는 광대 아지트에 같이 드나드는 게 재밌어서."

텐노지촌은 당시 오사카의 상징인 쓰텐카쿠 밑에 펼쳐진 신세카이新世界 거리의 예능계를 형성하던 만담, 나니와부시(浪花節: 샤미센 반주에 맞춰 하나의 이야기를 노래와 말로 전달하는 전통음악-옮긴이), 곡예, 마술 등을 공연하는 광대들이 연립주택에서 생활하던 동네를 말하는데, '광대 골목'이라는 별명으로도 불리던 곳입니다.

토쿠지의 이야기에 따르면 벤텐은 원래 이 텐노지촌에 패전 직후 만주에서 흘러들어 온 광대 부부의 아들로 태어났다고 하는데, 아직 젖먹이일 때 어머니가 병으로 죽자 아버지도 곧 다른 여자와 가출했고 남겨진 벤텐을 불쌍히 여긴 여자 만담가가 맡아 길러주었다고 합니다.

"그래도 토쿠짱은 다음에 또 무슨 일로든 체포당하면 이제 빠져나올 구석이 없잖아."

하루에가 진지하게 충고하지만, 토쿠지는 건성으로 듣습니다.

사실 토쿠지는 원래 소년원에서 도망 중인 신세였지만, 키쿠오와 함께 오사카행이 결정되자 아이코회 츠지무라가 뒤에서 손을 써 후견인이 되는 것으로 소년원 수감 기간을 단축했습니다.

다만 이런 식으로 도망쳐서 일이 잘 풀려버릴 경우, 그 사람은 인내심이 부족해집니다. 그래서인지 토쿠지도 요즘 들어 한지로 저택에서의 지배인 수업에도 완전히 싫증이 나서, 스승인 겐키치의 눈을 피해 이런 식으로 벤텐과 놀러 다니는 형편입니다.

흙먼지 날리는 골목길에 냉장고를 짐칸에 실은 트럭이 세워져 있고, 운전석에서는 머리에 포마드를 바른 벤텐이 폼 잡으며 담배를 피웁니다.

"하루짱, 금방 내려온단다."

아파트에서 나온 토쿠지가 조수석에 올라타며 말합니다.

"야, 대체 왜 그래?"

벤텐은 의아한 표정입니다.

"뭐가?"

"하루짱은 키쿠오라는 놈 여자 아니야? 왜 뒤치다꺼리는 네가 다 해?"

"도련님이 바쁜데 별수 있냐."

"아, 그 '도련님'이라고 부르는 것도 좀 이상해."

"뭐가?"

"뭐가 이상하긴……. 아니야, 됐다. 그보다 이거 끝나면 지난번 그 얘기 들으러 가자."

"벌써 얘기가 다 된 거야?"

"일단은. 자세한 건 홋카이도에 가야 알 수 있는 거긴 한데, 어쨌든 내가 잘 아는 알선업자 말로는 이렇게 좋은 일자리가 없대."

"왜 안 그렇겠냐. 한 달에 사만이라니. 어디에도 없다, 그런 거저먹는 일자리는."

"그래도 음, 머리도 신경도 많이 써야 하는 일이니까 돈 받는 만큼 힘들다고는 했어. 차라리 말없이 몸만 움직이는 게 편하긴 하지. 굳이 말하자면 현장감독보다는 알선업자에 가깝다고. 전국에서 모여드는 노동자들을 관리하면서 일 잘하게 하는 게 여간 힘든 게 아니니까."

"그래도, 그걸 우리가 잘할 수 있을 거라고 발탁된 거잖아. 석 달이면 십이만이다. 그 정도로 모이면, 우선 하루짱한테 돈을 보내서 자기 가게 차리라고 할 거야. 그러면 도련님도 안심할 테고."

토쿠지가 그렇게 중얼거리는 중에, 하루에가 완전히 밤의 여인이 되어 나타났습니다. 양손에 조림이 든 냄비를 들고 있지만, 그래도 높이 땋아 올린 머리에 긴 속눈썹, 새빨간 립스틱을 칠하고 미니스커트까지 입은 모습은 미국 스파이 영화에 나오는 여배우 같기도 해서, 무미건조한 쪽방촌에 남국의 꽃이 핀 것만 같습니다.

그날 밤, 벤텐과 함께 알선업자로부터 홋카이도에서 하게 될 일에 관해 설명을 듣고 온 토쿠지는 먼저 신세카이 거리 꼬치 가게에서 미리 축배를 든 다음, 기분 좋게 한지로 저택으로 돌아와 키쿠오에게 자초지종을 보고하려고 했습니다. 하지만 정작 키쿠오는 노(能: 배우들이 가면을 쓰고 등장하는 극-옮긴이)를 흉내 내면서 자세를 안정시키기 위해 다다미를 문지르며 걷는 지루한 연습을 매일 밤 하고 있는데, 저쪽에서 이쪽으로 스윽스윽, 이쪽에서 저쪽으로 스윽스윽, 보는 것만으로 정신이 이상해질 만큼 좁은 연습장을 왔다 갔다 하고 있습니다.

결국 한 시간 정도 기다리고서야 발을 끄는 연습이 끝나자, 이번에는 샤미센을 연주하려고 했기에 토쿠지가 다급히 말을 걸었습니다.

"도련님, 잠깐만. 더 기다리다간 여기서 잠들게 생겼어."

"아까부터 거기서 뭐 하는데?"

키쿠오가 바로 샤미센 현을 팅기자, 토쿠지가 타이릅니다.

"도련님. 연습하지 말라고는 안 하는데, 좀 과해. 슌도령을 봐. 연습도 열심히 하지만, 제대로 쉬어야 할 때는 쉬잖아. 그 정도가 딱 좋지 않을까?"

"전혀 안 힘든 걸 어떻게. 잘 때도 하고 싶을 정돈데."

하지만 키쿠오도 물러서지 않습니다.

"……그것보다도 무슨 일인데. 아까부터 계속 저기 앉아서."

"아, 맞다. 그게, 내가 홋카이도에 가게 됐어. 일자리를 소개해 준 사람이 있어서, 나도 이쯤에서 승부수를 한번 띄워봐야 할 것 같거든. 그래서 이제부턴 도련님하고도 멀리 떨어져 지내야 해. 뭐, 다신 못 보는 것도 아니고. 홋카이도에서 돈을 모아서 나중에 사업으로 성공하면, 누구보다 훌륭한 도련님의 후원자가 되어줄게. 분장실에 페르시아 카펫도 깔아주고, 더 성공하면 전용 극장도 만들어 줄 테니까, 그때까지 도련님은 꾸준히 예술의 길에 정진하면 된다."

너무나 갑작스러운 이야기라 키쿠오는 뭐라 대답해야 할지도 알 수 없습니다.

"잠깐만. 홋카이도에서 성공한다니……. 누구한테 속고 있는 거 아니야?"

"걱정 붙들어 매라. 벤텐이랑 같이 가니까. 개랑 둘이 가서, 뭐, 1년만 열심히 하면 목돈이 생길 테니까, 그다음은 둘이서 무역회

사라도 차리기로 했다."

"무역이라니……, 배라도 타겠다는 거야?"

"아니야. ……어쨌든, 나도 언제까지 여기 얹혀살 수는 없으니까. 물론 앞으로도 평생 도련님은 내가 도울 거야. 그건 절대 안 변해. 그래도 계속 옆에서 보살피는 것보다는, 뭔가 더 큰 도움을 줄 수는 없을까 하고 고민하게 된 거야."

"토쿠짱……."

평소에 너무 가깝게 지내다 보니 이런 진지한 대화를 나눈 적은 거의 없습니다. 하물며 오사카에 온 뒤로는 학교와 교습 등 슌스케와 함께 보내는 시간이 많아지면서, 어느새 토쿠지를 혼자 내버려둔 것이나 다름없었습니다.

"뭐, 서로 멀리 떨어져 지내도 도련님과 나 사이는 변함없을 거야."

갑작스럽게 그리운 나가사키 억양입니다.

"……나는 도련님한테 받은 은혜는 평생 잊지 않을 거야. 내가 이렇게 글씨를 쓸 수 있는 것도, 산수를 할 수 있는 것도, 전부 도련님이 가르쳐준 덕분이니까."

초등학생용 히라가나 연습장에 한 글자씩 확인하면서 떨리는 손으로 글씨를 쓰던 토쿠지의 모습이 떠올랐습니다. 타치바나파 조직원들의 이름을 전부 한자로 적었을 때 토쿠지가 짓던 만족스러운 미소가 어제 일처럼 생생했습니다.

"토쿠짱……."

키쿠오는 제대로 말을 잇지 못합니다. 만류해 봐야 이곳에 토쿠지 자리는 없다는 걸 잘 알고 있었으니까요.

"걱정할 거 없어. 뭐든 곤란한 일이 생기면, 이 토쿠지가 언제든 홋카이도에서 날아올 테니까. 지금까지랑 똑같아. 지금까지랑 똑같은 토쿠짱이야."

키쿠오는 토쿠지의 웃는 얼굴을 오랜만에, 정말 오랜만에 보는 것 같았습니다.

제 5 장

스타 탄생

"슌도령, 뭐 하는데! 이제 곧 막 열린다!"

숙취에 절어 대기실에 기어가듯 도착한 슌스케를 보며, 이미 〈도죠지의 두 사람〉의 무희 하나코白拍子花子로 변신 중인 키쿠오가 어처구니없어합니다.

변신 중인 이유는 당연히 분장 도중이기 때문이었고, 비단 가발망을 쓴 채 하얀 분을 칠하고, 눈썹 아래로 희미한 붉은색 화장을 하고, 몸에는 시선이 뺏길 만한 금박을 장식한 검은 천에 수양벚꽃이 수놓인 긴소매 기모노를 입고 있습니다.

그런 모습으로 힐책을 하니, 오늘 맡은 배역처럼 동네 처녀에서 본색을 드러내 변신한 이무기 같습니다.

"아, 키쿠도령도 좀 참아라. 어쨌든 슌도령이 도착했으니까, 자, 준비해라! 다들 서둘러!"

"또 그렇게 슌도령 편만 들고……."

슌스케를 언제나처럼 감싸주는 겐키치를 보며 키쿠오는 마음에 안 든다는 듯 중얼거렸지만, 여기서 옥신각신한다고 막이 오르는 시간이 미뤄지는 건 아닙니다.

"마츠조 씨, 양동이에 물 좀 갖다줘!"

키쿠오 목소리에 쿠로고인 마츠조가 얼른 양동이에 물을 떠 오자, 아직도 술이 덜 깬 슌스케의 목덜미를 움켜쥐고 그 머리를 창 밖으로 밀어 넣은 다음…….

"간다!"

양동이의 물을 뿌렸습니다.

"히익!"

슌스케의 비명이 시코쿠四国 고토히라琴平의 화창한 아침에 울려 퍼집니다. 지금 두 사람은 하나이 한지로를 간판으로 내세운 극단에서 서부 지역의 순회공연에 한창이었습니다.

물을 뒤집어쓰자 슌스케도 정신이 번쩍 들었는지, 화장대에 달려들어 지각한 자신을 벌하듯 굵은 붓을 들고 얼굴에 하얀 분을 마구 칠합니다.

"다 같이 호텔 전체를 찾았는데. 어디 있었던 거야?"

옆에서 키쿠오도 입술을 칠해주며 묻습니다.

"눈을 떴더니 어느 술집 바닥에 누워 있더라. 깜짝 놀랐어."

"또, 그런 태평한 소릴 하냐."

슌스케의 말을 들어보니, 어젯밤 키쿠오 일행과 헤어진 후에 또 혼자 홀연히 고토히라의 환락가로 향한 모양입니다.

"그래도 어제는, 뭔가 기분이 확— 풀렸다."

슌스케가 익숙한 손놀림으로 눈썹을 그리면서 아직도 술 냄새 나는 숨을 내쉽니다.

술 냄새 나는 처녀 도죠지의 무희라니 말도 안 되지만, 화장하고 나면 그럴듯해 보인다는 게 신기합니다.

"그 아이코회 츠지무라 씨 말인데, 같이 있으면 그렇게 기분이 상쾌해지는 사람은 처음이었다. 어제도 고토히라의 모든 게이샤를 모아서 대연회를 열었고. 키쿠짱은 좋겠다. 어릴 때부터 그런 사람들한테 둘러싸여 자랐다니. 뭔가 그것만으로도 인생이 몇 배는 재미있을 것 같아."

입을 열심히 움직이면서 슌스케는 습관적으로 손도 제대로 움직이고 있었기에, 가발망과 의상 등을 착실히 착용하면서 서서히 키쿠오를 따라잡기 시작합니다.

이번 무대는 적은 인원의 순회공연이기도 해서, 여장 무용의 최고봉으로 불리는 〈교토풍 처녀 도죠지京鹿子娘道成寺〉를 젊은 키쿠오와 슌스케 두 명이 춤을 추는 구성으로 계획되었습니다.

뒤늦게 설명드리자면, 분주하게 시작된 이번 5장은 토쿠지가 성공을 꿈꾸며 홋카이도로 떠난 지난 장에서 벌써 4년 가까운 세월이 흐른 뒤입니다.

때는 바야흐로 세기의 제전 '오사카 박람회'가 지난달에 개막된 시기입니다. 매일 갱신되는 입장객 숫자부터 달에서 가져온 암석, 전자동 인간 세탁기와 외국인 미아에게 부모를 찾아준 이야기까지 일본 전국에서 엑스포 이야기로 떠들썩했습니다.

참고로 이 4년 사이에 키쿠오는 양어머니 마츠와도 상의한 끝에 결국 한지로의 견습생이 되었고, 1967년, 열일곱 살의 나이에 교토 미야코좌 극장의 공연에서 '하나이 토이치로'라는 이름을 받아, 〈명문가의 집안 소동伽羅先代萩〉의 단역인 시녀로나마 경사스럽게 첫 무대를 밟았습니다.

다만 이 경사스러운 첫날의 기억이 키쿠오에게는 전혀 없다고 해도 좋을 정도입니다.

첫 무대의 첫날은 고향 나가사키에서 마츠가 관람하러 달려왔는데, 마치 본인이 무대에 오르는 것마냥 혼잡한 분장실에서 이쪽으로 서성거리고, 저쪽으로 서성거리는 바람에 그 긴장감이 완전히 키쿠오에게 전염되고 말았습니다.

첫 무대의 배역을 맡았다고 해도 막부 고관의 아내인 사카에고 젠栄御前을 모시는 시녀 중 한 명일 뿐이라, 꽃길을 통해 등롱을 들고 마님을 모시며 무대로 나온 다음, 당연히 대사도 없이 15분 정도 왼쪽에 앉아 있다가 그대로 무대를 벗어나는 역할입니다.

다만 대기실에서 꽃길로 걸어 나온 순간의 형용할 수 없는 분위기만은 선명하게 기억하고 있었는데, 그야말로 구름 위를 걷는 것만 같은, 억지로 그걸 표현한다면 행복이라는 단어가 어울릴 듯한 기분이었습니다.

하지만 그 뒤의 기억이 전혀 없습니다. 15분 동안 한지로가 연기하는 야시오八汐와 마사오카政岡의 대화를 같은 무대 위에서 보고 있었을 테지만, 정해진 대로 무대 왼쪽에 앉아 있다가 정해진 대로 복도를 통해 분장실로 돌아와 화장대 앞에 앉고 나서야 겨우 정신이 드는 것 같았습니다.

그러자 조금 전까지 자기가 있던 무대 바닥의 감촉과 또렷하게 한 사람 한 사람이 보이던 관객의 얼굴, 그리고 무엇보다도 무대에서 풍기던 달콤한 향냄새가 되살아나서, 키쿠오는 자기도 모르게 옆에 있던 칸막이 뒤로 몸을 숨기려고 했던 것입니다. 왜냐하면 마치 꿈속에서 몽정한 것처럼, 사람들 앞에서 부끄럽게 느껴질 만한 황홀감이 그제야 갑자기 엄습해 왔기 때문입니다.

당연히 같은 첫 무대라고는 하지만, 정식 후계자인 슌스케의 그것과는 모든 게 달랐습니다. 듣자 하니, 슌스케의 첫 무대는 네 살 때였고 한지로는 물론이고 간사이 지역 가부키의 또 다른 명가인 이쿠타 쇼자에몬도 참석한 앞에서 '하나이 한야'라는 이름을 받았다고 하니까요.

하지만 이야기하는 걸 들어보면 슌스케가 이런 황홀감을 맛보지 못한 것은 명백했기에, 자신의 첫 무대가 훨씬 낫다고 확신하며 질투하지 않는 키쿠오였습니다.

덧붙이자면 이 첫 무대를 치를 무렵에 키쿠오 주위에서 또 하나의 사건이 일어나고 있었는데, 무슨 일이고 하니 키쿠오가 등에 짊어진 수리부엉이 문신 때문이었습니다.

고등학교에 입학할 때 한지로가 직접 학교에 가서 키쿠오의 성장 환경이나 양어머니 마츠의 강한 교육 의지 등을 설명했고, 학교 측에선 절대 문신에 관해 떠벌리지 않고 체육 수업 때도 상반신을 드러내지 않는 등의 까다로운 조건을 내걸고 묵인해 주기로 했습니다. 하지만 그가 입학한 곳은 교실에서도 아무렇지도 않게 팬티를 내리고 습진이 생긴 사타구니에 약을 바르는 남자 고등학교였으니 만큼, 등 문신을 들키지 않을 리가 없습니다.

사실 반 친구들은 처음에만 신기해하다가 금방 시들해졌고 키쿠오를 위해 부모님께는 말하지 않기로 했지만, 그래도 비밀은 꼭 새어 나가기 마련입니다.

어느 시대든 나쁜 인간은 없습니다. 다만…….

"저는 괜찮습니다만, 그걸 좋게 보지 않는 보호자분들도 계시지 않을까요?"

이런 식으로 나쁜 인간이 아닌 척하는 나쁜 인간만 있을 뿐입니다. 결국, 어느샌가 그 좋게 보지 않는 보호자 분이 기다렸다는 듯이 등장하셔서, '역시 아이들에게 악영향을 끼친다'라며 기쁜 마음으로 키쿠오 배척 운동을 시작했습니다.

당연히 학교 측도 학부모 설득에 나서주었고, 요청을 받은 키쿠오의 은사 오자키까지 나가사키에서 달려와 키쿠오의 성장 환경을 설명하면서 온정을 베풀어달라고 호소했지만 시골 교사의 발언에 무게감이 있을 리 없습니다. 오히려 그가 이야기한 키쿠오의 생활 환경 자체가 자기 아이들을 오염시킬 것이라는 피해망상으로 번지면서 새로운 거부 반응을 일으키고 말았습니다.

'한번 발을 헛디딘 자가 올바른 길로 돌아올 수 있을 리 없다.'

그것이 학부모회, 나아가 세상의 일반적인 반응이라고 할 수 있겠지요.

다만 다행히도 키쿠오 본인은 어른들의 이런 편협한 생각에 좌절하지는 않았습니다. 오히려 아무렇지도 않은 듯이…….

"그만큼 연습량을 늘릴 수 있다면, 학교를 그만둬도 상관없다."

그렇게 장래를 걱정하는 어른들의 마음도 모르는 채로, 깨끗이 자퇴하고 말았습니다.

그런데 첫 무대를 밟게 했다고 해도 그 후 순조롭게 배역을 따낼 수 있는 건 아닙니다.

당시는 간사이 가부키 침체기라, 극장에서의 가부키 공연이 격감하고 있었기에 견습생인 키쿠오는 물론 후계자인 슌스케조차 아무 역할도 받지 못하는 상황이었습니다.

그래도 영화 스타이기도 한 한지로처럼 관객을 모을 수 있는 간판 배우라면 쓸쓸한 간사이 극장에서 파리만 날릴 필요 없이 도쿄의 대극장에 초청받기도 했지만, 당연히 도쿄에는 도쿄 배우들이 잔뜩 있으므로 키쿠오 같은 젊은 오사카 배우에게는 단역조차 제의해 줄 리가 없습니다.

그래서 이런 상황을 우려한 한지로가 지난 몇 년간 오사카의 젊은 배우 육성 및 간사이 가부키의 부흥을 기원하며 사비까지 들일 각오로 시작한 것이 이번에 키쿠오와 슌스케가 참가하는 지방 순회공연입니다.

물론 사비를 들인다고 해도 한계가 있기에 결국 극장주와 공연 기획자는 물론이고, 마지막에는 아이코회 츠지무라 같은 유력 후원자에게 금전적인 부탁을 할 수밖에 없습니다.

자, 여기서 장면은 술집 바닥에서 눈을 뜬 슌스케가 숙취와 싸워가며 간신히 찾아간, 시코쿠 고토히라의 가부키 극장 분장실로 돌아갑니다.

"둘 다 준비는 됐나? 이제 무대에서 〈들었느냐 스님聞いたか坊主〉 (공연이 시작되기 전에 스님으로 분장한 두 배우가 나와 극의 내용을 간략히 설명한다-옮긴이) 시작한다."

겐키치의 재촉에 분장실을 나서는 것은, 〈도죠지〉의 무희 하나코로 변신한 두 배우, 키쿠오와 슌스케입니다.

좁은 복도에서 흔들리는 기모노가 더러운 벽을 문지르고, 땀내 나는 무대 뒤로 화려한 냄새가 풍겨오는 것만 같습니다.

"아, 키쿠쨩. 어젯밤에 아이코회 츠지무라 씨가 만들어준다고 했던 우리 후원회 말이야. 그거 기대되지 않아? 토이치로의 토, 한야의 한을 합쳐서 '토한회'. 역시 '한토회'보다 어감이 낫지."

앞서가던 하나이 한야, 슌스케가 빙긋 웃으며 돌아봅니다.

"그런데 선생님 표정은 별로 안 좋으셨어."

멈춰 서려는 슌스케의 등을 떠밀며 서둘러 걸어가는 건 하나이 토이치로, 키쿠오입니다.

"아버지는 냅둬. 어제도 괜히 혼자 꿍해서는. 진짜, 왜 그러는지 모르겠다. 결국 이 순회공연도 츠지무라 씨네 회사한테 도움받고 있는 거잖아."

"회사라니……. 말은 하기 나름이네."

"그래도 지금은 어엿한 사업가 아니냐. 물론 출신은 좀 그렇긴 해도. 근데 이번에 마침 마츠야마에 출장 왔다지만 굳이 고토히라까지 와준 것만 봐도, 정말 의리가 있는 사람이지."

생각해 보면 만약 츠지무라가 타치바나파의 신년회에 한지로를 데려오지 않았다면 지금의 키쿠오는 없었을 겁니다. 말하자면 둘

다 키쿠오의 은인인 셈인데, 슌스케의 말처럼 츠지무라와 동석한 한지로는 마음속에 무언가 걸리는 게 있는 듯이 연회를 즐기지 못했습니다.

"도련님, 키쿠도령, 됐어?"

겐키치의 신호에 퍼뜩 정신을 차린 키쿠오의 귀에는 벽 너머에 있을 관객의 숨결까지 선명히 전해져 옵니다.

무대는 벚꽃이 만개한 기슈紀州의 도죠지道成寺. 쇼케所化로 불리는 수행승들이 서두의 문답을 나눕니다.

"들었느냐, 들었느냐?"

"들었도다. 들었도다."

꽃길에서 등장할 슌스케는 대기실로, 꽃길의 승강장치에서 등장할 키쿠오는 어두컴컴한 나락으로 향합니다. 그 작별 직전, 순간적으로 눈을 마주친 두 배우의 얼굴은 어디서 어떻게 봐도 이미 여장 배우로, 마치 무대에서 떨어져 내린 두 장의 벚꽃 잎 같은 아리따움입니다.

쿠로고인 마츠조가 손전등으로 발밑이 비춰주는 가운데 어둑어둑한 나락을 빠져나온 키쿠오는 꽃길 밑에 도착하자 승강장치에 올라 가만히 숨을 죽입니다.

♪ 이제 곧 달이 뜨고 밀물이 차면

요염한 샤미센 반주와 함께 이야기꾼의 목소리가 무대에서 들려오고 잠시 뒤, 대기실 장막의 방울이 딸랑거리며 머리 위의 꽃길에서 등장한 슌스케가 아름답게 춤추며 바닥이 삐걱거리는 소리가 천장에서 들려옵니다.

♩ 흐트러진 이 모습, 아아, 부끄러워라

"갑니다."
무대 담당이 어깨를 툭 치고…….
"네."
키쿠오가 고개를 끄덕이면…….

♩ 하지만, 하지만

이야기꾼의 목소리에 맞춰 승강장치가 서서히 올라가기 시작하고, 키쿠오의 눈에 먼저 꽃길에서 춤추는 슌스케의 발밑이 보이고, 그의 모습이 보이고, 다음은 객석이 들어옵니다.

♩ 사랑에 빠진 나는 물가의 물떼새
　밤마다 소매를 눈물로 적시네

슌스케와 꽃길에 나란히 서서 부채를 입에 문 채 기모노를 애처롭게 흔들며, 작은 포장 종이를 손거울처럼 들여다보며 머리를 정돈하고…….
두 사람의 호흡은 평소보다도 잘 맞아떨어져서 마치 슌스케가 흔든 기모노가 키쿠오의 기모노가 되고 키쿠오가 뻗은 하얀 손가락이 그대로 슌스케의 손가락이 되는 듯한, 훌륭한 두 처녀의 도쿄지 춤이었지만…….

짝짝, 짝짝…… 짝짝.

객석에서 들려오는 건 희미한 박수 소리뿐.

돌아보면 텅 빈 객석에서는 아이들이 뛰어다니고, 어른들은 벌써 도시락을 꺼내 먹고, 꽃길 바로 옆에서는 아기에게 젖을 먹이는 젊은 엄마가, '어머, 예뻐라'라는 듯이 두 사람을 멍하니 올려다보고 있습니다.

"다음에 갈 고토히라라는 곳은 옛날부터 공연 문화가 깊이 뿌리내린 곳이니까, 이번엔 순회공연으로 돌아다녔던 다른 어떤 곳보다 많은 관객이 올 거야."

그게 며칠 전 한지로가 들려주었던 말인데, 이런 비참한 상황에서도 전혀 틀린 말은 아니었을 만큼 당시의 가부키 순회공연은 역시 어려운 상황이었습니다.

그래도 무대에 선 키쿠오는 비록 관객이 단 한 명뿐일지라도 그 한 사람을 꼼짝 못 하게 매료시킨다는 마음가짐이었기에 당연히 설렁설렁할 만큼의 여유나 게으름은 없습니다.

이때도 자신을 올려다보던 젊은 엄마가 마지막에는 아기도 이미 입을 뗀 유방을 계속 드러낸 채로 자신을 멍청히 올려다보는 모습에 마음속으로 제대로 한 방 먹였다고 생각하고 있었습니다.

그날, 막이 내린 뒤 키쿠오와 슌스케가 분장실에서 화장을 지우고 있을 때였습니다.

"들어간다."

그런 말과 함께 포렴을 들추는 남자가 있었습니다.

아무리 키쿠오 같은 젊은 배우들의 분장실이라도 허락 없이 들어오는 외부인은 없었기에 놀라서 돌아보니 그곳에는 풍채가 좋은 남자가 커다란 눈알을 빛내며 다가옵니다.

"이야— 잘 봤다, 도죠지."

빙긋 웃으며 모자를 벗고는 양해도 구하지 않고 두 사람 앞에 양반다리로 앉더니, 어안이 벙벙한 키쿠오와 슌스케의 얼굴로 갑자기 손을 뻗습니다. 무슨 일인가 하고 보니, 두 사람의 귓불을 움켜쥐고 만지작거립니다.

"호오, 둘 다 대단한 복귀네."

놀랄 만큼 뜨겁고 두툼한 손가락에 잡힌 귓불이 확 뜨거워지는 것만 같습니다.

"아, 우메키 사장님. 잘 오셨습니다."

그때 무대를 준비하던 한지로가 달려왔고, 그 다급한 모습과 우메키라는 이름을 듣고서야 아직 양반다리를 하고 있던 키쿠오들도 서둘러 자세를 정돈합니다.

우메키 사장이면, 당대의 가부키를 주도하는 공연 기획 회사 '미츠토모'의 사장입니다.

"아니, 출장으로 고베까지 온 참에 〈도죠지〉의 소문을 듣고 고토히라까지 왔던 거거든. 그랬더니……. 이야, 탄바야 씨, 대단해. 아주 좋아. 이 두 사람, 정말 잘했어."

재복신이 인간의 모습으로 나타나면 이런 느낌이지 않을까 싶은 미소였습니다.

'미츠토모'의 우메키 사장 말에 따르면 이번 순회공연을 우연히 시마네에서 관람했다는 와세다 대학교수이자 극 평론가인 후지카와 선생이 시골 마을의 낡은 공연장에서 본 탓일지도 모른다는 전제를 붙이면서도, 키쿠오와 슌스케가 춤춘 〈도죠지〉를 "우메키 씨, 저는 순간적으로 제가 에도시대에 와 있는 줄 착각했을 정도였어요"라고 극찬했다고 합니다.

"후지카와 선생님이면 그 엔슈야 씨한테도 '오늘은 첫걸음이 한 박자 어긋났어요'라고 말하는 양반인데. 헤에, 그랬습니까. 그 선생님이 이 아이들을······."

한지로가 믿기지 않는다는 듯 말합니다.

"그게, 진짜로 그랬다고. 그런데 그렇게 기뻐하는 후지카와 선생님을 본 건 처음이야. 나도 놀랐다니까. 아직 내동댕이치는 듯한 어설픈 춤이지만, 보고 있어도 싫지 않았다더군. 특히 토이치로 쪽은 어떻게 움직여도 예술적인 품격이 있대."

갑자기 우메키의 시선을 받아 무심결에 시선을 피한 키쿠오 앞에는 화장을 지우다 만, 품격과는 전혀 거리가 먼 토이치로의 얼굴이 거울에 비치고 있습니다.

그 거울 속에서 또 하나의 낯선 얼굴을 발견한 것은 바로 그때였는데, 딱 봐도 신입사원인 젊은 남자가 언짢은 듯 분장실 입구에 서 있습니다.

고개를 돌려 인사하려고 하자 일부러 눈을 피했고, 피하기만 하는 게 아니라 벽을 보며 비웃음까지 흘립니다. 마치 지금 여기서

오가는 대화가 너무 황당해서 우습다는 듯한 태도입니다.

"넌 누구야?"

도저히 화를 참을 수 없어 목소리를 높이자 한지로와 우메키의 대화가 중단되었고, 당황한 슌스케가 끼어듭니다.

"왜 그래, 키쿠짱."

하지만 키쿠오의 화는 가라앉지 않습니다.

"저기 저 사람이 뭐가 마음에 안 드는지 몰래 비웃고 있었다고."

이미 당장이라도 싸울 기세입니다.

하지만 정작 본인은 태연하기 그지없는 시큰둥한 표정입니다.

"딱히 비웃진 않았습니다."

마치 강아지들이 서로 짖어대는 모습이라도 구경한 것처럼 전혀 신경 쓰지 않고 한지로와의 대화를 재개하려던 우메키가 문득 생각났다는 듯이 웃으며 소개합니다.

"저기 서 있는 건 우리 회사의 타케노야. 영화 일을 하고 싶어서 모처럼 우리 회사에 들어왔는데, 따분한 가부키 담당으로 배속되는 바람에 완전히 의욕을 잃은 녀석이지. 안 그래?"

"의욕은 있습니다만."

공격적인 말투가 화났을 때의 키쿠오와 어딘지 모르게 비슷한 점이 있지만, 어쨌든 신입사원이 사장에게 보일 만한 태도는 아닙니다.

"봐봐. 열받을 만큼 건방지지?"

한지로에게 동의를 구하는 우메키는 노골적으로 재미있어 하고 있습니다.

"너무 열받는 게 점점 재미있어져서 옆에 두기로 했어. ……야, 타케노. 전에 나한테 한 말, 여기서 한번 해봐."

우메키의 말에 타케노는 여전히 무뚝뚝한 얼굴입니다.

"전에 했던 말이요?"

"시치미 떼지 말고. 술 취해서 나한테 덤볐었잖나. 가부키 따위, 뭐가 어떻게 재미있는지 전혀 모르겠다고. 너무 따분해서 자장가 보다 잠이 잘 오는 게 유일한 장점이라며?"

무뚝뚝한 타케노를 놀리는 우메키는 자못 즐거워 보였고, 마치 할아버지가 다 큰 손자와 노는 것만 같습니다.

"……맞아, 이렇게도 말했지. 가부키 배우라는 사람들은 이런 지루한 공연을 진심으로 대단한 작품으로 생각하고 있는 거냐고. 의외로 다들 억지로 그렇게 믿고 있는 거 아니냐고 했잖아. 어때? 한지로 씨. 당신은 억지로 그렇게 믿는 거야?"

혼자 즐거워하는 우메키와는 달리, 분장실에서는 거북한 분위기가 감돌고 있습니다.

혼자 실컷 웃던 우메키가 문득 생각난 듯 말합니다.

"아, 맞다, 맞아. 이 두 사람의 〈도죠지〉 말인데, 한번 시험 삼아 이번 교토 미야코좌 극장에서 공연해 보는 게 어때?"

그 말에 놀란 것은 당사자인 키쿠오와 슌스케보다도 한지로 쪽이었습니다.

"그, 그야 참 고마운 이야기지만, 이런 신출내기들이 갑자기 그런 큰 무대를 맡을 수 있겠습니까?"

"그야 아직 나도 모르지. 흥행 여부도 모 아니면 도고. 새로운 세대의 스타 탄생이 될 수도 있고, 세기의 대실패가 될 수도 있어."

우메키와 한지로, 두 걸물이 힐끗 바라보는데도 키쿠오와 슌스케는 아직 현실을 실감하지 못하는 눈치입니다.

단 1막짜리 공연이라고 해도 미야코좌 극장에서 주역을 맡게 된 겁니다. 비유하자면 아직 상투도 틀지 못한 마쿠시타幕下급의 스모 선수한테 갑자기 대회 마지막 날에 요코즈나와 대결하라고 통보한 거나 마찬가지입니다.

그런 식의 비유를 하며 우메키와 한지로가 분장실을 나서자 복도에서 이야기를 엿듣던 겐키치가 뛰어 들어옵니다.

"슌도령, 들었니? 들었어?"

"그래, 들었어, 들었다고."

그렇게 대답하는 슌스케의 손을 잡으며 눈에 눈물을 글썽입니다.

"축하한다. 그동안 잘 노력했다. 역시 봐주는 사람은 꼭 있다고 했잖아."

감격하는 두 사람을 보며 키쿠오까지 눈시울이 뜨거워졌지만, 등 뒤에서 뭔가 싸늘한 시선이 느껴집니다. 돌아보면, 아직 타케노가 거기에 남아 있었습니다.

모처럼 기뻐하는 슌스케와 겐키치에게 찬물을 끼얹지 못하게 하려고, 키쿠오는 몸을 일으켜 타케노를 대기실 밖으로 끌고 갑니다.

"뭐 하자는 거야?"

"가부키 같은 건, 그냥 세습이잖아? 지금은 나란히 서 있지만, 마지막엔 너만 억울한 일을 당하고 인생을 끝내게 될 거다."

문외한에 냉소주의자가 하는 말로 치부하면 좋았을 테지만, 어째서인지 타고난 야쿠자의 피가 키쿠오의 몸을 발끈하게 합니다.

"한 번 더 말해봐."

오사카에 올라온 이후로는 거의 사용할 일이 없었던 위협하는 목소리가 자연스럽게 나와서, 기타유 발성에서 사용하는 곳과는 다른 목 안쪽이 오랜만에 저려옵니다.

성실하게 배우 교육만 받고 있었어도 한번 눈이 돌아가면 야쿠자의 아들답게 난폭해집니다. 여장 배우를 여자로 착각한 건지 방심한 타케노의 목을 순식간에 움켜쥐며 벽으로 확 밀어붙입니다.

"한 번 더 말해보라고."

하지만 타케노도 자존심이 여간 강한 게 아닙니다.

"그러니까, 지금은 친한 것처럼 보여도 마지막에 억울하게 인생이 끝나는 건 너란 소리야!"

그제야 타케노의 말에 자신이 왜 그렇게 열받았는지 키쿠오는 깨닫습니다.

억울하게 인생이 끝난다.

그렇습니다, 아버지 곤고로의 최후를 떠올리게 했던 겁니다.

"이 새끼가!"

이렇게 된 이상, 바로 옛날 실력이 튀어나옵니다. 싸움에 규칙 따윈 없으므로 바로 키쿠오가 급소를 걷어차자 으윽, 하고 신음하며 주저앉는 타케노의 등을, 이번에는 사정없이 짓밟습니다.

"야, 야, 키쿠짱!"

황급히 슌스케와 겐키치가 말리려 하지만, 한번 불붙은 키쿠오는 토쿠지가 아니면 아무도 감당할 수 없습니다.

그래도 두 사람에게 겨드랑이 안쪽을 붙잡히며 "놔라!" "못 놔!" 하고 옥신각신하는 와중에 몸을 일으킨 타케노가 덤벼듭니다.

"죽어, 이 미친 새끼야!"

키쿠오는 아직 절반 정도 무희 하나코였기에 속저고리를 흐트러뜨린 채 몸싸움합니다. 좁은 복도에서 이쪽 벽에 부딪혔다가 저쪽 문을 부수는 대소동이 벌어집니다. 서로 뒤엉킨 채로 숨이 차는 정도가 아니라 헛구역질까지 나오는 상황입니다.

지우다 만 키쿠오의 화장이 타케노의 얼굴에도 묻으면서, 그야말로 광란의 〈도죠지의 두 사람〉 공연이 되고 말았습니다.

한편 한지로가 간사이 가부키 부흥을 위해 사비를 털어 매년 주최하는 서부 지역 순회공연도 주고쿠中国, 시코쿠의 각 현을 다 돌았고, 에히메愛媛현 야와타하마八幡浜 항구에서 바다를 건너 규슈九州로 들어갑니다. 그 후 오이타大分, 미야자키宮崎로 연일연야 공연하다가 구마모토熊本에서 무대를 마친 오늘, 이제 남은 건 하카타에서의 최종 공연뿐입니다.

한 지역에서의 무대가 끝나면 바로 분장실을 정리하고 트럭에 올라 밤새 다음 지역으로 향하는데, 야간에 트럭 짐칸에서 발 뻗고 잘 수 있는 건 정말 운 좋은 날뿐입니다. 교통법이 훨씬 엄격해지면서, 예술 극단의 튀는 트럭은 경찰의 눈에 띄기도 쉽다 보니 짐칸에서 자는 것은 고사하고 거기에 앉아 있는 것만으로도 벌금을 내야 하니까요.

게다가 소규모 극단이다 보니, 수면 부족 상태로 다음 장소에 도착하면 쉴 틈도 없이 스태프와 배우 구분 없이 무대와 분장실 설치를 하고, 끝나면 지역 유지에게 인사하러 갔다가 준비 시간도 충분치 않은 가운데 무대를 완벽히 소화해야 합니다. 그리고 또 막이 내리면 스태프, 배우 구분 없이 무대와 분장실을 해체하고 다시 다음 지역으로 향합니다.

그런 순회공연도 나흘 뒤 하카타가 마지막인 이날, 구마모토 아라오荒尾시의 작은 공연장에서의 무대를 마친 키쿠오가 언제나처럼 분장실에서 화장을 지우고 있을 때였습니다.

"키쿠오, 있니?"

한지로가 들어오며 부릅니다.

"……저기, 아까 물어보니, 이 근처 항구에서 나가사키행 페리를 운행한다는데. 내일부터 사흘 동안 연휴니까, 오랜만에 고향에 내려가는 게 어떻겠니?"

갑작스럽다면 갑작스럽지만, 실은 키쿠오도 순회공연에선 흔치 않은 사흘 연휴라는 걸 알고 있었기에 페리나 기차를 타고 귀성하는 자기 모습을 어렴풋이 상상하고 있었습니다.

생각해 보면 마지막으로 본가에 돌아갔던 건 3년 전 순회공연 때 나가사키에 들렀을 때였지만, 시간이 많지 않아 잠깐 아버지의 불단에 향만 피우고 왔을 뿐입니다.

"그럼 그렇게 하겠습니다."

한지로의 귀성 제안을 순순히 받아들이자…….

"아, 맞다."

돌아가려던 한지로가 짐짓 뭔가 생각난 척하며 말을 꺼냅니다.

"……그리고 어머니를 뵈면, 내가 이렇게 전해달라고 했다고 해라. '매달 키쿠오 생활비로는 너무 충분한 돈을 보내주셔서 지금까지 정말 감사한 마음으로 받고 있었습니다. 다만 이제 키쿠오도 아직 많이 부족하긴 해도 배우 나부랭이고, 실은 이번에 미츠토모 사장의 눈에 띄어 무려 미야코좌 극장에서 슌스케와 함께 주인공을 맡기로 결정되었으니, 생활비는 이번 달까지만 보내주시는 게 어떻겠습니까'라고."

한지로의 이야기를 듣고 나서야 이상하게 나가사키로 돌아가고 싶었던 게, 이 교토 미야코좌 극장에서 주인공으로 발탁된 일을 마츠에게 직접 알리고 싶어서였다는 걸 뒤늦게 깨닫는 키쿠오입니다.

"알겠니. 꼭 네가 직접 뵙고 말씀드려야 한다. 내가 편지를 보내도 어머니는 받아들이지 않으실 거야. 그러니까 네 입으로 직접 '지금까지 정말 감사했어요, 키쿠오는 이제 괜찮습니다'라고. 알았지?"

물론 본가에서 매달 돈을 보내준다는 건 알고 있었습니다. 그래서 집에서 전혀 눈치 보지 않고 배가 고프면 하녀에게 뭔가 만들어 달라고 하고, 뭔가 필요한 것이 있으면 바로 사치코에게 말하는 식으로 마치 한지로의 친아들처럼 살고 있었지만, 실제로 마츠가 매달 어느 정도의 돈을 보내주고 있었는지조차 키쿠오는 알지 못했습니다.

한지로가 가버리자 마츠에게 전화를 걸어야겠다고 생각했지만, 미야코좌 극장에서 주인공으로 발탁되었다는 좋은 소식도 있으니 몰래 가서 놀라게 해주겠다는 장난기가 문득 고개를 들었습니다.

그날 밤 키쿠오는 마츠에게 줄 선물로 이번 순회공연에서의 무대 사진으로 앨범을 만들어 트렁크 바닥에 살짝 숨겼습니다.

다음 날 도착한 나가사키역에서 키쿠오는 그리운 목소리를 떠올립니다. 중학교 졸업을 앞둔 겨울, 도망치듯 이 역에서 오사카로 떠났을 때 마츠와 젊은 조직원들이 만세삼창하던 목소리입니다.

역에서 노면전차로 본가가 있는 동네까지 와서 그리운 대문을 지나, 낡긴 했어도 아직 훌륭한 저택을 향해 소리칩니다.

"다녀왔습니다ㅡ!"

하지만 안쪽에서는 아무 대답도 없습니다. 멋대로 현관문을 열고 들어간 순간, 묘하게도 다른 집 냄새가 납니다. 떠난 지 오래되어서인지 현관의 모습도 달라졌습니다.

"엄마! 다녀왔습니다ㅡ!"

신발을 벗으면서 다시 외치고 나서야 안쪽에서 후다닥 달려오는 발소리가 들립니다.

"어? 뭐, 뭔 일이야? 키쿠오…… 너, 왜 갑자기……? 응?"

당황하는 마츠를 보며 키쿠오는 침착하게 대답합니다.

"순회공연 중인데, 어제 구마모토 공연이 끝나고 사흘 동안 연휴라서 왔지."

하지만 마츠는 아직 눈을 마구 깜빡거리는데, 옛날처럼 기모노가 아닌 평상복을 입은 탓인지, 아무래도 이 저택에는 어울리지 않는 느낌이 듭니다.

"오마츠 씨! 오마츠 씨!"

안쪽에서 여자의 목소리가 들려온 건 바로 그때였습니다.

"잠깐, 키쿠오. 이쪽으로!"

크게 당황한 마츠가 어째서인지 키쿠오를 현관 옆의 하녀 방으로 밀어 넣고는 그 문을 탁 닫는 것이었습니다.

"어머, 오마츠 씨. 여기 있었어? 이제 슬슬 변소 푸는 사람이 올 테니까, 준비해."

그런 목소리가 들렸습니다. 아직 수세식 화장실도 없던 시절, 변소 치기 업자가 기계로 쉽게 빨아들일 수 있도록 분뇨 더미에 양동이로 물을 부으라고 누군가가 집주인인 마츠에게 명령하는 것입니다.

어머니에게 이런 말을 한다는 게 화가 나서 키쿠오는 문을 열어젖히려 하지만, 밖에서 마츠가 잡고 있어 열리지 않습니다.

"그럼 나는 나갔다 올게. 오마츠 씨, 집 잘 보고 있어요. 준 군이 집에 오면, 오늘도 핫케이크나 구워줘요. 동아리하고 오느라 배고플 테니까."

이야기를 듣다 보니, 역시 키쿠오도 상황 파악이 되기 시작합니다. 그동안 무슨 일이 있었는지는 모르지만, 오랜만에 돌아온 엄마의 집이 더는 엄마의 집이 아니게 된 겁니다.

목소리의 주인공이 밖으로 나가자 이번에는 바깥쪽에서 문이 쓱 열렸는데, 그곳에는 미안한 표정의 마츠가 서 있습니다.

"엄마……."

한심하게도 그 말밖에는 나오지 않았습니다.

"집도 결국 저당 잡혀서, 엄마는 이렇게 옛날로 돌아가서 다시 하녀야."

마츠가 미소 짓지만, 키쿠오는 왜 어머니가 미소를 짓는지 당연히 이해할 수 없었습니다. 이해할 수 없지만, 지금 함께 미소 짓지 않으면 당장이라도 어머니가 '미안해, 엄마가 부족해서 다 빼앗겨 버렸네' 하고 울음을 터뜨릴 것만 같아서, 키쿠오도 울컥하는 감정을 꾹 억누릅니다.

"이번에 미야코좌 극장에서 주인공으로 서게 됐어. 슌도령하고 둘이서 도죠지 춤을 출 거야."

어머니를 위로하듯 미소 지었지만, 지금까지 보낸 편지가 원래 주소로 잘 도착했던 것을 생각하면 목구멍 안쪽에서 뜨거운 것이 더욱 솟구칩니다.

물론 곤고로가 죽은 후 타치바나파가 몰락하는 걸 지켜봤고, 키쿠오가 오사카로 간 뒤에는 아이코회 츠지무라가 조직원들을 거둬주는 형태로 사실상 조직이 해산된 것도 마츠의 편지를 통해 알고 있었습니다. 하지만 그렇다고 그 타치바나 곤고로의 아내였던 마츠가 설마 원래 살던 저택에서 하녀 노릇을 해야 할 정도로 궁핍해졌을 거라고는 상상조차 하지 못했습니다.

한지로 저택의 교습장에 비치는 햇살에서도 희미하게 여름 냄새가 나기 시작했습니다. 이 계절이 오면 교습장의 장지문을 빼버리기 때문에 정원에서 바람에 기분 좋게 흔들리는 조릿대 잎이 보입니다.

정원에서 불어온 바람이 툇마루의 발을 흔들며 연습에 열중한 키쿠오의 뺨을 쓰다듬자, 이마를 흘러내린 땀방울이 새 다다미 바닥에 또 빨려들어 갑니다.

"이욧, 핫."

키쿠오의 춤에 맞춰 부드러운 샤미센 소리가 초여름 햇살에 이끌리듯 정원에 울려 퍼지지만, 처녀 춤을 추는 키쿠오 이마에도, 그에 맞춰 부드럽게 샤미센을 튕기는 젊은 연주자 이마에도 계속해서 땀방울이 흘러내립니다.

"처녀 춤을 출 때는 좀 더 정수리를 보여주면서 움직여야 한다."

언제부터 와 있었는지, 마침 한 단락이 끝났을 때 한지로가 입을 열었습니다.

유카타 옷깃을 단정히 한 키쿠오가 새 다다미 위에 무릎을 꿇자 한지로가 그 자리에서 머리를 빙글 돌리며 시범을 보여주었기에 키쿠오도 바로 다시 연습하려고 일어서자……

"뭐, 오늘은 이쯤 해둬라. 그렇게 매일매일 몇 시간이나 연습에 동원되면 샤미센 현이 남아나질 않겠다. 안 그래?"

한지로의 말에 연주자가 쓴웃음을 짓습니다.

"그것보다도 오늘 포스터 찍는 날 아니냐? 그렇게 느긋하게 있어도 돼? 슌스케는 아까 나갔어. 키쿠오도 빨리 가야지."

한지로의 말에 벽시계를 올려다보니 이미 4시가 지났기에 "수고하셨습니다" 하고 연주자에게 감사 인사를 한 다음, 땀도 닦지 않고 교습장을 나서려 하는 키쿠오 어깨를 "아, 맞아" 하고 한지로가 붙잡습니다.

"계속 정신이 없어서 제대로 이야기를 못 했구나. 나가사키는 어땠니?"

그렇게 묻는 한지로의 아무것도 모른다는 듯한 눈빛을 보자마자, 아, 선생님은 예전부터 모든 걸 알고 계셨구나, 하고 새삼 깨닫는 키쿠오입니다.

"……어머니를 직접 뵙고, 생활비 얘기를 하고 온 거 맞지?"

키쿠오는 시선을 내리깔며, 그저 "네" 하고 고개를 끄덕입니다.

"어머니는 따로 말씀 없으시더냐?"

"없었습니다."

"그렇구나."

"……죄송합니다."

"응? 갑자기 뭘?"

한지로가 얼굴을 들여다보려 하기에 키쿠오는 더욱 시선을 피합니다.

"선생님, 조금만 더 여기서 지내게 해주시면 안 될까요?"

원래는 여기서 나가사키에서 본 마츠의 형편을 털어놓고, 그런 어머니를 하루라도 빨리 오사카로 모시기 위해 지금까지 했던 것 이상으로 열심히 연습해서 제대로 된 무대에 설 수 있는 배우가 될 거라고 맹세해야 할 테지만, 그런 말을 하는 것조차 분하고 자괴감이 드는 키쿠오의 마음을 한지로도 잘 알고 있습니다.

"그야 네가 있고 싶은 만큼 있으면 되지. 뭘 새삼스럽게."

나중에 알게 된 사실이지만, 마츠는 하녀가 된 뒤에도 키쿠오가 눈치 보며 살지 않도록 비록 몇천 엔이라도 월말마다 꼭 보냈다고 합니다.

키쿠오가 어깨를 축 늘어뜨린 채 나가려고 하자…….

"참, 잠깐 따라와 봐라."

한지로가 앞장서며 2층 서재로 향합니다. 무슨 일인가 하고 고개를 갸웃거리며 키쿠오가 따라가니, 한지로가 책상 서랍에서 꺼낸 통장을 내밉니다.

"이거, 네 거다. 네 마음대로 사용하면 된다."

영문도 모른 채 받아들자 무려 이백만 엔 가까운 금액이 들어 있습니다.

"그건 네 어머니가 매달 나가사키에서 보내주신 돈이다. 한 푼도 안 썼어."

갑자기 한지로에게 건네받은 통장을 키쿠오가 물끄러미 바라봅니다.

"……젊은 배우가, 돈 걱정 같은 걸 하면 어떻게. 그런 얼굴을 관객한테 보이는 순간, 단번에 네 밑바닥을 들키는 거야. 배우가 밑바닥을 보이면 끝이다."

본인도 화가 난 듯 말하는 한지로야말로 사치스러운 생활을 하는 것처럼 보이지만, 사실 지방 순회공연 비용이나 하루하루의 생활비로 돈에 쪼들리고 있었습니다.

"그래도 되겠습니까?"

통장을 접은 키쿠오에게…….

"그래, 네 편한 대로 쓰면 된다. 어머니를 이쪽으로 모셔오고 싶으면 모셔와라."

당시의 이백만 엔이면, 지금으로 치면 일천만 엔 정도를 손에 쥔 기분이겠지요.

"정말 감사히 받겠습니다."

깊이 머리를 숙이고 서재를 나온 키쿠오는 계단 중간에 멈춰 서서 다시금 통장 잔액을 확인합니다.

1,880,888엔.

운의 상징인 8이 잔뜩 들어간 좋은 숫자입니다.

"이런 데서 하녀 같은 거 할 필요 없어. 같이 오사카에 가자. 아니, 내가 데려갈게."

"오사카에서 하녀로 일하든, 이쪽에서 하든 뭐가 다르겠어. 그리고 별로 힘들지도 않아. 옛날처럼 두목님 마누라로 거들먹거리는 것보다, 이렇게 걸레질을 하면서도 내 아들이 인기 배우가 될 날을 이제나저제나 기다리는 게 얼마나 행복한지 몰라."

나가사키에서의 마츠와 나눴던 대화입니다.

"……키쿠오, 언젠가 인기 배우가 되어서, 네가 번 돈으로 엄마를 데리러 오면 돼. 그때는 모든 사람이 돌아볼 만큼 고급스러운 기모노를 입고, 가부키 극장의 특등석에서 자랑할게. 저기 저 배우가, 바로 내가 키운 내 아들이라고."

오늘이 첫날인 미야코좌 극장의 무대 뒤에서 2막의 개막 7분 전을 알리는 박자목 소리가 울리기 시작했습니다.

객석에서는 가부키에 조예가 깊은 골수 관객들이 다 먹은 도시락통 등을 정리한 채 막이 열리기만 기다리고 있습니다. 1막에서 한지로가 오쿠라쿄大蔵卿를 연기한 〈이치조 오쿠라 이야기一条大蔵譚〉도 매우 훌륭했습니다만, 이번 달의 미야코좌 극장은 뭐니 뭐니 해도 이 2막, 세기의 대발탁으로 불리는 하나이 한야와 하나이 토이치로에 의한 〈도죠지의 두 사람〉이 핵심이었습니다.

신문이나 잡지에서의 평가를 보면, 역시 아직 큰 무대에서 중요한 역할을 맡기기에는 둘 다 약하다는 의견이 대세였기에 '미츠토모' 우메키 사장도 간사이 가부키 쇠퇴에 초조해진 나머지 이번만큼은 섣부른 결정을 내렸다는 비판도 있었습니다. 하지만 그 우메키에게 두 사람을 극찬한 와세다 대학교수이자 극 평론가인 후지카와는 때마침 출연한 NHK의 전국 방송 프로그램에서 이렇게 말했습니다.

"스타 탄생의 순간을 직접 보고 싶다면 이번 달에 미야코좌 극장으로 오시면 됩니다."

그것을 계기로 열기에 불이 붙으면서, 골수 가부키 팬은 물론이고 최근 십수 년간 가부키를 보지 않았다는 옛 팬들까지 경쟁적으로 티켓을 사준 것입니다.

한편, 이제 무대 뒤에서는 5분 전을 알리는 박자목 소리가 울렸습니다.

"잘 들어라. 일단 침착해야 한다."

신사복 차림의 한지로가 긴장으로 굳어버린 키쿠오와 슌스케의 등을 두드려줍니다.

"슌도령, 너는 태어난 순간부터 배우의 아들이었다. 다른 애들이랑 야구하고 싶은 것도 참으면서 연습했잖아. 무슨 일이 있어도, 네 몸에 흐르는 피가 널 지켜줄 거야. 그리고 키쿠오. 네가 우리 집에 온 지 몇 년 됐지? 5년이다. 그동안 하루라도 연습 쉰 적 있었나? 없을 거야. 이 〈도죠지〉도 누구보다 열심히 연습했잖아. 그런데 뭐 걱정할 게 있겠니. 네가 무대에서 춤동작을 까먹어도, 네 몸이 알아서 춤을 춰줄 거야."

"슬슬 나가야 합니다."

두 사람보다도 더 긴장한 듯한 젠키치가 끼어들자…….

"그럼 나가봐라. 마음껏 하고 오면 된다."

한지로에게 등을 떠밀리며, 요염한 무희 하나코 두 명이 걸어 나갑니다.

"둘 다 열심히 하고 와."

"잘해."

"예쁘다, 예뻐."

땀내 나는 복도를 서둘러 걸어가는 두 젊은 배우에게 미야코좌의 무대 담당과 소품 담당, 조명과 미술의 베테랑들이 격려의 말을 건넵니다.

"슌도령."

꽃길의 대기실로 향하는 슌스케를 불러세운 키쿠오가 잠시 심호흡을 하고 말합니다.

"슌도령, 잠깐 이마 좀 내밀어봐."

"뭐? 이런 상황에 무슨 소리야?"

"그냥 내밀어봐."

키쿠오가 억지로 얼굴을 잡더니…….

"화장 지워지겠어!"

싫어하는 슌스케 이마에 '빡!' 하고 딱밤을 먹입니다.

옆에서 겐키치가 "아프겠다!" 하고 소리를 지를 정도의 위력은, 집에서 뭔가 나쁜 짓을 할 때마다 사치코한테 받던 벌 그대로입니다.

"다음은 나. 빨리."

키쿠오가 얼굴을 내밀자 슈스케는 아픈 이마를 문지르면서도 그대로 갚아주려는 듯 딱밤을 먹이자, 역시 '빡' 하고 요란한 소리를 냅니다.

"그럼 슈도령, 가자!"

"꽃길에서 보자!"

서로에게 말하면서 두 사람은 대기실과 나락으로 헤어집니다.

객석에서는 분장실에서 서둘러 좌석으로 향한 한지로가 안절부절못하며 몇 번이나 마른침을 삼키고 있습니다. 그리고 드디어 막이 열립니다. 기다렸다는 듯한 박수 속에서 연주자의 샤미센과 노래가 느긋하게 시작되는데, 한지로의 뒷자리에서 아까 먹은 도시락 맛이 어쩌고저쩌고하는 목소리가 끊임없이 들려옵니다. 잠시 참고 있었지만, 이야기가 끝날 기미가 보이지 않습니다.

"정말 죄송한데요."

참지 못하고 뒤를 돌아본 한지로가 결국 한마디 하고 맙니다.

"……내 아들들이 처음으로 큰 무대에 서는데, 조용히 좀 봅시다!"

자, 여기서 장면을 조금만 뒤로 넘기겠습니다. 결론부터 말씀드리자면, 이 미야코좌 극장에서의 〈도죠지의 두 사람〉은 예상보다 훨씬 큰 성공을 거두었습니다. 물론 아직 다듬어지지 못한 춤사위가 선배 배우나 까다로운 골수 관객들의 신랄한 비평을 받기도 했지만, 인기가 폭발하는 시기엔 그런 비평조차 유리하게 작용한다고나 할까요. 실제로 이 무대를 본 간사이 가부키의 또 다른 명가 이쿠타 쇼자에몬은 이렇게 말했습니다.

"이럴 거면, 일렉 기타라도 들고 무대에 서면 더 많은 관객이 와 주지 않겠나."

그런데 당시 인기였던 그룹사운드까지 비하하는 그의 비아냥거림이, 오히려 그룹사운드의 팬이었던 소녀들의 눈을 단번에 하나이 토이치로와 하나이 한야라는 젊은 여장 배우 콤비로 향하게 한 것입니다.

실제로 첫날 공연이 끝나자 '불세출의 여장 배우가 동시에 두 사람이나 탄생했다'라는 소문이 돌았고, 25일간의 공연 티켓은 바로 매진. 그 후에도 당일권을 찾는 젊은 여성 팬들의 행렬은 날이 갈수록 길어졌고, 공연 기간이 중반을 지났을 무렵에는 그 행렬이 가모강의 고조五条 대교까지 늘어났다는 소문까지 날 정도였으니 조용하던 교토 거리가 조금 떠들썩해진 것만은 분명합니다.

당연히 세간의 열기는 미야코좌의 분장실에까지 영향을 끼칩니다. 살풍경하던 두 사람의 분장실에는 어느새 축하 화환이 놓이고, 막간에는 쉴 새 없이 신문 문화면과 연예잡지 기자는 물론이고 방송국 카메라까지 들어와 눈부실 정도의 플래시 세례 속에서 요염한 기모노 차림으로 포즈를 취하는가 하면, 화장대 앞에서 나란히 화장을 지우는 모습을 찍히고, 다음에는 옥상으로 끌려가 유카타 차림으로 캐치볼을 하는 장면의 핀업 촬영입니다.

촬영된 사진과 인터뷰에서 언급한 말이 바로 다음 날 지면과 텔레비전을 통해 공개되고, 그것이 또 미야코좌 분장실 앞에서 두 사람을 기다리는 팬을 더욱 늘어나게 합니다.

그런 분주한 하루 중에도 당연히 가장 중요한 것은 무대라는 걸 두 사람 모두 잊지는 않았습니다. 하지만 자신들이 화보를 장식한 잡지가 진열되고, 분장실에 놓인 텔레비전에서 자신들이 출연한 프로그램이 시작되면 극장 스태프들이 몰려들어 화면 속 두 사람을 보며 '오오' 하는 환호성이 일고, 그 분장실에서 무대로 나오면 이쪽은 이미 환호성 같은 표현은 겸손하게 느껴질 만큼 가부키가 아니라 록 콘서트 수준의 열광적인 반응입니다.

게다가 두 사람은 아직 젊었기에 들뜨지 말라고 하는 편이 무리였습니다. 하물며 한쪽은 인기 가부키 배우의 후계자고 한쪽은 한때 규슈에서 이름을 날린 야쿠자의 아들이니 건방진 기질은 누구에게도 지지 않습니다.

"그런데, 한야 군, 이렇게 바쁜 와중에 어제도 기온 거리에서 놀았다면서?"

노련한 연예부 기자에게 질문을 받으면서도…….

"어제가 아니라 아까까지 놀다 왔습니다. 아까 먹은 게 저녁밥인지 아침밥인지도 잘 모르겠네요."

"역시 대단하네."

"아니 뭐, 배우한테는 노는 게 곧 일 아닙니까. 게다가 노는 것도, 입는 것도, 먹고 마시는 것도 전부 일류로 해야죠. 그렇지 않으면 그런 큰 무대, 무서워서 어떻게 서겠습니까."

"그렇겠네. 토이치로군도 같은 생각인가?"

"글쎄요. 슌도령이 하는 말도 이해는 갑니다. 그런데 저는 성격이 급해서, 빨리 저 자신부터 일류가 되고 싶습니다. 제 자신이 일류가 되면 굳이 주위를 일류로 채우지 않아도 되니까요."

여기서 두 사람의 사소한 차이점이 드러나는데, 이 사소한 차이점이 예를 들어 연습 방법, 배역에 대한 이해, 나아가 무대에서 다른 배우들과 간격을 유지하는 방법 등에서 미세한 차이를 낳습니다. 그 결과, 같은 형태의 같은 배역을 맡았는데도 무대 위에서 드러나는 살아 있는 인간으로서의 모습이 완전히 다르게 나타나는 결과를 낳았던 것입니다.

그야말로 세기의 스타 탄생극으로 들끓었던 교토 미야코좌 극장에서의 25일간의 공연이 끝나자, '미츠토모' 우메키 사장에 의해 다음다음 달에 오사카 나니와좌 극장에서 예정되었던 미츠토모 신희극 〈나니와 태고浪花太鼓〉가 연기되는 대신 하나이 한지로가 '오하츠お初'를, 이쿠타 쇼자에몬이 '토쿠베이德兵衛'를 맡은 〈소네자키 동반 자살曽根崎心中〉을 공연하는 것이 갑작스럽게 발표되었습니다.

탄바야의 한지로와 이즈미야의 쇼자에몬, 즉 간사이 가부키의 모든 것이라 할 수 있는 것을 한 무대에 담고, 거기에 교토 미야코좌에서 선풍을 일으킨 토이치로와 한야의 〈도죠지의 두 사람〉을 다시금 내세움으로써 간사이 가부키가 죽지 않았다는 사실을 전국에 당당히 보여주려는 의도입니다.

한편, 이런 상황에서는 언론에 노출이 되면 될수록 좋은 선전이 되기 때문에 키쿠오와 슌스케는 말도 안 되는 양의 인터뷰를 소화해야만 했습니다.

오늘 역시, 다음다음 달의 큰 공연이 열릴 이곳 오사카 나니와 좌 극장에서는 두 사람이 공연 포스터를 촬영하고 있었고, 그 모습을 또 텔레비전 카메라가 담고 있었습니다.

"그럼 여기서 의상 바꾸겠습니다!"

촬영 스태프의 목소리와 함께 촬영이 중단됩니다.

"아— 배고프다. 도시락 어디 있어, 도시락."

"도시락까지는 아직 갈 길이 멀다."

불평하는 슌스케를 키쿠오가 복도로 끌고 가서 좁은 통로를 통해 분장실로 돌아가려고 했는데 가는 길에 함석지붕으로 덮인 돈보蜻蛉返り 연습용 모래밭이 있어서, 조연 배우들이 줄을 서서 차례로 돈보를 연습하고 있습니다. 아시다시피 돈보란 액션 장면에서 주인공에게 칼을 맞거나 던져질 때의 공중제비를 말하는 것으로, 조연 배우의 승부처이기도 합니다.

키쿠오가 그곳을 지나가려는데…….

"도련님!"

누군가의 목소리에 고개를 돌리자 토쿠지가 줄의 맨 앞에 서 있었고, 보란 듯이 도움닫기를 하다가 휙 공중제비를 돕니다.

자, 기억하고 계신다면 감사하겠습니다만, 맞습니다. 홋카이도에서 한탕 벌기 위해 여러분 앞에서 여행을 떠났던 그 토쿠지입니다.

"도련님들, 오늘도 인터뷰야?"

돈보를 선보인 토쿠지가 옷에 묻은 모래를 털며 다가옵니다.

"……나도 도와줄 일이 있으면 갈게."

"됐어. 그것보다 토쿠짱의 돈보, 역시 굉장히 멋지네."

키쿠오가 감탄하며 말합니다.

"너무 멋져서 오히려 출연을 못 한다니까."

"왜?"

"나만 높이 뛰니까 다른 애들이랑 안 맞는대."

"낮게 뛰면 되잖아."

"그게 안 된다. 조절하는 게 힘들더라."

"그걸 잘 못 한다고 하는 거야."

거기서 슌스케가 끼어들면서 주위에 웃음이 터집니다.

"그럼 또 보자."

스태프의 재촉에 키쿠오와 슌스케가 분장실 쪽으로 사라지자, 다시 줄을 선 토쿠지가 익살스럽게 목소리를 높입니다.

"마누라 불러서 정화수 좀 떠오라고 해라!"

"정화수!"

동료들도 모여, 〈신 자국눈 이야기新薄雪物語〉의 꽃놀이 장면에서의 돈보를 다 함께 선보입니다.

공중제비를 휙 돌고 착지한 토쿠지는 맨발로 밟은 차가운 모래가 기분 좋아 보입니다.

자, 이렇게 조연 배우들 사이에서도 완전히 리더가 된 토쿠지입니다만, 왜 여기에 있냐고 하는 것도 당연한 질문입니다.

만약에, 아니, 만에 하나라도 이 토쿠지를 좋아하는 기특한 분이 계셨다면……

'오오, 그 토쿠짱이 돌아왔네. 얼마나 기다렸다고!'

이런 반응을 보이실지도 모르지만, 그건 아마 홋카이도에서 대성공을 거두는 장면을 기대하셨기 때문이겠지요. 그런 분들께는 정말로 면목 없게 됐습니다. 그의 모험이 실패하게 된 사정에 관해서는 꼭 다음 장에서 본인을 통한 변명을 조금이라도 들어주시기를 간곡히 부탁하는 바입니다.

제 6 장

소네자키 숲의 도피

여기서 잠시 주인공을 바꾸겠습니다.

"도련님한테 받은 은혜는 절대 안 잊을 거야. 홋카이도에서 성공하면, 누구보다 훌륭한 도련님의 후원자가 돼서 분장실에 페르시아 카펫도 깔아주고, 더 부자가 되면 도련님의 전용 극장도 만들어줄게. 그러니까 그때까지는 꾸준히 예술의 길에 정진하면 된다."

그렇게 호언장담한 토쿠지가 악우惡友 벤텐과 함께 홋카이도로 떠난 것이 4년 전. 결국 성공하지는 못했어도 그 4년 동안 홋카이도에 뿌리를 내리고 필사적으로 노력해 왔다고 하면 토쿠지가 너무 기특해서 조금은 안쓰럽게 느껴지실지도 모르지만, 실상은 전혀 달랐습니다. 우선 토쿠지와 벤텐이 의기양양하게 향한 홋카이도에서 오사카로 다시 돌아온 것은 놀랍게도 출발한 지 불과 한 달만의 일이었습니다.

왜냐하면 가마가사키釜ヶ崎에서 만난 알선업자의 "홋카이도에 편한 일자리가 있다"라는 말에 넘어가 모험에 나선 것까지는 좋았지만, 이 알선업자는 당시 이 땅에 횡행하던, 이른바 야쿠자와 엮인 악덕 알선업자였습니다. 도착해서 들어간 홋카이도의 건설 현장 식당은 전국에서 달콤한 말에 속아 모여든, 토쿠지나 벤텐처럼 의지할 곳 없는 사람들로 넘쳐났고, 그곳의 일자리라고 하는 것도 노동자 관리 업무는커녕 아침부터 밤까지 미개척지에서 도로를 뚫는 중노동이었습니다. 일터에는 감시까지 붙어 있기 때문에 조금이라도 요령을 부리면 밥을 굶기고, 도망치려고 하면 본보기로 폭행을 가하는 참혹한 현장입니다. 메이지 시대에 아바시리 형무소 죄수들의 희생으로 만들어졌다는 고갯길 건설 현장이 그대로 재현되고 있다고 해도 과언이 아니었습니다.

이야기가 다르지 않냐고 아무리 항의해 봤자 부질없는 일. 토쿠지와 벤텐은 일단 돌아갈 기차비만 벌어서 도망치기로 했지만, 일당도 내일 한꺼번에 준다고 했다가 그다음 날에도 미루는 식으로 수중에 들어오지 않습니다. 그들보다 고참인 사람의 말을 들어보니 급료라고 해봐야 쥐꼬리만 한 돈이라 숙박비와 식비를 제외하면 남는 것이 거의 없다고 합니다.

새삼스럽게 식당 안을 둘러보면 어디에도 돌아갈 곳이 없어 보이는 남자들뿐. 잘 곳과 먹을 것이 있는 것만으로도 그들에겐 여기가 천국인 듯합니다.

그렇다면 이런 곳에 오래 머물 필요는 없다는 생각으로, 토쿠지와 벤텐은 추격자에게서 도망치며 아직 눈이 녹지 않은 홋카이도의 벌판을 마구 달렸습니다.

그렇게 추격자는 어떻게든 따돌릴 수 있었지만, 오사카까지 갈 기차 요금은 고사하고 당장 그날 점심밥을 사 먹을 돈도 없습니다.

어쩔 수 없이 강도질이라도 해야 하나 진지하게 고민하던 와중에, 사정을 듣고 주먹밥을 챙겨주는 농부가 있었고, 또 이웃 마을까지 짐칸에 태워준 트럭 기사가 있었고, 또 세이칸(青函: 홋카이도와 아오모리 사이를 왕복하던 연락선-옮긴이) 연락선 앞에서 어찌할 바를 모르고 있는 두 사람에게…….

"나도 종전 후에 본국으로 귀환하다가 길거리를 헤매고 있을 때, 처음 보는 사람이 기차 요금을 빌려준 적이 있었어."

그런 말과 함께 연락선 표를 사주는 사람이 있는 식으로 홋카이도 벌판에서 오사카까지 생면부지인 사람들의 도움을 받으며 계속 나아가다 보니, 어느새 오사카에 도착해 있었습니다.

그렇게 되자 달리 갈 곳도 없는 토쿠지는 당연히 한지로의 집으로 돌아가야 하는 상황이었지만, 이 토쿠지란 남자는 그냥 당하고만 있지는 못하는 성격이라 우선 자기들을 속인 악덕 알선업자를 어떻게든 응징하고 싶었습니다. 하지만 알선업자의 배후에는 당연히 야쿠자 조직이 있어서 토쿠지가 어떻게 할 수 있는 상대가 아닙니다. 그런 와중에 우연히, 몇 년 전 가마가사키 노동자의 복지 향상을 위해 오사카에서 만든 니시나리 노동 복지센터가 있다는 이야기를 듣게 되었습니다.

그래, 여기에 고발해서 못 받은 월급을 대신 청구해달라고 하자!

그런 생각으로 벤텐과 함께 쳐들어갔는데 운명이란 참 재미있는 법이라, 그들을 맞이한 것은 복지센터의 다큐멘터리 영화를 촬영 중인 카메라였습니다.

이때 다큐멘터리 영화를 찍고 있던 것은 공교롭게도 '미츠토모'의 영화부 출신인 기요타 마코토라는 감독으로, 전후 일본 누벨바그의 기수로서 사회파 명작 영화를 차례차례 세상에 선보이고 있었습니다.

기요타 감독이 주목한 것은 이곳 니시나리 노동 복지센터의 창설 이후로, 아이린 지구(あいりん地区: 오사카의 유명한 노숙자촌-옮긴이)라는 가혹한 환경에서 살 수밖에 없는 노동자들의 생명을 지키고자 그야말로 온갖 고생을 해온 초대 센터장의 모습이었습니다.

실제로 토쿠지가 나타나기 직전에도 이 센터장에게 푼돈을 빌려달라고 조르는 만취한 노동자가 와 있었고, 이 동북 지역 출신의 취객을 잘 달래면서 결국 사비로 숙박비를 빌려주는 센터장의 모습이 카메라에 담긴 참이었습니다.

"그래, 컷!"

기요타 감독이 딱 그렇게 외치려던 차에 토쿠지와 벤텐이 문을 박차며 쳐들어왔습니다.

두 사람은 거기 있던 카메라나 조명도 발견하지 못할 만큼 흥분한 모습으로 센터장을 붙잡더니 악덕 알선업자에게 속아 홋카이도로 팔려 갔다가 죽을 각오로 걸어서 오사카까지 돌아온 이야기를 침을 튀기며 시작합니다.

당연히 기요타 감독은 촬영을 속행. 자신들이 일한 만큼의 보수를 하루치든 이틀치든 꼭 받고 싶다고 말하는 토쿠지와 벤텐은 때로는 눈물, 때로는 분노를 토해냈고 말투에도 완급을 주며 어느새 주위 직원들까지 몰입시키는 독무대를 펼칩니다. 혹한의 홋카이도에서 겪은 가혹한 노동이나 돌아오는 길에 두 사람이 만났던 온정 넘치는 이 나라 사람들의 모습이 그대로 필름에 담겼습니다.

다만 결과적으로 두 사람의 고발은 복지센터장이 아무리 노력한다고 해결되는 문제가 아니었습니다. 해당 알선업자는 이미 행방이 묘연한 데다 홋카이도 현장에 문의하자 "그 수배자에게는 이미 선금을 지급했고, 오히려 이쪽이 피해자다"라는 매몰찬 답변만 돌아왔습니다.

그 후, 토쿠지는 그렇게 호언장담하면서 떠나놓고 차마 키쿠오에게 돌아갈 수는 없었기에 일단 벤텐의 숙소에서 신세를 지고 있었는데, 그러는 사이 기요타 감독이 니시나리에서 찍은 바로 그 다큐멘터리, 〈청춘의 무덤〉이 텔레비전에서 방영됩니다.

그러자 그 내용이 반향을 일으키며 소극장뿐이긴 해도 전국의 몇 군데에서 개봉되어 오사카의 영화관에서는 연일 만석, 마지막 날에는 작품 속에서도 강한 인상을 남긴 토쿠지와 벤텐이 놀랍게도 게스트로 불려 가서 기요타 감독과 무대에 올라 공개 토론회 같은 것에도 참가했습니다.

당연히 이런 영화 토론회에 오는 사람은 이른바 지식인들. 무대에 올라간 토쿠지와 벤텐에게도 노동이나 복지에 관한 질문이 날아들었지만, 그 말뜻조차 이해 못 하는 상황에서 답변 대신 홋카이도에서 배가 고파 빙어를 낚으려 한 이야기 등을 해서 토론회장을 들끓게 했습니다.

앞서 토쿠지라는 남자는 그냥 당하고만 있지는 못하는 성격이라고 했습니다만 여기서부터 그 진가가 발휘됩니다. 이 일련의 소동이 끝났을 무렵, 여전히 벤텐의 집에서 빈둥거리던 토쿠지에게 기요타 감독이 직접 "다음에 찍을 영화의 주인공을 해보지 않겠느냐"라고 권유한 겁니다.

물론 저예산의 실험 영화로 극장에서 걸릴지도 알 수 없는 물건이긴 했지만, 감독이 〈청춘의 무덤〉에서 파생시킨 〈여름의 무덤〉이라는 이름의 현실주의 영화였습니다.

"제가 주인공이라고요?"

물론 토쿠지는 사양할 줄을 모릅니다. 촬영이 시작되자, 타치바나파 신년회에서 공연했던 경험 덕분인지 기요타 감독도 놀랄 만큼 연기 감각이 좋았습니다.

결국 이 영화는 전국 일곱 곳이긴 했지만 무사히 상영되었고, 놀랍게도 그해 《주간 키네마》에서 선정하는 문화 영화 베스트 텐의 6위에 올랐습니다.

아쉽게도 그 뒤로 토쿠지에게 영화배우의 길이 순조롭게 열린 것은 아니었습니다만, '그 토쿠지가 영화배우가 된 것 같다'라는 소문이 한지로 밑에서 연습에 열중하던 키쿠오의 귀에까지 들어갑니다.

"토쿠짱이 오사카에 와 있다던데, 맞아?"

하루에에게 물어보니, 부끄러우니까 도련님한테는 비밀로 해달라고 했지만 오사카에 돌아온 지는 한참 됐다는 대답이 돌아왔습니다. 텐노지촌 광대 골목에 사는 벤텐이라는 남자와 같이 다니며 무슨 일을 하는지는 몰라도 일단 건강하게 지내는 것 같고, 한 달에 한 번은 하루에의 가게에 훌쩍 술을 마시러 와서 "도련님은 잘 지내? 곤란한 일은 없는 것 같고?"라고 안부를 물었다고 합니다.

바로 키쿠오가 텐노지촌을 찾아가자, 연립주택 뒷골목에서 아이들과 함께 울트라맨 놀이를 즐기는 토쿠지 모습이 보입니다.

"토쿠짱……."

무심결에 중얼거린 키쿠오에게서 순간적으로 도망치려던 토쿠지였지만, 아이들에게 가로막히자 멋쩍은 듯 골목으로 돌아옵니다.

"이런 데서 무슨 울트라맨이야."

어이가 없다는 듯한 키쿠오의 말에…….

"울트라맨이 아니고, 자이언트 로보다."

토쿠지의 엉뚱한 대답. 대체 그게 뭐가 중요한 걸까요.

집안사람들도 걱정하고 있다는 키쿠오의 손에 이끌려 집으로 돌아가자, 사정을 들은 한지로는…….

"광대 골목에서 빈둥거린다고 뭐가 나오겠나. 나중에 폐 끼치는 것보단 지금 신세를 지는 게 낫겠지."

그렇게 말하며 바로 '미츠토모'에 연락했고, 《주간 키네마》 문화 영화 부문에서 6위에 오른 작품의 주인공이라는 경력 덕분에 당당히 조연 배우로 정식 고용되었습니다.

"토쿠짱, 오코노미야키 먹으러 안 갈래?"

마치 자기 집이라도 되는 양, 연습을 마치고 온 키쿠오가 광대 골목에 있는 연립주택 현관문을 열자…….

"도련님, 무슨 일이야? 다음 주가 나니와좌 공연 첫날 아니야?"

안에서는 토쿠지가 벤텐과 함께 우뚝 서 있는데, 보면 비좁은 방에서 만담꾼 사와다 세이요 사부가 혼자 박보博譜 장기를 두고 있습니다.

"그것보다, 너희야말로 왜 그러고 있는데?"

토쿠지와 벤텐이 억지로 세이요 사부를 일으켜 세우려는 걸 보고 물어보니, 오늘 이제 곧 생애 첫 텔레비전 녹화 날인데, 가야 할 시간이 되자 갑자기 사부가 겁을 집어먹었다는 이야기였습니다.

"누가 겁을 먹었다는 거야!"

사부도 일단 반박은 하지만, 확실히 겁먹은 듯 떨리는 목소리입니다.

덧붙이자면 이 사와다 세이요는, 벤텐이 홋카이도에서 도망쳐 돌아온 후에 제자로 들어간 사람입니다. 부인인 사와다 하나비시가 샤미센을 연주하는 부부 만담은 한때 오사카의 공연장에서 큰 인기를 끌었고, 텔레비전 보급으로 완전히 시들해지기 전에는 하루에 서너 번은 공연을 돌 정도였습니다.

"오사카 광대들을 죽인 건 만국박람회다. 그런 게 대체 뭐가 재미있다는 거야. 그렇게 찡그린 것처럼 생긴 탑을 보면서 뭘 어떻게 웃을 수 있겠나."

텔레비전 녹화에서 이야기를 돌리기 위해 사부가 평소의 엑스포 비판을 시작했을 때, 2층에서 내려온 사람이 기모노 차림에 샤미센을 든 하나비시 사모입니다.

"그건 사람들을 웃기려고 만든 게 아니야. 예술이라니까."

"예술이면 사람을 안 웃겨도 된다는 거야? 이 오사카에서?"

하나비시는 더는 말대꾸도 하지 않습니다. 세이요의 의상이 담긴 보자기를 벤텐에게 건네며…….

"먼저 간다."

역시 오랜 세월 함께한 부부답다고 할까요. 하나비시가 문밖을 나서자 역시 한 번 더 이름을 날리고 싶은 마음은 있었는지 다급히 일어서는 세이요였습니다.

그렇게 되자 녹화 시간이 임박했기에 재촉하는 벤텐에게 등을 떠밀리며 토쿠지는 물론이고 어쩌다 키쿠오까지 전철에 뛰어들면서 녹화 견학을 하게 됐습니다.

"이제 스튜디오로 가실게요!"

방송국 분장실에 들어온 피디가 소리칩니다. 꽤 넓은 분장실이었는데 다른 출연자는 아무도 없다 보니, 오히려 그 휑뎅그렁함 때문에 세이요는 극도의 긴장 상태에 빠졌습니다. 그 긴장감이 벤텐은 물론이고 참관하러 온 토쿠지와 키쿠오에게도 전염되면서 아까부터 차례대로 화장실에 다녀오는 중입니다.

"그래봤자 텔레비전이야. 관객이 있는 것도 아니고."

하나비시는 대범하기 그지없습니다.

"바보냐? 카메라 너머에 1억 명이 있다고 하잖아."

"그래서 승부처인 거지. 여기서만 인정받으면 다시 인기를 끌 수 있잖아."

하나비시의 격려에 드디어 각오를 굳혔는지, 드디어 사부가 일어섭니다.

"사부님이라면 괜찮을 겁니다."

"맞습니다, 맞습니다."

세 젊은이가 사부를 격려하며 뒤를 따릅니다.

젊은 피디의 지시를 받으며 카메라 앞에 설 때까지만 해도 불안불안해 보이던 세이요였지만, 역시 텐노지촌의 인기 만담꾼답게 막상 만담을 시작하니 완벽한 타이밍에 목소리도 낭랑해서 순식간에 스태프들의 웃음을 자아냅니다.

하지만 '그래, 이대로만 하면……' 하고 세 젊은이가 마음속으로 응원하고 있을 때…….

"잠깐, 스톱! 좀 더 짧게는 안 될까요?"

젊은 피디가 찬물을 끼얹습니다.

"짧게 하라니, 그게 무슨…….'

"그게, 이 다음 백면상(百面相: 얼굴 표정과 간단한 분장으로 빠르게 여러 사람을 흉내 내는 재주-옮긴이)까지는 역시 들어갈 시간이 없어요. 2분 안에 끝내주시죠."

"아니, 이건 좀 너무하네. 내가 잘하는 걸 보여주지 말라고 하면……."

사부의 푸념 따위, 피디는 듣는 척도 하지 않습니다.

결국 "5분 뒤까지는 끝내라" "아니, 적어도 15분은 해야 내 공연이라고 할 수 있다"라는 치열한 논쟁 끝에…….

"네가 태어나기도 전부터 해온 공연이다. 그걸 네 맘대로 이렇게 잘라먹으려고 하면 누가 한다고 하겠냐!"

결국 사부가 커다란 나비넥타이를 쥐어뜯습니다.

하나비시는 물론이고 벤텐도 달려가서 달래려고 했지만…….

"내가 뭐, 텔레비전에 나오고 싶어서 여기 온 줄 아냐고! 내 공연을 보여주고 싶어서 온 거지!"

사부의 분노가 불붙는 가운데, 젊은 피디는 거기에 또 기름을 들이붓습니다.

"공연장하고 다르게, 방송은 재미없으면 바로 채널을 돌리니까요."

"너 바보야? 채널은 무슨, 관객들은 재미없으면 그냥 잔다! …… 아니, 그것보다도 재미없다는 게 무슨 소리야! 나의 백면상을 보고 그런 소릴 하든가 해라!"

이 정도면 수습이 힘들어졌기에…….

"죄송합니다, 그만 돌아가 주시죠."

"가라고 안 해도 간다! 나올 거 없다!"

결국 싸운 채로 헤어지는 결말입니다. 다만 그대로 방송국을 나가는가 싶더니, 복도에서 문득 멈춰 선 세이요가 씁쓸하게 중얼거립니다.

"그런 큰소리를 칠 처지가 아니니까 여기에 와 있는 거겠지."

그리고 터벅터벅 스튜디오로 돌아와 젊은 피디 앞에서 깊이 고개를 숙였습니다.

"저기, 피디 양반. 최대한 짧게 해보겠습니다. 백면상이 아니라 오십, 아니 이십면상 정도로 줄일 테니까 한 번만 더 기회를 주시면 안 되겠습니까."

만약 방송계에서 인정받는다면 다시 인기를 되찾을 수 있을지도 모릅니다. 사부도 그것은 잘 알고 있는 것이지요. 그런 사부가 비참해 보이기도 하고 넉살 좋게 보이기도 해서 벤텐과 토쿠지는 차마 울지도 못합니다.

그런 와중에 갑자기 스튜디오 안이 소란스러워진 것은, 사부들의 간곡한 부탁으로 재녹화를 시작한 직후였습니다.

카메라 뒤에서 녹화를 견학하던 키쿠오의 귀에 '사고'라던가 '하나이 한지로'라는 말이 날아듭니다.

"뭐지?"

저도 모르게 토쿠지와 얼굴을 마주 보는데, 토쿠지의 다리는 이미 목소리가 나는 복도 쪽으로 향하고 있어서 일단 키쿠오도 뒤를 쫓습니다. 복도에 있던 사람은 보도국 직원 같았는데, 하나이 한지로가 교통사고를 당했으니까 저녁 뉴스에서 사용할 최근 무대의 영상을 빌려달라고 예능국 직원에게 부탁하고 있습니다.

"자, 잠깐, 죄송한데요."

키쿠오는 다급히 직원에게 말을 걸지만, 어지간히 급한지 대답도 하지 않고 계단을 뛰어 올라갔기에 황급히 뒤쫓으며 거듭 묻습니다.

"아, 아니, 선생님이 사고를 당했다니. 그게 무슨 소립니까?"

그러자 상대방도 한지로의 관계자라는 것을 눈치챘는지 대답해 줍니다.

"아직 자세한 건 모르지만, 미도스지御堂筋 도로에서 트럭과 승용차가 충돌해서 가부키 배우인 하나이 한지로 씨가 병원에 실려 갔다나 봐."

키쿠오는 무심결에 계단 중간에 딱 멈춰 섰다가…….

"전화. 집에 전화부터……."

그렇게 중얼거리며 이번에는 계단을 다시 뛰어 내려갑니다.

마침 계단 아래 홀에 공중전화가 있었기에 옆에서 똑같이 서두르는 토쿠지와 다이얼을 번갈아 돌리듯이 하며 전화를 걸자…….

"아, 키쿠도령? 지금 어딘데? 선생님이 큰일 나셨다! 지금 교통사고 당하셨단다!"

집사인 오세이가 당황하며 호들갑을 떱니다.

"교통사고라니, 괜찮은 겁니까? 그냥 다치신 거지요?!"

"아직 아무 연락도 못 받았어. 사모님하고 슌도령은 벌써 병원으로 갔어. 덴마 병원이야, 덴마 종합병원!"

"덴마 종합병원이란다."

키쿠오는 토쿠지에게 알리고 둘이 함께 방송국을 뛰쳐나옵니다. 그런데, 꼭 이럴 때일수록 방송국 현관 앞에도 거리에도 택시 한 대가 안 보입니다.

"뛰어가는 게 빠르겠다!"

나니와스지なにわ筋 도로를 따라 달려가는 키쿠오의 뒤에서…….

"선생님, 괜찮으시겠지? 선생님이 그렇게 쉽게 돌아가실 리는 없잖아."

토쿠지도 있는 힘껏 큰 소리로 말하며 함께 달려갑니다.

"아, 택시다! 잠시만요!"

차도로 뛰쳐나온 토쿠지까지 차에 치일 뻔할 만큼 허둥지둥하며 덴마 종합병원에 도착하니 이미 밖에는 취재진이 몇 명 모여 있어 사태의 심각성을 실감하게 합니다. 키쿠오와 토쿠지가 인파를 헤치고 안으로 들어가자 복도를 뛰어가는 겐키치의 모습이 눈에 들어옵니다.

"겐 아저씨!"

"아, 키쿠도령."

"선생님은요? 괜찮죠? 그렇죠?"

"그래, 생명에는 지장이 없다."

겐키치의 말에 긴장이 쫙 풀리며 바닥에 주저앉는 두 사람입니다.

"근데 골절이다, 다리에. 복잡골절."

복잡골절도 물론 큰 부상이지만, 생명에 지장이 없다면 골절 정도는 가볍게 느껴집니다.

복도 건너편에는 그들처럼 안심한 표정의 사치코와 슌스케가 간호사로부터 개인 병실의 요금 설명을 듣고 있습니다.

"선생님, 괜찮은 거지?"

키쿠오가 다가가서 묻자 슌스케가 대답합니다.

"그래, 일단 오늘은 응급처치만 하고, 째고 하는 수술은 상태를 지켜보고 나서 한단다."

"쩬다니, 다리?"

"양쪽이라서 당장은 힘들단다."

그때 문득 등 뒤에서 들려오는 수군거림에 두 사람이 돌아보자, 소문을 듣고 온 입원 환자들이 한지로를 보려고 모여들고 있습니다.

'아, 다음 주가 첫 공연인데…….'
키쿠오가 문득 중얼거린 것은 바로 그때였습니다.

"도련님들, 밥 좀 더 줄까?"
집사인 오세이가 묻자 키쿠오와 슌스케가 말없이 카레 접시를 내밉니다. 한지로의 골절 소동으로부터 하룻밤이 지나 있었습니다.
"오세이 씨, 엄마는 병원에서 몇 시쯤 온다고 했어?"
슌스케가 두 그릇째 카레에 락교를 잔뜩 올리며 묻자…….
"슬슬 돌아오시지 않을까? 둘 다 여기서 기다리라고 하셨으니까, 어디에도 나가지 말고……."
그때 현관에서 "다녀왔습니다" 하는 사치코의 목소리가 들려옵니다.
"아, 오셨네."
오세이가 중얼거렸을 때는, 이미 두 사람 다 카레 접시를 든 채 현관으로 마중 나온 뒤였습니다.
"아버지는 좀 어떠셔?"
슌스케가 걱정하며 묻자, 사치코가 현관에 걸터앉으며 대답합니다.
"우시더라, 불쌍하게."
"아버지가? 우셨다고……?"
"그래, 그랬어. 그 사람, 두 살 때 첫 무대를 밟고 나서, 지금까지 단 한 번도 무대를 펑크 낸 적이 없어. 진짜 열이 나든, 배탈이 나든, 기저귀까지 차고 무대에 섰던 사람인데, 당연히 억울하지 않겠니."

웃차, 하고 몸을 일으킨 사치코는 두 사람이 들고 있는 카레 접시를 발견하고는…….

"오세이, 나도 카레 좀 줘."

그렇게 말하고는 옷을 갈아입으러 가려는데, 슌스케가 따라옵니다.

"그래서 무대는 어떻게 한다는데?"

"아, 참."

멈춰선 사치코는 이미 기모노의 오비 끈을 풀고 있습니다.

"회사에서도 빨리 움직이고 있는 것 같긴 한데, 대역이 그렇게 쉽게 찾아지진 않을 것 같다. 그럴 수밖에 없는 게, '간사이 가부키의 진수'라고 떠들썩하게 선전해 놓고 도쿄에서 배우를 불러올 수도 없는 노릇이고. 그렇다고 해서 이쪽에 하나이 한지로를 대신할 배우도 없다고 하니."

그리고 방으로 가려던 사치코가 문득 뒤를 돌아봅니다.

"이건 내 감인데 말이다."

그런 전제를 붙이면서…….

"……슌도령. 너, 마음의 준비는 해두는 게 좋을 것 같아."

"무, 무슨 소리야, 갑자기. 무섭게."

갑자기 사치코가 진지하게 바라보자 슌스케가 익살을 부리지만, 어머니가 무슨 말을 하려는지는 당연히 잘 알고 있습니다.

이런 상황에서 대역을 맡아 관객들을 이해시킬 수 있는 사람이 있다면, 그건 한 핏줄인 아들뿐입니다.

사실 어젯밤에도 늦게까지 키쿠오와 둘이서 그에 관한 이야기를 나누었습니다.

'선생님이 연습하시는 걸 매일 봐둬서 다행이다, 슌도령. 그렇게 많이 봤으니까 대사나 동작도 어느 정도는 외우고 있을 거잖아.'

어젯밤 키쿠오가 했던 말인데, 이렇게 되고 보니 한지로에게 선견지명이 있었던 게 아닐까 하는 생각이 들 정도였습니다. 〈소네자키 동반 자살〉이라는 전후 간사이 가부키를 대표하는 작품의 연습을, 두 사람에게 기초부터 가르칠 생각으로 매일 견학시켰으니까요.

"그래도 엄청난 발탁이다. 큰 뉴스거리가 될 거야, 슌도령."

흥분하는 키쿠오 앞에서 얼굴이 점점 창백해지는 슌스케였지만, 역시 탄바야의 피를 이어받은 사람답게 이미 그의 머릿속에는 새하얀 소복을 입은 유녀로 변한 자신이 토쿠베이와 함께 소네자키의 숲으로 도피하는 모습이 떠올랐습니다. 새벽을 알리는 일곱 번의 종소리, 드디어 각오를 굳히고 손을 모으는 자기 가슴에 토쿠베이 칼날이 겨누어집니다.

그 후 부엌으로 돌아와 식사를 마치고, 오세이가 내준 신 오렌지를 먹고 있던 차에 전화가 울립니다.

전화를 받은 오세이가 고개를 갸웃거리며 돌아옵니다.

"미츠토모의 우메키 사장님이라는데요……."

"자, 왔다."

사치코의 시선을 받으며 각오를 굳혔다는 듯 고개를 끄덕이는 슌스케입니다.

하지만 몸을 일으킨 사치코와 슌스케가 전화기로 걸어가려는 순간…….

"그게……."

오세이가 불러세웁니다.

"……사모님하고 슌도령 말고, 키쿠도령을 바꿔달라는데요."

"키쿠도령을? 왜? 미츠토모의 우메키 사장 맞아?"

"네. 맞습니다."

사치코와 오세이, 그리고 슌스케가 일제히 키쿠오를 돌아보지만, 당연히 키쿠오도 일이 어떻게 돌아가는 건지는 알 수 없습니다.

"됐어, 내가 받아볼게."

다 같이 고개만 갸우뚱거려도 어쩔 수 없다는 듯이 성격 급한 사치코가 전화기로 다가갔기에 슌스케와 키쿠오, 오세이도 줄줄이 따라갑니다.

전화를 받은 사치코는 그간 안부를 못 전해 미안하다는 짧은 인사를 나누는 동안은 미소를 짓고 있었지만, 그 표정이 점차 흐려집니다. 통화하는 동안 딱 한 번 고개를 돌려 키쿠오 얼굴을 무표정하게 바라본 것 외에는 계속 벽에 붙은 여행사 달력을 응시할 뿐입니다.

"아…… 그런…… 아……."

대답하는 소리도 점점 작아져 전화를 끊기 직전에는 옆에 서 있는 사람들에게도 들리지 않을 정도였습니다.

툭. 수화기가 놓이자마자 슌스케가 입을 엽니다.

"뭐라는데?"

"어……."

넋이 나간 듯한 사치코가 입을 엽니다.

"그게, 네 아버지 대역은 키쿠도령으로 간다고 한다."

전혀 감정이 담겨 있지 않은 말투라서 듣는 사람도 어떻게 반응해야 할지 알 수 없습니다.

"키쿠도령이라니, 그 키쿠도령?"

꽤 오랜 침묵 후에, 슌스케가 지독하게 쉰 목소리로 말합니다.

"응. 그것도 우메키 사장이 아니라 네 아버지가 그렇게 결정했단다."

왠지 새콤달콤한 냄새가 나서 돌아보니 슌스케의 손에는 반으로 가른 커다란 오렌지가 들려 있습니다.

여기서 잠시 옛날이야기를 해보도록 하겠습니다. 옛날이라고 할 만큼 정말 오래전 이야기로, 때는 1700년경 에도시대, 살생금지령으로 유명한 '개 쇼군' 토쿠가와 츠나요시가 다스리던 시기입니다.

현재의 동물보호법과 유사한 법령에 근엄한 사무라이들이 우왕좌왕하던 때였으니만큼 평화로운 시대였음은 틀림없고, 그런 평화의 시대는 사람의 마음에 여유를 만들어주기 때문에 그 여유가 다른 사람을 배려하는 마음도 만듭니다.

덧붙이자면 이하라 사이카쿠井原西鶴가 우키요에 문학浮世草子 작품인《호색일대남好色一代男》을 쓴 것도 이 시대였고, '겐로쿠 아코 사건元禄赤穂事件'으로 불리는 이른바 〈츄신구라〉가 발생한 것도 이때였습니다. 또한 마츠오 바쇼松尾芭蕉가 여행기《오쿠노호소미치奥の細道》를, 치카마츠 몬자에몬近松門左衛門이 인형 창극 〈소네자키 동반 자살〉을 창작한 것도 바로 이 시대였습니다.

그리고 이 무렵, 간사이 지방에서는 한 명의 가부키 배우가 인기를 얻고 있었는데, 그 이름은 초대 사카타 도주로坂田藤十郎, 가부키 해설서 《가무기사시歌舞妓事始》에 따르면 에도의 인기 배우였던 초대 이치카와 단주로市川團十郎조차 그에 관해 이렇게 말했다고 합니다.

'도주로가 살아 있는 동안, 배우들은 교토로 올라가지 말지어다.'

쉽게 말해 도주로가 죽기 전엔 에도의 배우가 교토에 가도 상대가 되지 않으니 보내지 말라는 이야기까지 나올 정도의 인물이었던 겁니다.

이 초대 도주로가 가장 잘 소화하는 배역 중에 신세를 망친 양갓집 사내라는 것이 있었습니다.

당시 이런 배역을 연기하는 무대에서는 처량한 신세를 표현하기 위해 반드시 전통 종이로 만든 기모노인 '가미코紙子'를 입었다고 하는데, 도주로가 사망할 때 이른바 자신의 상징인 이 '가미코'를 물려줄 예술적 후계자로 친자식이 아닌 제자를 선택했다는 것은 유명한 이야기입니다.

간사이 가부키의 영웅이었던 그가 무엇보다 중시했던 것은 세습이 아니라 실력이었던 겁니다.

덴마 종합병원을 빠져나오자마자 건조한 바람이 불어닥치며 키쿠오의 몸에 달라붙은 소독액 냄새를 씻겨내 줍니다.

조금 앞에서 걸어가는 슌스케에게 말을 걸려고 하지만, 병실에서 한지로에게 직접 이번 대역을 결정한 이야기를 듣고 있을 때도, 다 듣고 난 뒤에도 일절 입을 열지 않았고 얼굴도 계속 무표정했기에 좀처럼 타이밍을 잡을 수가 없습니다.

뭔가 잘못된 게 틀림없다. 우메키 사장이 착각했을 수도 있다. 이번 공연에서 대역을 맡는다는 건 어찌 보면 후계자로 공인된 거나 마찬가지다. 그런 대역에 친아들이 아닌 견습생을 택할 리 없다.

병원으로 향하는 차 안에서 사치코는 시종일관 그런 이야기를 하고 있었습니다. 동승한 키쿠오도 가만히 이야기를 듣고 있었는데, 솔직히 사치코의 의견이 맞다고 생각하며 고개를 끄덕이다가 이따금 옆에 있는 슌스케에게 시선을 돌리며 '괜찮아. 사모님 말씀이 맞잖아' 하고 말하는 듯한 눈빛을 보냈습니다.

다만 슌스케로서는 아마 뭔가 착오가 있는 거겠지만, 가능성이 전혀 없는 이야기라고 할 수도 없었기에 애매모호한 표정이었습니다.

그대로 병실에 도착하자 숨돌릴 틈도 없이 사치코가 질문 공세를 퍼붓습니다. 물론 화를 내는 대신, 이렇게 어처구니없는 일이 있었다고 반쯤 웃는 말투입니다.

다만 사치코의 이야기를 다 듣고 난 한지로는…….

"어쨌든 이미 결정한 일이다. 변경은 없어."

너무 짧은 대답과 함께 커튼 안쪽에서는 겐키치의 흐느낌이 들려오고, 사치코는 사치코대로, 키쿠오는 키쿠오대로, 또 슌스케는 슌스케대로, 아 정말이었구나, 하고 받아들일 수밖에 없습니다.

"아니, 당신……."

그래도 아직 한지로에게 따지려 드는 사치코를 두고 누구보다 먼저 병실을 나간 것이 슌스케였습니다.

항의하는 사치코를 따라 남는 것도 부자연스럽고 슌스케가 걱정되기도 해서 키쿠오도 바로 뒤를 쫓아갔지만, 발소리를 들으면서도 따라오지 말라는 말도, 물론 같이 집에 가자는 말도 하지 않습니다.

그런 상태로 병원을 나와 버스 정류장을 세 개나 지나고 나서야 문득 슌스케가 걸음을 멈춥니다.

"슌도령, 어디까지 가는데?"

멈춰 선 채로 돌아보지도 않는 걸 보고 키쿠오가 조심스럽게 말을 걸자, 갑자기 돌아본 슌스케는…….

"이게 도둑이랑 뭐가 달라! 남의 집에 들어와서 제일 중요한 걸 훔치고! 이 도둑놈아!"

그렇게 소리치며 다짜고짜 덤빕니다.

당황한 키쿠오도 순간적으로 맞서 싸우려 하지만, 서로 멱살을 잡은 채 말아쥔 주먹을 목구멍으로 겨누다가 슌스케의 손에서 갑자기 힘이 빠졌습니다,

"이런 식으로 화라도 내면 재미있을 텐데 말이다."

그리고 쓴웃음을 짓습니다.

"슌도령……."

"뭐, 어쩌겠어. 이게 다른 사람의 평가였으면 '바보인가? 너는 보는 눈도 없냐!' 하고 욕이라도 해줄 건데, '친아들보다 견습생의 실력이 더 좋다'라고 하는 사람이 그 천하의 2대손 하나이 한지로인데, 체념할 수밖에 없지 않겠냐고."

"슌도령……."

"키쿠짱은 신경 쓰지 마라. 키쿠짱한테 동정받으면, 난 정말 다시 못 일어선다."

키쿠오는 순간적으로, 역시 대역은 슌스케가 맡는 게 맞다고 한지로에게 직접 담판을 지어야겠다고 생각했지만, 그거야말로 슌스케가 가장 싫어하는 동정임을 금세 깨닫고 입술을 깨물 수밖에 없습니다.

"어쨌든 탄바야의 중대사, 아니, 간사이 가부키의 중대사다. 〈도죠지의 두 사람〉을 성공시키는 건 당연하고, 키쿠짱이 대역을 잘 맡을 수 있도록 내가 할 수 있는 것은 뭐든지 할게."

그제야 갑자기 자신이 얼마나 중대한 임무를 맡게 됐는지 깨닫게 되는 키쿠오입니다.

한편으로는, 조금 전까지만 해도 무언가 착오가 있을 뿐이고 한지로의 대역은 틀림없이 슌스케가 맡게 될 거라 믿었던 것이 자신의 나약함 때문이었는지, 아니면 핏줄은 이길 수 없다는 억울함 때문이었는지도 알 수 없게 되어버립니다.

"슌도령, 나 따위가 선생님을 대신할 수 있겠냐?"

무심코 중얼거리는 키쿠오에게 슌스케가 웃으며 대답합니다.

"대신할 수가 있겠냐?"

"이럴 땐 보통 괜찮다고 말해주는 거 아냐?"

평소 같은 말투로 키쿠오도 되받아치자 마침 버스가 달려옵니다.

"저거 타자!"

키쿠오가 달려가려 하지만…….

"먼저 집에 가 있어. 난 여기저기 좀 돌아다니다 올게."

평소 같으면 '집에서 보자' 하고 가볍게 돌아섰을 테지만, 왠지 오늘만큼은 이대로 헤어지고 싶지 않습니다.

"여기저기?"

"그냥 뭐, 여기저기."

"그럼 같이 가자. 그 여기저기."

"됐어."

"그럼 오늘 밤에 하루에 가게라도 갈래?"

"그러든가."

그러는 사이 버스가 다가왔기에 더 매달리기도 민망해졌습니다.

"그럼 먼저 간다."

혼자 버스에 올라탄 키쿠오는 일부러 창밖을 보지 않도록 의식하며 자리에 앉습니다.

밖을 보면 거기서 슌스케가 가만히 지켜보며 배웅해 주고 있을 것만 같았고, 왠지 그 모습은 보지 않는 게 좋을 것 같았지만, 꼭 이런 때에만 버스가 좀처럼 출발해 주지 않습니다.

"빨리 좀 가주세요."

뭐가 그리 급한지, 자기도 잘 모르는 키쿠오였습니다.

어찌 됐든 한지로의 대역으로 결정된 이상, 슌스케 기분을 생각할 여유 따윈 없습니다.

무대 연습까지 앞으로 사흘, 키쿠오는 그날 밤부터 한지로의 병실에서 살다시피 하며 병원식을 먹는 한지로 옆에서 대사를 복습하고, 침대와 소파를 밀어 만든 즉석 무대에서 오하츠의 움직임을 철저히 배웁니다. 거의 자는 시간도 아까워하면서 연습했지만, 조금이라도 진심이 담겨 있지 않으면 거동이 불편한 한지로에게서 주먹 대신 라이터나 베개가 날아옵니다.

아시다시피 〈소네자키 동반 자살〉이란 작품은 치카마츠 몬자에몬이 인형 창극을 위해 쓴 최초의 세속극인데, 참고로 세속극이란 에도시대 당시의 현대극이라 할 수 있습니다. 오사카 도지마신치堂島新地의 유녀 오하츠와 간장 가게 지배인 토쿠베이가 이 세상에서는 절대 맺어질 수 없는 운명 속에서 함께 자살한 사건을 바탕으로 쓰인 것입니다.

> 세상과의 작별도 아쉽고, 밤과의 작별도 아쉽도다. 죽으러 가는 이 몸을 비유하자면, 무덤길에 내린 서리. 한 발짝마다 사라져 가는 꿈속의 꿈이야말로 측은하도다.

토쿠베이: 저것을 세어보니 새벽을 알리는 일곱 번 중에 여섯 번이 울렸소.
오하츠: 나머지 한 번이 이승에서 듣는 마지막 종소리. 적멸위락(寂滅爲樂: 생사를 초월한 즐거움-옮긴이) 속에서 울리겠지요.

변치 않는 사랑 때문에 선택한 동반 자살. 손에 손을 맞잡은 두 사람이 소네자키 숲으로 도피하는 명장면입니다.

어깨를 들썩일 만큼 숨을 몰아쉬면서 키쿠오가 연기를 끝내자,

연습 상대로 토쿠베이 역을 맡은 슌스케가 걱정하듯 말합니다.

"키쿠짱, 오늘은 이만하면 되지 않을까."

하지만 바로 침대에서 한지로의 목소리가 날아듭니다.

"그런 싱거운 연기로 무슨 무대를 선단 말이냐! 전혀 살아 있지가 않아. 모르겠니? 한 번 더 종이 울리면 너는 죽는 거라고. 죽어야만 하는 슬픔하고, 사랑하는 남자와 죽을 수 있다는 기쁨이 한데 뒤섞여야 한다. 그런데 너한테서는 그게 하나도 안 전해진다. 무대에서 제대로 살아 있질 못하니까, 죽지도 못하는 거라고!"

키쿠도 알고는 있습니다. 아직도 오하츠가 머릿속에만 있다는 것을요. 빨리 이 오하츠를 쫓아내고 스스로 오하츠가 되어야 한다는 생각뿐입니다.

이렇듯 세 사람이 병실에서 일심불란하게 연습하던 사흘 동안, 세간에서는 '하나이 한지로가 후계자로 일반인 아이를 선택했다'라는 뉴스로 떠들썩했습니다.

친아들의 재능이 부족해 포기한 것 같다. 아니, 아무래도 대역이 된 견습생은 한지로의 숨겨둔 자식인 것 같다.

세상 사람들은 정말 상상력이 풍부해서, 심지어 견습생이 친자에게 독을 먹이고 배역을 빼앗았다는 소문까지 날 정도였습니다.

다만 그런 소문이 널리 퍼질수록 나니와좌 극장의 티켓이 날개 돋친 듯 팔려나가는 것도 사실이라 주최 측인 미츠토모에서도 스캔들을 퍼뜨리는 연예 뉴스를 그냥 못 본 척하고 있었습니다.

사흘은 눈 깜짝할 사이에 지나갔습니다. 나니와좌에서 열릴 무대 연습 전날 밤, 병원에서 집으로 돌아오는 전철 창문에 비친 피곤한 얼굴이, 이미 키쿠오에게는 자기 얼굴이 아니라 소복 차림의 오하츠로 보일 정도였습니다.

덧붙이자면 가부키에는 이른바 연출가라는 것이 없습니다. 그래서 연습의 횟수도 적고, 다 함께 만들어간다기보다는 각자 완성해 온 배역을 주역 배우를 중심으로 그 자리에서 서로에게 보여주는 형식에 가깝습니다.

요컨대, 무대 연습 때 배우는 재료가 아니라 이미 하나의 완성품이어야 하는 겁니다.

자, 나니와좌의 무대에서는 주역 배우인 이쿠타 쇼자에몬의 주도하에 연습이 이미 시작되었고, 객석에는 한지로의 대역을 맡은 배우의 실력이 어느 정도인지 보고 싶어 하는 배우, 스태프, 극장 관계자들이 여기저기서 진을 치고 있습니다.

그런 와중에 슌스케는 출구에 가까운 뒷자리에서 양손을 모으고 조용히 숨듯 연습을 지켜보고 있었는데, 쇼자에몬의 불호령으로 연습이 중단될까 봐 조마조마한 심정입니다.

간장 가게의 지배인 토쿠베이와 서로 사랑하는 사이인 텐마야天満屋의 유녀 오하츠. 어느 날 토쿠베이에게 숙부 규에몬이 지참금 딸린 혼담을 제안하는데, 토쿠베이는 당연히 거절하지만 계모가 멋대로 그 지참금을 받아버립니다. 그런데도 토쿠베이가 거절하자, 모든 것이 오하츠 탓이라며 화가 난 규에몬은 그녀에게 지참금을 갚으라고 강요합니다.

그런 와중에 이쿠타마生玉 신사에서 토쿠베이를 만난 오하츠는 이제 만날 수 없다고 한탄하는 그를 다음 생에도 함께할 수 있을 거라며 위로합니다. 어찌어찌 계모로부터 지참금을 되찾은 토쿠베이였지만, 하필 그 돈을 잠시 친구인 기름 장수 쿠헤이지에게 빌려주고 맙니다. 하지만 기일이 지났는데도 돈을 갚기는커녕, 오히려 토쿠베이를 증서를 위조한 범죄자로 몰아가며 사람들 앞에서 마구 폭행합니다. 여기까지가 이른바 '이쿠타마 신사의 단락'입니다.

그 후 장면은 바뀌어 상처투성이로 텐마야에 온 토쿠베이를 오하츠가 몰래 가게의 툇마루 밑에 숨겨주는데, 그곳에 술 취한 쿠헤이지가 나타나 토쿠베이에 대한 욕을 늘어놓습니다. 분노에 휩싸여 툇마루 밑에서 뛰쳐나가려는 토쿠베이와 발을 뻗어 그것을 필사적으로 막는 오하츠. 상인 주제에 증서를 위조했다고 욕하는 쿠헤이지에게 "토쿠 님은 죽지 않으면 안 된다"라고 하면서 툇마루 밑의 토쿠베이에게 마음속의 각오를 발로 묻는 것입니다. 토쿠베이는 오하츠의 그 발을 칼날처럼 목에 대고……. 이것이 '텐마야의 단락'입니다.

한편, 무대에서는 여기까지 별 탈 없이 연습이 진행되고 있었는데, 키쿠오가 필사적으로 오하츠를 연기하는 긴장감은 객석의 관계자들에게도 생생하게 전해졌습니다. 그 때문인지 다들 마치 자기가 오하츠를 연기하는 듯한 착각에 빠졌고, 언제 쇼자에몬의 질책이 날아들까 조마조마하며 숨을 죽이고 있었지만, 놀랍게도 지금까지 연기는 한 번도 중단되지 않았습니다.

"그럼 여기서 잠깐만 쉬도록 하시죠. 그리고 그대로 '도피의 단락'으로 들어가는 걸로 하십시다."

쇼자에몬의 목소리에 객석의 관계자들까지 일제히 안도의 한숨을 내쉬었습니다.

 토쿠베이로 분장한 쇼자에몬이 무대를 내려오려다 문득 걸음을 멈추더니, 힘이 빠져 거의 무대에 엎드려 있다시피 한 키쿠오 옆으로 다가갔습니다.

 "너, 처음 연기하는 것 치고는 잘 익혔다. 이 정도만 하면 관객분들도 칭찬해 주실 거야."

 연습이 시작된 이후로 처음 건네는 말이었습니다.

 "……하지만 이번에 네가 받는 박수는 아역 배우가 받는 박수하고 똑같다. '아, 잘했네, 잘했어' 하는 박수 소리라는 거지. 두 번째는 없다. 안 그렇겠니? 어린애들도 걸음마로 박수를 받는 건 처음뿐이다. 두 번째부턴 당연한 거지. 알겠니. 그것만 명심해라."

 그가 불과 몇 달 전만 해도 배우 말고 그룹사운드로 진출하는 게 어떠냐고 키쿠오를 비꼬았던 걸 생각하면 틀림없는 칭찬의 말입니다.

 대꾸도 제대로 못 하는 키쿠오를 내버려둔 채 쇼자에몬이 제자들을 데리고 무대를 떠나자, 극장 안의 긴장감이 단번에 풀린 것처럼 여기저기서 쇼자에몬의 감상을 바탕으로 키쿠오를 평가하는 목소리가 들려옵니다.

 슌스케는 마치 자기에 관한 이야기를 듣는 것 같아 무심코 의자 등에 몸을 숨겼는데, 들려오는 말은…….

 "이야, 저도 이렇게까지 할 수 있을 거라고는 생각 못 했는데요."
 "툇마루 밑으로 발을 뻗을 땐 애처로우면서도 요염하더라."

 극찬에 가까운 평가에, 간사하게도 가라앉았던 머리가 서서히 떠오릅니다. 하지만…….

"이걸 보니까 한지로 씨의 마음도 조금은 이해가 가네. 아무리 혈육이 소중해도 이런 재능을 제쳐두고 친자식을 내세울 만큼 뻔뻔하진 못한 거지."

"뻔뻔하기는커녕, 탄바야 씨도 역시 핏줄보단 예술이 먼저인 사람인 거야. 배우를 재능으로만 바라본다는 거 아냐."

떠오르던 고개를 점점 숙일 수밖에 없는 슌스케입니다.

그런데도 사람들의 말은 가차 없습니다.

"그런데 그 탄바야 도련님은 어떻게 되는 거지? 오전에 〈도죠지의 두 사람〉을 봤을 때도 역시 토이치로가 빛나 보이던데."

"아무리 그래도 지금 같은 분위기에 견습생에게 가문을 물려주진 않겠지?"

"에이, 이렇게 대역을 맡긴 거 보면 모르겠나?"

"그러네. 뭐, 탄바야 씨 심정도 참 난감할 것 같다. 이런 결심을 한 것만 해도, 남의 일이지만 참 감탄스럽네."

"이렇게 된 이상, 그 방법밖에는 없다. 탄바야의 도련님이 자발적으로 단념하고 어딘가로 떠나주면 복잡할 게 없지 않겠나."

뒤에 그 도련님이 있는 줄도 모르고, 두 사람의 숨죽인 웃음소리가 쥐처럼 나니와좌의 천장 위와 바닥판 밑을 기어가는 것만 같습니다.

슌스케도 좌석 사이를 기어가듯이 하며 로비까지 도망쳐 나왔습니다.

"나는 탄바야를 물려받을 사람이다. 〈도죠지〉를 완벽하게 해서,

다신 저런 소리 못 하게 해줄 테야."

투덜투덜 중얼거리며 키쿠오의 분장실로 향합니다.

분장실에서는 극도의 긴장에서 일단 해방된 탓인지, 키쿠오가 벌벌 떠는 소리가 날 정도로 떨고 있습니다.

"슌도령, 이, 이것 좀 봐라. 떨리는 게 안 멈춘다."

앞니까지 딱딱 부딪칩니다.

"걱정할 거 없어. 이즈미야 삼촌도 틀림없이 잘한다고 했잖아."

"슌도령, 화내지 말고 들어줄 수 있어?"

"뭔데? 갑자기."

"내가 지금 가장 가지고 싶은 건 슌도령의 피야. 슌도령 피를 컵에 담아서 벌컥벌컥 마시고 싶다."

슌스케의 귓가에서 조금 전의 험담이 되살아납니다. 자기 몸속 혈관에 흐르고 있을 그 탄바야의 피가 마치 물처럼 투명하고 싱거운 것처럼 느껴졌습니다.

자, 이렇게 해서 오사카 나니와좌 공연이 드디어 시작됩니다. 소문이 소문을 부르며 매스컴도 크게 주목했고, 게다가 시류는 자유로운 미래를 상징하는 오사카 만국박람회의 한가운데, 낡은 세습 제도를 무찌른 일반인 후계자 하나이 토이치로는 그야말로 시대의 아이콘으로 떠오릅니다. 당연히 티켓은 마지막 날까지 매진되었고 극장에는 당일권을 구하려는 사람들로 장사진을 이룹니다. 오후 공연에서 키쿠오와 슌스케가 〈도죠지의 두 사람〉을 출 때는 마치 슌스케가 악역인 듯한 구도가 되어버렸고, 객석에서 "탄바야!" 하고 외치는 환호는 전부 키쿠오를 향한 반면, 슌스케에게는 귀를 가리고 싶을 만큼의 야유까지 쏟아졌습니다.

그래도 두 사람은 무대 위에서 춤을 보여주는 것에 열중하느라 외야의 목소리 따위를 신경 쓸 겨를이 없습니다. 슌스케는 슌스케대로 반드시 키쿠오보다 잘 춰야 한다는 마음에 필사적이고, 키쿠오는 키쿠오대로 낮뿐만 아니라 밤에도 이쿠타 쇼자에몬과 씨름해야 합니다. 매일 무대가 끝나면 곧장 집으로 돌아가 마치 등뼈가 없는 사람처럼 축 늘어지고, 다시 아침이 오면 움직이지 않는 몸에 채찍질해 가며 극장에 나오는 것만으로도 벅찹니다.

덧붙이자면 이 기간 동안 키쿠오는 거의 매일 밤 같은 꿈을 꾸었는데, 이 꿈이야말로 이후의 배우 인생에서도 중요한 순간마다 반드시 꾸는 악몽이 됩니다.

그 꿈속에서는 막이 오를 때까지 시간이 얼마 남지 않았습니다. 15분 전을 알리는 종이 두 개 울리고, 곧이어 5분 전을 알리는 주변의 종소리도 울리기 시작합니다.

그런 가운데 키쿠오는 분장실에서 잔뜩 당황하고 있는데, 그도 그럴 것이 이제부터 연기할 배역의 대사를 전혀 외우지 못했기 때문입니다.

당연히 이제 와서 대사를 못 외웠다고 누구에게 털어놓을 수 있을까요? 그렇다고 뒤늦게 대본을 거칠게 펼쳐본들 외울 시간은 없습니다. 선배 배우는 이미 무대로 향하고 있습니다.

"아아, 안 돼. 진짜 망했어!"

가위에 눌려 땀범벅이 된 채로 눈뜨는 것이 그 꿈의 결말입니다.

키쿠오는 그런 꿈을 21일 동안 계속 꾸었습니다. 그런데 그런 극한 상태를 버텨낸 보람이 있게도, 21일간의 공연이 끝나고 나자 급하게 대역을 맡은 것을 고려해서인지 관객은 많이 들어오고 평론가도 극찬, 공연 마지막 날에는 '토이치로 붐, 온다!'라는 문구와 함께 토이치로가 표지를 장식한 주간지까지 발매된 것입니다.

마지막 날 밤에는 도쿄에서 치하하러 달려온 미츠토모의 우메키 사장에게 철판구이를 대접받은 후, 공연을 성공시킨 흥분 그대로 전세 차량을 타고 오사카 일주 드라이브에 나섰습니다.

"키쿠짱, 무사히 끝나서 다행이네."

전세 차량 안에서 슌스케가 진심을 담아 말하자…….

"진짜 다행이야……."

한숨을 쉬듯 중얼거리는 키쿠오였습니다.

그리고 다음 날 아침. 공복으로 눈을 뜬 키쿠오가 부엌으로 내려가자, 오세이가 공연을 무사히 마친 걸 축하한다는 듯이 호화로운 아침 식사로 맞이해줍니다.

"슌도령, 아직 안 일어났어요? 아침 먹고 병원 가서 선생님한테 보고하러 가자고 했는데."

빨간 테두리에 속은 하얀 꽃 어묵을 집어 먹은 키쿠오가…….

"……깨워올게요."

그렇게 말하며 슌스케의 방으로 향합니다.

"들어간다."

평소처럼 노크도 없이 문을 열지만, 방에 슌스케의 모습이 없습니다. 옆에 있는 화장실을 향해 말을 걸어보지만 거기서도 대답은 돌아오지 않았고, 그러다 바닥에 깔린 이불이 전혀 흐트러지지 않은 것이 이상하게 느껴졌습니다.
"슌도령?"
안으로 들어가니 베개 머리맡에 편지가 놓여 있습니다.

아버지께
찾지 말아 주십시오.
슌스케

편지를 읽자마자 키쿠오는 그대로 계단을 뛰어 내려간 다음 맨발로 현관 밖으로 나와 큰길을 둘러보지만, 이미 슌스케 모습은 보이지 않습니다.
발이 더러워진 채로 이번에는 다시 슌스케 방으로 뛰어 올라가서 벽장을 열어보니 순회공연 때 사용하던 여행용 가방이 어딘가로 사라졌습니다.
"사모님! 사모님!"
그렇게 소리를 질렀을 무렵엔 맨발로 현관을 드나드는 키쿠오를 이상하게 여긴 집안사람들이 모여 있었습니다.
"키쿠도령, 무, 무슨 일이야?"
겐키치가 묻자…….
"슌도령이 사라졌습니다……."
키쿠오가 내민 편지를 받은 것은 먼지떨이를 든 사치코였습니다. 바로 읽고 나더니 아무 말도 없이 어깨끈을 풀고 머릿수건을 벗습니다.

"괜찮다. 그 애는 괜찮다……."

기어들어 가는 목소리입니다.

"어, 어쨌든 경찰. 아니, 선생님이다. 선생님께 전화하자고요."

겐키치가 계단을 뛰어 내려가자…….

"내가 할게! 내가 건다!"

사치코가 뒤쫓아 내려가고, 그 뒤를 다른 하인들도 따랐기에 방에 덩그러니 남겨진 키쿠오는 아무도 없을 게 뻔한 이불 속을 무심코 들춰봅니다.

자, 이번 슌스케의 가출 소동은 저녁에 경찰에서 연락이 오면서 해프닝으로 끝났다고 보고할 수 있다면 좋았겠지만, 안타깝게도 실제로는 아무 연락도 오지 않은 채 며칠이 지나고, 몇 주가 지나고, 그대로 몇 년이 흘렀습니다. 그 무심한 세월이 사치코의 얼굴에 주름을 새기고 아름다운 검은 머리를 하얗게 물들여 갔습니다.

덧붙이자면 슌스케의 가출에는 단 하나의 단서가 있었습니다. 슌스케가 사라진 그날 아침에 어째서인지 하루에도 함께 자취를 감췄던 것입니다.

당시 하루에는 기타신치北新地에서도 유명한 클럽의 마담으로 올라섰는데, 슌스케도 키쿠오를 따라 몇 번이나 가게를 방문했습니다. 하지만 한심하게도 키쿠오는 두 사람 사이를 한 번도 의심해 본 적이 없었습니다.

제 7 장

출세어
(出世魚)

　미지근한 비가 도쿄 아카사카赤坂의 가로수를 적시고 있습니다. 이 근처에는 이른바 외국인을 겨냥한 세련된 디자인의 맨션이 들어서 있는데, 들기로는 종전 직후에는 언덕 위에 제퍼슨 하이츠로 불리는 미군 관사가 있었고, 인근에도 많은 미군 관계자가 살고 있었다고 합니다. 참고로 비에 젖은 가로수 길을 더 안쪽으로 들어가면 역도산이 사업주였던 걸로 유명한 리키 맨션도 있습니다.
　가로수를 주황색으로 비추는 가로등에 나방 한 마리가 계속 몸을 부딪칩니다. 가로등 바로 옆에 맨션 2층 베란다가 있고, 열린 창문 안쪽에서는 아까부터 요란한 마작패 소리가 새어 나오고 있습니다.
　"키쿠짱, 그냥 빨리 버려. 뜸 들인다고 결과가 달라지는 건 아니잖아?"

정면에 앉은 아카기 요코에게 재촉을 받으면서 버릴 패를 바라보는 사람은 여러분도 잘 알고 계신 키쿠오입니다.

"이거면 아무도 못 가져가겠지!"

"론!"

키쿠오가 내리친 버림패를 지체없이 주워간 것은 스모 선수인 아라카제세키荒風関였고, 그 굵은 손가락으로 패를 만지작거리며 짓는 회심의 미소는 오제키(大関: 스모 선수의 최고 등급인 요코즈나의 바로 아래 단계-옮긴이) 승급이 걸려 있던 지난달의 국기관国技館 정규 경기에서 패배했던 아쉬움을 씻어내듯 상쾌합니다.

"아— 키쿠짱, 오늘 밤은 이제 그만해야겠다. 뭘 해도 잘 안 풀리네."

의자에 책상다리로 앉은 아카기 요코의 무릎 위에서는 고양이가 지루한 듯 하품하고 있습니다. 이 아카기 요코는 연극 출신 영화배우로, 2년 전 NHK 드라마에 출연한 이후 그 요염한 매력으로 안방극장에서 인기를 누리고 있습니다.

"도련님도 운이 영 별로고, 이쯤에서 라면 배달이라도 시키는 게 어떨까?"

말을 꺼내자마자 마작 테이블에서 일어나 전화로 향한 것은 오늘 밤 계속 운이 좋은 토쿠지였는데, 배달 전화 하나로도 떠들썩합니다.

"……네, 그 언덕길 오른쪽에 있는 하얀 맨션이요. 파크하이츠 201호에 라면 네 그릇. 아, 아니, 다섯 그릇 주세요. 우리 집에 프로 스모 선수가 있거든요. 네? 뭔 소리예요. 왜 우리 엄마가 스모

섰습니까."

마작 테이블의 패를 헤집어놓은 아카기 요코가 고양이를 안고 베란다로 나가는 걸 보고 키쿠오도 자연스럽게 따라 나가자, 계속 비가 내린 울적한 밤공기 속에 땀으로 촉촉해진 목덜미가 농밀한 분위기를 자아냅니다.

"아라카제세키, 내일도 연습 아니야? 괜찮은 건가?"

"슬슬 제자가 데리러 오겠지. ……그것보다 키쿠짱은 괜찮은 거야? 내일 무대."

"나? 나는 아무렇지도 않아. 아라카제세키를 데려갈 사람이 오면 토쿠지도 돌려보내고, 난 여기서 자고 갈게."

"안돼. 오늘은 재워주지 않을 거야."

"왜?"

"그야 요새 키쿠짱은 이쪽에서 좋은 배역을 못 받는 화풀이겠지만, 침대에서도 난폭하기만 하고 전혀 섹시하지 않은걸."

"화풀이?"

"하, 본인은 모르고 있나 보네?"

요코가 장난삼아 키쿠오의 얼굴로 고양이를 가까이 가져가자 놀란 고양이가 그 얼굴을 긁으려고 합니다.

"손톱 좀 깎아!"

"어제 깎았는걸. 안 그래, 초코짱?"

"그럼 내가 다음에 다 뽑아버릴 거야."

"이거 봐. 짜증이 잔뜩 나서는. 도쿄에서 좋은 배역을 못 따내는 게 우리 잘못은 아니잖아? 안 그래, 초코짱?"

고양이에게 뺨을 비비며 요코가 방으로 돌아갔기에, 키쿠오가 이번엔 진짜 화풀이로 젖은 가로수 가지에서 잎을 뜯어냈습니다.

요코가 지적하지 않아도, 최근의 자신이 조바심을 내고 있다는 것도, 그 이유가 도쿄에서 자신에게 좋은 배역이 들어오지 않기 때문이라는 것도 잘 알고 있습니다.

생각해 보면 순풍에 돛을 단 듯한 배우 인생입니다. 3년 전, 오사카 나니와좌에서 한지로의 대역을 맡았던 〈소네자키 동반 자살〉의 오하츠 역할이 좋은 평가를 받은 후, 공연 마지막 날에 슌스케가 가출하는 대사건도 일어났습니다.

"그 애가 어떤 기분이었을지 생각하면, 네 잘못이 아니라는 건 알지만 네 얼굴은 이제 못 볼 것 같다."

당황하고 분노한 어머니 사치코는 우회적으로 인연을 끊겠다고 말을 했지만…….

"못 참겠다고 도망친 건 그 녀석이다. 키쿠오가 무슨 잘못을 했나."

한지로는 그런 말로 두둔해 주었습니다.

그래도 슌스케가 사라진 집에서 그대로 생활하는 것도 역시 마음이 불편해서, 한지로와 상의한 끝에 난바역 근처 맨션에서 작은 방을 빌려 심기일전하며 더욱 예술의 길에 정진하겠다는 결의를 다졌습니다. '미츠토모'의 우메키 사장도 그런 키쿠오를 지원해 주었고, 당시 손님이 없어 폐업 직전이던 오사카의 도톤보리자道頓堀座 극장을 마치 하나이 토이치로, 즉 키쿠오의 전속 극장처럼 만들어보기로 합니다. 하나이 토이치로를 중심으로 한 오사카 인기 배우 가부키라는 타이틀로 8월에는 〈소네자키 동반 자살〉과 〈처녀 도죠지〉, 9월에는 〈봉인 자르기封印切〉와 〈등나무 아가씨藤娘〉, 10월에는 〈아미지마의 동반 자살心中天網島〉, 〈교토 인형京人形〉까지 이례적인 3개월 연속 공연이었습니다. 치카마츠 몬자에몬의 작품과 여장 배우의 춤을 조합한 구성이었지만, 객관적으로 말해 키쿠오의 폭발적인 인기 따윈 어쩌다 운 좋게 생겨난 것에 불과합니다. 벼락치기 연습으로 연기와 춤을 보여줄 수밖에 없는 키쿠오의 무대에 첫 달에는 그룹사운드에서 유입된 팬들이 자리를 메워 큰 환호성이 나왔지만, 파도라는 것은 높으면 높을수록 빠지는 속도도 빠른 법입니다. 애초에 가부키 따윈 지루하게 생각하는 젊은 여성 팬들이라 다음 달 중반을 지날 무렵에는 빈자리가 눈에 띄기 시작했고, 그다음 달에는 예전의 지방 순회공연이 떠오를 만큼 객석이 한산한 날도 있었습니다. 열렬한 토이치로 팬들조차 그러하니 골수 가부키 팬들은 말할 필요도 없겠지요.

베테랑 가부키 배우 입장에서 보면, 키쿠오 따윈 아직 아마추어보다 조금 나은 수준입니다. 그런 배우가 중심 역할을 하는 무대라면 아무리 미츠토모 우메키 사장의 부탁이라도 출연하겠다는 사람이 있을 리 없지요. 그 결과, 불안정한 중심 배우를 주위에서 보조하는 게 더욱 불안정한 젊은 배우들이 되어버리면서, 액션 전문인 조연 배우 토쿠지조차 한두 개의 대사가 있는 배역을 맡았을 정도입니다.

그런 상황이다 보니 신문에 이런 신랄한 평론이 실리는 것도 당연했습니다.

'이번 달 오사카 도톤보리자에 갈 바에는 근처 중학교 학예회라

도 보러 가는 편이 낫다.'

한편, 키쿠오 입장에서도 내키지 않던 3개월 연속 공연이 끝나자, 미츠토모의 우메키 사장도 역시 생각을 고쳐먹은 것 같았습니다.

"시대가 이렇다 보니, 아무리 인기 배우의 재목이 나왔다고 해도 오사카에서 가부키를 부흥시키는 건 이제 어려울지도 모르겠군. 어떻습니까, 한지로씨. 토이치로를 도쿄에 보내는 건."

그런 우메키의 말에 당황한 것은 바로 한지로였습니다.

"사장님의 배려는 정말 감사하게 생각합니다. 하지만 지금 키쿠오를 도쿄에 보내면 틀림없이 망가질 겁니다. 아직 스무 살밖에 안 됐습니다. 갈 길이 멀지요. 굳이 지금 성급한 결정을 내려서 이 아이를 망칠 필요는 없지 않습니까?"

결국 이때 키쿠오의 도쿄행은 보류되었지만, 영화배우이기도 한 한지로의 견습생이 이 정도까지 인기를 얻으면 영화계도 내버려두지 않습니다.

그중에서도 한지로의 마음을 움직인 제안은 본인도 몇 작품 정도 출연한 적이 있는 나리타 게이스케 감독의 영화였는데, 베스트셀러로 등극한 사회파 미스터리 소설 《안개의 순례가巡禮歌》를 원작으로 삼았습니다. 이 영화의 범인 역에 키쿠오를 캐스팅하고 싶다는 이야기였습니다.

키쿠오 본인은 영화에 별로 관심이 없었지만, 도쿄행이 시기상조인 상황에 침체된 오사카에서 적은 가부키 공연에만 출연하는 건 감각이 둔해질 거라는 한지로의 권유로 출연을 결정하게 되었습니다.

영화 〈안개의 순례가〉에서는 범인 역의 키쿠오만 신인일 뿐, 사건을 쫓는 형사 역에 후타바 시로, 살인 사건이 일어나는 기슈의 산림왕을 다카오카 신, 그 아내를 교다 사치코, 그 세 딸을 다카다 게이코와 아베 도오코, 아카기 요코가 맡은 올스타 캐스팅이었습니다. 하지만 뚜껑을 열어보니 시대극이 특기인 나리타 감독의 연출이 현대극과는 맞지 않았는지 기대했던 만큼의 흥행 수입은 거두지 못했는데, 슬픈 출생의 비밀을 알고 살인까지 저지르게 되는 범인 역을 연기한 키쿠오가 제법 괜찮은 평가를 받아 이 해에만도 영화 세 편에서 서너 번째로 비중이 큰 역할을 맡아 출연하게 됩니다.

다만 영화 쪽에서는 운이 없었다고 해야 할까요. 어떤 역할이든 진지하게 연기하긴 했지만, 가부키 무대에 설 때마다 키쿠오를 황홀하게 하는 그 향냄새 같은 것을 영화 촬영소에서는 느낄 수 없었던 탓인지 출연작이 망해도 별로 슬프지도 않고, 스크린에서의 연기가 칭찬받아도 그렇게 기쁘지도 않은 어중간한 시기를 보내고 말았습니다.

한편, 그 무렵 키쿠오가 오사카에 온 뒤 거의 처음으로 한지로를 몹시 낙담시키는 일이 연달아 두 번이나 일어납니다.

그중 하나, 큰 소동은 잠시 뒤 아카기 요코 집에서의 마작 장면이 이어질 때까지 기다리셔야 할 것 같고, 우선 작은 소동에 관해 말씀드리자면 그 발단은 1,880,888엔이라는 운으로 가득한 금액이었던 마츠의 송금 통장에 관한 일입니다. 마음대로 쓰라고 한지로가 건네줬던 그 돈을, 놀랍게도 키쿠오는 고향에서 하녀가 된 마츠를 위해 사용하지 않았습니다. 한지로가 기가 막힐 수밖에 없는 게 중고지만 은색으로 반짝이는 스포츠카, 재규어를 사는 데 써버렸기 때문입니다.

이 오픈카를 타고 집에 온 키쿠오에게 한지로의 입에서 가장 먼저 흘러나온 것이 다음과 같은 말이었습니다.

"키쿠오, 나는 이제 널 포기했다. 이건 네가 건실한 사람이 되는 걸 이미 포기했다는 뜻이다. 무슨 말인지 알겠어?"

쉽게 말해, 너처럼 상식이 없는 인간이라도 받아주는 것은 이제 배우의 길밖에 없다는 의미였습니다.

다만, 키쿠오에게도 키쿠오 나름의 생각이 있어서, 고향에서 자신의 성공만을 기다리는 마츠를 이 차의 조수석에 태우고 자신이 출연하는 극장에 데려가 주고 싶었습니다. 그게 키쿠오가 생각하는 효도였던 거겠지요.

물론 일반적인 사람들의 시선으로 보면, 원래 살던 저택에서 하녀로 일하는 어머니를 오사카로 데려오는 일이 우선이겠지만, 어머니를 불러오는 것보다도 어머니가 입을 호화로운 기모노와 오사카 구경에 데리고 나갈 스포츠카를 먼저 준비해야 한다고 진심으로 생각하고 갑자기 실행에 옮기는 것이 키쿠오라고 하는 남자입니다.

자, 순서는 완전히 잘못되었지만, 누구보다 효심은 깊은 키쿠오. 스포츠카를 먼저 사긴 했어도 영화 출연 등으로 돈이 조금씩 들어오자, 우선은 한지로의 단골 가게에서 기모노를 맞춰 고향에 있는 마츠에게 보내며 당장이라도 오사카로 올라오라고 연락했지만……

"네가 보내준 돈으로 이쪽에 작은 셋집을 구했어. 그 집에서는 하녀 일도 그만뒀고, 조만간 어시장 근처에 작은 요릿집이라도 내려고 해. 너는 엄마 걱정은 하지 말고, 더 큰 배우가 되는 것만 생각하렴. 네가 보내준 기모노를 입고 네 스포츠카를 타고 엄마가 가야 할 곳은 도쿄의 가부키좌 극장이야. 그 가부키좌 극장에서 네가 주인공을 맡았을 때라고. 그때는 분명 저승에서 치요코 씨도 날 칭찬해 줄 거야. 아니, 칭찬을 받는 게 아니라 내가 치요코 씨한테 자랑할 거야."

그 말처럼 곤고로가 세웠던 집에서 나온 마츠는 어시장 근처에서 싱싱한 생선을 취급하는 요리음식점 '키쿠'를 오픈했습니다.

"아라쨩! 다음 달 나고야 대회, 첫날부터 이틀 연속으로 응원하러 갈게!"

제자의 차에 올라타려던 아라카제가 맨션 베란다에서 몸을 내민 아카기 요코를 올려다보며 작은 여성용 우산을 흔들어 보입니다.

"다음 달 나고야인가?"

요코 옆에서 똑같이 아라카제에게 손을 흔들던 키쿠오가 묻습니다.

"마침 나고야에서 촬영이 있거든."
"영화?"
"데라오카 고지라고 알아?"
"시인 아냐?"
"그 사람이 영화 찍는대."

"아, 무슨 역할인데?"

"에도시대 오이란이래."

"그럼 사극이네?"

"현대극. 특이하지?"

"정신 나갔네."

두 사람이 비 내리는 베란다에서 방으로 돌아가려는 순간, 베란다 아래에서······.

"도련님!"

아까 아라카제와 함께 돌아간 줄 알았던 토쿠지의 목소리입니다.

"······도련님 차 클러치 페달 교환했다. 잠깐 와서 확인해 봐."

"나중에 볼게."

키쿠오가 바로 거절하며 등을 돌리지만, 웬일로 토쿠지가 물고 늘어집니다.

"아, 잠깐이면 돼."

"뭔데, 대체?"

"와보면 알아."

아래를 내려다보니 빗속에서 토쿠지가 말없이 손짓하고 있는데, 요코는 이미 방으로 돌아갔기에 작은 소리로 물어봅니다.

"뭔데?"

"오, 카, 자, 키, 에 관한 일이다."

토쿠지도 목소리를 죽이며 교토의 지명을 언급합니다. 키쿠오가 바로 바뀝니다.

"저기, 밑에서 잠깐 차 좀 보고 올게."

현관까지는 느긋하게 나가는 척하다가 바로 걸음이 빨라집니다. 계단 밑에서는 토쿠지가 기다리고 있습니다,

"내일이 아야노 생일이야. 도련님, 잊고 있었지?"

듣고 보니 맞는 말입니다.

"맞다. 어쩌지?"

"일단, 지금 저기 공중전화에서 후지코마한테 전화만이라도 해주는 게 좋겠다. '내일이 아야노 생일이지? 같이 못 있어 줘서 미안하다'라고만 해. 그것만으로도 후지코마는 기뻐할 거야."

"그럴까."

"나머지는 이 토쿠지가 어떻게든 할게."

"어떻게 하려고?"

"어차피 내일은 선생님 일 때문에 오사카로 돌아가야 하니까, 중간에 교토에 들러서 도련님이 보냈다고 하면서 아야노한테 생일 선물을 전해주려고."

"그래? 고맙다."

"두 살짜리 여자애한테 무슨 선물이 좋을까?"

"그게 문제네. 여자애인데 봉제 인형도 내팽개치고, 바비 인형 같은 건 발로 깔아뭉갠대."

"그러네. 그럼 반대로 미니카 같은 게 나으려나?"

"어쨌든 밖에서 노는 걸 좋아한대. 아, 애들 타고 다니는 자그만한 자동차 같은 거 있어. 그걸 사가면 되겠다."

"그 발로 밀어서 달리게 하는 거? 정말 말괄량이네."

말은 그렇게 해도, 토쿠지는 아야노가 너무 귀여워 견딜 수 없

었기에, 이미 머릿속으로는 그 차를 밀어주는 자기 모습을 상상하고 있습니다.

자, 어느새 뭐가 어떻게 된 건가 걱정하시는 분도 계실 테니까 조금만 설명드리자면, 키쿠오가 처음 기온 거리의 요정에 갔던 것이 열여섯 살쯤이었고 후지코마라는 견습 게이샤와 가까워져 어느새 소꿉놀이 같은 연애를 하고 있었습니다. 하지만 한쪽은 오사카에서 배우 수업을 받는 신세고 한쪽은 교토의 견습 게이샤. 학교 다니랴 연습하랴 좀처럼 데이트할 시간도 없었지만, 좋아하는 사이일수록 만날 수 없다고 생각하면 더 보고 싶어지는 법입니다. 그저 잠깐 얼굴이라도 보고 싶은 마음에 키쿠오는 교토로, 후지코마는 오사카로 틈날 때마다 오갔습니다.

그러는 사이, 두 사람이 폰토초先斗町의 공원에서 배드민턴을 치거나 히에이比叡산에 있는 귀신의 집에 놀러 다닌다는 소문이 환락가나 요정의 여주인들은 물론이고 기온 거리 주변까지 쫙 퍼지게 됩니다. 그래서 키쿠오가 후지코마를 바래다주러 오면 '모처럼 왔으니까, 그렇게 서둘러 돌아가지 말고 주스라도 마시다 가요'라며 여주인이 요정 안으로 들여보냈고, 시간이 될 때는 후지코마가, 후지코마가 바쁘면 다른 게이샤인 후쿠하루 등이 시중을 들었는데, 물론 화대도 가끔은 겐키치를 통해 한지로의 계좌에서 지불했지만, 대부분은 후지코마나 후쿠하루를 하루 쉬는 걸로 해서 사적인 만남처럼 공짜로 놀았습니다.

물론 자유롭게 쓸 수 있는 돈은 거의 없던 시절이지만, 그 유명한 하나이 한지로의 총애를 받는 견습생이기도 했고 요정 여주인중에는 연극을 좋아해서 배우를 후원하는 경우도 많아서, 이른바 '기한 없는 외상'을 받아주다가 금액이 많이 쌓이면 생일이나 순회 공연 성공을 축하하는 선물로 그것을 탕감해 주는 대범한 동네였습니다.

그러는 사이에 후지코마도 견습 딱지를 떼고 정식 게이샤로 올라갔고, 헤이안 신궁에 가까운 오카자키에 방을 구하면서 키쿠오도 교토에 올 때는 반드시 그곳에 머무는 반동거 생활이 시작되었습니다.

그런 후지코마가 키쿠오의 아이를 낳았던 것이 마침 키쿠오가 한지로의 대역으로 〈소네자키 동반 자살〉의 오하츠 역을 맡아 큰 인기를 끈 직후였습니다. 만약 이 시기가 겹치지 않았다면 두 사람이 부부가 될 수도 있었겠지만, 미츠토모의 우메키 사장과 한지로가 이 시기에 결혼이라니 말도 안 된다며 크게 반대한 데다가 아이를 낳아도 게이샤를 그만둘 생각이 없는 후지코마가 결혼에는 큰 관심이 없기도 해서, 그렇다면 다행이라는 듯한 주위의 권유로 아이를 호적에 올리는 것으로 그쳤습니다.

한편, 이 후지코마의 임신 소동 속에서 두 사람을 누구보다 잘 챙겨준 사람이 실은 사치코였습니다.

슌스케의 갑작스러운 가출 이후, 미워하려고만 하면 얼마든지 미워했을 키쿠오의 출연 무대를 위해 첫날에는 극장 입구에 서서 후원자들에게 인사한 것도 바로 그녀였습니다. 키쿠오가 혼자 살기 시작하자, 남자 혼자 살다 보면 집 안이 엉망이 될 테고 가부키 배우한테 집안 살림에 익숙한 분위기가 나면 연애물의 유약한 도

런님 역할 같은 걸 할 수 없게 된다며 집사인 오세이를 자주 보내 주기도 했고요. 게다가 임신한 후지코마를 책임지고 돌보겠다고 나서서, 아야노가 무사히 태어나고 후지코마의 산후조리가 끝날 때까지 오사카 자택에 머물게 하며 정성껏 돌봐주었습니다.

"남자 놈들이란, 이놈이고 저놈이고 다 책임감 없고 근성도 없는 바보들이다. 하지만 태어날 아이한테 무슨 잘못이 있겠니."

사치코는 입버릇처럼 그렇게 말했다고 합니다.

한번 그쳤던 비가 다시 부슬부슬 거리의 가로수를 적시고 있습니다. 열어젖힌 창밖에서는 축축한 흙냄새가 납니다. 먼저 침대에 누워 천장을 바라보고 있는 것은 키쿠오였고, 욕실에서 요코가 샤워하는 소리와 아카사카의 가로수를 적시는 빗소리를 태평하게 들으며 떠올린 것은, 처음 만난 무렵의 후지코마와 그 후지코마를 돌봐준 사치코였습니다.

어느새 샤워 소리만 그친 것을 알아챈 것은 바로 그때였고, 키쿠오는 별생각 없이 머리맡 선반에 손을 뻗어, 언제나 요코가 사용하는 향수병 냄새를 맡아봅니다.

김을 풍기며 나온 요코는 목욕 타월 한 장만 두른 채 젖은 목덜미가 달아올라 있습니다.

"저기, 여장 배우 남자는 말이야……."

화장대 거울로 마주친 요코의 눈빛이 어딘가 도전적입니다.

그리고 요코가 뜸을 들이듯 말을 멈추자…….

"여장 배우 남자가 왜?"

키쿠오는 만지작거리던 향수병 뚜껑을 열며 대꾸합니다.

"여장 배우는 무대에서 내려온 뒤에도 자기가 여자라는 느낌이 남아 있는 건가 궁금해져서."

장난스러운 말투이지만 그 눈빛만은 진지하기 그지없습니다.

"남자를 좋아해 본 적이 있냐고 묻는 거라면, 없어. 전혀 없어. 분명히 말해두는데, 그런 발상은 저기 중학교 다니는 애들 수준이다. 슌도령도 중학교까지는 그런 식으로 같은 반 애들이 놀렸다더라. 나랑 같은 학교에 다니게 된 뒤로는, 그런 놈이 있으면 둘이서 마구 패줬지만."

"잠깐…… 키쿠짱, 화난 거야?"

자기 말투에 분노가 섞인 것을 키쿠오도 자각하고는 있었지만…….

"내가 왜? 화난 거 아니야. 내가 왜 화를 내겠어?"

"거봐, 화났네."

"아, 화 안 났다니까……."

다음 순간입니다. 갑자기 몸을 일으킨 요코가 몸에 걸쳤던 목욕 타월을 휙 벗어 던지더니…….

"내가 중학생처럼 보여?"

실오라기 한 장 걸치지 않은 촉촉한 몸을 들이댑니다.

"……놀린 건 아냐. 그냥, 조금 궁금했을 뿐이야. 나도 키쿠짱을 정복할 수 있을까 하고."

"못 한다, 못 해."

천천히 침대 위를 기어 오는 요코의 유방은 풍만했고, 키쿠오는 무심결에 향수병을 고쳐 잡습니다.

"……있잖아, 오늘 밤만이라도 좋으니까 내가 시키는 대로 해. 그러면 내가 항상 키쿠짱이 나한테 해줬으면 하는 걸 내가 키쿠짱에게 해줄게."

코를 맞대는 요코를 키쿠오가 말없이 바라봅니다.

"……그래도 돼? 가만히 있어 줄 거야?"

"싫다니까 그러네."

도망치려던 키쿠오의 입술을 요코가 손가락으로 슬쩍 누릅니다.

"걱정하지 않아도 괜찮아. 키쿠짱이 남자 중의 남자라는 건, 내가 제일 잘 아니까. 그러니까 아무 걱정 말고 가만히 있기만 하면 돼."

"아, 싫다고. 간지럽다니까."

눈꺼풀에 닿는 요코의 숨결에서 벗어나려고 얼굴을 호들갑스럽게 흔드는 키쿠오는 마치 어린아이 같습니다.

"에휴, 정말 섹시하지 못하다니까."

포기했다는 듯이 요코가 이불 속으로 파고듭니다.

"무대에서 죽을 만큼 요염해 보여야 한다. 무대 밖에서까지 섹시할 여유가 어딨겠냐."

키쿠오의 농담에 헛웃음을 짓는 요코가 머리맡에 손을 뻗어 담배를 물더니, 불을 붙여달라고 재촉합니다.

순순히 라이터로 불을 붙이면서…….

"그런데 뭐야? 내가 해줬으면 하는 게."

키쿠오가 유방을 간지럽히자, 요코의 웃음소리가 활짝 열린 창문을 통해 추적추적 비가 내리는 아카사카의 밤에 스며듭니다.

요코의 젖가슴을 만지작거리던 키쿠오는 문득 한숨을 쉬며 몸을 대자로 뻗고는, 천장을 향해 엉뚱한 말을 중얼거립니다.

"양자로 들어가면 바로 상황이 바뀔 거라고, 또 그러더라."

"누가?"

"미츠토모의 간부. ……뭐, 나도 그걸 왜 모르겠냐고."

"한지로 씨는 뭐라고 하시는데?"

"글쎄, 특별히 아무 말도 없으셔."

미츠토모의 우메키 사장이 한지로에게 키쿠오를 양자로 삼는 게 어떠냐는 말을 한 지 벌써 반 년 정도 지났습니다. 나아가서 한지로가 탄바야의 대표적인 이름인 '하나이 백호'를 이어받는 대신 한지로라는 이름을 키쿠오에게 양보하는 게 어떠냐는 제안이었지요.

하나이 백호라고 하면, 메이지 시대 초기에 활약한 3대손 백호 이후로 단절된 탄바야의 대표적 이름입니다. 이 집안에서 태어난 한지로에게는 당연히 애착이 있는 이름이지만, 이 제안을 받아들인다는 것은 가출한 지 3년이 된 슌스케의 배우 인생을 완전히 단념한다는 의미기도 했습니다.

"키쿠짱도 부탁해 보는 게 어때?"

요코가 침대에 올라온 고양이 초코를 가볍게 들어 키쿠오의 배 위에 올려놓습니다.

"뭘?"

"그러니까, 양자로 받아달라고."

"말할 수 있을까? 선생님도 지금 그런 상태인데."

"한지로 씨 마음 말고, 키쿠짱은 어떤데? 양자로 들어가서 더 좋은 배역을 받고 싶은 거잖아?"

"그야, 나도……. 하지만 나는 아직 슌도령이 돌아오는 걸 기다리고 있어."

"또 그런 거짓말을 하네."

어이가 없다는 듯 침대에서 나온 요코가 부엌에서 냉장고를 열고 시원한 보리차를 마십니다. 그 엉덩이를 바라보면서…….

"거짓말일까? 거짓말은 아니지 않나?"

키쿠오는 배 위의 고양이에게 물어보았습니다.

물론 자취를 감춘 지 3년이나 되었으니까 자살이라는 최악의 결말도 생각하지 않는 건 아니지만, 함께 도망친 사람은 그가 잘 아는 하루에입니다. 어째서인지 키쿠오는 그 점에 관해서만은 묘하게 자신이 있었습니다.

"위로하려고 하는 말이 아닙니다. 하루에가 같이 있으면 절대 슌도령을 죽게 하진 않을 겁니다."

사치코가 슬퍼할 때마다 줄곧 그런 말로 위로해 왔습니다.

"다음 달 나고야 대회, 나도 아라카제를 응원하러 가볼까?"

부엌에 선 요코에게 말을 걸었습니다.

"왜 갑자기?"

"특별한 건 아니고. 왠지 갑자기 큰 소리로 누군가를 응원하고 싶어졌어."

그리고, 다시 배 위의 초코에게 이렇게 묻는 키쿠오입니다.

"……이건 거짓말 아니지?"

"아주 살짝, 더 앞쪽으로."

신바시新橋 연무장의 분장실에서 가발 담당자의 도움으로 가발을 붙이고 있는 것은 〈스가와라 전수 배움의 귀감〉의 마츠오마루로 분장한 하나이 한지로였고, 화장대에 얼굴을 가까이 대고 한 번 크게 눈썹을 치켜올립니다.

"그럼, 가볼까?"

씩씩하게 일어선 마츠오마루가 몸에 걸친 것은, 쿠로린즈 유키모치마츠黒綸子雪持松와 타카누이키츠케鷹繡着き付, 즉 눈 쌓인 소나무를 장식한 기모노로, 이 '유키모치'의 의상은 본심을 숨기고 끝까지 참아내겠다는 결의의 표현입니다.

한지로가 방석 위에 서자마자 앞으로 다가온 키쿠오가 한지로의 두 손을 잡고······.

"그럼, 앞으로 가겠습니다."

본인은 뒷걸음질을 치며 한지로를 안내합니다.

"한 단 내려가면, 짚신입니다."

앞이 전혀 보이지 않는 건 아니지만, 한지로도 키쿠오의 말을 완전히 믿고 있는 듯이 발밑도 보지 않고 분장실에서 한 단 내려가 짚신을 찾는 발끝에 옆에서 겐키치가 끈을 맞춰줍니다.

복도로 나오자마자 한지로가 심한 기침을 하는데, 이것은 이제부터 연기할 마츠오마루의 연기를 확인한 것이기 때문에, 그 마른 기침 소리를 들으면서 키쿠오는 다시 무대 옆까지 한지로를 안내했습니다.

원래부터 당뇨기가 있던 한지로가 가벼운 녹내장 진단을 받은 것은 마침 교통사고 골절로 입원하면서 검사를 받았을 때였습니다. 증상이 가볍기도 했고 당장은 슌스케의 가출이 걱정되어 그대로 내버려둔 것이 화를 불렀는지, 어느새 복귀한 무대 위에서 어제까지 보이던 맹장지의 무늬가 보이지 않고, 어제까지는 보이던 발밑의 높낮이가 보이지 않게 되었습니다.

그래도 당분간은 아직 시야가 뿌옇게 되는 정도라 이때 무대를 하차해서라도 치료에 전념해야 했는데, 당연히 한지로의 사전에 하차라는 말은 있을 수 없습니다.

교통사고 골절로 몇 달이나 무대를 쉬었기에 복귀 후에는 오사카의 나니와좌, 교토 미야코좌, 도쿄 가부키좌에서 초청을 받아 석 달 연속으로 중요한 배역을 맡게 되었습니다. 눈 상태가 점점 나빠지고 있다는 걸 알았지만 무대에 서는 순간부터는 한지로가 사라지고 그 배역만 존재할 뿐입니다. 한지로의 눈으로는 보이지 않던 것이, 이상하게도 각 배역의 눈에는 많은 것들이 보였기에 계속 방치. 그 결과 새해가 밝았을 때는 손에 들고 있는 정월 음식을 젓가락으로 집을 수 없었습니다.

"여보. 요새 아무래도 눈이 안 좋은 것 같아."

황급히 병원에 데려갔을 때는 이미 손쓸 도리가 없는 상태였습니다.

"선생님, 마지막으로 살짝 한 계단 올라가면 거울 앞입니다. 아시겠지요?"

유카타 차림으로 한지로의 손을 끄는 키쿠오의 모습은 이미 분장실의 일상 풍경이 되었기에 두 사람이 가까이 오면 누구나 길을 비켜줍니다.

배경 그림 너머의 무대에서는 촌장의 집으로 불려간 타케베 겐조가 자기 서당에 숨겨주고 있던 스가와라 승상菅丞相의 아들, 스가와라 수재菅秀才의 목을 베라는 명령을 받고 아무 항의도 못 한 채 집으로 돌아옵니다.

"핏줄보다 자라난 환경이 더 중요하다고 하는데, 번화한 도읍을 벗어나 산골에서 자라난 자식들뿐이니 쓸모가 없구나."

한지로가 연기하는 마츠오마루가 등장하려면 15분 정도 남았지만, 눈이 불편하기도 해서 항상 무대 뒤에 일찍 와 있었습니다.

"선생님, 물입니다."

키쿠오가 유리잔에 빨대를 꽂아 내밀자 입가의 화장이 지워지지 않도록 입에 문 한지로가 힘껏 빨아들였고, 마지막에 공기 빨아들이는 소리가 나지 않도록 거의 다 마셨을 때 유리잔을 재빨리 거두었습니다.

"키쿠오야."

한지로가 그의 손을 강하게 잡습니다.

"좀 더 마시고 싶으세요?"

그렇게 묻는 키쿠오의 손을 한지로가 더 끌어당겨 얼굴에 갖다 댑니다.

"키쿠오야. 많이 생각해 봤는데 말이다. 아직 이렇게라도 흐릿하게 눈이 보일 때 마지막으로 큰일을 해야 할 것 같구나."

순간 무슨 이야기인지 몰라 키쿠오가 되물으려 하자…….

"……이름을 물려받는 문제 말이다. 나는 '하나이 백호'가 될 거야. 그러니까 너도 '하나이 한지로'를 물려받아라."

너무 갑작스러워서 키쿠오는 허둥댈 뿐이었고, 어떻게 대답해야 좋을지 몰라 무심결에 이런 말이 흘러나왔습니다.

"그러면 슌도령이……."

그때 "슬슬 무대 옆으로 와주십시오"라는 말을 듣고 일어선 한지로가 그저 키쿠오의 손을 꽉 잡습니다.

친아들을 걱정하지 않는 부모는 없습니다. 걱정하면서도 내린 결정이었습니다.

"선생님……."

저도 모르게 그 손을 강하게 맞잡는 키쿠오였습니다.

자, 이쪽에서 한지로가 마츠오마루를 연기하는 이번 무대 〈스가와라 전수 배움의 귀감〉의 '서당' 줄거리를 조금 소개하고자 합니다.

때는 다이고 텐노가 다스리던 시대. 서당을 운영하는 타케베 겐조와 도나미 부부는 한때 주인으로 섬겼지만, 지금은 다자이후太宰府로 유배된 스가와라노 미치자네의 아들, 스가와라 수재를 자식인 척 데리고 있습니다. 하지만 그 일을 신고당해 촌장의 집으로 불려갑니다. 그러던 차에 치요라는 여자가 나타나 코타로라는 아들을 서당에 맡기고 사라집니다. 그때 촌장의 집에서 겐조가 돌아오는데, 스가와라 수재의 목을 치라는 명령에 뾰족한 방법이 없어 비통한 표정. 하지만 마음속으로는 충의를 위해 서당의 아이 중 한 명을 대신 죽이려고 생각했지만, 다시 보면 모든 아이가 산골 출신이라 스가와라 수재를 대신할 수는 없습니다. 바로 그때 도나미가 방금 서당에 맡겨진 코타로를 데려옵니다.

코타로를 본 겐조는 고위층 자제로 손색이 없는 그 용모에 이 아이를 대신 죽일 수밖에 없다고 도나미에게 말하는데, 아무리 충의를 위해서라고는 해도 친자식이나 마찬가지인 아이 중 하나를 죽여야만 하는 가신家臣의 가혹한 운명을 함께 한탄합니다.

그때 스가와라 수재를 찾아 가마를 타고 등장하는 것이 한지로가 연기하는 마츠오마루입니다. 이 마츠오마루는 지금 후지와라노 시헤이를 섬기고 있지만, 원래는 다자이후로 유배된 스가와라 승상 가신의 아들. 그래서 스가와라 수재의 얼굴을 알고 있어서 얼굴을 확인하라는 명령을 받고 찾아온 것입니다.

마츠오마루는 서당 문간에 서서 서당 아이들의 얼굴을 한 사람 한 사람 확인하는데, 그중에 스가와라 수재는 없습니다. 그래서 집 안에 들어가 겐조에게 머리를 내놓으라고 명령합니다. 각오를 굳힌 겐조는 안쪽 방으로 들어가 이윽고 머리가 든 통을 들고 나옵니다. 물론, 그 안에 들어 있는 것은 수재를 대신해 죽은 코타로의 목. 포졸들이 겐조 부부를 둘러싼 가운데, 머리 확인을 시작한 마츠오마루가 과연 이것은 스가와라 수재의 목임을 확인하고 물러갑니다.

겐조 부부가 한숨 돌리고 있을 때, 코타로의 어머니 치요가 아들을 데리러 옵니다. 겐조는 치요의 빈틈을 노려 칼로 공격하지만, 치요는 손궤 뚜껑으로 그 칼을 막아내며 말합니다.

"우리 아이가 도움이 되었습니까?"

그 말에 겐조가 의아해하는 차에 다시 나타난 것이 마츠오마루입니다. 이야기를 들어보면 두 사람은 부부였고, 그들의 아끼는 아들이 코타로였다고 합니다.

마츠오마루는 지금 시헤이를 섬기는 몸이면서도 은혜를 입은 스가와라 승상에게 보답하기 위해 겐조의 됨됨이를 확인한 후, 대신 죽을 아이로 자기 자식 코타로를 내주었던 것입니다.

서로 충의를 위해서라고는 하지만 너무나 가혹한 운명. 어른들의 사정을 전부 이해하고 결연히 몸을 바친 코타로의 최후를 겐조가 말해주자, 일동은 슬프게 흐느낍니다.

초여름 햇살에 푸르른 소나무 가지를 정리하던 정원사가 인사합니다.

"어, 키쿠도령, 웬일이야?"

키쿠오가 한지로 저택의 현관으로 들어서자, 이번에는 집사 오세이도 신기해합니다.

"어머, 별일이네. 키쿠도령, 무슨 일로 왔어?"

"뭘 그렇게 신기해합니까. 우에노에 온 판다도 아니고."

신발을 벗고 사치코를 찾습니다.

"사모님은요? 2시까지 오라고 하셨는데."

"교습장에 계신다."

오세이가 쥐 죽은 듯 고요한 복도 안쪽을 돌아봅니다.

"물양갱 있는데 갖다줄까?"

오세이의 배려를 평소 같았으면 바로 받아들였을 테지만, 오늘만큼은 사치코의 상태를 확인하는 게 먼저였습니다.

"됐습니다. 돌아가면서 부엌에 들를게요."

복도를 걸어가면 원래부터 이랬던 건지, 아니면 오랜만에 돌아와서인지 녹슨 창틀의 홈이나 복도의 삐걱거림이 몹시 신경 쓰입니다.

교습장의 장지문을 열자 툇마루에 내놓은 좌식 의자에 앉은 사치코 뒷모습이 보입니다.

"키쿠오입니다."

말을 걸자, 요 몇 년 사이에 부쩍 흰머리가 늘어난 사치코가 돌아봅니다.

"오느라 더웠지? 물양갱 있어."

"저는 괜찮은데, 받아올까요?"

"네가 괜찮으면 나도 필요 없다."

왠지 목소리에 날이 서 있어서 키쿠오가 쉽사리 다가가지 못하자…….

"거기서 뭘 구경하고 있어? 우에노 동물원 판다도 아니고."

물론 모자지간은 아니지만, 오랫동안 한솥밥을 먹는다는 게 이런 것이겠지요.

"……뭐, 이것저것 생각하다 보니 화가 나서 말이다. 이젠 짜증을 부리고 싶을 만큼 화가 난다."

키쿠오가 앞에 앉자마자 사치코가 언성을 높입니다.

"……계속 참으면 내 속이 터질 것 같아서, 전부 솔직히 말해야겠다. 이렇게 화가 나는 원인을 한번 따져보면, 전부 너 때문이다. 네가 우리 집에 오지만 않았어도 모든 게 순리대로 됐을 거 아니니."

슌스케가 가출한 이후로 기분이 좋지 않은 사치코를 본 적이 없다면 거짓말이지만, 그래도 그 분노는 본심을 감추고 있긴 해도 키쿠오가 아니라 도망친 아들 슌스케와 아들의 재능을 단념한 남편 한지로를 향하고 있었습니다. 그런데 이번만큼은 굳이 전화로 불러내서 안부 인사를 할 틈도 주지 않고 비난 세례입니다.

"……나는 정말로, 너무 화가 난다. 이 하얀 머리를 다 쥐어뜯고, 고양이처럼 기둥을 긁고, 개처럼 짖고 싶을 만큼 속이 부글부글 끓는다. 너도 알지? '한지로'라는 이름은 슌스케한테 최후의 보루다. 확실히 지금은 행방불명이어도, 이 이름이 있느냐 없느냐에 따라서 모든 게 달라지는 거야. 그런데 그 최후의 보루까지 그 사람은 너한테 주겠다고 하는 거야. 미츠토모의 우메키 씨는 기뻐서 아주 난리가 났겠지."

감정이 상당히 고조되었는지, 발성과 호흡의 타이밍이 맞지 않아 거의 헐떡이는 것만 같습니다.

"……너, 사퇴해."

그런 사치코가 갑자기 노려보자 키쿠오는 무심결에 고개를 깊이 숙입니다.

"……못 들었니? 사퇴해. 너한테 그 정도 보답은 받을 수 있을 만큼은 은혜를 베풀었잖아. 그리고 슌도령을 위한 일이다. 너도 슌도령이 밉지는 않잖아? 너한테는 아직 많은 것들이 남아 있을지도 모른다. 하지만, 슌도령한테는……"

자기도 모르게 터져 나올 뻔한 오열을 사치코가 어금니를 악물며 참아냅니다.

"사모님……. 잘 알겠습니다. 이제 그렇게 괴로워하지 마세요. ……사퇴하겠습니다. 선생님께도 확실히 그렇게 말씀드릴게요."

사치코가 할 말이 있다며 전화로 불러냈을 때부터 어렴풋이 알고는 있었습니다. 그리고 그것을 예감했다는 것은 '하나이 한지로'라는 이름을 계승해야 할 사람이 자신은 아니라는 걸 알고 있었다는 증거겠지요.

다만 사퇴하겠다고 말하는 순간, 무엇에 대한 억울함인지 무척 씁쓸한 감정이 목구멍을 기어 올라오는 것만 같았습니다.

정원사가 소나무 가지를 자르는 가위 소리가 장마철의 맑은 날씨에 넓게 울려 퍼지고 있습니다.

"진짜 한심하다……."

고개를 들면, 맑은 하늘에서 그 가위 소리를 찾는 듯한 사치코의 옆모습이 보입니다.

"……배우란 건 참말로 한심한 생물이야. 우리 남편은 이미 저런 몸이다. 네가 돕지 않으면 무대에도 못 나간다. 그런데도 그렇게 '백호'가 되고 싶단다. 제 자식 인생을 짓밟고서라도 하나이 백호로 무대에 서고 싶단다. 진짜 어이가 없어. 너도 너다. 슌도령 걸 아무렇지도 않게 뺏어가고. 치사하다. 게다가 슌도령도 슌도령이다. 계속 모든 게 자기중심으로 돌아가다가, 거기서 밀려나자마자 도망치기나 하고. 지는 것도 인정 못 하고 도망친다는 게 진짜 한심해."

마지막 말은 거의 내뱉듯 하며 그대로 노려보듯 정원의 조릿대 잎을 바라보는 사치코였습니다.

"그럼……."

사치코가 전혀 움직이지 않는 걸 보고 키쿠오가 나가려고 하자…….

"기다려."

사치코가 불러 세웁니다.

"……너, 여기 다시 들어와서 살아. 방도 그대로 있고. 따로 살면 이래저래 귀찮지 않니."

"귀찮다니요?"

"너, 그럼 이름을 물려받는 게 그리 간단한 일인 줄 알았니. 그것도 한꺼번에 둘씩이나 해야 하는데. 따로따로 살면 연락 한번 하기도 성가셔. 2층에 살면 계단만 올라가면 금방이잖아."

"그래도, 사모님……."

"이제 각오했다. 나는 그 한심한 배우들의 아내고, 엄마고, 사모다. 여기까지 왔는데, 더 못 할 게 뭐 있겠니."

맑은 하늘에 가위 소리가 또 울려 퍼집니다.

"그럼, 동양 호텔로 가주세요."

예명 세습 인사차 방문한 일본 화가의 저택을 뒤로하고 전세 차량의 조수석에 올라탄 기모노 차림의 사치코는 이미 뒷좌석에서 예식용 기모노 차림으로 앉아 있는 키쿠오와 한지로를 돌아봅니다.

"둘 다 거기서 지쳐 있을 틈이 없어. 지금부터 텔레비전 카메라가 들어오는 격려회라고. 정신 똑바로 차려."

그렇게 말하면서 본인은 손거울을 들고 화장을 고칩니다.

이날은 아침부터 후원자들에게 예명 세습 인사를 분 단위로 돌아다녔고, 세 명이 탄 전세 차량 뒤에서는 겐키치가 운전하는 경트럭이 뒤따랐습니다. 짐칸에 쌓인 선물용 한텐(半纏: 겨울에 걸쳐 입는 짧은 겉옷-옮긴이)과 수건 등도 서서히 줄어들고 있습니다.

"여보, 격려회 일정은 괜찮은 거 맞아?"

립스틱을 고쳐 바른 사치코가 확인하자…….

"아, 네. 지금 말씀드릴게요."

키쿠오가 식순이 적힌 종이를 황급히 꺼내며 대답합니다.

"으음…… 어? 사모님, 처음에 개막 선언하는 츠다 이치로 선생님이 누굽니까?"

"국회의원 선생님이다. 지역구가 규슈라 츠지무라 씨가 소개해 줬다."

키쿠오가 펼친 식순에 따르면 '개막 선언' 다음은 '발기인 인사 츠지무라 흥산 대표이사 사장 츠지무라 마사키'로 되어 있습니다.

"……기사님, 저기서 왼쪽으로 들어가는 게 빨라요. 지금 우메다 역 근처가 공사 중이라 돌아갈 수가 없어요."

길을 안내하는 사치코 뒤에서는 키쿠오가 격려회장으로 들어가는 출입구를 한지로에게 설명하고 있었는데, 제대로 보이는 건지 모를 그 시선은 창밖을 흘러가는 미도스지의 풍경에 쏠려 있습니다.

시력이 나빠지고 난 뒤에 한지로의 청각이 몹시 예민해진 것을 사치코는 눈치채고 있었고, 오늘 아침에도 식사 뒤에 가만히 정원을 바라보는 그에게 뭐가 보이냐고 묻자…….

"조릿대 잎 소리를 듣고 있었지."

그 말을 듣고 귀를 기울이자 확실히 시원한 소리가 들려왔습니다.

한편, 동양 호텔은 만국박람회 개최 기간에 각국 관계자가 숙박한 오사카의 세 호텔 중 한 곳. 거기서 가장 큰 연회장을 빌린 '하나이 한지로와 하나이 토이치로를 격려하는 모임'은 정말 성대한 행사였고, 참석자만 봐도 츠다 이치로를 필두로 국회의원, 부府의회 의원, 다카라즈카 가극단을 비롯한 간사이 지역 연예계 중진들은 물론이고 제과 회사나 화장품 회사 등의 경영자들도 전부 참가한 간사이 사교계나 다름없었습니다.

"키쿠오! 잠깐 이리 와봐라!"

그런 가운데 누구보다도 큰 목소리를 내며 행사를 주도하는 사람이 츠지무라였고, 중요한 사람과 마주칠 때마다 바로 키쿠오를 불렀기에 키쿠오는 그때마다 잡고 있던 한지로의 손을 놓고 츠지무라에게 달려가야 했습니다.

"……키쿠오, 이분이 츠다 이치로 선생님이셔. 내가 많이 신세진 분이니까, 자, 제대로 인사해."

거칠게 머리를 붙잡힌 키쿠오도 깊이 허리를 숙입니다.

"바쁘실 텐데 와주셔서 감사합니다."

"호오, 역시 젊은 여장 배우는 좀 요염하구먼."

이 츠다 이치로는 야쿠자인 츠지무라와 다를 바 없이 위험한 분위기를 풍겼는데, 그도 그럴 것이 원래는 지쿠호 지방의 탄광 노동자를 관리하던 알선업자의 아들로 배운 것 없이 무식하면서도 일 처리에 빈틈이 없었습니다. 젊은 나이에 명문가 국회의원의 비서가 되어 구린 일을 도맡아 하다가, 어느 틈엔가 주인에게 반기를 들고 지지 기반, 간판, 가방, 이른바 세 개를 빼앗은 남자입니다.

"아까 들어보니 이번 가부키좌의 예명 세습 공연으로 〈두 사자〉를 한다면서?"

"네. 선생님께 폐가 되지 않도록 최선을 다하겠습니다."

"그걸 보면 기분이 상쾌해지더라고."

"그럼 티켓은 이쪽에서 준비하겠습니다. 야, 키쿠오. 츠다 선생님께는 특등석을 준비해 드려."

마치 친아들처럼 키쿠오의 머리를 마구 쓰다듬는 츠지무라였습니다.

참고로 이 〈두 사자〉는 가장 유명한 가부키 무용으로, 후반부에는 백두적두白頭赤頭라고 불리는 긴 갈기를 휘두릅니다. 아버지 사자에게 걷어차여 골짜기 밑으로 몇 번이나 떨어지는 새끼 사자가 있는 힘을 다해 기어 올라오는 씩씩함이 보는 이의 눈물을 자아내는 공연입니다.

"그런데 그렇게 말썽꾸러기였던 키쿠오가 '3대손 하나이 한지로'라니. 네 아버지를 대신하는 거건 해도, 역시 기분이 좋네."

실제로 이렇게 츠다에게 자랑하는 츠지무라야말로 키쿠오의 예명 세습을 누구보다 기뻐하는 것 같았습니다.

"츠지무라 삼촌. 그러고 보니 이틀간이나 오사카 나니와좌를 전세 내줬다면서요? 선생님도 고마워하셨습니다."

그런 키쿠오의 말을 우연히 바로 뒤에서 인사를 돌던 사치코가 들었습니다.

"정말 그렇습니다, 츠지무라 씨. 진심으로 고맙습니다. 그렇게 해주신 것만으로, 미츠토모 같은 출자자들 앞에서 체면이 섭니다."

"아니, 아니, 사모님이야말로 야쿠자 아들놈을 이렇게 잘 키워주셨잖아요. 돌아가신 키쿠오 아버지를 대신해서 정말 감사하게 생각합니다."

"살아 계셨으면 어떤 표정을 지으셨을까요?"

"곤고로 형님이 살아 계셨으면 지금쯤 이 말썽꾸러기는 배우는커녕 쌈박질이나 하고 다니다가, 어디서 객사했거나 콩밥이라도 먹고 있었을 겁니다."

그 순간 두 사람 근처를 텔레비전 카메라가 지나갔고 사치코가 황급히 이야기의 주제를 바꾸었는데, 생각해 보면 이 당시 키쿠오가 나가사키 타치바나파 두목의 아들이었다는 것은 대부분의 연예부 기자가 알고 있었고, 당연히 등에 새겨진 문신도 공공연한 비밀이었습니다. 이 무렵 이미 배우와 범죄 조직 사이의 관계가 드러나고는 있었지만, 그걸 폭로해 주겠다는 정의감보다는 그로부터 배우들을 지켜주자는 정의감이 더 강했던 겁니다. 키쿠오의 문신도 인터뷰에서는 언급하지 않고 사진에도 찍히지 않도록 기자와 카메라맨이 배려해 주던 시대였고, 그곳에는 문신이 있는 젊은이가 아닌 예도에 힘쓰는 젊은이가 있을 뿐이었습니다.

자, 그 격려회로부터 시간이 순식간에 흘러 드디어 오늘은 두 사람의 본거지인 오사카 나니와좌 극장에서의 예명 세습 기념 공연 첫날입니다. 두 사람의 분장실에는 온통 꽃, 꽃, 꽃이었습니다. 축하한다는 말과 함께 차례차례로 분장실을 방문하는 관계자에게 한지로, 토이치로와 함께 사치코가 '감사합니다!' 하고 인사를 나눕니다. 사치코는 방금까지 로비에서 후원자들에게 감사 인사를 돌았고, 〈두 사자〉 공연에 앞서 이름을 물려받았음을 선언하기 위해 나서는 두 사람이 탄바야 문양이 새겨진 예복으로 갈아입는 모습을, 벗어놓은 유카타를 개어놓기도 하고 분장실용 짚신을 정리하기도 하면서 누구보다 안절부절못하고 지켜보고 있습니다.

"키쿠오, 바지 끝이 뒤집혔다."

말을 꺼내는 동시에, 키쿠오가 다리를 들어 확인할 여유도 주지 않고 직접 고치러 가는 사치코입니다.

옆의 화장대에서는 한지로가 몇 번이나 입술을 핥으면서 대사를 중얼거리고 있었습니다. 사치코는 배우에게 나이가 중요하지 않다는 걸 알면서도 전혀 젊지 않은 남편의 그 촉촉한 붉은 입술이 아직 요염하게 보이는 걸 보면, 자신의 배우자는 역시 좋은 배우라고 새삼스럽게 생각하고 있었습니다.

이런 순간마다 가부키 배우라는 존재에는 그 가족도 포함된다는 걸 사치코는 절실히 느낍니다. 무대에 서는 것은 배우 한 명이지만, 예를 들자면 정글에서 살아가는 짐승 가족과 비슷하다고 할까요. 총괄자인 미츠토모 같은 공연 기획 회사와 극장, 후원자에 관객과 매스컴 등, 적이 될 수도 아군이 될 수도 있는 상대로부터 온 가족이 서로를 지키고 싸우며 살아남아야만 하니까요.

이른바 리엔(梨園: 가부키 세계를 지칭하는 말-옮긴이)은 당나라 시대에 있었던 궁중 음악가 양성소의 이름에서 따온 말이지만, 사실 그렇게 우아하다고는 할 수 없습니다. 겉으로 드러나는 가부키 배우의 가족은 어디든 화목해 보이지만 그것은 사이가 좋아서가 아니라, 바로 정글의 짐승 가족처럼 이 생사가 걸린 세계에서 하나로 똘똘 뭉쳐 살아남아야만 하기 때문입니다.

그 후 분장실에서 객석으로 향한 사치코는 1층 입구 문을 열고 관객들에게 방해가 되지 않도록 벽 쪽에 서서 높이 울리는 박자목 소리와 함께 힘차게 오르는 정식 막을 기도하는 심정으로 바라봅니다.

막이 오른 무대에 쭉 늘어선 것은, 하나이 한지로였던 하나이 백호를 중심으로, 토이치로였던 3대손 한지로, 그리고 이쿠타 쇼자에몬을 필두로 한 간사이 가부키의 최상급 배우들입니다.

만원 객석에서 나니와좌를 뒤흔드는 듯한 우레와 같은 박수가 울립니다.

"탄바야!"

"백호!"

"한지로!"

"3대손!"

관중들의 환호 속에서 쇼자에몬부터 인사가 시작되자 사치코의 시선이 향한 객석에서 키쿠오의 어머니 마츠가 눈물을 훔칩니다. 무의식중에 아들 슌스케를 객석에서 찾는 자신을 발견하고, 북받치는 감정을 애써 억누르는 사치코. 솔직히 기쁨보다는 억울함이 크지만, 그래도 지금은 무엇보다 배우의 아내로서 행동해야 합니다.

각자 중후하기도 하고 경쾌하기도 한 최상급 배우들의 인사가 차례대로 끝나자 드디어 백호와 3대손 한지로의 인사가 시작됩니다.

 넘치는 긴장감 속에서 먼저 얼굴을 든 3대손 한지로는 천천히 객석을 둘러봅니다.

 "여러분의 존안을 뵙게 되어 기쁘기 한량없습니다. 지금 이 자리에 참석해 주신 선배님들의 말씀을 이어받아……."

 긴장한 키쿠오의 말에 객석은 마른침을 삼키지만, 마치 극장이 터질 듯한 박수가 소리 없이 울려 퍼지고 있는 듯합니다. 키쿠오의 늠름하고 청결한 자태를 보며, 이 자리에 함께한 자신들이 새로운 시대의 개막을 지켜보고 있다는 흥분입니다.

 큰 갈채 속에서 키쿠오의 인사가 끝난 바로 그때였습니다. 원래는 백호가 얼굴을 들어야 하는 순서인데, 어째서인지 고개를 숙인 채 움직임이 없습니다. 무대에 나란히 앉은 배우들, 그리고 만원 객석 사이에서 불길한 분위기가 퍼진 바로 그때, 원통한 표정으로 간신히 얼굴을 든 하나이 백호가 그 입에서 대량의 선혈을 토해냈습니다.

제8장

풍광무뢰
(風狂無賴)

방금 막을 내린 〈신슈 카와나카지마 전투信州川中島合戰〉 '테루토라 상차림輝虎配膳'을 향한 우레와 같은 박수가 무대 옆에 있는 키쿠오의 귀에도 아플 정도로 들려옵니다.

이 박수는 나가오 테루토라長尾輝虎에게 칼을 맞아 죽을 뻔한 시어머니를 구하기 위해 멋진 거문고 연주로 그 분노를 잠재운 오카츠를 연기한 아네카와 츠루와카를 향한 것입니다.

이 아네카와 츠루와카는 그 대중성 넘치는 연기가 특기로, 정통파인 오노가와 만기쿠와 인기를 양분하는 최고의 여장 배우였습니다.

"도련님, 가자."

그런 츠루와카의 연기를 무대 옆에서 지켜보던 키쿠오의 어깨를 쿠로고인 토쿠지가 붙잡습니다. 키쿠오 본인도 나오에 야마시로노카미直江山城守의 아내 카라기누唐衣로서 이 무대에 서고 있지만, 매일 출연 장면이 끝나면 무대 옆에 남아 츠루와카의 연기를 공부하고 있습니다.

토쿠지에게 떠밀려 곧바로 무대 뒤의 엘리베이터로 향하려고 했는데, 미츠토모 직원이 말을 걸어와 짧게 인사를 나누느라 시간이 늦어지고 말았습니다. 분장실로 올라가는 엘리베이터가 보였을 때는 이미 꽃길로 돌아온 츠루와카 일행이 타고 있었는데, 원래대로라면 먼저 키쿠오 일행이 탄 다음 츠루와카 일행을 기다렸다가 함께 분장실 층으로 올라가고, 거기서 이번에는 다음 막의 인사를 위해 다른 배우들이 내려와야 합니다.

엘리베이터를 타는 순서 따위 뭐가 중요하냐고 생각하실지도 모르지만, 일분일초를 다투는 무대 뒤의 동선은 이러한 순서가 조금이라도 어긋나면 많은 배우가 위아래로 발이 묶이게 됩니다.

츠루와카를 기다리게 한 상황이라 키쿠오도 기모노 옷자락을 걷어 올리고 달립니다.

"죄송합니다!"

엘리베이터 앞으로 뛰어가며 딱 맞춰왔다는 듯이 인사하자마자…….

"위에서 우리 때문에 못 내려오고 있는 것 아닌가요?"

이 츠루와카의 한마디에 당황한 제자가 닫기 버튼을 누릅니다.

"죄송합……."

아슬아슬하게 탈 수 있을 것 같았던 키쿠오의 코앞에서 엘리베이터 문이 무심하게 닫혀버립니다.

이미 닫힌 문 너머에 아직도 츠루와카의 차가운 시선이 있는 것 같아 좀처럼 움직이지 못하고 있는 키쿠오의 어깨를 토쿠지가 떠밉니다.

"도련님, 계단, 계단! 빨리 돌아가지 않으면 다음 준비 시간에 늦는다고!"

그렇게 숨을 헐떡이며 분장실로 올라가자 기다리고 있던 가발 담당자가 가발을 떼어내고 의상 담당자가 기모노를 벗기는 와중에 화장 지우는 크림을 얼굴에 덕지덕지 바릅니다.

"하나짱, 오렌지 주스 좀 줘! 목이 바싹바싹 말라."

매니저인 하나요는 그 말이 나오기 전부터 주스를 들고 서 있었고, 키쿠오가 등 뒤에서 내민 빨대를 물고 아기처럼 빨아들입니다.

이제부터 25분의 휴식을 사이에 두고 시작되는 것은 츠루와카의 아들인 스루가야駿河屋의 아네카와 츠루노스케 예명 세습 인사였고, 이 인사에 참여하는 건 츠루와카를 비롯해 에도 가부키의 중진, 아즈마 센고로와 이토 교시로 등의 인물들로, 작년에 3대손 하나이 한지로의 이름을 이어받았다고는 해도 원래 키쿠오 따위가 나란히 설 수 있는 자리는 아닙니다. 현재 요양 중인 하나이 백호의 대리로서, 또 무엇보다도 그 백호의 중병 때문에 예정되어 있던 전국에서의 예명 세습 기념 공연이 중지된 것에 관해 대신 사과하기 위해 이런 자리에 서는 과분한 역할을 맡게 된 것입니다.

"저기, 3대손. 선생님이 잠깐 와달라는데요."

목소리를 듣고 돌아보니 분장실 입구에 츠루와카의 제자가 서 있습니다.

"지금요?"

콜드크림을 덕지덕지 바른 상태로 바로 일어나 급하게 세면장으로 향하는 키쿠오입니다.

우선 유카타만 걸치고, 츠루와카의 분장실로 가서, '실례합니다'라고 포렴을 지나려고 하자…….

"죄송합니다. 지금 화장을 지우시는 중이라 잠시만요."

부르러 온 주제에 제자가 기다리게 합니다. 그렇지 않아도 시간이 없는데, 결국 5분 정도 문간에서 기다리게 되었고, 마침내 알현이 허락되어 츠루와카 앞에 키쿠오가 무릎을 꿇습니다.

"3대손, 오늘 밤 잠깐 시간 내줄 수 있어?"

"……아, 네."

"그게, 오늘 밤 우메키 사장이 우릴 불렀거든. 츠루노스케도 같이 가니까, 3대손도 오는 게 어떨까 해서."

"아, 네……. 제가 가도 괜찮을까요?"

"내가 제안하는 거니까 당연히 괜찮지."

"……아, 네. 죄송합니다."

"가게는 나중에 사람을 보내서 전달할게."

"네, 정말 감사드립니다."

고개를 숙이고 잠시 기다리지만, 화장대에서 다음 화장을 시작한 츠루와카는 가라도 말도 남으라는 말도 하지 않아서 가만히 기다리고 있자…….

"넌 인사 준비는 다 한 거야?"

겨우 허락을 받고 서둘러 분장실로 뛰어 돌아가는 키쿠오입니다.

분장실에서는 토쿠지가 기다리고 있습니다.

"빨리, 빨리. 막 오르겠다."

화장대 앞에 앉자마자 바로 가발망을 얹고 머리를 꽉 조입니다.

"……츠루와카 선생님이 뭐라는데?"

"오늘 밤에 우메키 사장님이랑 밥 먹기로 했으니까 같이 오라더라."

"오, 별일이네. 이제야 츠루와카 씨도 도련님 존재를 인정하는 걸까."

"안 보이는 척 무시당하는 게 마음은 편해."

"우메키 사장하고 선생님하고 셋이서 보는 거야?"

"츠루노스케도 온다."

"우와— 나 같으면 돈을 줘도 안 갈 식사 모임이다."

그쯤에서 개막 15분 전을 알리는 종 두 개가 울립니다.

"키쿠오하고 츠루노스케는 백 그램 정도로는 간에 기별도 안 가지?"

우메키 사장의 탁한 목소리가 울려 퍼지는 이곳은 제국 호텔의 철판구이 가게 개인실이었고, 눈앞의 철판에서는 최고급 등심이 고소한 냄새를 풍기며 익어갑니다.

"그럼 전 삼백 받겠습니다. 사장님하고 먹는 게 아니면 언제 또 이런 비싼 걸 먹어보겠어요. 키쿠오 군도 받을 거지?"

언제나 쾌활한 츠루노스케의 질문에…….

"그럼, 나도……."

대답은 그렇게 해도 식욕이 별로 없는 키쿠오였습니다. 왜냐하면 조금 전부터 츠루와카와 사장 사이에서 이른바 '여장 배우는 어때야 하는가'라는 주제로 대화가 오가고 있었는데, 둔한 우메키는 전혀 알아채지 못한 것 같지만 츠루와카의 입에서 흘러나오는 '이런 여장 배우는 안 된다, 저런 여장 배우는 봐줄 수가 없다'라는 말 전부 키쿠오를 빗댄 것이었습니다.

"그런데 키쿠오는 점점 더 예뻐지는데. 이 눈동자를 가만히 보고 있으면, 나까지 이상한 기분이 들 것 같다니까. ……저기, 츠루와카 씨, 그렇게 생각하지 않아요?"

두 병째 카베르네에 만족스러워하는 우메키가 잔에 남은 와인을 비우며 묻습니다.

"나도 탄바야 3대손의 눈동자를 보고 있으면, 빨려 들어갈 것 같아요."

"역시 츠루와카 씨도 그렇습니까. ……하지만, 그런 것치고는 인기가 좀처럼 이어지질 않는다니까. 사실, 견습생인 애를 내가 독단적으로 발탁한 거나 마찬가진데. 그래서 이상한 책임감 같은 걸 느낀다니까요."

"우메키 씨, 역시 나는 우선 이렇게 생각해요. 좋은 여자랑 예쁜 여자는 전혀 다른 존재죠. 예쁜 여자가 다 좋은 여자냐 하면 절대 그렇지 않잖아요? 바로 그 부분이에요, 여장 배우에게 중요한 건."

이때 츠루와카가 자신을 힐끗 쳐다보았다면 후배에 대한 약간의 애정을 느낄 수도 있었겠지만, 그의 차가운 시선은 절대 키쿠오를 향하지 않습니다.

"그럴까요? 좋은 여자와 예쁜 여자는 다르다. 츠루와카 씨가 말하니까 역시 설득력이 있군요."

"그래도, 3대손은 열심히 노력하고 있어요. 뭘 해도 몸이 춤을 추잖아요."

"호오. 키쿠오의 몸이 춤을 추고 있습니까? 그런 건가요?"

츠루와카의 비아냥을 칭찬으로 받아들이고 기뻐하는 우메키 앞에서 키쿠오는 혼자, 마치 철판 위의 등심처럼 진땀을 흘립니다. 그런 키쿠오를 곁눈질로 보며 피식 웃고는 아무 일도 없다는 듯 닭새우의 껍질을 벗기는 츠루노스케 역시, 정말 마음에 들지 않습니다. 왜냐하면 이 '몸이 춤을 추고 있다'라는 발언은 바로 어제, 공연 중간에 무대 뒤에서 츠루와카가 키쿠오를 호되게 혼내면서 나왔기 때문입니다.

"정말 몇 번을 말해야 알아듣니?! 아까처럼 하면 춤이 되어버리잖아. 거기서는 춤을 추지 말고 제대로 연기를 해주지 않으면, 내 연기까지 우스꽝스럽게 보인다고! 넌 말이지, 힘이 들어가면 평범한 연기도 전부 춤으로 바뀌더라?"

짜증을 내는 츠루와카의 말투에 키쿠오는 물론이고 옆에 있던 스태프들도 동요하는 바람에, 그날 공연은 소품을 깜빡하고 안 놓는다거나 배경 그림이 어긋나는 식으로 엉망진창이 되고 말았습니다.

"츠루와카 씨. 오늘 이렇게 초대한 건, 할 얘기가 좀 있어서입니다."

웨이터에게 와인을 따르게 한 우메키가 몸가짐을 살짝 바로잡으며 입을 엽니다.

"······실은 벌써 들으셨을지도 모르지만, 이번에 제가 오사카의 텔레비전 방송국 경영에 참여하게 됐는데, 마지막으로 헌신한다는 생각으로 거기서 사장을 맡으라고, 얼마 전의 이사회에서 결정되었습니다. 뭐, 상무로 강등되고 나서 옮기는 거니까, 겉보기만 그럴싸한 좌천인 거죠."

이런 우메키의 말에 누구보다 동요하는 것은 키쿠오였고, 등줄기에 식은땀이 주르르 흘러내립니다.

물론 그 이야기는 키쿠오의 귀에도 들어왔는데, 간단히 말하자면 우메키가 조직 내의 권력 투쟁에서 졌고, 그 패인 중 하나가 작년 하나이 백호의 예명 세습 공연 취소로 인한 대손실이라는 소문이 돌고 있었습니다.

떠올려보면 작년 이맘때쯤, 4대손 하나이 백호와 3대손 하나이 한지로의 동시 예명 세습 공연이 화려하게 막을 올리려 하고 있었습니다. 하지만 아시다시피 바로 그 첫날 공연의 인사 자리에서 백호가 피를 토했고, 피로 물든 무대는 바로 막을 내렸습니다. 다급히 몰려드는 배우와 스태프들에게 둘러싸여 있으면서도 피투성이의 입을 손으로 억누른 백호가······.

"올려! 막, 올리라니까!"

그렇게 외치는 목소리가 얼어붙은 객석에까지 울려 퍼졌습니다.

물론 막이 오르지는 않았고, 백호는 탄바야의 무늬가 들어간 예복 차림 그대로 구급차로 긴급 입원, 그 검사 끝에 내려진 것이 당뇨병과 췌장암의 합병증에 의한 여생 반년이라는 무자비한 진단이었습니다. 당연히 본인에게는 숨겼지만, 눈치 빠른 백호가 알아채지 못할 리가 없었고, 처음에는 무슨 일이 있어도 예명 세습 공연만은 이대로 강행하겠다며 링거를 꽂은 채로 기어가듯 병실을 빠져나가려고 했습니다만, 조금이라도 무리하면 토혈, 5분이라도 서 있으면 현기증이 났습니다. 오후부터 저녁까지 본인이 계속 출연해야 하는 예명 세습 기념 공연에 나올 수 있을 리도 없고, 그렇다고 해서 예명 세습 기념 공연에 대역을 쓸 수도 없는 노릇이라 미츠토모 본사는 그달의 공연을 중단한다는 전대미문의 결정을 내린 것입니다.

당연히 다음 달부터 예정되었던 전국 순회공연도 전격 취소. 백호를 빼고 3대손 한지로 혼자서라도 강행하는 게 어떻겠냐는 말도 나오지 않았던 건 아니지만, 아무리 생각해도 짐이 너무 무거웠습니다. 결국 사장 우메키가 모든 책임을 지게 되어 모든 관계자에게 사과하러 돌아다녀야 했고, 한편으로는 내년으로 예정되었던 아네카와 츠루노스케의 예명 세습을 앞당겨, 가부키계를 뒤덮은 어두운 구름을 불식시키려 노력했습니다.

키쿠오는 잘 익은 최고급 등심에 젓가락도 대지 않고 멍하니 우메키와 츠루와카의 대화를 듣고 있는데, 부모가 없는 것은 목이 없는 거나 마찬가지라는 이 가부키계에서 백호와 우메키라는 버팀목을 잃고 앞으로의 자신이 어떤 처지가 될지, 아무리 낙천적인 키쿠오라도 눈앞이 캄캄해지는 심정입니다.

"그래서 말입니다, 오늘 밤은 츠루와카 씨에게 간곡히 부탁할 일이 있어서 부른 겁니다. 그랬더니 역시 츠루와카 씨는 눈치가 빠르시네요. 그 자리에 이렇게 키쿠오를 초대해 주시고."

우메키의 입에서 갑자기 자신의 이름이 나오자 키쿠오는 무심결에 마른침을 삼킵니다.

"……백호는 그런 상태고 저까지 자회사로 이동하면 키쿠오는 고아나 다름없게 됩니다. 그래서 제가 드릴 부탁은 다름이 아니라, 여기 있는 키쿠오를 츠루와카 씨가 거둬주셨으면 합니다. 뜻을 펼치지 못하고 쓰러진 백호와 저를 대신해서 부디 이 3대손 하나이 한지로를 키워주시기를 바랍니다."

탁자에 양손을 짚고 우메키가 숙인 머리에 포크가 부딪혀 바닥에 떨어지며 요란한 소리를 냅니다. 그래도 우메키는 고개를 계속 숙였고, 키쿠오는 물론이고 달려온 웨이터마저 떨어진 포크를 줍지 못할 만큼 팽팽한 긴장감이 느껴졌습니다.

"자, 그만 고개를 들어주세요. 미츠토모의 사장님께서 나 같은 사람에게 고개를 숙이다니요."

"그럼 이 부탁을 들어주시겠습니까?"

"듣고 말고 할 것도 없이, 우메키 씨 부탁인데요. 제가 거절할 리가 없잖아요."

그제야 고개를 든 우메키가 육즙으로 더러워진 이마를 물수건으로 닦습니다.

"……그래도 한 가지만 묻고 싶네요."

냅킨으로 그 주름진 입가를 닦은 츠루와카가 말을 이었습니다.

"……우메키 씨 정도 되시는 분이 그렇게까지 빠져든, 3대손의 매력은 무엇인가요?"

"3대손의 매력······. 솔직히 말하면 저도 잘 모르겠습니다. 다만 저는 말이죠, 키쿠오가 불평불만을 얘기하는 걸 아직 한 번도 본 적이 없어요. 애는 좀처럼 자기 기분 같은 건 이야기하지 않지만, 그 눈빛이 항상 올곧습니다. 그런 눈빛을 보면 이쪽도 전적으로 무언가를 믿고 싶어지는 거겠죠."

분에 넘치는 우메키의 칭찬에 불편해진 키쿠오는 자꾸만 엉덩이를 의자에 문지르고 있습니다.

"잘 알겠습니다. 우메키 씨의 그 마음, 제가 이어받도록 하죠."

가냘픈 자기 가슴을 툭툭 친 츠루와카가, 여기에 오고 나서 처음으로 키쿠오에게 시선을 돌렸습니다.

"3대손, 잘됐네요?"

직감이란 때로 잔인한 법입니다. 피하지 않고 들여다본 츠루와카의 눈동자 속에서 활짝 웃고 있는 것은 바로 그 츠루와카 본인이었으니까요.

"잘 부탁드리겠습니다."

키쿠오가 힘없이 고개를 숙이자······.

"좋아, 그럼 다시 한번 건배하자!"

이때 큰 소리로 웃음을 터뜨렸던 우메키는 실제로 다음 달에 정식으로 발령이 나서, 미츠토모 상무의 직함으로 막 개국한 '대국大國 티브이'의 대표이사로 오사카에 가게 됩니다.

한편, 이날 밤을 기점으로 키쿠오와 츠루와카의 관계가 사제처럼 변했는가 하면 전혀 그렇지 않았고, 오히려 이날 밤의 기억이 츠루와카의 머릿속에서 지워진 게 아닐까 싶을 만큼 무대 뒤에서도 평소대로입니다.

"아, 못 해 먹겠어. 오사카에서는 탄바야의 기생오라비 같은 얼굴이 잘 통했는지도 모르죠. 하지만 말이야, 이쪽에선 그렇게 안 될걸요?"

그런 식으로 아무한테나 키쿠오에 대한 불평을 계속 늘어놓았습니다.

키쿠오의 직감대로, 분위기가 눈에 띄게 이상해진 것은 그달 공연을 끝낸 직후였습니다.

츠루와카를 담당하는 미츠토모 직원에게 호출받아 키쿠오가 회사에 가자…….

"3대손은 한동안 순회공연을 할 거예요."

그런 일방적인 말로 1년이나 되는 지방 순회공연을 하게 되었고, 게다가 이미 확정되었던 다음 달과 그다음 달의 배역까지 기가 막히게 츠루와카 일문의 젊은 여장 배우로 교체된 것입니다.

"우메키 사장님도 알고 계십니까?"

무의미한 저항이라는 걸 알면서도 물어보지만…….

"우메키 상무? 글쎄, 아마 모르겠지. 지금 이게 상무님한테 물어봐야 할 안건도 아니고."

그렇게 노골적으로 무시당하고 말았습니다.

키쿠오가 신오사카역에서 신칸센을 내리자, 홈에 수많은 인파가 모여 있었습니다. 무슨 일인가 싶어 까치발을 들고 보자, 사람들에 에워싸여 환호를 받고 있는 건 최근 텔레비전에 안 나오는 날이 없다는 인기 만담 콤비, 사와다 세이요와 하나비시입니다.

지금 이런 상황의 원흉이라고도 할 수 있는, 2대손 한지로가 교통사고를 당한 바로 그날, 키쿠오는 세이요와 하나비시의 첫 텔레비전 녹화에 토쿠지, 벤텐과 함께 동행하고 있었습니다.

그날, '공연이 너무 길다'라고 무자비하게 생략을 요구한 젊은 피디 앞에서 처음엔 "텔레비전에 나오고 싶어서 여기 온 줄 알아! 내 공연을 보여주고 싶어서 온 거다!"라고 엄포를 부렸으면서도 복도에서 마음을 고쳐먹고 되돌아와 "한 번만 더 기회를 주면 안 될까"라고 고개를 숙인 세이요 사부. 그렇게까지 한 보람이 있다고 할지, 그 후에도 만담 프로그램에 나가게 되어 흔히 말하는 짙은 오사카 냄새가 젊은 시청자에게 신기하게 받아들여졌을 무렵, 인기 몰래카메라 프로그램에서 술 취한 야쿠자가 세이요와 하나비시에게 시비를 거는 장면이 나옵니다. 그때 당황한 두 사람이……

"엄마, 엄마, 엄마!"

"아빠, 아빠, 아빠!"

이렇게 서로 외치는 모습이 시청자들에게 큰 호응을 얻어서, 이 '엄마, 엄마, 엄마!', '아빠, 아빠, 아빠!'라는 절규가 먼저 초등학생들 사이에서 유행했고, 그대로 어른들까지 송년회 등의 장기자랑에서 하는 유행어가 된 것입니다.

그로부터 벌써 몇 년이 지났지만, 아직도 두 사람은 텔레비전에 나오면 퀴즈 프로그램이든 토크 프로그램이든 피디가 큐 사인을 보낼 때마다,

"엄마, 엄마, 엄마!"

"아빠, 아빠, 아빠!"

……하고, 계속 절규하고 있습니다.

승강장에서 조금 떨어진 곳에서 선글라스를 고쳐 쓰고 팬들에게 둘러싸인 두 사람의 모습을 지켜보던 키쿠오의 어깨를 누군가가 툭 칩니다.

뒤돌아보니 바로 벤텐입니다.

"키쿠짱, 오랜만이다? 잘 지냈어?"

"벤짱? 오랜만이네."

"어느 유명 스타가 와 있나 했네. 뭐, 이제 3대손 한지로잖아. 뒤에서 봐도 빛이 나더라."

"비행기 태우지 마. 그것보다 벤짱, 토쿠지하고는 자주 봐?"

"도쿄 갈 때는 늘 개네 집에서 자."

그때 등 뒤가 시끄러워져서 돌아보니 사람들에게 짓눌려 엉망이 된 세이요와 하나비시를 경비원이 억지로 데리고 나갑니다.

"안 가봐도 되겠나? 사부님들이 막 찌그러들었는데."

"괜찮아, 괜찮아. 사부님은 저래야 기뻐하니까. 괜히 끼어들었다가 '모처럼 내 인기에 취해 있었는데' 어쩌고 하면서 투덜댈걸."

그렇게 말하며 벤텐은 느긋하게 기지개를 켭니다.

"오랜만에 스승님들이나 만나러 갈까?"

키쿠오가 문득 중얼거리자…….

"사양 말고 언제든 와라. 당분간 오사카에 있을 거야?"

"갑자기 좀 일정이 비었어."

"아이고, 연예인이 갑자기 스케줄이 비면 큰일인데."

세이요와 하나비시가 계단을 내려가자 그제야 벤텐도 뒤를 쫓습니다.

"올 때 전화해라. 옛날처럼 또 곱창 먹으러 가자. 진짜 기다린다!"

벤텐의 큰 목소리에 승강장에 있던 몇 사람이 키쿠오를 알아봤고, "저기, 가부키 배우 아니야?" 하고 수근댑니다.

세이요 사부와는 반대로, 일단 무대 밖에서 팬이나 구경꾼의 시선을 받는 게 불편한 키쿠오가 모자를 더 깊게 눌러썼을 때였습니다.

"3대손 맞죠?"

다가온 젊은 여성에게 살짝 고개만 꾸벅거리고 도망치듯 떠납니다.

이렇게 팬이나 후원자 앞에 설 때마다 수줍어서 무뚝뚝해지는 건, 백호와 사치코한테 아무리 혼나도 타고난 성격이라 어쩔 수가 없습니다.

교토 미야코좌 극장에서 〈도죠지의 두 사람〉이 인기를 얻어 슌스케와 함께 시대의 아이콘으로 거론될 무렵에는 그런 호기심 어린 시선이 신기하기도 했고, 또 어릴 적부터 카메라에 익숙한 도련님 슌스케에게 모든 걸 맡기면 재미있는 시간을 보낼 수 있었습니다. 하지만 그 스포트라이트를 혼자서만 받게 되자 평소와 다르게 사람이 위축되어서 잡지 인터뷰에서 무엇을 물어도 "네, 뭐" "감사합니다" 정도의 대답밖에 하지 못했습니다.

사진 촬영에서 웃어달라고 하면 그 억지웃음에는 '진짜 재미없다'라는 진심이 담겨 있었고, 모처럼 제의받은 텔레비전 토크 프로그램에는 누가 설득해도 나가지 않았습니다. 유일하게 백호에게 끌려가다시피 출연한 〈스타 천일야화〉에서는 시종일관 백호 옆에서 무뚝뚝한 얼굴이라, 사회자가 진지하게 어디 아픈 게 아니냐고 걱정할 정도였습니다.

그래도 배역을 맡아 사람들 앞에 서는 건 좋아하기 때문에, 지방에서 개최하는 아무리 작은 춤 발표회라도 게스트로 나와달라고 하면 오히려 시간을 내어 기꺼이 참가했습니다.

그 덕분인지 슌스케가 빠진 후에도 간신히 존속되고 있는 후원 모임 '토한회'도 그런 작은 발표회에서 알게 되거나 보러 와준 분들 덕분에 어떻게든 버텨나가는 상황입니다.

벤텐과 헤어져 역을 빠져나온 키쿠오는 택시에 올라타자 "덴마 종합병원이요"라고 말하고, 자연스럽게 가방에서 무언가를 꺼냈습니다. 바로 얼마 전 미츠토모 직원으로부터 건네받은 지방 순회공연의 예정표였습니다. 어떤 무대든 전력으로 임해야 한다는 걸 머리로는 알고 있지만, 지방 발표회에서 최선을 다할 수 있는 것도 평소에는 도쿄나 오사카 같은 대극장에서 공연하기 때문이었습니다. 옛날 백호, 슌스케와 함께 이곳저곳을 여행하며 트럭 짐칸에서 잠들었던 순회공연이 다시 시작된다고 생각하면 아무리 자신을 거둬준 츠루와카의 방침이라도 답답한 마음을 달랠 수가 없었습니다.

나중에 알게 된 사실이지만, 사실 우메키가 먼저 키쿠오를 맡기려고 한 사람은 츠루와카가 아니라 6대손 오노가와 만기쿠였다고 합니다.

다만 만기쿠는 당시부터 이쪽 세계에 있어서는 이단 중의 이단, 이른바 예술 제자를 받지 않는 방침의 고고한 여장 배우답게 우메키 사장의 부탁을 완곡히 거절했습니다.

"절 인정해 주신 것은 영광이지만, 탄바야의 3대손이라면, 저 따위가 뒤를 봐주지 않아도, 나중에 반드시 꽃을 피울 거예요."

그런데 그 뒤에 부탁한 상대가 하필 츠루와카였다는 게, 정말 우메키라는 남자의 둔감함을 잘 드러낸다고 할까요. 그가 키쿠오를 위해 내린 그런 판단이 오히려 지금까지의 나쁜 흐름을 더욱 악화시켰으니 참으로 얄궂은 일입니다.

덴마 종합병원에서 택시에서 내려 무거운 마음으로 백호의 병실로 향하자 복도 안쪽, 병동에서 가장 넓은 개인실 문이 조금 열려 있었는데, 안에서 뭐라뭐라 중얼거리는 백호의 목소리가 들려옵니다.

키쿠오가 노크하려고 얼굴을 가까이 대자, 침대에 누워 보이지 않는 눈을 천장으로 향한 백호가……

"아이고, 사자로 오신 이시도 님, 야쿠시지 님, 수고가 많으십니다. 사자께서 전달하시는 뜻을 잘 알겠습니다. 모두 한잔하시어 가슴에 쌓인 근심을 푸시지요."

혼자 중얼거리고 있는 것은, 〈가나데혼 츄신구라仮名手本忠臣蔵〉의 네 번째 단락, 자신에게 할복을 명하러 온 사자들을 맞이하는 엔야 판관의 대사입니다.

키쿠오가 잠시 귀를 기울이며 듣고 있자…….

"누구야?"

백호가 바로 그 낌새를 알아챕니다.

"키쿠오입니다. 돌아왔어요."

뒤늦게 노크하고 방에 들어갑니다.

"왔니?"

마치 다시 무대로 데려가달라는 듯이 양손을 내밀자, 키쿠오도 북받치는 감정을 꾹 참고 손을 맞잡으며 얼버무리듯 묻습니다.

"방금 그거, 판관님 아닙니까?"

"맞다. 네 번째 단락의 첫 부분이다. 어쩔 수 없이 여기서 종일 누워 있지 않니. 그러다 보면 지금까지 맡았던 배역이 차례대로 머릿속에 떠오르는구나. 이 네 번째 단락의 판관은 두 번밖에 안 해 봤다. 키쿠오야, 지금 네가 몇 살이지?"

"스물다섯입니다."

"그렇구나. 처음 배역을 맡은 게 내가 딱 그 나이였을 때다. 도톤보리에 있던 작은 극장이었는데, 만주로 가는 개척단 사람들로 연일 만원이었지. 다들 할복 장면에서는 소리 내서 울었어."

그렇게 말하는 백호의 보이지 않는 눈에서도 감정과는 상관없는 눈물이 한줄기 흘러내리고, 키쿠오가 그것을 손가락으로 닦아주었습니다.

"그것보다 도쿄는 어떻니? 잘하고 있고?"

그렇게 물으니 자기도 모르게 츠루와카와 츠루노스케의 얼굴이 떠오르지만, 병든 백호에게 걱정을 끼칠 수도 없는 노릇입니다.

"네. 다들, 잘해주십니다. 모처럼 수행도 할 겸 지방 순회공연도 하려고 합니다."

"그렇구나. 그럼 안심이 된다."

"겐키치 씨는요?"

테이블에 먹다 남은 오렌지 주스가 있는 걸 보고 물었습니다.

"아까 집에 전화한다고 하면서 나갔는데."

"선생님, 이 주스 드릴까요?"

그렇게 묻자 바로 몸을 일으키려고 해서 키쿠오는 그 등을 받쳐 주며 유리잔에 꽂은 빨대를 입가로 가져갑니다.

이때 백호의 등을 받친 손바닥에서 뭐라고 말할 수 없는 그리움이 느껴졌는데, 그게 무엇인지 생각에 잠겼던 키쿠오의 가슴에 찾아온 것은 그의 친아버지, 어린 시절 자주 업히곤 했던 곤고로 등의 감촉이었습니다.

"뭔가, 친아버지랑 같이 있는 것 같습니다."

문득 중얼거린 키쿠오의 말에 백호가 얼굴을 일그러뜨립니다.

목이라도 막혔나 해서 키쿠오가 등을 두드리려고 하자, 그 손을 꼭 잡은 백호가 보이지 않는 눈으로 키쿠오를 똑바로 바라봅니다.

"나도 그렇게 오래 살진 못할 거 같다. 그러니까 너한테 꼭 해줘야만 하는 말이 있어. 그런데 그걸 도저히 잘 말할 수가 없다."

키쿠오를 바라보려 하는 백호의 시선이 등 뒤의 벽으로 어긋나고 있다는 게 키쿠오에게는 슬퍼서 견딜 수 없습니다.

"선생님, 갑자기 뭔데 그러십니까?"

키쿠오는 다시 무대로 데려가기라도 하려는 듯 그 두 손을 잡습니다.

"너한테 한 가지만 말해두고 싶은 건, 무슨 일이 있어도 너는 예술로 승부해야 한다는 점이다. 알겠니? 아무리 억울해도 예술로 승부를 겨뤄야 한다. 진정한 예술은 칼이나 총보다 강해. 너는 네가 가진 예술로 언젠가 원수를 갚아야 한다. 알겠지? 약속할 수 있겠어?"

이때 키쿠오의 뇌리에 떠오른 것은 의기양양한 얼굴로 배역을 빼앗은 츠루와카의 모습이었습니다.

"선생님, 알겠습니다."

그 후, 겐키치가 병실로 돌아올 때까지 한 시간 정도, 키쿠오는 백호가 암송하는 〈가나데혼 츄신구라〉 네 번째 단락의 해설과 대사를 그 머리맡에서 가만히 듣고 있었습니다.

키쿠오는 한 번도 이 극에 출연한 백호를 본 적이 없었지만, 할복을 명하러 온 사자 앞에서 하얀 옷을 입고 할복하려는 백호의 모습이 이곳 덴마 종합병원 병실에 생생히 떠올랐습니다.

"키쿠오, 잠깐 이 침대 위에 앉게 해줘."

기침하면서도 키쿠오의 도움을 받아 침대에 정좌한 백호가 대사를 말합니다.

　리키야, 뜻을 받들어 미리 준비한 할복 칼 앞에 고쳐두고

그 리키야가 된 키쿠오가 효자손을 칼처럼 공손히 쟁반에 올려 백호 앞에 내려놓았습니다.

창문을 열어도 바람은 들어오지 않고, 강 버튼을 누른 선풍기가 더운 방의 공기를 휘저을 뿐입니다. 자기 체온에서 도망치듯 시원한 곳을 찾아 이불에서 몸을 뒤척이던 키쿠오는 결국 자는 것을 포기하고 책상다리로 앉아 물에 적신 수건으로 땀이 흥건한 몸을 닦

아닙니다.

잠이 들지 못하는 이유는 더워서만은 아니었습니다. 아래층에서는 벌써 12시가 넘었는데도 여전히 사치코가 외우는 기묘한 기도문이 들려왔습니다.

이날, 백호를 문병한 키쿠오가 오사카 집에 돌아온 것은 강한 석양이 내리쬐는 시간이었고, 정체된 도로를 달린 택시를 타고 땀범벅이 되어 귀가하자 응접실에서 사치코의 웃음소리가 들려옵니다.

백호가 입원한 이후로는 줄곧 우울해했기 때문에, 그 오랜만의 웃음소리가 기뻤습니다.

"누가 와 있습니까?"

마중 나온 오세이에게 키쿠오가 묻자, 떨떠름한 얼굴로 대답합니다.

"세이호西方의 고다 씨야."

"세이호요?"

"세이호 신교라는 신흥 종교인데, 뭔지 모르겠지만 사람은 흙으로 돌아가서 어쩌고저쩌고, 조상의 죄와 더러움을 흙으로 씻기고 어쩌고저쩌고. 그런 기도문을 외우다 보면 나 자신하고 가족이 정화된다고 하는데, 나는 도저히 이해할 수가 없어."

오세이가 심각하게 말하는 것치고는 사치코의 웃음소리가 너무 즐겁게 들렸기에…….

"사모님, 키쿠오입니다. 돌아왔습니다."

그렇게 말하며 문을 열었습니다.

"키쿠오 왔니. 마침 잘 왔다. 소개할게, 여기는 고다 씨야. 지금

지난번 정토회浄土会 사진을 보던 참이었다."

돌아보니 테이블 위에 사진들을 쭉 늘어놓고 있습니다.

"이게 나야. 아하하하하."

손에 든 사진에 찍혀 있는 것은 어딘가의 논에서 얼굴도 머리카락도 진흙투성이가 된 하얀색 옷차림의 사치코입니다.

"이게 뭡니까?"

키쿠오가 놀라든 말든, 사치코는 즐거워하며 또 다른 사진을 내밉니다.

"뭐긴, 정토회라니까. 다 같이 마이크로를 빌려서 가메오카 쪽까지 다녀왔다. 돌아오는 길에는 아라시야마까지 호즈保津강을 내려갔고. 고다 씨, 참 상쾌했지요?"

사치코가 미소를 지으며 바라보는 이 고다라는 사람은 귀엽게 살이 찐 중년 여성으로, 시종일관 싱글거리며 사치코의 이야기를 들어주고 있습니다.

"얘가 바로, 제가 평소에 얘기하던 키쿠오입니다."

사치코의 소개에 일단 고개를 숙이자…….

"당연히 알지. 이야, 실물로 보니까 정말 향기가 날 만큼 잘생겼네."

고다의 굵은 손목에 마치 파고드는 것처럼 채워진 것은 웬만한 자동차만큼 비싸 보이는 고급 시계였습니다.

"이쪽이 고다幸田 씨고, 나는 사치코幸子. 우리 이름을 나란히 붙이면 고다 사치코幸田幸子다. 행복 행幸 자가 두 개나 있는데 얼마나 재수가 좋겠니!"

똑같이 반복되는 듯한 사치코의 이상한 농담에 고다도 익숙한 듯이 맞장구를 칩니다.

그 자리가 불편해서 키쿠오는 바로 방을 나와 부엌으로 향했습니다.

"저게 대체 뭡니까?"

설명해 주는 오세이 이야기에 따르면, 슌스케 가출부터 백호 중병까지 이어진 불행, 본인의 컨디션 불량까지 겹친 사치코 앞에 어느 날 소꿉친구와 함께 문득 나타난 것이 바로 이 고다라는 여자였습니다. 복스러운 외모라 호감을 느꼈는지 미나미 백화점, 교토의 가와토코 같은 곳을 기분 전환으로 같이 다니다가 사치코도 완전히 마음을 열어버렸고, 오세이가 깨달았을 때는, 이미 아침저녁으로 기도를 빼먹지 않게 되었다고 합니다.

"선생님은 알고 계십니까?"

"그야 알고는 계셔. 사모님이 고다 씨를 병원까지 데려갔으니. 겐 씨 말로는 병실에서 선생님 병이 나으라고, 그 흙으로 돌아가서 어쩌고 하는 기도문을 셋이서 외웠다더라."

그렇게 저녁에 있었던 일을 떠올리고 있는데, 아래층에서 들리던 사치코의 기도문이 끝나며 갑자기 저택 안이 조용해집니다. 키쿠오는 머리맡의 세면기에서 다시 수건을 적시고, 이번에는 유카타 옷깃을 풀어 헤쳐 차가운 수건으로 가슴과 등을 닦습니다.

조금 개운해져서 이불에 벌렁 드러눕자, 잠들지 못하는 머릿속에 다음으로 떠오른 것이 오늘 병실에서 백호와 함께 연기한 〈가나데혼 츄신구라〉 네 번째 단락입니다.

이 네 번째 단락 '엔야 판관 할복의 장면'은 매우 느릿한 전개의 공연입니다만, 그 안에는 매우 과격한 내용이 담겨 있습니다.

상부의 처분을 기다리는 엔야 판관(실제 역사에선 아사노 다쿠미노카미)에게 사자가 전달한 것은 할복이라고 하는 엄격한 처벌. 하지만 이미 각오를 굳힌 판관은 검은색 예복 안에 소복을 입고 있었습니다. 할복 준비가 숙연하게 진행되고 집행 장소에 도착한 판관은 가신인 오보시 유라노스케(실제 역사에선 오이시 쿠라노스케)를 만나고 싶다며 도착하기를 기다립니다.

"……유라노스케는 아직인가?"

애절하기 짝이 없는 판관의 대사.

하지만 더는 기다려주진 않았고, 마침내 그 칼을 배에 꽂습니다.

그제야 겨우 도착한 유라노스케. 판관은 가쁜 숨을 몰아쉬며 '억울하다'라는 말을 남긴 채 숨을 거둡니다.

병실에서 백호와 함께 연기한 탓인지, 키쿠오가 자연스레 떠올리는 것은 무대가 아니라 병실 침대에 있는 판관(백호)이었고, 그곳에 원래는 꽃길을 통해 달려와야 할 오보시 유라노스케(자신)가 병원의 긴 복도를 달려오는 것입니다.

'유라노스케는 아직인가? 키쿠오는 아직인가?'

잠 못 이루는 귓가에 계속해서 맴도는 비통한 백호의 목소리.

마치 온 동네를 뒤흔드는 듯한 전화벨이 울린 것은 바로 그때였습니다.

벌떡 몸을 일으킨 키쿠오가 불길한 예감에 등줄기가 오싹해지며 방을 뛰쳐나와 아래층으로 내려가자, 이미 복도 끝에는 오세이

모습. 수화기를 쥔 채, 뒤돌아봅니다.

"병원이야. 다 같이 와달란다."

오세이가 말을 끝내자마자 그 자리에 주저앉아버립니다. 키쿠오는 알았다는 듯 고개를 끄덕거립니다.

"사모님! 선생님이, 선생님이 우릴 기다리고 계신답니다!"

바로 방에서 뛰쳐나온 사치코도 오세이에게 택시를 불러달라고 부탁하더니 각오를 굳힌 듯 나갈 채비를 하러 돌아갑니다. 키쿠오는 계단을 뛰어 올라가 식은땀에 젖은 유카타를 벗으려고 하는데, 꼭 이럴 때만 소매가 엉키고 허리끈이 엉킵니다.

"망할!"

무심결에 주먹으로 벽을 때렸습니다.

병원으로 향하는 택시 안에서 사치코는 입을 열지 않았고, 키쿠오는 키쿠오대로 혼잣말을 합니다.

"기다려주세요, 선생님. 혼자 가시면 안 됩니다. 선생님, 곧 갈게요."

그런 키쿠오 귓가에 맴도는 것은 "유라노스케는 아직인가? 키쿠오는 아직인가?"라고 말하는 백호의 목소리입니다.

그곳만 덩그러니 밝은 심야 외래문을 통해 계단을 뛰어 올라간 다음, 병실을 향해 쭉 뻗은 길고 어두운 복도에서 키쿠오가 한 번 더…….

"선생님, 기다려주세요!"

진심으로 외치며 달려 나가려던 순간이었습니다.

"슈도령! 슈도려어어엉!"

그렇게 외치는 백호의 목소리가 들려옵니다.

"슌도령, 슌도령……."

자기 자식을 부르는 아버지의 목소리입니다.

무심결에 걸음을 멈춘 키쿠오 옆을 입을 꾹 다문 사치코가 앞질러 갑니다. 그대로 병실로 뛰어 들어간 사치코는……

"여보! 여보오오오오오!"

지금까지 한 번도 들어본 적 없는, 남편에게 매달리는 듯한 목소리입니다.

키쿠오는 왠지 그 자리에 주저앉아버릴 것만 같은 몸을 버티며 천천히 병실로 향하지만 어두운 복도 끝, 그곳만 밝은 병실이 유난히 눈부시고 무척 멀게 느껴집니다.

문틈으로 들여다본 병실에서는 헛소리처럼 슌스케 이름을 부르는 백호 위로 사치코가 엎드려 울고 있습니다.

"죄송합니다……."

까닭도 없이 그런 말이 키쿠오의 입에서 흘러나왔습니다.

7월 18일, 오사카 시텐노지四天王寺 아미타도阿弥陀堂에서 하나이 백호 씨(본명: 오가키 토요후미, 향년 70세)의 장례식이 열렸다.

본 장례에서는 가부키계, 일본 무용계는 물론이고 고인을 추모하는 천여 명의 참석자들이 마지막 작별의 시간을 보냈다.

미츠토모 주식회사 우메키 상무는 추모사에서 백호 예명 세습 무대에서 우레와 같은 박수를 받다 쓰러진 것을 언급하며 "정말 당신다운 훌륭한 배우 인생의 막이었습니다"라며 떨리는 목소리로 말했다.

일본 배우 협회 이사장으로 추모사에 나선 아즈마 센고로 씨는 생전의 추억을 언급한 뒤 "여한이 많으시겠지요. 그러나 당신이 씨를 뿌리고 엄격하게 키워낸 젊은 싹은 언젠가 반드시 멋진 꽃을 피울 것입니다. 3대손 한지로를 계승한 키쿠오 군, 그리고 지금 어딘가에서 필사적으로 싸우고 있을 당신의 아들 슌스케 군을 우리가 선배로서 반드시 도울 것입니다. 두 살의 첫 무대부터 당신이 무대 위에서 얼마나 많은 땀을 흘렸는지, 얼마나 많은 눈물을 흘렸는지 우리는 잘 압니다. 그러니까 토요짱, 푹 쉬세요. 이제 아무것도 걱정하지 않아도 됩니다"라고 호소해, 참석자들의 눈물을 자아냈다.

마지막으로 상주로서 인사에 나선 3대손 하나이 한지로(본명: 타치바나 키쿠오) 씨는 "저에게는 친아버지나 다름없었던 하나이 백호를 진심으로 존경합니다. 그저, 진심으로…… 존경합니다……"라며 말을 잇지 못했고 사람들 시선도 신경 쓰지 않으며 오열하고 말았다.

하나이 백호, 오가키 토요후미 씨, 전쟁 전후를 달려온 오사카의 인기 배우에게 마지막 작별을 고하기 위해 뙤약볕 아래로 발걸음을 옮긴 많은 팬의 행렬은 끊기지 않았고, 분향이 끝나도 그 자리를 떠나지 않았고, 발인 때 여기저기서 들려온…….

"탄바야!"

"백호!"

"2대손!"

"한지로!"

……라는 함성은, 자동차가 장례식장을 떠난 뒤에도 언제까지나

계속되고 있었다.

1975년 7월 19일 자 《아사히신문》 조간에서

ㄱ 사랑하는 방법 나도 모르게 보고 배워
누구에게 보여주려 화장하고 꾸미나
전부 당신을 향한 내 마음 때문
아아 기뻐라 아아 기뻐라

연보라색 무늬 기모노에 검은 오비를 매고, 붉은 입술에 수건을 물고, 무대에서 수줍게 춤추는 키쿠오의 모습에, 객석이 텅 비긴 했어도 이곳 우츠노미야 시민 홀의 관객들이 한마음으로 지켜보는 것은 틀림없습니다. 분장실에서 준비를 도운 후 객석에서 환호하려고 서둘러 2층 객석으로 뛰어 올라온 토쿠지의 눈에도, 이 순회공연이 시작된 이래, 날마다 요염함을 더해가는 키쿠오의 춤은 감탄이 나올 정도입니다.

그래서 텅 빈 객석을 둘러보면 화도 납니다. 2층 객석에는 사람이 거의 없고, 1층 객석에도 한 줄이 전부 공석인 곳도 있는 상황. 게다가 가부키용이 아닌 극장에는 무희 하나코가 등장할 꽃길조차 없지만, 그래도 꿋꿋하게 춤추는 키쿠오가 측은했기에…….

"3대손!"
"한지로!"
"탄바야!"

이렇게 외치는 소리에도 저절로 힘이 실립니다.

옛날 타치바나파의 신년회에서 1년에 한 번은 가부키를 흉내 내긴 했어도 전문적인 지식이 있는 건 아니지만, 그래도 키쿠오 곁에서 10년의 시간을 보내다 보니 토쿠지도 나름대로 춤의 좋고 나쁨이라는 것을 알 수 있게 되었습니다.

자기가 도련님 편이라는 걸 감출 수는 없겠지만, 그래도 〈처녀도죠지〉에서 보여주는 키쿠오의 춤은 원래 눈에 보이지 않는 것이 보이는 것만 같았습니다. 그것은 초조해하거나 기뻐하는 감정이기도 했고, 입에 문 수건이 만들어내는 하얀 궤적이기도 했고, 무대에는 없는 사랑하는 상대의 모습까지 거기에 나타나는 것입니다.

특히 이번처럼 키쿠오가 혼자 무대에서 춤을 출 때면, 토쿠지 눈에는 마치 인형 창극처럼 키쿠오가 실에 조종되고 있는 것처럼 보였습니다.

그 후에도 상반신을 달걀색 의상으로 바꾸어 장구를 치며 춤추고, 또 방울 태고로 모내기 노래, 정신없이 북을 바닥에 내리치는 사이 어느새 무희 하나코의 안색이 바뀌고, 이제 남은 건 대단원의 입종入鐘. 큰 종을 빠르게 올려다본 키쿠오는 제압하는 쇼케(승려)들을 떨쳐내고, 무시무시한 뱀의 본성을 드러내며 종에 기어오릅니다.

요염한 키쿠오 포즈에 압도당하면서도 객석에서는 잔잔한 박수밖에는 들려오지 않았고……

"3대손! 한지로!"

그에 초조해진 토쿠지가 더욱 큰 함성을 지릅니다.

막이 내리자 토쿠지는 분장실로 돌아가 매니저 하나요와 다른 스태프들이 가발과 의상을 떼어내 주고 있는 키쿠오에게…….

"도련님, 홀딱 반해버리겠다."

여느 때처럼 말을 걸자마자 분장실 구석에 양복 차림의 낯선 남자가 보였습니다.

"아, 죄송합니다."

그렇게 말하며 입구로 물러서자 키쿠오가 소개합니다.

"미츠토모의 키노시타 씨다."

"아, 실례했습니다."

토쿠지가 바닥에 정좌하며 말합니다.

물론 지금까지 미츠토모 직원을 몇 명 봤지만, 이 키노시타라는 남자는 왠지 모르게 다른 직원들과 분위기가 다릅니다. 어디가 어떻게 다르냐 하면, 큰 주식회사의 직원이라고는 해도 역시 공연 기획사답게 생활에 찌든 느낌 없이 뭔가 멋스러운 분위기가 있는데, 이미 50이 넘은 이 남자에게는 그런 종류의 섹시함이 없었습니다.

"키노시타 씨는 미츠토모 경리로 일하신다."

키쿠오 본인도 오늘 처음 본 사이 같았고, 이야기를 들은 토쿠지도…….

"아, 경리시구나."

그런 대답밖엔 할 수 없습니다.

일단 가발하고 의상을 벗고 땀이 흥건한 채로 키쿠오가 키노시타 앞에 자리를 잡았습니다. 꽤 신기했는지 끈적한 시선으로 벗어 놓은 의상을 바라보던 키노시타가 문득 정신을 차리며 말합니다.

"아직 백호 씨의 사십구재도 지나지 않았는데 이런 말씀 드리기

뭣하지만…….”

 키노시타라는 남자가 토쿠지 쪽을 계속 힐끔거렸기에 나갈까 하는 생각도 했지만, 아무래도 키쿠오는 곁에 있어 주길 바라는 눈치라서 토쿠지는 일부러 둔감한 척 더 가까이 다가옵니다.

 “……무슨 이야기냐면, 백호 씨의 오사카 자택에 관한 겁니다.”

 그 집에는 물론 지금도 사치코와 겐키치, 또 오세이를 비롯한 하녀들이 살고 있는데, 백호가 죽은 뒤 일문의 제자들을 어떻게 할지 등의 문제가 산더미처럼 쌓여 있기는 하지만, 사치코는 완전히 기력을 잃은 데다 키쿠오는 당장 지방 순회공연이라 상의할 시간이 없어 일단 49일 뒤 납골을 끝내고 나서 해결하려는 생각으로 모든 것을 방치하고 있었습니다.

 “집에 관한 이야기라고요?”

 키노시타라는 남자가 좀처럼 본론을 꺼내지 않는 걸 보고 키쿠오가 재촉합니다.

 “그 저택은 말이죠, 사실 채무자한테서 미츠토모가 양도받기로 되어 있었거든요.”

 그런 키노시타 이야기에…….

 “아, 그러고 보니 선생님께 들은 적이 있었습니다. ‘내가 죽으면 이 집은 없어질 거다’라고…….”

 키쿠오가 느긋하게 말하지만, 간사이 가부키의 명맥이 끊기지 않도록 자택을 저당 잡혀가며 순회공연을 한 것은 물론, 오사카의 인기 가부키 배우로서 세상을 실망시키지 않기 위한 품위 유지비를 아끼지 않았기 때문에 하나이 백호가 될 수 있었던 거라고, 토쿠지도 키쿠오에게 들었습니다.

"그래서 말이죠. 아직 사십구재도 안 됐는데 좀 그렇지만……."

그제야 이야기가 본론으로 접어들었고, 당연히 당장은 힘들겠지만 적어도 올해 안에는 오사카 자택을 비워주었으면 한다는 것이었습니다. 그리고 그런 사정을 3대손 한지로가 초췌해진 사치코에게 전해달라는 이야기였습니다.

"……물론 이는 제 개인적인 판단이 아닙니다. 위에서 결정된 사항이고요."

"아, 잠깐!"

발끈하는 키쿠오를 곧바로 말릴 수 있도록 토쿠지가 한쪽 무릎을 세우고…….

"도련님."

조용히 훈계하면 일단 키쿠오도 마음을 가라앉힙니다.

"그래서 얼마나 됩니까? 선생님이 진 빚이."

"대충 따져서, 일억 이천만 엔 정도."

억이라는 액수를 입에 담는 것만으로 호들갑스럽게 숨을 몰아쉬는 키노시타와는 대조적으로…….

"네? 겨우 그 정도였습니까? 우리 선생님이면 국가 예산 정도는 될 줄 알았는데요."

그렇게 말하며 웃는 키쿠오가 듬직하기도 하고, 또 세상 물정을 너무 모르는 것 같아 한심하기도 한 토쿠지입니다.

"어떻게 안 되겠습니까?"

마치 천 엔 깎아달라고 부탁하는 듯한 키쿠오의 말에 키노시타가 당황했습니다.

"그건 힘들죠. 금액이 금액이니까요."

하지만 키쿠오는 이미 대화가 끝났다는 듯 얼굴에 콜드크림을 바르기 시작했습니다.

"지금 사모님한테 거기서 나와달라고 누가 말할 수 있겠습니까? 그건 악마도 못 하겠다고 할걸요."

크림을 펴 바르기 시작한 키쿠오가 문득 뭔가 생각난 듯 뒤돌아 봅니다.

"저기, 키노시타 씨. 그 빚, 이 3대손 한지로가 그대로 상속받을 수는 없겠습니까?"

"……네?"

꼭 키노시타가 아니더라도 그런 반응일 겁니다. 토쿠지 역시 당황스럽습니다.

"도련님! 그런 건 얼굴에 크림 바르면서 할 얘기가 아니잖아."

하지만 이미 결심한 키쿠오의 마음이 바뀔 리도 없습니다.

"이봐요, 키노시타 씨. 어떻습니까? 한번 미츠토모의 높은 분한테 말씀드려주실 순 없겠어요? 그 대신 저도 남자답게 그렇게만 해주시면 뭐든 하라는 대로 하겠습니다."

"자, 잠깐!"

무심결에 두 사람 사이로 끼어든 토쿠지가 먼저 키노시타를 말리려는 듯 두 손을 내밀었다가, 그대로 방향을 바꿉니다.

"도련님, 너무 무모하다."

하지만 토쿠지가 필사적으로 말리려 한 이 이야기는 결국 키노시타가 회사에 전달했고, 그 며칠 뒤, 순회공연 중이던 센다이 여관에 전화가 걸려 옵니다. 놀랍게도 미츠토모는 기꺼이 키쿠오의 제안을 받아들였고, 그에 관해 형식적으로라도 계약서를 교환하고 싶으니 순회공연 도중에 한번 도쿄 본사에 방문해달라고 했습니다.

이 이야기, 나중에야 알게 된 사실입니다만, 오늘날 가치로 환산하면 이억 엔이 넘는 금액을 조금 얼굴과 이름이 알려져 있다고는 해도 예명 세습 기념 공연조차 실패한 젊은 키쿠오에게 대신 떠넘긴 미츠토모 본사에도 물론 숨겨진 속셈이 있었습니다. 왜냐하면 실제로 오사카의 낡은 저택을 팔려고 내놓는다고 일억을 회수할 가능성은 없었던 것 같고, 게다가 회사로서도 아무래도 당장 필요한 돈도 아니기에 차라리 앞으로 성공할 가능성이 있는 젊은 배우에게 잠시 맡겨도 좋지 않을까 하는 결론을 내렸다고 합니다.

승낙 전화를 받고 안심하는 키쿠오를 그날 밤, 센다이 고쿠분초國分町에 데려간 토쿠지는 여자 종업원이 있는 가게에 가기 전에 포장마차로 안내합니다.

"도련님, 정말로 괜찮겠어?"

그렇게 다시 한번 충고하기 위해서였습니다.

하지만 시원한 맥주를 단숨에 들이켠 키쿠오는 진지하게 중얼거립니다.

"우리가 선생님한테 얼마나 큰 신세를 졌냐. 신세를 진 사람에게 빚이 있다면, 그건 곧 우리들의 빚이야."

"그래? 도련님도 많이 고민했나 보네."

"당연한 거지. ……게다가, 누군가에게 신세를 진다는 건 결국 그런 일이다. 같은 야쿠자 출신이잖아. 토쿠짱은 무슨 말인지 알지?"

자기 출신을 이렇게 긍정적으로 받아들이는 키쿠오가 토쿠지는 왠지 자랑스러워서······.

"좋다. 그럼 도련님의 빚은 이 토쿠지의 빚이다. 내가 무슨 일이 있어도 도울게."

김으로 뿌연 포장마차 카운터에서 자기 가슴을 두드리며 말했습니다.

한편, 도호쿠 순회공연이 일단락되자 빚 상속 계약을 위해 도쿄의 미츠토모 본사에 들른다는 키쿠오와 헤어져, 한발 먼저 간사이 지역으로 돌아온 토쿠지가 제일 먼저 향한 것은 교토 오카자키의 후지코마의 집이었습니다.

이날은 아야노가 다니는 유치원에서 학예회가 열리는데, 토쿠지는 오래전부터 기대하고 있었습니다.

밤에 교토에 도착해서 그 길로 후지코마의 집에 갔더니, 여전히 개구쟁이인 아야노가 아침부터 현관 앞에서 근처의 남자아이들을 상대로 닌자 놀이를 합니다. 아무래도 아야노가 그 총대장인지, 지난번 토쿠지가 전단지로 만들어준 수리검을 들고 적들을 거침없이 쓰러뜨리고 있습니다.

"아가씨!"

토쿠지가 말을 걸자······.

"아, 텐구다, 텐구!"

바로 토쿠지에게 배역을 부여했기에, 그 자리에서 장기인 공중제비를 선보여 아이들의 갈채를 받습니다.

"토쿠짱, 정말 와줬네?"

토쿠지의 목소리를 들은 후지코마가 집에서 얼굴을 내밀어,

"……아직 아무것도 못 먹었지? 아침밥 금방 준비할게."

"이렇게 입고 가면 되나?"

토쿠지는 일단 단벌 양복 차림입니다.

"그건 너무 힘줬어. 넥타이까진 필요 없는데."

후지코마의 말에 토쿠지가 넥타이를 푸는데, 옆에서는 아야노가 텐구의 부활을 이제나저제나 기다립니다.

"아가씨, 오늘 재롱잔치는 뭐야?"

"〈늑대와 일곱 마리 아기 염소〉. 난 주인공인 늑대야."

아야노의 말에 다른 남자아이들이 웃으며 반박합니다.

"주인공은 아기 염소지!"

"근데 늑대는 보통 남자애들이 하지 않나?"

토쿠지가 정말 궁금하다는 듯 묻자, 듬직하기 그지없는 대답이 돌아옵니다.

"복숭아 반에서 제일 강한 애가 하는 거야. 그럼 나잖아?"

제 9 장

침향목침
(伽羅枕)

    창문 너머에는 여름 햇살이 내리쬐는 스미다강이 펼쳐져 있지만 바람은 없었고, 느껴지는 건 바로 아래를 달리는 수도 고속도로 무코지마선向島線의 소음뿐입니다.

    "저기 보이는 다리 건너편이 구라마에蔵前 국기관입니다."

    키쿠오가 머리카락 사이로 연신 흘러내리는 땀을 수건으로 닦아내며 손가락으로 가리킵니다. 옆에서는 아라카제세키의 늙은 부모님이 까치발을 하고 서서 바라봅니다.

    "정말이네. 지붕이 살짝 보여."

    그 뒤에서는 무거워 보이는 가죽 소파를 가볍게 들어 올린 아라카제가 그대로 밖으로 옮기려 했기에…….

    "아라짱, 도와줄게."

    키쿠오가 한쪽을 들어주려다가 오히려 방해만 될 것 같아 바로 역할을 변경합니다.

"먼저 나가서 문 잡아줄게."

맨션 복도에서는 이삿짐센터 인부들이 골판지 상자를 차례차례 아래층 트럭으로 옮기고 있는데, 그중 하나를 든 키쿠오가 아라카제와 함께 계단을 내려갑니다.

"키쿠짱, 여러모로 고마워."

평소처럼 퉁명스러운 말투입니다만, 그래도 마음은 전해져 옵니다.

"오늘이 공연 마지막 날만 아니었어도 끝까지 도울 수 있었을 텐데. 아, 맞다. 긴자에 있는 '마사즈시政鮨'에 회덮밥 3인분 주문해 놓을 테니까, 가는 길에 들러서 기차 안에서 먹어."

"응."

다른 사람 같으면 여기서 '괜찮아, 그럴 필요 없어'라고 대답할 테지만, 그게 아니라 그냥 '응'이라고 하는 게 아라카제다워서 키쿠오는 점점 더 그가 좋아집니다.

이 아라카제는 키쿠오의 마작 동료 중 한 명으로 몇 년 전에는 두 번째 등급인 오제키 승급이 기대된 적도 있었습니다. 하지만 공교롭게도 그 후로 무릎 부상이 심해지면서 계급이 점점 아래로 떨어지다가 지난 1년은 스모 경기 출전도 제대로 못 하는 상황. 결국은 쓰라린 은퇴를 결정하고 오늘 마중 나온 부모님과 고향인 아키타로 돌아가게 되었습니다.

키쿠오가 아라카제와 처음 만난 것은 슌스케 가출 이후 도쿄에 가서 별로 내키지도 않는 영화에 몇 편 출연하던 무렵이었습니다.

한 스모 후원자의 생일 파티에 거절하지 못하고 참석했을 때 호텔의 넓은 연회장 벽 쪽에 키쿠오처럼 우두커니 서 있던 것이 아라카제였습니다.

스모를 좋아하던 키쿠오가 맥주를 들고 그에게 먼저 다가가며 말을 걸었습니다.

"그쪽 스모, 정정당당해서 좋더라고."

당시에 아직 하위 등급이었던 아라카제를 키쿠오가 어떻게 알고 있었냐면, 똑같이 스모를 좋아하는 후지코마가 아라카제와 동향인 아키타의 가나아시오이와케 출신이었기 때문입니다.

이 아라카제는 자기 입으로 한 번도 이야기한 적이 없지만, 중학교를 졸업하고 상경한 열다섯 살 때부터 심한 괴롭힘을 당했습니다.

태생이 과묵한 설국 출신 소년이라 제자로 들어간 스모 도장에서도 사형한테 붙임성 있게 다가갈 재주도 없었고, 그렇다고 해서 사모에게 귀여움을 받을 만한 주변머리도 없습니다. 사형들의 연일 계속되는 괴롭힘은 매우 음습한 방법으로 행해져서 한 번은 질식 직전까지 이불로 조여지다가 구급차를 부른 적도 있다고 합니다.

그런데도 도망치지 않은 것은 자신을 믿고 보낸 부모님께 언젠가 당당하게 성공한 모습을 보여드리기 위해서였습니다. 그렇게 오로지 연습에만 정진한 보람이 있어, 자는 아라카제의 얼굴에 오줌을 싸던 사형들을 앞지르고 최고 무대인 마쿠우치幕內에 입성. 다만, 세 번째 등급인 세키와키까지 간신히 올라갔을 때 무릎 부상을 당합니다. 시대는 그야말로 '얄미울 정도로 강하다'는 '미호노

우미三保の湖'의 1강 시절. 몇 번을 도전해도 우스꽝스럽게 미호노우미에게 쓰러지는 아라카제의 모습에 매정한 세상에선 약한 것을 표현할 때 '아라카제보다 약하다'라는 말이 유행할 정도였습니다.

골판지 상자를 트럭에 실은 키쿠오가 방으로 돌아오자, 아라카제의 어머니가 마치 이제부터 자기 자식이 살게 될 방인 것처럼 정성껏 바닥을 걸레질하고 있습니다.

"한지로 씨, 어제 정말 고마웠어요. 그렇게 좋은 자리에서 공연을 볼 수 있게 해줘서."

"에이, 별거 아니에요. 다음에는 좀 더 좋은 역할을 맡았을 때 꼭 보러 와주세요."

키쿠오의 넉살에 웃던 아라카제 어머니가 갑자기 몸가짐을 바로 하며 다다미 바닥에 손을 모읍니다.

"한지로 씨, 다쿠오가 여러모로 신세를 많이 졌네요. 정말 감사합니다."

키쿠오도 황급히 무릎을 꿇습니다.

"저야말로 아라카제세키 덕분에 도쿄 생활이 정말 즐거웠습니다."

"엄마인 내가 이렇게 말하는 것도 우습지만, 저 아이가 눈에 잘 안 띄긴 해도 곁에 있으면 마음이 편안해져요."

"그건 저도 잘 알아요."

"그래요? 한지로 씨도 아시는구나."

기뻐하는 어머니에게 "네" 하고 고개를 끄덕이는 키쿠오입니다.

시계를 보니 슬슬 점심때. 여기서 메이지자明治座 극장까지 걸어서 20분 거리라고는 해도 너무 꾸물거리면 분장실에 들어가는 시간이 늦어집니다. 이번 달에 메이지자에 걸린 작품은 오노가와 만기쿠가 마사오카를, 아네카와 츠루와카가 야시오를 연기하는 〈명문가의 집안 소동伽羅先代萩〉으로 당대 최고의 두 여장 배우가 공동 출연합니다. 당연히 키쿠오나 츠루와카의 핏줄인 츠루노스케 같은 젊은 배우에게 좋은 역할이 올 리가 없습니다만, 뒤에서 무슨 거래가 있었는지 뚜껑을 열어보니 츠루노스케는 조연 중에서도 대사가 있는 시녀 스미노에를 맡은 반면, 키쿠오에게 주어진 것은 원래 조연 배우가 맡아야 할 시녀 중 한 명이었습니다.

키쿠오가 부당한 대우를 받고 있다는 건 누구의 눈에도 명백했지만, 그렇다고 구체적으로 무엇이 잘못되었는지를 지적하기는 어려웠습니다. 설령 정의감 넘치는 누군가가 츠루와카에게 항의한다고 해도…….

'제 힘이 부족해서 저도 정말 미안하게 생각해요. 이럴 때 탄바야 형님이 있었다면 가만 계시지 않았을 텐데 말이야.'

그런 식으로 시치미를 뗄 게 틀림없습니다.

다만 키쿠오도 아무리 억울하더라도 지금은 마음을 다잡으며 오랜만에 도쿄 대극장의 분위기를 맛보고, 또 가까이서 만기쿠의 연기를 지켜보며 하나라도 더 배우기 위해 매일 극장에 다닌 한 달이었습니다.

이곳 가나자와의 관광호텔 연회장에 울려 퍼지고 있는 것은 카세트테이프로 재생되는 〈등나무 아가씨〉의 노래로, 결코 음원이 나쁜 것은 아니지만 스피커에서 상당히 거슬리는 잡음이 납니다.

게다가 무대에 비추는 번쩍번쩍한 빛은 변두리 카바레에서도 사양하는 셀로판 조명. 지방 관광호텔에서의 행사라고는 하지만 이런 곳에서도 성실히 춤을 추는 키쿠오의 모습은 무대 옆에서 지켜보는 토쿠지에게 측은하기만 합니다.

꽃이 있는 소나무의 목소리들도
깊은 인연을 담은 봄의 속삭임

그래도 등나무 가지를 든 키쿠오가 가련하게 춤을 끝내자 공연장에서는 성대한 박수.

토쿠지는 무대 옆에서 불을 피운 침향 향로에 뚜껑을 덮고는 무대에서 내려온 키쿠오의 손을 잡아끌고 분장실로 쓰이는 대기실로 달리기 시작합니다.

"토쿠짱, 향냄새가 왜 이렇게 독해?"

"이런 좁은 행사장, 불을 잠깐만 붙여도 금세 연기투성이야."

다른 연회장의 손님들이 담배를 피우던 복도에서 토쿠지가 향로를 들고 뛰어가자 사람들이 전부 피하고, 키쿠오는 고개를 숙인 채 대기실로 따라갑니다.

"그것보다 도련님. 조명, 미안. 무슨 카바레도 아니고. 여기에 좀 더 일찍 도착하는 스케줄이었으면 미리 확인했을 텐데. 미츠토모 본사도 정말 융통성이 없어."

사실 이번 가나자와 영업 건을 미츠토모에게 전달받은 것이 사흘 전이었는데, 아무리 무대에 오르는 시간이 저녁이라고 해도 준비가 필요하니 미리 와 있고 싶다는 요청을 호텔비 절약의 이유로 들어주지 않았던 겁니다.

　백호의 빚을 상속받을 때, 키쿠오 본인이 '뭐든 하겠습니다'라고 말한 건 사실이지만, 그렇다고 스케줄이 빌 때마다 지방 행사를 뛰게 하는 미츠토모 때문에 키쿠오보다 토쿠지의 속이 더 부글부글 끓었습니다.

　얇은 파티션으로 구분된 대기실에서 토쿠지가 키쿠오의 환복을 돕고 있을 때, 이번 행사의 주최자인 유한회사 선라이프의 사장이 거리낌 없이 파티션을 밀고 들어와 얼굴을 내밉니다.

　"3대손, 이제 슬슬, 준비됐지?"

　"죄송합니다. 이제 5분 뒤면 끝나는데요."

　토쿠지가 사장을 쫓아내듯 대답했지만…….

　"괜찮아. 지금 가면 돼."

　검은색 예복 기모노로 갈아입은 키쿠오는 허리에 부채를 꽂고, 입안에 있던 사탕을 알루미늄 휴지통 안에서 딸랑거리는 소리가 날 만큼 성대하게 뱉어버립니다.

　"아, 맞다. 3대손, 오늘은 지난번처럼 무뚝뚝하게 굴지 좀 마. 누가 뭐, 손님들한테 보석을 팔아달라고 하냐? 그래도 관객들을 좀 기쁘게 해주면 좋잖아. 그냥 거울 앞에 사모님을 세워놓고, 네가 뒤로 돌아가서 목걸이를 걸어주면서 말 한마디……."

　"'잘 어울리시네요'라고 하면 되는 거죠? 알고 있어요."

　키쿠오의 말에 만족한 선라이프 사장이…….

　"오늘은 3대손 한지로를 보려고 가나자와의 마담들이 엄청 많이 왔어. 그런 3대손이 권하는데 돈을 안 쓰는 건 그야말로 여자의 자존심이 허락 못 한다고, 아까도 다들 떠들어대더라."

그 특설 보석 판매 회장에 들어가기 직전, 키쿠오가 문득 걸음을 멈추고 토쿠지를 돌려보내려 합니다.

"토쿠짱, 여기는 혼자서도 괜찮아."

얼굴은 아무렇지도 않은 듯 태연해도, 돈 많은 마담들에게 아부를 떠는 자기 모습을 보여주고 싶지 않다는 걸 토쿠지도 깨닫습니다.

"그럼 끝날 때까지 근처에서 파친코라도 하고 있어야겠네."

그렇게 눈물을 머금고 생이별하는 두 사람.

다만 당연히 파친코 가게에 갈 리는 없고, 키쿠오가 더 수치스러운 꼴을 당하지 않도록 행사장 파티션 뒤에서 언제나처럼 망을 보는 토쿠지입니다.

화장실 작은 창문으로 보이는 더러운 하천 위로 유흥주점과 바의 네온 불빛이 일렁입니다. 진한 위스키에 취한 키쿠오가 서 있는 곳은 가나자와 번화가에 있는 고급 클럽의 화장실인데, 좁은 세면대에서 얼굴을 씻다 보니 열린 작은 창문을 통해 왠지 향수를 자극하는 하천의 풍경이 보였습니다.

키쿠오는 다시 거칠게 물로 얼굴을 씻어냅니다.

"나가사키 하루에네 집에서 보이던 경치하고 비슷하네."

묘하게 감상적인 기분에 젖으며, 거울에 비친 술 취한 자기 얼굴을 지긋지긋하게 바라봅니다.

화장실 문 너머에서는 선라이프 사장의 간신배 같은 목소리와 대대로 이 지역에서 부동산업을 한다는 하치야 부부의 천박한 웃음소리가 들려옵니다.

이 하치야 부부는 지역 유지라고 하는데, 호텔에서 열린 보석 판매 회장에서도 아주 거만한 표정이었고 실제로 말도 안 될 만큼 고액의 액세서리를 사주었기 때문에 선라이프 사장은 이 부부에게 간이든 쓸개든 다 빼줄 것처럼 굴었습니다. 판매회가 끝나자, 모처럼 3대손 한지로가 와주지 않았냐면서 부부가 저녁 식사에 초대해 주었고 자연스러운 흐름으로 이 클럽까지 왔지만, 어쨌든 이 부부에게는 키쿠오가 싫어하는 종류의 천박함이 있었습니다. 예를 들어 요정에 갔을 때는…….

"오늘은 엄청난 미남이 왔어."

요정 전체에 그런 소문을 내고, 보러 온 종업원들에게 마치 즉석 판매회의 상품이라도 되는 것처럼 키쿠오를 구경시키는 것이었습니다.

그래도 이런 종류의 영업을 하게 된 지 오래된 키쿠오는 천박한 부자들에게 일일이 화를 내지도 않게 됐지만, 역시 오늘 밤은 마음이 무거워서 마치 무거운 납덩어리라도 들어 있는 듯한 기분입니다. 왜냐하면 오늘 저녁 미츠토모 측 연락을 받았는데, 결국 올해는 연말까지 가부키좌 극장 같은 큰 무대에 출연하는 일이 아예 없을 거라고 했기 때문입니다.

어느새 3대손 하나이 한지로라는 이름이 아까운 단역만을 맡고 있습니다. 그래도 만기쿠나 아즈마 센고로 등 에도 가부키의 명배우들과 같은 무대에 선다는 것에 만족하면서 어떤 단역을 맡든 누구보다 그 배역을 열심히 연구하고 연습했지만, 그런 세월이 1년이고 2년이고 계속되는 사이에 후견인 츠루와카에게는 점점 홀대를 당해 지금은 3대손 하나이 한지로가 시녀 같은 단역을 맡는 게 마치 당연한 일처럼 되어버렸습니다. 그래도 아직 간사이 가부키가 살아 있다면 명색이 3대손 하나이 한지로인 키쿠오에게도 큰 역할이 돌아왔겠지만, 백호가 죽은 후 타이밍 나쁘게 도톤보리 주변 극장이 연달아 문을 닫았습니다. 남은 극장에서도 웃고 울리는 미츠토모 신희극 일색이 되어 결국 이쿠타 쇼자에몬 일문도 거점을 도쿄로 옮기기에 이릅니다.

키쿠오는 다시 한번 화장실 창문을 통해 하천의 경치를 바라보다……

"지금쯤 어디서 뭘 하고 있으려나?"

한숨을 한 번 쉬고 소란스러운 박스석으로 돌아갑니다.

"아, 왔네, 왔어. 자, 3대손이 화장실에서 돌아왔습니다."

선라이프 사장에게 이끌려 억지로 하치야 부부 옆에 앉게 되자, 취기로 완전히 눈이 풀린 하치야가…….

"자, 이쯤에서 3대손이 춤을 춰야지."

그런 말로 호스티스들을 부추깁니다.

키쿠오는 물론이고 그 자리의 모든 사람이 농담으로 넘기려고 했지만, 술에 취한 와중에도 그런 분위기에는 민감한 듯 끈질기게 키쿠오를 일어서게 하려고 합니다.

"빨리 해! 지난번에 벤텐은 여기서 만담을 했다고."

그렇게 되자 선라이프 사장까지 말릴 수밖에 없습니다.

"사장님, 그건 좀 힘듭니다. 벤텐 같은 만담꾼이야 마이크 하나만 있으면 얼마든지 할 수 있지만, 3대손이 춤을 추려면 샤미센부터 시작해서……."

하지만 하치야도 이제 와서 물러설 수는 없었는지, 키쿠오를 억지로 일으켜 세우려고 끈질기게 기모노의 겉옷을 붙잡았습니다.

"중요한 부분만 잠깐 춰 봐. 응? 3대손, 괜찮지?"

하치야의 털 많은 손이 움켜쥐고 있는 것은, 가슴 언저리에 새겨진 탄바야의 문장 '동그라미 안의 광림송光琳松'.

일그러진 탄바야의 문장에 어째서인지 백호의 얼굴이 겹쳐 보이고, 어째서인지 슌스케의 얼굴이 겹쳐 보이면서 키쿠오가 무심결에 일어섭니다.

"어딜 건드려, 이 미친 새끼가!"

포마드로 끈적끈적한 하치야의 머리를 움켜쥐고, 그 얼굴에 주먹을 날리기 직전…….

"도련님!"

입구 근처 테이블에서 하치야의 부하나 다른 추종자들과 함께 마시던 토쿠지가 그야말로 순식간에 날아와서 주먹을 치켜든 키쿠오의 팔에 매달리며 귓가에 속삭입니다.

"천하의 한지로가 이런 데서 뭐 하는 거야. 정 못 참겠으면, 내가 대신 이 아저씨 죽여버릴게."

퍼뜩 정신을 차린 키쿠오도 치켜든 팔에서 힘을 빼더니…….

"죄송합니다."

누구에게랄 것도 없이 중얼거리며 그 자리를 떠납니다.

가게 밖으로 나오자 곧바로 토쿠지가 뒤쫓아오며 어깨를 토닥입니다.

"도련님, 잘 참았어. 훌륭해."

그 손을 뿌리친 키쿠오가 무심결에 깊은 한숨을 내쉽니다.

"훌륭한 사람 다 얼어 죽었냐."

"도련님, 내가 항상 말하잖아. 츠루와카든 아까 그 사장이든, 못 참겠으면 언제든 말해. 내가 다 쥐어패고, 죽여버릴 테니까. 도련님은 그런 더러운 일 안 해도 돼."

어디까지가 진심인지, 진지한 표정의 토쿠지를 보며 갑자기 웃음이 나는 키쿠오입니다.

"네 말이 맞아. 저따위 인간을 때린다고 무슨 기분이 풀리겠어. 이번 일 소개해 준 벤텐만 곤란해지지."

아까 하치야의 손에 짓눌린 겉옷의 문장을 손으로 편 다음 가드레일에 걸터앉아 소매에서 담배를 꺼냅니다.

"저기, 토쿠짱. 아까 문득 든 생각인데……."

옆에 걸터앉은 토쿠지도 한 모금 빨아들이자, 옆에 선 버드나무가 여름 밤바람에 살랑거립니다.

"……슌도령이었으면, 아까 춤추지 않았을까?"

"슌도령이 그 자리에서?"

놀라는 토쿠지를 내버려둔 채 키쿠오는 확신하듯 말합니다.

"왠지 그럴 것 같아."

"슌도령이 그렇게 겁이 많진 않을 텐데."

"나도 알아. 그런 뜻이 아니라, 자신감이라고 해야 맞으려나?"
"자신감?"
"나 같은 건, 한 그루의 나무야."
"한 그루의 나무?"
"응. 그냥 한 그루의 나무니까, 누가 나무를 바보 취급하면 화가 나는 거야. 하지만 내가 산이었다면, 나무 한 그루를 바보 취급한다고 신경이나 쓰겠어? 나 같은 건, 이렇게 3대손 한지로를 이어받았는데도 아직 한 그루의 나무인 거야. 하지만 슌도령처럼 태어날 때부터 탄바야를 짊어졌던 사람은, 역시 산이야. 슌도령 같으면 그런 천박한 시골뜨기의 술주정 따위는 신경도 쓰지 않고, 그냥 훌훌 일어나서 춤추는 시늉이라도 했을걸."

그런 비유의 의도가 얼마나 전해졌는지는 몰라도······.
"그래서 그 산은, 이런 탄바야의 위기 상황에 대체 어디서 뭘 하고 있는 건데?"

토쿠지가 평소와 달리 감상적인 반응을 보입니다.

한편, 조금 전에 벤텐의 이름이 언급된 이유는, 원래 이 선라이프의 영업은 무대에서 배역을 맡지 못하게 된 키쿠오가 빚 변제는 커녕 오사카의 사치코에게 매달 송금하는 것도 힘들어한다는 이야기를 벤텐이 토쿠지에게서 듣고 소개해 준 일이기 때문입니다.

이 시기의 벤텐은 '아빠, 아빠, 아빠', '엄마, 엄마, 엄마'라는 유행어로 한 시대를 풍미한 세이요, 하나비시 콤비를 대체하며 서서히 텔레비전의 인기인이 되어가고 있었습니다.

그 계기가 된 것이, 원래 텐노지의 광대 골목에서 자란 벤텐답게 어렸을 때부터 재치와 독기를 갖고 있었는지, 한 만담 프로그램의 생방송 중에 갑자기 만담 공연을 멈추고…….

"아— 정말 바보 같네. 어차피 다들 코라도 파면서 텔레비전을 보고 있을 거 아냐."

무대 바닥에 편하게 앉으며 피디와 합의되었던 만담 공연을 그만두고, 사실 자기가 텐노지의 광대 골목에 버려진 아이였다고 밝히며 어릴 적에 배가 고파 마술사의 비둘기로 꼬치구이를 만든 이야기와 히로뽕에 중독되었던 만담꾼이 일으킨 작은 화재 소동 이야기 등을 재미있게 풀어놓기 시작했습니다.

너무 갑작스러운 일이라 피디는 중단시키지도 못했고, 그 모습이 그대로 전국에 방송되면서 당연히 담당 프로듀서 자리가 위험해질 만큼 항의 전화가 빗발쳤는데, 벤텐이 보여준 날것의 느낌이 이른바 텔레비전 세대인 젊은이들에게 절대적인 지지를 받았습니다. 게다가 시대가 그를 돕는 것인지 메이지 대학의 저명한 교수가 《아마추어의 시대》라는 텔레비전 비평서를 출판한 것이 바로 이 무렵이었는데, 베스트셀러가 된 이 책의 표지에 놀랍게도 벤텐의 사진이 사용되면서 그 뒤로는 이른바 독설캐 연예인으로서 방송계의 아이콘으로 떠올랐던 것입니다.

그 벤텐으로부터, 자신이 나오게 된 영화에 키쿠오도 출연시켜 달라고 감독에게 부탁했다는 연락이 온 것은 바로 이날 밤, 키쿠오와 토쿠지가 가나자와 거리에서 술을 더 마시고 호텔로 돌아왔을 때였습니다.

전화를 받은 토쿠지가 자세히 이야기를 들어보니, 감독은 놀랍게도 기요타 마코토. 맞습니다, 일확천금을 노린 토쿠지와 벤텐이 홋카이도에서 도망쳐 돌아왔을 때 인연을 맺은 그 누벨바그의 기수입니다.

그 기요타 마코토 감독, 결코 촬영 편수는 많지 않아도 그 후 쭉 꾸준히 좋은 작품을 찍고 있어서 이 무렵에는 칸이나 베니스 영화제의 단골이라고 해도 과언이 아닌 세계적인 거장이 되어 있었습니다.

이번에 촬영하는 영화는 그 집대성이 될 거라 여겨지는 작품으로, 제목도 〈태양의 카라바조〉. 태평양 전쟁 말기의 오키나와 전투를 그린 것으로, 이미 확정된 캐스팅을 보면 역시 세계적인 거장이자 누벨바그의 기수답다고 할까요. 주연인 미군 대위 역에는 비틀스와 인기를 겨루었던 미국 록 밴드의 보컬 찰리 허드슨, 일본군 대위 역은 무려 요미우리 자이언츠에서 은퇴 후 탤런트로 활약하던 전 야구 선수 시게타 아츠시로 정해졌다는 이야기였습니다.

벤텐의 이야기에 따르면 이 작품에 등장하는 일본 병사 중에 가부키의 여장 배우가 있다고 하는데, 기요타 마코토 감독이면 벤텐은 물론이고 토쿠지를 주연으로 해서 영화를 찍기도 한 사람이니 이것은 뭔가 운명적인 만남임이 틀림없으며, 이번 기회를 승부처 삼아 출연을 부탁해 보는 게 어떠냐고 했습니다.

벤텐의 전화를 끊은 토쿠지는 당장이라도 키쿠오에게 알리고 싶은 생각을 억누르며 잠시 나름대로 고민해 봅니다. 정말 이게 도련님한테 좋은 길일까 하고.

츠루와카의 횡포로 키쿠오가 좋은 배역을 못 받는 것도 괴로운 사실이지만, 간사이 지방은 물론이고 도쿄의 가부키좌 극장조차 작품에 따라서는 배우들이 측은해 보일 만큼 파리가 날린다는 요즘입니다. 가부키 인기의 몰락은 일개 조연 배우일 뿐인 토쿠지의 눈에도 명백해 보였고, 그런 와중에 중진이 된 아즈마 센고로나 아네카와 츠루와카 같은 상급 배우들은 자기가 선호하는 공연만 반복하고 싶어 하는데 그걸 제지하려는 미츠토모 직원도 없습니다.

게다가 키쿠오의 경우, 전에도 영화계에 진출한 적이 있었지만, 영화에 대한 열정이 전혀 없다는 게 알려져서 지금은 아무 제의도 못 받게 되었습니다.

물론 키쿠오가 그래도 가부키 무대에 서고 싶어 하는 마음을 토쿠지도 충분히 알고 있습니다만, 이런 침몰하는 배에 탄 채 한탄만 하고 있을 수는 없는 노릇입니다.

거기까지 생각이 미쳤을 때, 토쿠지는 키쿠오 방으로 향했습니다.

'영화라……' 하고 키쿠오가 한숨을 쉴 모습이 눈에 선하지만, 그래도 지방의 보석 판매회를 도는 것보다야 낫습니다. 게다가 지금은 시대가 바뀌어 저쪽에서 꼭 나와달라고 부탁하는 게 아니라, 이쪽에서 꼭 나오게 해달라고 매달려야 하는 상황이니까 그 점은 도련님도 각오를 해줘야만 합니다.

자신을 격려하면서 드디어 키쿠오의 방문을 두드리려 하자…….

"어? 뭐라고?!"

안에서 키쿠오의 큰 목소리가 들려옵니다.

황급히 노크하자, 안색이 바뀐 키쿠오가 문을 열며 말합니다.

"토쿠짱, 큰일 났어. 요코가…… 요코가 목을 매달았대…….”

"뭐? 요코가 어디 있었다는데?"

"몰라……. 상대 남자와 호텔에서 목을 매달았다고…….”

무릎을 꿇은 키쿠오의 손에서 토쿠지가 수화기를 빼앗아 들었습니다.

"여보세요. 한지로 씨와 일하는 사람인데요.”

"아, 토쿠짱!"

들려온 것은 아카기 요코의 헤어 담당이었던 여성의 목소리로, 상당히 당황했는지 요코가 호송된 병원 이름만을 반복해서 말할 뿐입니다. 토쿠지는 상대를 진정시키며 묻습니다.

"요코는 그동안 어디 있었던 거야?"

"그게, 하와이였어. 하와이의 호텔.”

"같이 도망친 밴드 멤버도 같이 있었어?"

"그래. 이토 씨도…… 함께.”

"함께라니? 함께 목을 맸다고?"

상대방의 대답은 없고, 대신 등 뒤에서, "왜 그런 짓을 한 거야……”라는, 키쿠오의 분한 목소리만 들려옵니다.

영화 공동 출연을 계기로 아카사카에 있던 요코의 맨션에 키쿠오가 자주 드나들던 것이 4, 5년 전의 일. 이미 두 사람의 관계는 자연스럽게 소멸하였지만, 역시 충격을 감출 수 없습니다.

사실 이 아카기 요코는 2년 전에 주연한 영화의 주제가 〈문라이트〉를 불렀는데, 그것이 대히트를 쳤습니다.

한창 캔디스나 핑크 레이디가 선풍적인 인기를 끌던 시기에 깊은 슬릿이 들어간 차이나 드레스를 입고 밴드의 연주에 맞춰 허스키한 목소리로 재즈풍의 곡을 속삭이듯 부르는 요코의 모습이 성인들의 마음을 사로잡아 무려 그해 〈홍백가합전〉에도 나왔는데, 그 직후 대마 흡입 의혹이 있었던 전속 밴드의 베이스 연주자와 갑자기 실종 사건을 일으켜 세상을 떠들썩하게 했습니다.

당연히 옛 남자친구인 키쿠오에게 연락이 올 리도 없고, 연예뉴스나 관계자의 말에 따르면 소속사를 옮기고 싶어 하는 요코를 소속사 사장이 감금한 것이 발단이었다고 합니다. 하필 그 사장이 전직 조직 폭력배라서 70만 장의 대히트를 기록한 요코의 이권을 빼앗으려는 싸움에 휘말리던 와중에, 요코가 교제 중이던 밴드 멤버와 급하게 몸만 가지고 도망친 이후 행방이 묘연하던 상황이었습니다.

실은 실종 후 딱 한 번 오사카의 사치코에게 요코의 본명을 밝힌 여성으로부터 전화가 왔었다고 하는데, 공교롭게도 키쿠오는 그때 지방에 나와 있었습니다.

그 후 실종 사건의 보도가 떠들썩해지자 규슈의 츠지무라에게 연락이 오기도 했습니다.

"그 아카기 요코라는 애, 전에 키쿠오의 여자였다고 했잖나. 만약에 곤란해하는 것 같으면 내가 좀 손을 써줄 수도 있는데."

실제로 간사이 지역의 거대 폭력단과의 관계도 좋아서 지금은 규슈에서 가장 큰 조직을 이끌고 있는 츠지무라에게 부탁하면 원만하게 정리가 되었을지도 모르고, 어쩌면 요코도 그런 부탁을 하기 위해 키쿠오에게 연락했던 건지도 모릅니다.

아카기 요코와 남자 밴드 멤버가 목숨을 건졌다는 소식이 키쿠오에게 들려온 것은 다음 날 아침이었습니다.

잠을 못 이루던 키쿠오는 호텔 창문을 열고 이미 강하게 내리쬐는 아침 햇살을 바라보다가, 자기도 모르게 요코의 히트곡〈문라이트〉를 흥얼거렸습니다.

생각해 보면 당시 이 두 가지 사건이 없었다면 키쿠오는〈태양의 카라바조〉출연을 결심하지 않았을지도 모릅니다.

두 가지 사건이란 도쿄에 온 직후에 즐거운 시간을 함께 보낸 아라카제의 은퇴, 아카기 요코의 자살 시도입니다.

실제로 토쿠지가 처음 영화 출연 이야기를 꺼냈을 때, 키쿠오는 일단 거절했습니다.

"영화는 이제 됐어. 적성에 안 맞으니까. 그리고 그렇게 하면, 츠루와카의 의도대로 되는 거야. 분명히 '탄바야의 3대손은, 인기가 떨어진 가부키에 애착이 사라진 거예요'라고 떠들어댈걸?"

"근데 도련님, 이대로 가면 더 상황이 나빠져. 이쯤에서 승부수를 띄워야 해. 만약에 영화가 흥행해서 도련님이 주목받으면 미츠토모도 가만히 있지는 않을 거야. 아무리 츠루와카가 뒤에서 움직인다고 해도, 인기 있는 배우를 기용하지 않을 공연 기획사가 어딨겠어?"

"그래도……."

"도련님이 현대극에 자신이 없는 건 알고 있어. 하지만, 이번 영화는 굳이 말하자면 출연자가 전부 아마추어잖아. 미국 록 가수하고 그 요미우리의 시계타인데. 그 사람들 사이에서 도련님의 재능이 빛나지 않을 리가 없지. 게다가 이건 배우에게 별로 하고 싶은 말은 아니지만, 도련님도 이제 스물여덟이야. 눈 깜짝할 사이에 서른이라고."

그렇다 해도 아시다시피 기요타 마코토 감독으로부터 직접 제의를 받은 것은 아닙니다. 감독에게 직접 캐스팅된 벤텐의 주선으로 출연을 부탁하는 상황입니다.

결국 키쿠오도 결심을 굳히고 벤텐 추천 및 옛 인연이 있는 토쿠지 소개로 얼마 뒤 기요타 마코토 감독을 만났지만, 얼굴을 마주치자마자 감독이 꺼낸 말은…….

"가부키 배우한테는 뭘 시켜도 연기가 오글거리더라고."

그런 두서없는 한마디였습니다.

"그래도 가부키 여장 배우 출신인 병사 역할이잖아요."

토쿠지가 옆에서 옹호해 주지만…….

"그건 그렇긴 한데. 전쟁터에서 〈도죠지〉 춤을 출 것도 아니고. 평범한 남자로서의 여장 배우를 연기해야 하는데, 그게 오글거리지 않을까 걱정이야."

키쿠오는 안 될 것이라 단념했기에 더는 아무 말도 하지 않았습니다.

감독의 말이 아니더라도, 사실 그런 식으로 평소의 모습을 사람들 앞에서 보여주는 것이 키쿠오에게는 너무 어색했으니까요.

다만 한동안 이야기를 나누다 보니 감독의 마음속에서 어떤 변화가 일어난 건지, 문득 사악한 계획이라도 떠올린 듯이 눈썹을 꿈틀거린 감독이 결국 이 역할을 키쿠오에게 맡기겠다는 말을 꺼냈습니다.

그렇게 결정되고 나자, 나머지 일들은 빠르게 진행되었습니다.

다음 달에는 세계 투어를 마친 찰리 허드슨이 일본을 방문해 제국 호텔에서 대대적인 제작 발표회가 열렸습니다. 일본은 물론 세계 각국에서 모인 보도진의 카메라 플래시에 빛나는 금색 병풍 앞에 나란히 자리한 것은 기요타 마코토 감독을 중심으로 시가를 입에 문 찰리 허드슨, 긴장한 요미우리 출신의 시게타와 익살스럽게 시게타의 선수 시절 유니폼을 입은 벤텐, 거기에 이름난 베테랑 배우진, 그리고 말석이기는 하지만 키쿠오 또한 탄바야 문장이 새겨진 기모노를 입고 참석했습니다.

이런 조금 특이한 제작 발표회 광경은 당연히 미츠토모 본사에서도 화제가 된 것 같고, 아니나 다를까 츠루와카는 '탄바야의 삼대는 가부키를 완전히 단념한 거예요'라고 뒷담화를 했다는데, 거기에 반박하듯이 왜 지난 몇 년 동안 3대손 한지로의 출연이 적었냐고 하는, 새삼스러운 의문도 제기되었다고 합니다.

자, 그 후 크랭크인에 들어간 장소는 타는 듯한 한여름 오키나와의 작은 섬. 물론 주민들이 살고는 있지만, 호텔 같은 곳은 없었기에 스태프와 출연진 대부분이 민박집에서 뒤엉켜 자는 가혹한 촬영이 시작되었습니다.

"야야, 야! 몇 번을 말해야 알아들어, 이 계집애 같은 새끼야! 네가 거기서 오글거리는 연기를 하니까 미스터 허드슨이나 시게타 씨의 연기가 소용없어지잖아!"

정말이지 끔찍한 상황이었습니다. 찌는 듯한 뙤약볕 아래, 흙먼지가 피어오르는 광장에는 온몸의 땀이 증발해 버린 듯한 병사 차림의 남자들. 구체적으로 무엇이 끔찍하냐면, 이 작열하는 땅에서 이제 몇 번인지 모를 '컷'을 외치는 기요타 마코토 감독의 신경질적이고 앙칼진 욕설도 역겹지만, 더욱 비참한 것은 키쿠오에 대한 감독의 학대에 그 자리에 있는 많은 스태프와 출연진이 완전히 익숙해져 버렸다는 점입니다.

방금의 '컷'만 해도 누가 봐도 대사를 제대로 주고받지 못한 것은 미스터 허드슨과 시게타 두 사람이지만, 어째서인지 그 원인을 키쿠오에게 전가하고 있었습니다.

감독이 마구 성질을 부리며……

"아오, 진짜. 안 해, 안 해! 이래서 무슨 영화를 찍으라는 거야!"

언제나처럼 현장을 포기하려고 하면 프로듀서가 달려옵니다. 출연진과 스태프는 그런 상황에 진절머리를 냅니다. 물론 처음에는 철저히 감독의 집중 공격을 받는 키쿠오를 다들 측은하게 바라보았지만, 익숙해진다고 해야 할지 각인이 된다고 해야 할지. 촬영이 언제까지고 끝나지 않아 땡볕에서 기다려야 하는 이유가 감독의 짜증 때문이 아니라 있지도 않은 키쿠오의 실수 때문으로 인식되면서, 이 무렵이 되자 노골적으로 키쿠오를 애물단지 취급하는 사람도 나오기 시작했습니다.

"못 하겠으면 집에 돌아가든가 하지."

무심한 엑스트라들은 아무렇지도 않게 중얼거립니다.

더욱 상황이 안 좋은 점은 키쿠오의 배역이 병사인데도 여성스러움이 몸에 밴 여장 가부키 배우라는 것인데, 남자투성이의 대인원이다 보니 날이 갈수록 살기등등한 분위기 속에서 아무리 연기라지만 나긋나긋한 모습을 보이는 키쿠오가 남자들을 더욱 짜증나게 한 것도 틀림없습니다.

뙤약볕 아래 촬영 현장의 유일한 텐트 그늘에서 감독과 프로듀서가 언제까지고 실랑이하고 있으면 어디선가…….

"빨리 좀 가라."

키쿠오의 귀에 닿을 만큼 목소리가 높아집니다.

옆에 있는 미스터 허드슨과 시게타는 키쿠오를 배려해서 못 들은 척하지만, 이렇게 되면 아무런 잘못도 없는 키쿠오가 감독에게 사과하러 가기 전까지는 촬영이 재개되지 않는다는 것을 모두가 알고 있습니다.

어찌 보면 희생양입니다. 이렇게 많은 남자를 통솔하기 위한 제물이 나긋나긋한 남자를 연기하는 키쿠오인 거겠지요.

발밑에 생긴 자신의 짙은 그림자를 바라보던 키쿠오의 귀에…….

"빨리 가라고."

또 누군가의 목소리가 들립니다.

지금까지 했던 것처럼 감독에게 사과하러 가면 된다는 걸 키쿠오도 알고는 있지만, 어째서인지 오늘따라 각반을 두른 다리가 움직이지 않습니다.

그도 그럴 것이, 지금까지는 자기 잘못이 없다는 걸 알고 있으면서도 촬영 재개를 위한 일이라 생각하면 사과하러 갈 수 있었습니다. 하지만 왠지 오늘따라 정말 자기 연기가 형편없는 걸지도 모른다는 생각이 듭니다.

"키쿠짱, 나도 같이 가줄 테니까, 얼른 사과하러 가자."

다른 병사 역할을 맡은 벤텐의 목소리에 겨우 고개를 들자, 주위에서는 그야말로 따갑게 느껴지는 시선들.

"……키쿠짱, 지금은 참아야 해. 감독님도 좋은 영화를 만들려고 필사적이라 그런 거니까."

"난 감독님이 시키는 대로 했던 것 같은데."

"나도 알아. 근데 봐봐, 우리랑 다르게 키쿠짱은 프로 배우잖아. 그래서 감독님도 더 많은 걸 요구하는 게 아닐까?"

벤텐의 간접적인 위로도 현기증이 날 것 같은 더위 속에서 키쿠오의 귀에는 전혀 들어오지 않습니다.

그래도 없는 힘을 쥐어 짜내서 키쿠오가 감독에게 간 것은, 일단 지금까지 필사적으로 노력하며 만들어온 영화를 조금이라도 좋게 만들고 싶다는 순수한 마음에서였습니다.

빨갛게 상기된 얼굴로 아직도 시끄럽게 떠들어대는 감독 앞에 서자…….

"감독님, 죄송합니다. 조금 긴장이 풀렸던 것 같습니다."

깊이 고개를 숙인 키쿠오의 턱에서 흘러내린 땀방울이 뜨거운 땅바닥 위로 뚝뚝 떨어집니다.

"그럼 나 말고 다른 분들한테 사과해! 항상 오글거리는 연기를 하고, 촬영을 늦춰지게 만들고, 여러분들의 수면 시간을 깎아먹어서 정말 죄송하다고! 바쁜 일정 속에 참석해 주고 있는 미스터 허드슨과 시게타 씨에게 무릎 꿇고 사과하라고!"

또, 턱 끝에서 뚝뚝 떨어지는 땀방울.

감독에게 부당한 처우를 당해서 억울한 게 아닙니다. 하기로 마음먹은 일을 제대로 해내지 못하는 자신이 분했습니다.

고개를 숙인 채 움직이지 않는 키쿠오를 보며 화가 치민 감독이 그 머리를 짓누르며 억지로 무릎을 꿇게 만들려고 합니다.

아무리 키쿠오라도 이런 부당한 폭력에는 몸이 저항하지만, 마음속으로는 역시 전부 자기 때문이 아닐까 하는 생각에 나약해지기도 하고, 그냥 여기서 무릎을 꿇기만 하면 지금까지의 분함이나 간신히 유지하고 있는 자존심 같은 것들이 전부 사라져서 편해질 것 같은 기분까지 듭니다.

"NO……."

그때, 더는 못 참겠다는 듯 허드슨이 중얼거리더니 어디론가 가버립니다. 그 자리에 남은 것은 정말 불합리하고, 어정쩡하고, 초조하고, 낙담하고, 지치고, 개운치 않은 남자들의 마음뿐입니다.

결국 이날 촬영은 중지된 대신, 휴일로 예정되었던 다음 날 오전에 오늘 분량을 채운다는 소식이 전해지자 여기저기서 노골적인 불만의 한숨이 터져 나옵니다.

섬의 밤은 너무나 조용하지만, 덕분에 소란스러운 마음의 소리에 귀를 막고 싶을 정도입니다.

촬영 중에 키쿠오가 숙박하는 곳은 섬에 있는 유일한 민박집으로, 이곳의 방 열한 곳을 기요타 감독이나 주요 출연진이 사용하고 있지만, 미스터 허드슨만은 특별 대우로 힘들게 페리로 운반해 온 캠핑카에서 숙박하고 있습니다.

키쿠오에게 배정된 곳은 1층의 다다미 여섯 장짜리 크기의 방으로, 세 명이 들어가면 꼼짝할 수 없게 되는 '대목욕탕' 옆이라 한밤중까지 멈추지 않는 물소리에 시달려야 했습니다.

촬영 초기에는 이 섬에 토쿠지와 또 한 명의 제자, 거기에 매니저 하나요도 같이 와 있었고 그게 가부키계에서는 전혀 이상할 게 없는 일이었지만, 이런 식의 팀 단위 움직임은 역시 영화계, 그것도 큰 스튜디오가 아니라 기요타 감독 같은 독립 영화의 세계에서는 기이하게 보였던 것 같습니다. 아직 여유가 있던 시기에 현장에서는 '3대손 놀이'라는 것이 유행해서, 누군가가 키쿠오로 분장하면 또 다른 누군가가 옷을 입히거나 벗기고, 또 부채로 부채질하거나 주스를 마시게 하는 등 그 모습을 흉내 내며 시시덕거렸던 겁니다.

다만 여유가 있을 때는 괜찮았어도 스태프가 일사병으로 쓰러지고, 덜 마른 의상에서는 코를 찌르는 악취가 나고, 잠들기 힘든 밤이 계속되는데 스트레스를 해소할 만한 오락거리도 없어 점차 현장이 살벌해지자 이 '3대손 놀이'에 악의적인 감정이 담기기 시작했습니다. 불온한 분위기를 감지한 프로듀서의 권유로 토쿠지 일행은 섬을 떠났는데, 기요타 감독의 키쿠오 괴롭힘이 심해진 것은 바로 그 무렵부터였습니다.

그리고 또 오늘 밤도 언제까지고 그치지 않는 목욕탕의 물소리를 벽 너머로 들으며, 통풍도 안 되는 다다미 여섯 장 크기의 이불 속에서 헛되이 뒤척이기를 반복하던 키쿠오의 귀에 어디선가 누군가가 속삭이는 소리가 들려옵니다.

"야, 발 연기. 네가 출연만 포기하면 다 해결되는 거야."

키쿠오가 무심결에 몸을 일으킵니다.

하지만 이번에는 아무리 귀를 기울여도 목욕탕에서 나는 물소리밖에 들리지 않습니다.

그것이 환청이라는 것을 알게 된 순간, 열에 달아오른 몸에서 이번에는 식은땀이 납니다. 귀를 막고 다시 자려는데, 이번엔 오사카에 있는 사치코 모습이 떠오르면서 또 벌떡 일어났습니다. 세뇌라는 것은 정말 무서운 것이라고 생각하며 바싹 마른 목을 침으로 축입니다.

이 무렵 사치코는 몸도 마음도 완전히 세이호 신교의 고다 여사에게 심취하고 있어서, 시키는 대로 자택의 교습장을 기도실로 내어주는 것은 물론이고 오세이의 이야기에 따르면 온 집안을 지방에서 올라온 신자들의 숙소로 내주기도 했습니다.

"사람이 많을 때는 내 침실을 고다 씨와 간부에게 빌려주고, 나는 슌도령 침대에서 자."

그렇게까지 하는데도 재액災厄이 이어지는 것은 당신의 염원이 부족하기 때문이라는 고다의 말을 절대 의심하지 않는 모양입니다.

"사모님 잘못일 리가 없잖아. 그걸 왜 모르는 걸까."

정신을 차리고 보니, 어느새 목욕탕의 물소리는 그쳤습니다. 창문으로 얼굴을 내밀면 가주마루 나무 너머로 하늘 가득한 별들. 얼마 전까지만 해도 촬영장에서 안 좋은 일이 있을 때마다 이 아름다운 밤하늘에 위로를 받았는데, 지금은 그 창문으로 얼굴을 내미는 것조차 귀찮기만 합니다.

 무거운 기분인 채로 몸을 뒤척이면, 이번에 떠오르는 것은 내일 촬영할 장면. 키쿠오가 연기하는 나카노 상병의 하이라이트이기도 하고, 또 시련의 순간이기도 합니다. 드디어 미군이 상륙한다는 소문이 나도는 가운데 살벌한 막사 안에서 갈 곳을 잃은 병사들의 초조함과 불안이 키쿠오가 연기하는, 여성스러움을 못 씻어낸 병사에게 향합니다. 그리고 '춤춰라, 춤춰라' 하고 모두에게 둘러싸여 훈도시 하나만 걸친 자신이 그 후 처참하기 그지없는 폭행을 당하는 것입니다.

 "나 같은 게 어떻게 할 수 있겠어."

 해낼 수 있다는 자신감도, 꼭 해내겠다는 배짱도 사라져 무심코 그렇게 중얼거렸을 때입니다. 밖에서 자갈을 밟는 누군가의 발소리가 들립니다.

 "누구야?"

 반사적으로 입을 열며 천천히 몸을 일으키자마자 등 뒤의 장지문이 활짝 열리고, 뒤돌아보려 했을 때는 이미 젖은 수건에 입을 짓눌리고 있었습니다. 반사적으로 빠져나가려고 하는데 몸을 누르는 팔은 한두 개가 아니었고, 그 사이 창틀을 뛰어넘어 들어오는 그림자가 하나, 둘, 그리고 셋. 무슨 일이 일어나는지도 알지 못한 채, 정신을 차리고 보니 온몸을 제압당한 키쿠오의 얼굴 앞에 수건으로 입을 가린 남자들의 얼굴이 보입니다.

 "너 때문에 촬영이 진행이 안 돼. 이러다가 집에도 못 돌아가게 생겼다고."

술내 나는 입김과 함께 들려온 것은 남자들의 코웃음 소리였습니다. 다음 순간, 있는 힘껏 배를 얻어맞으며 자기도 모르게 새어 나온 신음과 함께, 목구멍을 역류한 위액 냄새에 코가 뻥 뚫리고 통증에 어금니를 악뭅니다.

있는 힘껏 외치면 목소리가 나왔을지도 모릅니다. 진심으로 저항하면 도망칠 수 있었을지도 모릅니다. 다만, 오사카의 사치코도 마찬가지였겠지요. 나는 이렇게 되어도 어쩔 수가 없어. 그런 마음이 앞서는 겁니다.

이제 아무 생각도 하지 않겠어.

여기 있는 건 내가 아니야.

정신을 차리고 보니, 가만히 당하며 얻어맞는 자기 모습을, 또 다른 자신이 방구석에서 무릎을 세운 채 앉아 바라보고 있었습니다.

"그, 여자 같은 얼굴로 우릴 더 기쁘게 해보라고."

들려오는 목소리에 귀를 막고, 내가 대단한 배우가 아니라서 이런 일을 당한다고 생각하면서, 역할에 몰입하기 위해 침향을 넣은 베개를 짓밟는 남자들의 더러운 발과 서로 부딪치는 남자들의 팔과 어깨, 창문으로 내리쬐는 별빛까지, 그 모든 것을 물끄러미 바라보고 있었습니다.

돌연 흥이 깨진 듯 남자들이 방을 나간 뒤에도 키쿠오는 그저 가만히 누워 있는 자신을 바라보고 있었습니다.

"미안, 나 때문에⋯⋯. 정말로⋯⋯."

천장을 보며 누워 있는 자신에게, 그렇게 말을 건네면서⋯⋯

"이젠 못 하겠어⋯⋯. 이젠 못 하겠어⋯⋯."

무릎을 끌어안은 자신이 중얼거렸습니다.

지하철에서 계단을 뛰어 올라간 토쿠지의 눈에 들어온 것은 긴자의 화려한 밤거리였습니다. 하늘에서 떨어져 내리는 듯한 바와 유흥주점 간판 아래를 지나 향하는 곳은 최근에 키쿠오가 매일 같이 드나드는 '클럽 하기萩'입니다.
가로수길을 오른쪽으로 돌면, '클럽 하기'의 웨이터가 길에 나와 콜택시를 유도하는 게 보였기에 다가가서 물었습니다.
"시게짱, 도련님 아직 있냐?"
"오늘 주년 파티라, 안에서 밴드가 연주하고 있어서 아주 떠들썩해요."
느긋하게 엄지를 치켜세우는 웨이터에게 힘없이 웃어 보이고, 향수 냄새가 물씬 나는 엘리베이터를 타고 가게로 올라가자 문 너머로 들려오는 것은 격렬한 로커빌리 음악. 살짝 문을 열자, 예쁜 여자들에 둘러싸인 키쿠오가 소파 위에 서서 누구보다 신난 모습입니다.
"도련님······."
최근 들어 밤마다 이런 식이긴 하지만, 토쿠지는 기가 막힐 수밖에 없습니다.
키쿠오가 마치 사람이 변한 것처럼 밤거리에 놀러 나오게 된 것은, 〈태양의 카라바조〉의 촬영이 끝나고 도쿄에 돌아온 후부터였습니다.
극도로 가혹한 현장이었다는 건 토쿠지의 귀에도 들려왔기 때문에, 초췌한 모습으로 귀경한 키쿠오가 처음에 심하게 우울해할 때는 기분 전환을 위해 토쿠지가 먼저 밤거리로 불러내도 전혀 응하지 않았는데, 어느 날 갑자기 무언가를 다 털어낸 듯이 술을 마시러 나간 뒤부터는 매일 밤늦게까지 마시다 아침이 되어서야 집에 돌아왔습니다. 술집이나 길가에서 술에 취해 인사불성이 되는 건 일상다반사에 지갑은 도둑맞고, 불량배와 시비가 걸려 얼굴을 얻어맞고, 한번은 어떻게 된 건지는 몰라도 밤의 히비야 공원 심자心字 연못에서 물에 빠진 것을 지나가던 커플이 구해준 적까지 있었습니다.

그렇게 되니 토쿠지도 언성을 높이며 단단히 주의를 줄 수밖에 없었지만, 영화 촬영 후에도 가부키에서 큰 배역을 받지 못하는 키쿠오가 시름을 그렇게나마 달랜다는 걸 알기에 그 주의도 결국 흐지부지되고 맙니다.

그래도 어렵게 출연한 〈태양의 카라바조〉가 개봉하고 좋은 평가를 받으면 모든 게 호전될지도 모른다는 생각으로 매일 아침 집의 신줏단지 앞에서 기도했는데, 드디어 오늘 밤에야 소식이 들려온 겁니다.

토쿠지가 들뜬 기분을 꾹 누르고 소파 위에서 접대부들과 미친 듯이 춤추는 키쿠오를 잠시 바라보고 있자, 격렬한 곡이 끝나면서 각자 자기 자리로 돌아갑니다. 접대부들의 부축을 받으며 비틀거리는 키쿠오도 원래 자리로 돌아가려고 했기에, 토쿠지는 거기에 끼어듭니다.

"도련님, 좋은 소식이 있어."

하지만 얼굴을 든 키쿠오는 자기를 끌고 가려는 줄 알았는지…….

"뭐야, 아직 집에 안 가!"

"데리러 온 거 아냐. 좋은 소식이라니까. 방금 영화사에서 연락이 왔어. 〈태양의 카라바조〉가 칸 영화제에서 상을 받았대!"

무심코 목소리를 높인 토쿠지의 말이 가게 곳곳에도 전해집니다. 이 대작 영화가 칸 영화제에 출품되었다는 사실은 텔레비전 등에서도 대대적으로 보도되었는데, 지금 언급하는 영화가 바로 그 영화고 여기에 그 출연 배우가 있다는 사실을 이해하고는 일제히 "축하해!"를 크게 외칩니다.

"게다가 말이지, 수상 이유는 도련님의 연기가 높이 평가받았기 때문이래. 봐봐, 이 팩스에 쓰여 있잖아. '전통문화의 계승자이자 특권 계층인 가부키 여장 배우가 전쟁이라는 극한 상태에 있어서는 일개 병졸에 지나지 않고, 한 인간으로서 발가벗겨지는 모습을 하나이 한지로 씨는 훌륭히 연기했다.' 응? 이거 도련님 얘기잖아! 도련님의 연기가 세계에 인정받은 거라고!"

토쿠지의 목소리에 또 가게 여기저기서 축하한다는 박수갈채가 들려옵니다.

"도련님. 잘 참았어."

수상을 알리는 팩스를 물끄러미 바라보는 키쿠오의 옆모습에 토쿠지가 저도 모르게 눈물을 글썽인 순간, 어째서인지 키쿠오가 그 종이를 확 구기며 움켜쥡니다.

"바보 같아."

쥐어짜는 듯한 키쿠오의 목소리. 그 손안에서 팩스 용지가 몸부림치는 것 같습니다.

"……바보 같아. 미스터 한지로 좋아하네. 뭘 훌륭히 연기했다는 거야? 다들 눈이 어떻게 된 거 아냐?"

"도련님, 뭐야? 왜 그래? 많이 취했어? 봐봐, 제대로 봐보라고. 여기……."

키쿠오의 손에서 억지로 종이를 빼앗으려는 토쿠지의 멱살을…….

"됐다니까 그래!"

키쿠오가 심하게 떨리는 손으로 잡아 올립니다.

"도련님……."

그렇게 오래 알고 지냈는데도 처음 보는 키쿠오의 표정이었습니다. 마치 자기가 아는 키쿠오가 눈앞의 키쿠오 속에서 스르르 빠져나가는 것만 같아서, 토쿠지는 무심코 그 어깨를 강하게 움켜쥐었습니다.

다음 날이 되자 세상은 칸 영화제 최고상 수상 뉴스로 떠들썩했습니다. 영화제에 참석한 기요타 감독이 단상에서 트로피를 받는 모습이나 로스앤젤레스 대저택에서 촬영된 찰리 허드슨의 축하 메시지가 텔레비전에서 반복적으로 흘러나왔고, 주요 출연진인 전 요미우리 선수 시게타와 벤텐 등은 축하 분위기 속에서 연일 텔레비전과 라디오에 출연해 촬영장에서의 고생담과 기쁨을 질리지 않고 떠들어댔는데, 거기에는 유일하게 키쿠오의 모습만 없었습니다.

배급사는 말할 것도 없고 미츠토모 역시 그 이름값을 이용할 절호의 기회였기에 각종 매체에 출연을 제의받았는데, 정작 키쿠오는 기력이 전혀 없어서 이러한 축제 소동 속에서 혼자서만 평소와 다름없이 주어진 단역을 연기하는 가부키 극장과 자택만 왕복했습니다.

그동안 당연히 토쿠지가 옆에 붙어 있었는데, 둔감한 토쿠지조차 하루가 다르게 키쿠오 안에서 뭔가 부서지는 듯한 기분 나쁜 소리를 듣고 있었습니다.

그리고 드디어 죽도 먹을 수 없게 되어, 건강이 나빠진 키쿠오가 도쿄의 병원에 입원한 것은 그래도 그달의 무대를 어떻게든 출연한 다음 날의 일이었습니다.

"도련님, 어디가 어떻게 안 좋은 건지, 어디가 어떻게 아픈 건지, 제대로 말해주지 않으면 아무도 모르잖아."

원래부터 자기감정을 잘 표현 못 하는 키쿠오이기는 하지만, 토쿠지조차 두 손 두 발 다 들 수밖에 없는 상황입니다.

입원한다고 갑자기 건강이 좋아지는 것도 아니고 오히려 무대에 설 수 없는 만큼 건강이 좋지 않은 자신과 직면하는 시간만 늘어날 뿐이라, 지켜보는 토쿠지가 더 힘들어집니다. 그런 토쿠지를 신경 쓰는 건지, 키쿠오가 짐짓 기운을 낸 척 꺼내는 말은 둘이서 오사카에 처음 도착했던 먼 옛날의 이야기뿐.

"도착한 날에 겐 아저씨한테 얻어먹었던 신사이바시의 라멘, 진짜 맛있었지? 오세이 씨가 만들어주던 미트볼 기억나? 순도령, 엄청난 대식가였는데."

마치 살 날이 얼마 안 남은 환자를 상대하는 것만 같습니다.

병문안을 온 미츠토모 직원도 〈태양의 카라바조〉 효과를 노리고 키쿠오에게 큰 배역을 주고 싶다고는 말하지만, 병상에 누운 키쿠오를 직접 보고는 역시 힘들 거라 생각했는지 다들 어두운 표정으로 돌아갑니다.

"저기, 토쿠짱."

그러던 어느 날, 먹다 남은 점심 식판을 토쿠지가 배식실에 반환하고 오자 키쿠오가 한숨 섞인 목소리로 말을 걸어옵니다.

"……잠깐 후지코마의 집에서 살고 싶다고 하면, 후지코마는 뭐라고 말할까?"

"글쎄……. 최근엔 너무 네가 신경을 안 썼잖아……."

"너무 뻔뻔하다고 생각하려나."

"그렇겠지. 그래도 일단 물어볼게."

토쿠지의 마음이 무거운 이유는 요즘 완전히 자신을 잘 따르게 된 아야노를 친아버지에게 빼앗길지도 모른다는 질투 때문이 아니라, 왠지 모르게 지금 키쿠오가 간사이 지역으로 돌아가 버리면 다시는 거기서 못 나오게 될 것 같은 불길한 예감이 들었기 때문이었습니다.

제10장

괴묘
(怪猫)

　어수선한 가게 안에 보이는 것은 취객들의 얼굴, 얼굴, 얼굴. 그리고 가지 요리, 다코야키, 오징어튀김 등으로 벽에 쭉 전시된 메뉴입니다.
　좁은 가게 안에 취객들의 웃음소리와 주문하는 소리와 호통 소리가 시끄럽게 울리는 가운데 …….
　"아저씨! 이 고물 선풍기, 어떻게 좀 해봐! 바로 밑에 있어도 바람이 전혀 안 오잖아."
　누구보다 큰 목소리로 투덜대는 사람은 바로 미츠토모의 우메키 상무에게 끌려가 현재 오사카의 '대국 티브이'에서 파견 근무 중인 타케노였습니다.
　자, 기억하고 계실지 모르겠지만 이 타케노는 키쿠오가 스무 살 무렵, 시코쿠 고토히라에서 순회공연 중에 당시의 우메키 사장이 대기실에 데려왔던 미츠토모의 신입사원으로…….

"가부키 같은 건, 그냥 세습이잖아? 지금은 나란히 서 있지만, 마지막엔 너만 억울한 일을 당하고 인생을 끝내게 될 거다."

이런 독설을 날렸다가 키쿠오와 분장실에서 몸싸움을 벌인 그 남자입니다.

타케노의 입이 험한 것은 오사카의 방송국 사람이 된 지금도 전혀 변하지 않았고, 실제로 여기서도 표준어로 계속 덥다고 불평했기에…….

"형씨의 썰렁한 도쿄 억양 덕분에 우리는 오히려 시원하다고."

그런 반응이 나올 만큼 가게 안에서 반감을 사고 있습니다.

"야! 방금 말한 놈, 어떤 새끼야!"

일어서려는 타케노를…….

"자, 자, 진정해."

그런 말로 진정시키는 건 동료인 마츠나미로, 늘 그렇듯 타케노의 제안에 함께 술을 마시러 온 걸 벌써부터 후회 중입니다.

"타케노, 네가 지금 싸울 때냐? 어쩔 거야, 이번 기획. 이제 시간이 없어."

넥타이를 잡아당겨 타케노를 억지로 앉힌 마츠나미가 오징어튀김을 입에 넣습니다.

그가 말하는 기획이란 현재 두 사람이 담당하는 일반인 참가 프로그램을 말하는 것으로 일반인이 특기를 선보이는 내용인데, 구체적으로는 트림과 방귀를 동시에 낼 수 있다든가, 부엌칼 위에 선다든가 하는 엽기 취향의 프로그램입니다.

처음엔 타케노를 비롯한 제작진도 예를 들어 아마추어 소리꾼이나 절대음감의 소유자 같은 정상적인 참가자를 전국에서 모집했지만, 뚜껑을 열어보니 시청자가 좋아하는 건 트림이나 방귀뿐. 전문가가 들으면 눈살을 찌푸릴 공무원의 샤미센 연주 같은 건 아무도 거들떠보지 않습니다.

"이 짓도 못 해 먹겠다. 지난주에 나온 우유 빨리 마시기는 보다가 토할 뻔했어."

한숨과 함께, 먹으려던 다코야키를 다시 그릇에 내려놓는 타케노를 마츠나미가 달랩니다.

"어쩔 수 없지. 그런 게 시청률이 잘 나오니까."

"이대로 가다간, 그래. '우리 집 고양이가 재주를 부립니다!' 같은 걸 텔레비전에서 계속 보여주게 될 거야."

"에이, 설마."

"아니면 뭐, 보면서 기가 빨리는 부부싸움 실황 중계라던가."

"에이, 설마."

"아니, 가능성이 있어. 그런 걸 보고 싶어 하는 인간들이 꼭 있다고. 그런 놈들로 이루어진 거야, 이 세상은."

"그럼, 고양이도 마찬가지 아냐? 고양이가 재주를 부리고 싶어 하는 게 아니라, 그걸 보고 싶어 하는 주인이 있을 뿐인 거지."

힘없이 웃는 두 사람의 테이블에 주문한 것도 잊고 있던 누에콩이 놓입니다.

"……아, 고양이라고 하니까 생각났는데."

따끈따끈한 누에콩 하나를 입에 털어 넣은 마츠나미가 문득 화제를 바꿉니다.

"……좀 엽기적인 극단이 있는데, 그게 최근에 인기라나 봐. 뭐, 서커스 공연 같은 거겠지만 고양이 요괴를 연기한다던데."

타케노도 누에콩을 하나 입에 집어넣으며 대답합니다.

"하다 하다, 이젠 고양이 요괴까지 나오는구나……."

"지금 미사사三朝 온천에서 공연 중이라고 하니까, 네가 이번 연휴 때 좀 보고 와. 나는 도쿄로 돌아가서 마누라 비위 맞춰야 하잖아."

"미사사면 돗토리잖아? 너무 멀어."

"가라면 좀 가라. 오사카에 남아 있어 봐야 아침부터 신세카이 거리에서 술이나 처마시겠지."

타케노가 껍질을 벗긴 누에콩이 손끝에서 미끄러지며 바닥에 떨어졌는데, 때마침 걸어오던 점원의 발에 밟혀 납작하게 짓눌립니다.

라돈 온천의 기화된 짙은 김 속에서 타케노는 알몸으로 대나무 판 위에 벌렁 드러눕고는 장시간 이동의 피로를 풀 듯이 크게 기지개를 켰습니다. 이곳은 지하 움막처럼 생긴 목욕탕으로 천장에서 뜨거운 물방울이 배 위로 뚝뚝 떨어집니다.

여관 주인이 가르쳐준 대로 여기서 피부를 문지르면 재미있을 만큼 때가 잘 벗겨집니다. 연이은 밤샘으로 제대로 목욕도 하지 못했지만, 타케노는 자기 몸이 이 정도로 더러웠다는 게 어처구니없을 뿐입니다.

이 라돈 온천을 나온 뒤에는 토속주와 함께 간단한 저녁 식사를 했고, 그 직후 타케노가 향한 곳은 이곳 미사사의 아담한 온천 마을에 있는 극장입니다. 물론 극장이라고 해봐야 관객이 쉰 명 넘게 들어가면 서서 구경해야 하는 소규모 극장이고 최근에는 중년 여성들의 스트립쇼도 반응이 시원치 않아 포르노 상영관으로 쓰일 때가 더 많다고 합니다.

그래도 주말의 온천 마을답게, 거나하게 취한 타케노가 유카타 차림으로 바닥에 포석이 깔린 거리로 나오자, 여기저기의 여관이나 호텔에서 밤바람을 쐬려고 나온 관광객들이 그럭저럭 보입니다. 선물 가게와 사격장을 곁눈질로 구경하다가 좁은 골목으로 들어가면, 한눈에도 저속한 분위기가 풍겨 오는 작은 건물 앞에 핑크색 알전구가 죽 매달려 있습니다.

거리에서는 그 고장의 말썽꾸러기들이 아직 뛰어놀고 있어서, 길을 가는 어른들을 향해 '아항, 우흥' 하고 스트립걸을 흉내 냅니다. 타케노가 그런 아이들의 머리를 쓰다듬어주고 접수처에서 싼 표를 사서, 등사판으로 인쇄된 전단지를 받으면…….

'오늘의 상연물'
제1부 아리마의 고양이 소동, 본격 연극으로 매료시키는 고양이 요괴 전설
제2부 라이브 연주로 매료시키는 노래와 춤, 성숙한 여성들에 의한 요염한 매직&스트립

……이라고 적혀 있습니다.

무거운 면벨벳 막을 통과해 안으로 들어가면 이미 그럭저럭 북적이고 있어서 앞줄에서는 취한 남자들이 컵술을 기울이고, 다른 자리에서도 직원 단체 여행을 온 듯한 그룹 손님들이 부채를 손에 들고 공연이 시작되기만을 기다리고 있습니다.

맨 뒷줄에 앉은 타케노가 캔맥주를 따는 순간, 무거운 부저가 울리며 객석이 어두워지고 웅성거림이 그대로 파도처럼 빠지자 갑자기 강한 조명이 환하게 비춘 작은 무대에 서 있는 것은 이와나미 상궁과 시녀들에게 둘러싸인 후지 부인으로 하얀 분칠과 붉은 화장, 옷, 가발까지 모든 게 그 싸구려 조명에 선명히 드러납니다.

전단지에는 '본격 연극'이라고 적어놓은 주제에, 막상 시작된 것은 차마 봐줄 수 없는 수준의 시골 연극. 기르는 고양이를 이용해 사모님을 죽이려 했다는 누명으로 이와나미 상궁과 시녀들이 후지 부인을 때리는 장면인데, 시녀들의 분장 수준은 마치 코미디에 나오는 우스꽝스러운 여장 같아서 타케노도 단번에 흥이 깨질 수밖에 없습니다.

그래도 무대에서는 연기가 계속되었고 요란한 효과음 속에서 단도를 뽑은 이와나미 상궁 일행과 후지 부인이 무대를 누비며 "핫!" "이야앗!" "에잇!" 하는 공허한 기합 소리가 오가다가, 이와나미 일행이 끝까지 도망치던 후지 부인을 결국 처참하게 죽인 뒤, 크게 웃으며 무대를 떠납니다.

"이거, 여기까지 오느라 헛돈만 썼네."

마른오징어를 손에 든 타케노가 순간 무심코 중얼거렸습니다.

무대 오른쪽에서 한 시녀가 나타나 중앙에 누워 있는 후지 부인을 향해 달려오는데, 그 모습을 보자 어째서인지 타케노가 오징어를 먹으려던 손이 문득 멈춥니다.

특별히 이 시녀만 화장을 잘 한 것도 아니고, 하물며 혼자만 비싼 의상이나 가발을 쓰고 있는 것도 아니지만, 왠지 등장한 순간부터 무대 공기가 팽팽해졌습니다. 그건 타케노뿐만 아니라 다른 관객도 똑같은 느낌을 받은 것 같았고, 그중에는 무의식적으로 몸을 앞으로 내미는 사람도 있었습니다.

주인의 억울한 죽음에 분노한 후지 부인이 기르던 고양이가 여기서 이 시종에게 씌는 장면인데, 디기딩, 디기딩, 디기딩, 하고 독특한 가락을 연주하는 샤미센과 둥둥둥둥둥, 하고 울려 퍼지는 큰북 소리 속에서 객석을 매섭게 노려보던 시녀 오나카 역의 배우가 멋지게 고양이 요괴로 빠르게 변신하는 모습을 선보였습니다.

이 빠른 변신의 순간, 객석에서 소리가 사라지고 다음에 일어난 것은 그야말로 들끓어 오르는 듯한 박수, 그것도 대극장에서 들을 수 있는 약속된 박수가 아니라 무의식중에 보내는 갈채입니다.

그 정도로 멋진 변신이었고, 아마도 배우가 울며 엎드린 순간에 양손 끝에 발라두었던 몇 가지 색의 화장품으로 요괴 화장을 하고, 분노에 차 일어서는 동시에 시녀의 기모노가 쑥 빠져 보기에도 무서운 고양이 요괴로 변신한 것입니다.

디기딩, 디기딩, 디기딩.

독특한 음정의 샤미센에 맞춰 무대 위를 나뒹구는 괴물 고양이. 단순히 고양이 흉내만 내는 게 아니라, 틈틈이 보여주는 몸동작에서 아름다운 여자의 모습이 드러납니다.

미츠토모에 입사한 이래 지루하다고 푸념하면서도 우메키 밑에서 가부키를 계속 봐온 타케노이기에 일반 관객보다는 보는 눈이 뛰어납니다. 그런 타케노가 봐도 마치 요괴와 시녀가 두 사람 동시에 춤을 추고 있는 것처럼 보였고, 마치 실로 조종하듯이 요괴가 손짓하면, 조금 전에 도망쳤던 이와나미 상궁이 그 실에 얽힌 듯 무대로 끌려옵니다.

이쯤 되자 무대의 공기도 더욱 짙어지며, 설마 에어컨을 사용한 것도 아닐 텐데 몸서리칠 만큼 서늘한 냉기가 무대에서 객석을 향해 불어오는 것입니다.

디기딩, 디기딩, 디기딩, 디기딩, 디기딩, 디기딩.

주인을 잔인하게 죽인 이와나미 상궁의 몸을 자유자재로 조종하는 요괴의 복수가 시작되면, 이와나미의 몸은 바닥에 내팽개쳐졌다가 머리가 풀어 헤쳐지고, 바닥을 구르다 일어서고, 끝내는 거꾸로 매달리게 되는데, 거기에 자연의 상식 같은 건 존재하지 않습니다. 그것을 믿든 믿지 않든 상관없이 단지 요괴의 요술만이 존재했기에 조금이라도 정신을 놓으면 마치 보고 있는 자신까지 그 원한의 냄새에 집어삼켜질 것만 같습니다.

거의 숨을 죽인 채 무대에 빠져 있던 타케노가 몸서리를 치며 퍼뜩 정신을 차리자, 방금 자신이 무엇을 본 것인지 새삼 머릿속이 혼란스러워집니다. 정말 스트립쇼 극장에서 본 시골 연극이었는지, 아니면 산속 온천 마을에 나타난 환영이었는지. 일단 기분을 진정시키려고 캔맥주를 입에 대지만, 자기도 우스꽝스럽게 느껴질 만큼 손이 떨리고 있습니다.

한편, 무대에서는 분위기가 바뀌어 형형색색의 풍선이 바닥에 깔린 가운데 붉은 레오타드 차림의 여자들이 싱긋 웃으며 마술을 선보이지만, 관객 대부분은 아직도 아까의 고양이 요괴에게 넋을 빼앗긴 듯합니다.

타케노의 몸이 부들부들 떨리며 전율이 일어난 것은 바로 그때였고, 지금 자신이 여기서 엄청난 것을 발견했다는 사실을 피부로 느낍니다.

'이건 텔레비전의 일반인 프로그램에 내놓을 만큼 수준 낮은 게 아니야.'

정신을 차리고 보니 타케노는 극장 밖으로 나와 있었고, 이미 커튼이 쳐진 접수대의 작은 창문에 얼굴을 들이밀고 소리를 지르자, 곧 불이 켜지며 경험 많은 마담 같은 느낌을 주는 노파가 나타났습니다.

"분장실에 인사하러 가고 싶은데 어디로 들어가야 하죠?"

"분장실이라니, 손님……."

여자가 반쯤 웃으며 말을 잇습니다.

"……이쪽으로 들어오면 돼요."

옆문을 열어주며, 안쪽의 포렴을 지나면 된다고 알려줍니다.

감사 인사를 하고 포렴을 지나자 확실히 분장실이라고도 말하기 민망한, 흙바닥으로 된 공간이 있고 그 위에 깔린 돗자리 위에서 배우들이 화장을 지우고 있습니다.

맨 앞에 있는 화장대에서 화장을 지우는 남자와 거울 속에서 눈이 마주친 것은 바로 그때였습니다. 틀림없이 아까 고양이 요괴를 연기한 배우였는데, 다음 순간 타케노는 숨을 삼켰습니다.

"슌짱."

안쪽 방에서 여자의 목소리가 들려온 것은 바로 그때였습니다.

해안가의 소나무 숲 너머로, 강렬한 여름 햇살에 와카사若狹 해수욕장이 반짝거립니다.

바닷바람을 쐬며 질주하는 재규어 오픈카에서 핸들을 쥔 사람은 키쿠오였고, 조수석에서는 아야노가 빨리 달려가고 싶다는 듯이 바다 쪽으로 몸을 내밉니다.

"엄마도 왔으면 좋았을 텐데!"

아야노의 목소리가 바람 소리에 묻히고, 키쿠오가 외치듯 대답합니다.

"게이샤가 햇볕에 타면 어쩌려고!"

"그렇게 따지면 아빠도 오면 안 되지."

"왜?"

"왜긴, 햇볕에 탄 가부키 배우는 요염하지 않잖아."

도쿄에서 몸도 마음도 지쳐버린 키쿠오가 이렇게 교토로 돌아온 것은 슌스케가 미사사 온천에서 발견되기 1년 전 여름이었는데, 후지코마는 돌아온 키쿠오에게 아무것도 묻지 않고 새 유카타를 만들어주었습니다.

평소 같으면 며칠 안에 사라지던 아빠가 유난히 오래 머무르는 것에 아야노가 불편해하기도 했지만, 점점 익숙해지고 나니 아무리 떨어져 살았어도 역시 부녀지간입니다.

"아빠! 아빠!"

특별한 용건이 없는데도 그야말로 온 동네가 떠나갈 듯한 목소리로 부르며 응석을 부리고, 셋집 옆에 있는 신사 경내에 키쿠오를 데려가 피구나 롤러스케이트를 해가 질 때까지 같이하게 합니다.

키쿠오 역시 그렇게 딸과 별것 아닌 시간을 보내는 동안 우울했던 마음이 많이 회복된 게 틀림없었고, 이런 별것 아닌 하루를 만들어주는 후지코마에게서 처음 만났을 때 느꼈던 설렘도 되살아났습니다.

"아빠, 도시락은 모래사장에서 먹을 거지?"

"아빠가 들고 있을 테니까, 아야노는 먼저 수영복으로 갈아입지 그래?"

"아, 또 그러네. 아빠, 또 도쿄 사람처럼 말했어."

"어쩌겠어. 도쿄에서 일하고 있는데."

키쿠오의 과장스러운 도쿄 억양이 어울리지 않는다는 듯 아야노가 얼굴을 찌푸립니다.

해변 상점에서 접이식 의자와 파라솔을 빌려 한가로운 평일의 모래사장으로 나오자, 준비를 해준 해변 상점의 남자 알바생들이 차를 구경해도 되냐고 조심스럽게 물었기에, 세차만 해준다면 주차장 안에서 운전해도 좋다고 말하며 선뜻 열쇠를 건네고는 신나서 뛰어가는 그들을 배웅합니다.

"그럼 아야노, 헤엄쳐볼까?"

아야노를 안아 올린 키쿠오가 파도를 향해 달려가다가 그대로 쓰러지듯 바다로 뛰어들면…….

"앗 차가워!"

소리를 지르는 아야노와 파도에 집어삼켜졌다가 푸핫, 하고 동시에 고개를 들자, 하늘에서 내리쬐는 태양에 왠지 까닭 없이 웃음을 터뜨리는 두 사람입니다.

"저기, 아빠. 이번엔 언제까지 있을 거야?"

"왜?"

"그냥."

"계속 있을까?"

당연히 기뻐할 줄 알았는데, 보면 아야노의 표정이 조금 어둡습니다.

"뭐야? 아빠랑 지내는 거 싫어?"

"음—."

"왜 음—인데?"

"아빠랑 지내는 건 좋아. 그런데…….."

"그런데 뭐?"

"토쿠짱이…… 아빠가 집에 있으면 못 오잖아. 토쿠짱, 날 보고 싶어 할 거 같은데."

"아빠가 있다고 토쿠짱이 못 오는 건 아냐."

"아니, 아니, 그건 토쿠짱도 배려할 수밖에 없지."

어른스러운 아야노의 말투에 자기도 모르게 웃음을 터뜨리는 키쿠오입니다.

그런 토쿠지가 그날 밤 불쑥 나타났는데, 아야노는 틀림없이 키쿠오가 자신을 위해 불러주었다고 생각했는지 오늘 밤은 자기가 두 사람에게 맛있는 걸 대접할 거라고 의욕에 불타서 근처 생선 가게에서 빌려 온 큰 나무통에 화려한 회덮밥을 만들었습니다.

다 함께 모인 게 어지간히 기뻤는지 늦게까지 들떠 있던 아야노는 낮의 해수욕으로 피곤했는지, 그야말로 스위치가 꺼진 것처럼 거실의 다다미 위에서 잠들어버렸습니다. 그러자 잔의 술을 브랜디로 바꾼 토쿠지가 모기향을 들며 툇마루로 나가자고 했고, 키쿠오도 얼음 두세 개를 잔에 넣고 작은 정원으로 내려서자 서늘한 나막신 감촉에 "이제 여름도 끝이네" 하고 밤하늘을 올려다봅니다.

"도련님, 얼굴이 아주 좋아졌네."

"그래?"

토쿠지의 목소리에 기쁜 듯이 돌아본 키쿠오가 툇마루에 걸터앉으며 토쿠지의 손에서 부채를 빼앗습니다.

"······그러고 보니, 아야노가 걱정하더라고. 토쿠짱한테 좋은 사람 없냐고."

"헤에, 아가씨가 그런 말을 했어?"

토쿠지가 감동한 표정으로 자고 있는 아야노를 돌아봅니다.

"그래서 내가 대신 말해줬지. 토쿠짱은 하루가 멀다 하고 여자를 갈아치운다고."

"도련님도 참, 무슨 그런 쓸데없는 소리를 해?"

"그래도 사실이잖아?"

"아무리 사실이라도. 애한테 못 하는 소리가 없네."

토쿠지가 몹시 당황하는 모습이 웃겨서 크게 웃는 키쿠오의 목소리에 이끌리듯이, 이번에는 새 얼음을 작은 통에 넣어온 후지코마가 부엌에서 돌아옵니다.

"자, 설거지 다 끝났어. 오늘 밤은 나도 끼워줘."

자기 잔을 내밀었기에 키쿠오가 브랜디를 따라줍니다.

"그런데 무슨 얘기를 그렇게 재밌게 해?"

"아니 그게, 아야노가 토쿠짱이 장가 못 갈까 봐 걱정하더라니까."

키쿠오가 익살스럽게 말하면…….

"아야노 말고도 걱정하는 사람 많지."

후지코마도 한마디를 보탭니다.

"……게다가, 토쿠짱이 자상하다면서 좋아하는 여자가 많잖아. 게이샤 친구들 중에도 토쿠짱 팬이 많거든."

"헤에, 토쿠짱이 그렇게 인기가 많아?"

키쿠오가 놀라는 게 이해가 안 된다는 듯이…….

"무대에서만 내려오면, 나하고 도련님은 막상막하라고."

그렇게 말하며 토쿠지도 크게 웃습니다.

덩달아 웃는 키쿠오의 잔에서 얼음이 녹으며 딸랑거리는 소리가 납니다.

"……슬슬 도쿄로 돌아가야겠어."

키쿠오가 혼잣말처럼 중얼거리지만, 돌아간다고 가부키 무대에 설 수 있는 것도 아니라는 걸 잘 알기에 두 사람은 아무 대답도 할 수 없습니다.

"……여기서 한동안 지냈더니 머리도 몸도 젊어진 것 같아. 뭐랄까, 꼭 오사카에 온 직후에 슌도령하고 둘이서 선생님한테 배울 때처럼. 뭘 보든 뭘 하든 하나부터 열까지 다 신선하고, 가부키가 너무 좋고 연습이 너무 재미있었던. 지금 딱 그때 같은 기분이야. ……아마 아야노하고 너희 덕분일 거야."

말하면서 쑥스러워졌는지, 키쿠오는 일부러 후지코마에게서 시선을 피합니다.

"그래도 그렇게 서두르지 않아도 될 텐데."

후지코마가 걱정하지만…….

"아니, 이제 괜찮아. 생각해 봐. 슌도령하고 같이 필사적으로 연습하던 시절엔 내가 3대손 한지로를 계승하긴커녕 가부키좌 무대에 설 거라는 생각도 못 했을 거야. 하지만 연습하면 할수록 가부키가 좋아졌어. 정말, 지금 생각하면 기가 막힐 정도로 욕심이 없었지. 하지만 지금 내 기분이 딱 그래."

키쿠오의 결심이 흔들리지 않는다는 걸 깨달은 토쿠지는 얼른 세 사람의 잔에 술을 따릅니다.

"그럼 건배하자. 도련님의 제2의 배우 인생을 위해 건배하는 거야. 하지만 도련님. 미리 말해두는데, 처음 시작할 때만큼 만만하진 않을 거야. 가부키좌의 큰 무대는 그 시절보다 더 멀어졌을지도 모르니까."

진지한 토쿠지의 눈빛에…….

"각오는 하고 있어. 역시 난 가부키가 견딜 수 없이 좋거든."

대답하는 키쿠오의 잔에 후지코마가 짠, 하고 잔을 부딪칩니다.

후쿠오카의 오구라小倉역을 출발한 특급열차는 방금 오이타大分

의 나카츠中津역을 지나 온천 도시 벳푸別府를 향해 직행하고 있습니다.

방금까지 창밖에는 햇빛에 반짝이는 스오나다周防灘 내해가 펼쳐져 있었지만, 어느새 선로는 해안선을 떠나 지금은 눈부신 푸른 논을 가로지르며 나아갑니다.

마침 점심시간이었기에 오구라역에서 사 온 가시와밥 도시락을 열어 빠릿빠릿하게 오노가와 만기쿠 앞에 내민 것은 미츠토모의 타케노입니다.

"주스라도 사 올까요? 그런데 그 카트 판매원 아가씨도 아까는 계속 돌아다니더니, 막상 필요할 때는 안 오네요."

타케노가 자리에서 일어나 주변을 두리번거리자……

"자, 좀 진정해요."

만기쿠가 타이르며 작은 도시락통을 손에 듭니다.

일단 좌석에 앉은 타케노도 옆에서 도시락통을 열려다가 문득 자신의 손을 바라봅니다.

아무리 타케노가 지금까지 가부키에 관심이 없었다 하더라도 그의 옆에 앉은 사람은 희대의 여장 가부키 배우니까 원래라면 긴장해야 할 상황입니다. 하지만 타케노는 '화장만 지우면 몸집 잡은 아저씨잖아' 정도로 생각하고 있었는데, 그런 만기쿠가 도시락을 든 손만큼은 조그만 몸집에는 어울리지 않게 커서, 마치 거기에서만 거친 남자가 보이는 것 같습니다.

아직도 독신을 고집하는 만기쿠에 관해 물론 다양한 소문이 있습니다만, 그런 여장 배우를 상대할 때마다 타케노는 언제나 자신에게 '못생긴 여자라고 생각해'라고 타이르는데, 그렇게 하면 일단 상대를 여자로 대하는 것이니 무례를 범할 일도 없고 또 생리적인 혐오감도 줄어듭니다.

당연히 이번에도 정중한 태도를 취하고 있었는데, 만기쿠는 그걸 전부 꿰뚫어 보고 있는 것만 같아 평소와 달리 자꾸만 안절부절못하는 타케노였습니다.

그런데 이 두 사람이 벳푸행 특급열차를 타고 있는 건 뜻하지 않게 산속 온천 마을에서 발견한 슌스케의 재주를 만기쿠에게도 보여주려는 타케노의 속셈 때문입니다.

물론 미츠토모 직원이긴 해도 현재는 오사카의 방송국에 파견 중인 타케노 따위가 선뜻 불러낼 수 있는 상대는 아니었기에 우선은 우메키와 상의해야 했습니다. 실종 중인 탄바야의 도련님이 작은 극장에서 일하고 있고, 거기서 보여준 엄청난 기예가 자신의 마음을 얼마나 뒤흔들었는지 역설한 다음…….

"견습생 제자한테 3대손 한지로의 이름까지 빼앗기고 실의에 빠져 삼류 광대로까지 몰락한 탄바야의 도련님이 만약 멋지게 무대에서 부활한다면 그야말로 센세이셔널한 일이고, 그 과정을 우리 방송국에서 특집으로 방송하면 일대 붐을 일으킬지도 모릅니다."

우메키는 침까지 튀겨가며 열정적인 타케노의 이야기를 가만히 듣고 있었는데, 이윽고…….

"그래…… 다행이군. 살아 있었던 건가."

그렇게 중얼거린 다음…….

"……알았다. 그러면 네가 한번 해봐. 내가 할 수 있는 건 뭐든

도와줄 테니까."

그렇게 극비 기획으로 진행 승인이 내려졌습니다.

그래서 때로는 아파트의 땀내 나는 이불 위에서, 또 때로는 도톤보리의 소란스러운 꼬치 가게 카운터에서 계속 고민하던 타케노가 구상한 부활극의 구도는, 오노가와 만기쿠라는 거물 멘토와 함께 슌스케 스스로 자기가 적통이라는 것을 세상에 증명하는 본격적인 무대에 세우는 것이었습니다.

그때 타케노의 머릿속에 떠오른 것은 3대손 한지로의 이름을 빼앗은 키쿠오를 완전한 악역으로 삼아 대중이 원하는 단순하고 알기 쉬운 구도로 세간의 관심을 끌고자 하는 아이디어였습니다.

실제로 우메키의 주선으로 먼저 만기쿠에게 인사하러 갔을 때에도…….

"그래…… 탄바야의 한야 씨, 역시 죽지 못했던 거군요."

감상에 젖은 듯 중얼거리는 만기쿠.

"좋아요. 제가 만나러 가죠."

그렇게 말하며 중요한 역을 맡아주었습니다.

벳푸에서 가장 큰 호텔 로비에서 타케노가 기다리고 있자 약속 시간보다 조금 일찍 만기쿠가 방에서 내려옵니다.

"옥상 노천탕, 들어가 보셨어요?"

타케노가 스스럼없이 말을 걸지만, 만기쿠는 이곳에 온 목적 외에는 관심이 없는 듯합니다.

"탄바야의 한야 씨는 오늘 밤 우리가 온다는 걸 모르는 거죠?"

"네, 말하지 않았습니다. 아니, 애초에 제가 어떤 사람인지도 잘 모릅니다. 탄바야의 도련님과는 옛날에 딱 한 번 인사한 적이 있었는데 저를 기억하지 못하는 것 같길래 저도 프리랜서 기자라고 거짓말을 했거든요……."

실제로 슌스케는 무대를 보고 감격했다고 말하는 타케노에게 일부러 유카타의 옷깃을 여미며 깊이 머리를 숙였습니다.

그 순간, 이번 부활극의 아이디어가 문득 떠오른 타케노는 여기서 섣불리 행동에 나서지 않는 편이 낫다고 판단해 인사만 하고 오사카로 되돌아왔던 것입니다.

타케노와 만기쿠를 태운 택시는 벳푸 중심가에서 북상하여 간나와 온천지의 좁은 돌바닥 골목에 있는 작은 극장 앞에 정차합니다. 차에서 내린 만기쿠는 곳곳에 붙여진 선정적인 공연 포스터에서 눈을 돌려 유황 냄새 나는 밤바람에 펄럭이는 낡은 깃발을 올려다봅니다.

입구에는 직원 단체 여행을 온 듯한 일행이 유카타 차림으로 늘어서 있고…….

"스트립쇼에서 남자가 필요하다고 하면 내가 나갈 거야."

젊은 남자가 그런 말로 동료들을 웃기고 있습니다.

이 일행의 뒤를 이어 극장에 들어가니 객석은 거의 가득 차 있어서 공교롭게도 나란히 앉을 빈자리는 없었고, 타케노는 우선 하나만 비어 있는 무대 정면 자리에 만기쿠를 앉히고, 자신은 그 만기쿠의 얼굴이 잘 보이는 벽 쪽에 서자 무거운 버저와 함께 객석의 조명이 꺼집니다.

막이 오르며 작은 무대에서 바로 시작된 것은, 얼마 전 타케노가 미사사 온천의 극장에서 본 〈아리마의 고양이 소동有馬の猫騒動〉이었는데, 고양이의 주인인 후지 부인을 괴롭히는 이와나미 상궁 일행의 싸구려 연기를 보는 만기쿠의 얼굴이 점점 고통으로 일그러집니다.

잠시만 참아달라고 기도하는 타케노의 마음이 무색하게, 이번에는 그 싸구려 연극을 보는 취객들이 '천재 배우! 여심 사냥꾼!' 하고 장난스러운 환호를 보냅니다. 타케노가 무심코 '닥쳐!' 하고 호통치고 싶은 기분을 필사적으로 억누릅니다.

그래도 무대 위에서 치졸한 난투극이 끝나자, 만기쿠도 침착해져서 부채로 얼굴을 부치며 무대를 조용히 바라보고 있습니다.

드디어 나중에 고양이 요괴가 될 시녀가 무대에 나타났을 때입니다. 느슨했던 객석의 공기가 지난번과 마찬가지로 다시 팽팽해져 극장 안의 시간만 멈춘 것 같습니다.

디기딩, 디기딩, 디기딩.

독특한 음정의 샤미센과 둥둥둥둥 울려 퍼지는 큰북 소리.

쥐죽은 듯 고요한 객석을 매섭게 노려보던 시녀가, 거기서 무시무시한 고양이 요괴로 빠르게 변신합니다.

무대에 집중해 있던 타케노가 문득 시선을 만기쿠 쪽으로 돌립니다.

부채질하던 손은 딱 멈춰 있고, 경악하듯 부릅뜬 만기쿠의 눈이 무대 위의 요괴, 아니, 슌스케를 가만히 바라보고 있습니다.

디기딩, 디기딩, 디기딩.

디기딩, 디기딩, 디기딩.

무대에서는 주인을 처참하게 죽인 이와나미 상궁에 대한 복수가 시작됩니다. 바닥에서 몸부림치며 괴로워하는 이와나미 상궁을 조종하는 괴물 고양이. 하지만 거기에는 춤의 기초가 없다면 불가능한 선명한 몸동작이 있습니다.

무대를 바라보는 만기쿠의 큰 손이 요괴의 춤을 흉내 내듯 움직이기 시작한 것은 바로 그때였고, 마치 만기쿠까지 무언가에 홀린 것처럼 객석에서 손을 흔들고, 고개를 갸우뚱하며, 때로는 주위를 노려보며 일사불란하게 춤을 추고 있는 것입니다.

무대의 슌스케, 그리고 객석의 만기쿠. 이 두 사람의 공동 공연을 알아챈 사람이 자신뿐이라고 생각한 순간, 타케노의 몸에는 한기가 들 정도의 소름이 돋았습니다.

관객들의 의식을 송두리째 휩쓸고 가는 듯한 박력 있는 연극이 끝나고 막이 내린 직후입니다. 쥐죽은 듯 조용하던 객석에서 갑자기 불이 붙은 듯한 박수. 방금 자신이 무엇을 본 것인지 이해하지 못한 채, 모두가 그 자리를 헤매고 있습니다.

그치지 않는 박수 속에서, 타케노는 만기쿠에게 달려가 밖으로 데리고 나옵니다. 어땠느냐고 굳이 물을 필요도 없을 것 같아 말없이 그 얼굴을 바라보자, 만기쿠도 말없이 고개를 끄덕입니다.

"분장실로 가시죠."

아직도 극장 안에서 울려 퍼지는 박수가 오래된 온천 마을 골목까지 새어 나오고 있습니다.

뒷문으로 돌아가서 말을 걸자 "분장실이라면 안쪽에 있습니다"

라고 극장의 젊은 스태프가 안내해 줍니다. 복도 벽에 죽 걸려 있는 것은 이곳을 방문한 인기 스트리퍼들의 사진입니다.

복도 안쪽, 흙바닥인 공간 너머에 높은 바닥이 있고 몇 명의 배우들이 이쪽을 등진 채 화장대 앞에 앉아 있습니다.

그중 한 사람, 땀범벅인 등을 알전구 불빛에 드러낸 것이 틀림없는 슈스케였습니다.

"실례합니다."

말을 건 타케노를 돌아본 순간, 그 눈이 만기쿠의 모습을 포착했습니다.

그런 슈스케의 눈이 만기쿠가 아닌 그 너머에 있는 누군가를 보고 있는 것 같았습니다. 그리고 무척 긴 침묵이 이어졌습니다.

먼저 입을 연 사람은 만기쿠였습니다.

"내가 탄바야 형님을 대신해서 우선 감사 인사를 해야겠네. 정말로 자기, 살아 있어 줘서 고마워."

바닥 위에 양손을 모은 만기쿠의 손가락을 슈스케가 가만히 바라보고 있습니다.

"……방금 무대, 똑똑히 봤어. ……자기, 가부키가 너무 미워서 견딜 수가 없는 거지?"

순간 슈스케의 시선이 흔들립니다.

"……그래도, 그걸로 됐어. 그래도 하는 거야. 그래도 매일 무대에 서는 게 우리 배우라는 사람들인 거겠지."

이렇게 열정적으로 떨리는 만기쿠의 목소리를 타케노는 처음 들었습니다.

"토쿠짱, 빨리! 뭐 하는 거야?"

자택 맨션 입구에 차를 옆으로 댄 채 키쿠오가 재촉합니다. 조금 전에 일단 조수석에 타자마자 "아, 깜빡한 게 있어!" 하고 집으로 다시 뛰어 들어간 토쿠지를 초조하게 기다리고 있습니다.

그때 조수석으로 뛰어들 듯이 토쿠지가 돌아왔고, 뭘 깜빡했나 하고 돌아보자…….

"선생님이 제일 보고 싶어 하실 거 아냐."

보자기 안에서 꺼내 보이는 것은 키쿠오가 나누어 받았던 백호의 위패입니다.

"그렇겠네."

중얼거리며 키쿠오는 액셀을 밟습니다.

미츠토모 본사로부터 '슌스케가 발견되었다'는 소식이 전해진 것은 불과 한 시간 전쯤이었습니다. 타케노라는 미츠토모 직원이 우연히 발견했는데 함께 살고 있던 하루에도 건강하다고 했습니다. 갑작스럽겠지만 오늘 저녁 미츠토모 본사에 슌스케가 올 예정인데, 앞으로의 일도 논의해야 하니 오사카의 사치코는 힘들어도 도쿄에 있는 키쿠오만이라도 만나러 와주지 않겠느냐는 연락이었습니다.

"10년 만이야."

큰길 신호등에서 멈추자 조수석의 토쿠지가 불쑥 중얼거립니다.

"……'슌도령, 어서 와!' 하고 웃으면서 맞아줄 만한 세월은 아니지. 게다가 어떻게 생각하면, 도련님이 이런 단역만 맡게 된 것도 전부 그 슌도령이 도망친 탓 같다는 생각도 들어. 만약 그때 슌도령이 꾹 참고 남아주었으면, 둘이서 함께 많은 일을 극복할 수도 있지 않았을까?"

토쿠지의 시선이 느껴졌지만 키쿠오에게는 딱히 대답할 말이 생각나지 않았기에, 좀처럼 변하지 않는 빨간 신호를 바라보며 화제를 바꿉니다.

"찾은 사람은 타케노라는 녀석인 것 같아. ……옛날에, 그 녀석과 싸웠던 적이 있었어. 그게, 고토히라였었나? 슌도령하고 〈도죠지〉를 추던 시절이야. 그때는 정말 마음에 안 드는 인간이었지만, 뭐, 이번 일로 용서해 줘야겠지."

꽉 막힌 도로를 빠져나간 차가 미츠토모 본사에 도착한 것은 약속 시간 직전이었습니다. 지하 주차장에서 엘리베이터를 타고 지정된 응접실이 있는 층에 도착하니 복도에 타케노를 비롯한 직원 몇 명이 나와 있었고, 타케노가 두 사람을 발견하고 다가오자 키쿠오가 묻습니다.

"슌도령…… 아니, 슌스케는?"

"저 방에 와 계십니다."

타케노의 말에 토쿠지와 함께 들어가려고 하자…….

"저기, 우선 3대손하고만 만나고 싶으시다고……."

키쿠오가 토쿠지로부터 위패가 담긴 보자기를 받아 들고 문 앞에 선 순간, 지난 10년간의 이런저런 기억과 생각, 마음들이 파도처럼 밀려들지만, 그 무엇도 머릿속에 선명하게 떠오르진 못합니다.

"들어가시죠."

타케노의 말에 천천히 문을 열자, 큰 창문으로 긴자의 거리 풍경을 내려다보던 슌스케가 고개를 숙인 채 돌아봅니다.

뒤에서 문이 닫히는 순간, 얼굴을 드는 슌스케에게 무심코 입을 여는 키쿠오.

"슌도령······."

그대로 말을 잇지 못하고 있자······.

"키쿠짱······ 정말 여러모로 고마웠어. 아버지 일도, 어머니 일도, 정말 신세를 많이 졌네. 정말 여러모로 고맙다······."

슌스케 또한 말을 잇지 못합니다.

또 지난 10년간의 다양한 감정이 키쿠오의 가슴을 뜨겁게 합니다. 괴로운 와중에도 이렇게 감사의 말을 하는 슌스케에게 뭔가 대답해야만 한다고 생각했지만, 머릿속에 떠오르는 그 어떤 말도 지금의 감정을 표현하기엔 부족할 것 같습니다.

다음 순간, 자기도 모르게 슌스케에게 다가간 키쿠오가 눈앞에 서더니······.

"지각이잖아. 배우가 무대를 펑크내면 어쩌자는 거야."

그렇게 말하자마자, 슌스케의 얼굴을 움켜쥐고 그 이마에 있는 힘껏 딱밤을 때렸습니다.

"뭐랄까, 슌도령 얼굴을 보니까 여러모로 안심되더라."

미츠토모 본사를 나온 차 안에서 토쿠지가 중얼거렸습니다.

"······좀 더 다른 사람처럼 되어 있을 줄 알았는데. 도련님, 그렇지? 슌도령은 옛날이랑 하나도 안 변했잖아."

느긋한 말투와는 달리, 토쿠지가 눈치를 보듯 시선을 돌리기에,

키쿠오도 핸들을 꺾으며 대답합니다.

"맞아. 옛날 그대로더라."

하지만 스무 살과 서른 살의 남자가 그대로 똑같을 수는 없습니다. 그게 단지 나이에 따른 외모 변화라면 다행이지만, 아까 재회한 슌스케에게서는 그 이외의 변화, 예를 들어 스무 살 시절에는 웃던 이야기에 더는 웃을 수 없게 된 듯한, 아직 서로 어깨를 두드려줄 수는 있지만 그 힘의 세기가 다른 듯한, 그런 약간의 차가움이 있었습니다.

"아, 맞다. 난 저기서 내릴게."

신호가 빨강이 되자마자 토쿠지가 그렇게 말하더니, 아직 달리는 차의 문을 열려고 하기에…….

"기다려. 위험하잖아."

말릴 틈도 없이 차에서 내린 토쿠지가 눈앞의 횡단보도를 건너갑니다.

키쿠오와 15분 정도의 짧은 재회의 시간을 보낸 후 슌스케는 곧바로 타케노에게 끌려갔지만, 헤어지기 직전에 미츠토모가 잡아준 제국 호텔 방에 하루에와 같이 묵고 있으니까 만약 시간이 된다면 잠깐 만나줄 수 없겠냐고, 하루에에게는 이미 말해두었다고 슌스케가 말했습니다.

슌스케는 그 외에 하루에 일로 사과하지도 않았고, 그렇다고 네가 한심해서 떠난 거라고 키쿠오를 나무라지도 않고, 그저…….

"아이가 있어."

그런 말과 함께 눈을 내리깔았습니다.

토쿠지가 눈치껏 내린 후, 차를 호텔 직원에게 맡기고 로비로 들어간 키쿠오가 프런트로 향했을 때였습니다. 2층으로 이어지는 붉은 융단이 깔린 계단에서 남자아이와 놀아주고 있던 어머니가 이쪽을 물끄러미 바라보고 있습니다.

서로 바라보는 두 사람 사이에는 커다란 화분이 있었는데, 조금 때 이른 달맞이를 연출한 건지 마치 들판처럼 많은 억새가 심어져 있습니다.

그 너머에서 계단 난간에 기어오르려는 남자아이의 손을 잡고 가만히 이쪽을 바라보고 있는 것은 틀림없이 하루에였지만, 겉모습은 옛날과 다르지 않았던 아까의 슌스케와는 달리 이쪽은 분명히 다른 여자, 자신이 모르는 향기가 날 것 같은 요염한 여자가 서 있습니다.

"키쿠짱······."

먼저 말을 건 하루에에게 키쿠오는 살짝 고개를 끄덕이는 것이 고작입니다. 그래도 억새밭을 돌아 다가가자, 사내아이가 멀뚱멀뚱 이쪽을 올려다봅니다.

"꼬마, 몇 살이야?"

키쿠오의 질문에 하루에가 사내아이의 머리를 쓰다듬으며 대답합니다.

"이제 곧 세 살."

"그러면······ 내 아들은 아니네."

살짝 웃는 키쿠오에게, 하루에 역시 고개를 끄덕이며 가슴에 스며드는 듯한 그리운 미소를 짓습니다.

"……키쿠짱이 열심히 하는 모습, 멀리서 지켜보고 있었어."

"변변치 못하지, 뭐. 너야말로 슌도령하고 둘이서 열심히 살았구나."

사내아이가 다시 계단 난간으로 기어오르려 하자, 키쿠오가 그 작은 몸을 끌어안습니다.

"꼬마야, 이름은?"

"오, 가, 키, 카, 즈, 토, 요!"

로비 전체에 울리는 듯한 목소리입니다.

"카즈토요? 한자는 어떻게 쓰는데?"

그렇게 묻는 키쿠오에게 하루에가 손가락으로 허공을 긋습니다.

"한 일一 자에 시아버님 이름에서 따온 풍성할 풍豊 자로 카즈토요一豊야."

키쿠오는 안아 올린 남자아이에게 다시 얼굴을 가까이 대며…….

"훌륭한 이름이네. ……훌륭한 산의 이름이야."

싫어하는 남자아이를 더욱 강하게 끌어안았습니다.

아까부터 토쿠지가 몇 번이나 빨대로 아이스크림을 찔러댔기에 컵 안은 무척 달콤해 보이는 멜론 소다가 되어버렸습니다.

"토쿠짱, 그거 안 먹을 거면 다른 걸 주문하던가."

못 봐주겠다는 듯한 키쿠오의 목소리가 들리는 건지, 안 들리는 건지…….

"도련님, 그때 이후로 슌도령하고는 만났어?"

"그때 이후라니?"

"그, 우리 셋이서 긴자에서 마셨을 때 말이야."

"아니, 그 이후로 안 만났는데."

"왜?"

"왜긴……. 그렇게 매일매일 '슌도령, 놀자' 하고 불러낼 수도 없잖아."

"그렇긴 하지. 나도 뭔가 맥이 빠져서 그래. 지난번에도 그렇게 신나는 분위기가 아니었으니까."

슌스케가 돌아온 지 아직 2주도 되지 않았지만, 미츠토모 본사에서의 재회를 제외하면 그동안 단 두 번밖에 슌스케를 만나지 못했습니다. 2주 동안 두 번이나 만났으니 적다고 할 수도 없겠지만, 실종 전에는 그야말로 친형제처럼 한집에 살았으니까 고작 며칠의 공백만으로도 서운하게 느껴지는 것은 키쿠오도 마찬가지입니다.

그 2주 동안 슌스케는 하루에를 데리고 오사카의 사치코를 찾아갔다고 하는데, 거기서 어떤 대화가 오갔는지는 몰라도 하루에와 아들 카즈토요는 그대로 오사카 집에 남기로 했다는 이야기를 듣자, 그동안 오랫동안 고생해 왔던 사치코가 얼마나 기뻐했을지 상상이 갑니다.

그때 키쿠오가 대신 갚고 있는 빚 이야기도 나왔는지, 얼마 전 토쿠지와 셋이서 10년 만에 술을 마실 때, 갑자기 정색한 슌스케가 시기를 봐서 꼭 자기가 맡을 테니 조금만 더 기다려달라고 고개 숙여 부탁했습니다.

"내가 좋아서 한 짓이잖아. 끝까지 멋진 척하게 해줘."

키쿠오가 그렇게 웃어넘기는데도 슌스케가 고개를 들지 않자, 보다 못한 토쿠지가 중재하고 나섰습니다.

"돈 얘기는 나중에 해도 되잖아."

기왕 돈 이야기가 나왔으니, 배우의 주머니 사정을 언급하는 게 얼마나 눈치 없는 짓인지는 잘 알지만 여기서 이 당시 탄바야의 상황을 조금 이야기하고 싶습니다. 우선 키쿠오가 상속한 일억 이천만 엔의 빚은 줄어들기는커녕 매달 늘어나는 상황이었는데, 왜냐하면 탄바야에는 백호 시절부터의 세 사형들, 즉 하나이 한조, 하나이 유칸, 하나이 사키노스케가 있었고 무대에도 서고 있지만, 이 제자들에게 월급을 지불하는 것은 3대손 한지로의 이름을 계승한 키쿠오의 역할입니다. 게다가 오사카 집에는 사치코 외에 겐키치와 오세이도 있고, 이에 더해 키쿠오 주위에는 토쿠지와 하나요까지 데리고 있습니다.

다행인지 불행인지 〈태양의 카라바조〉의 성공 이후 츠루와카에게 도를 넘은 괴롭힘을 당하던 키쿠오를 미츠토모 본사에서도 조금은 신경을 써줘서 최근에는 그럭저럭 배역을 받고 있지만, 여전히 단역입니다. 그 밖에 키쿠오가 아무리 지방 영업에 동분서주한다고 해도 그야말로 언 발에 오줌 누기, 대해에 떨어뜨린 물 한 방울이라 미츠토모에 가불을 받는 금액이 훨씬 크고, 연말연시에는 아무래도 돈 들어갈 일이 많아지기 때문에 더는 방법이 없을 때는 후원회의 숨겨진 회장이기도 한 츠지무라를 의지할 수밖에 없습니다. 물론 키쿠오의 입에서는 돈 이야기 같은 건 한마디도 나오지 않지만, 규슈 쪽 영업을 다녀오는 길에 츠지무라의 사무소에 들르면 비싼 술과 안주를 대접한 뒤에…….

"자, 가져가."

돈뭉치가 가득 든 종이봉투를 아무것도 묻지 않고 건네주는 것입니다.

백호가 죽은 후 그걸로 간신히 탄바야의 체면을 유지하는 현 상황에서, 야쿠자의 돈에 의존할 바에 제자나 고용인을 줄이는 게 낫지 않느냐는 지극히 정당한 의견에는…….

"바보냐. 수십 년이나 가부키 외길을 걸어온 조연 배우들이야. 선생님도 살아 계실 때 그런 사람들의 층이 두터우면 두터울수록 무대에 깊이가 생긴다고 말씀하셨어."

그런 생각으로 일절 귀를 기울이지 않으며 오늘까지 간신히 외줄타기를 해왔습니다.

아이스크림이 녹은 멜론 소다를 토쿠지가 벌컥벌컥 마셨을 때입니다. 두 사람을 찾아, 하나요가 가게에 들어옵니다. 하나요가 테이블 위로 펼쳐놓는 것은 미츠토모가 보낸 정기 팩스였습니다.

"뭐야, 굳이 여기까지 와서."

"슌스케 씨가 다음 메이지자 극장에서 복귀한다고 적혀 있었으니까, 한지로 씨한테도 빨리 보여주려고요."

읽어보니 확실히 다음다음 달의 공연이 변경되었는데, 오후 공연은 〈가가 미야마의 옛 목판화加賀見山旧錦絵〉로 되어 있는데 이것은 질투와 음모가 소용돌이치는 궁중 여인들의 이야기로, 이른바 괴롭힘을 당하는 내전의 오노에 상궁에 슌스케가 대발탁되었고, 게다가 그 만기쿠가 조연으로 권력자 이와부시를 연기하며 슌스케를 괴롭히는 구도인 것 같습니다.

"어? 어어? 그 만기쿠 씨가 이와부시라고? 주인공인 오노에가 아니라?"

무심코 목소리가 뒤집힌 토쿠지가 말을 이었습니다.

"……그런데 만기쿠 씨가 직접 기획한 공연이긴 해도 괜찮으려나? 슌도령, 10년의 공백이 있잖아. 물론 극단을 돌면서 실력을 키워왔을지도 모르지만, 좀 무모하지 않아?"

"그래도 뭐, 기획한 사람이 만기쿠 씨잖아. 신중한 분이니까 지금의 슌도령이 얼마나 해낼 수 있는지, 제대로 보고 판단한 거겠지."

냉정한 키쿠오의 분석에도 토쿠지는 도무지 이해하지 못하는 것 같습니다.

"그래도 좀 열 받네. ……응, 뭔가 생각할수록 화가 나. 안 그래? 결국 이 세계는 혈통이 전부란 거잖아. 혈통 말고는 아무것도 중요하지 않다는 거잖아. 아니, 물론 슌도령을 나쁘게 말하려는 건 아냐. 하지만 이렇게 10년 동안 필사적으로 살아온 도련님하고, 마음에 안 든다고 불쑥 가출했다가 또 불쑥 돌아온 슌도령의 대우가 이렇게 다른 걸 보면, 누구라도 그렇게 생각할 거야."

내뱉는 듯한 토쿠지의 말을 머리로는 부정하려고 하지만, 왠지 키쿠오의 가슴속에도 그런 생각이 스며들고 있습니다.

지금 입을 열면 역시 원망하는 말을 하게 될 것 같았기에, 키쿠오는 돌아가려던 하나요에게 힘없이 말을 걸었습니다.

"몽블랑이라도 먹고 가."

종연 후 분장실에서 화장을 지우던 키쿠오에게 슌스케가 훌쩍 찾아온 것은 그로부터 얼마 뒤의 일이었습니다.

이달에 키쿠오는 아즈마 센고로의 극단이 기획한 〈카고츠루베 유곽 취성籠釣瓶花街酔醒〉에 출연 중이었는데, 물론 주역급이라고는 할 수 없어도 만기쿠가 연기하는 유녀 야츠하시와 함께 무대에 오르는 유녀 나나코시를 맡았습니다.

혼자 혹은 백호와 둘이서 널찍하게 분장실을 쓰던 오사카 시절과는 달리 도쿄에서는 대개 3인실이나 4인실, 작품이나 출연진에 따라서는 천하의 3대손 한지로가 7인실이나 8인실로 밀리는 경우도 드물지 않았기에…….

"키쿠짱, 있어?"

화장대 거울에 포렴을 헤치고 들어온 슌스케가 방의 모습에 조금 놀라는 얼굴이 비쳤기에, 왠지 키쿠오도 미안하기도 하고 부끄럽기도 해서 당황하며 입을 엽니다.

"들어와, 들어와. 갑자기 무슨 일이야?"

"미안. 계속 전화 주는데 답장도 못 해서."

슌스케가 사과했기에…….

"여러모로 바쁠 거 아냐. 난 그냥, 가끔 술이라도 마시자고 가볍게 연락한 거야."

"오사카에 하루에하고 카즈토요를 두고 왔잖아. 여기서 살 곳도 찾고 하느라 이것저것 바빴어."

"그래서 어디로 정했는데? 이사할 때 도우러 갈게."

"미츠토모 직원이 소개해준 곳인데, 요요기代々木에 작은 집을 빌렸어."

"그랬구나. 우리 집이랑 좀 더 가까웠으면 좋았을 텐데."

슌스케가 극장을 방문한 건 이제부터 위층에 있는 교습장에서 만기쿠에게 직접 교습을 받기로 약속했기 때문이라면서, 모처럼 내놓은 방석에도 앉지 않고 일찍 나갔습니다. 시간이 지나면 사라질 거라고 생각했던 슌스케의 서먹함은 오히려 날이 갈수록 심해졌고, 키쿠오는 다시 거울을 보고 화장을 지우며 만기쿠에게 직접 교습받는 슌스케를 자신이 몹시 부러워하고 있다는 사실을 깨닫습니다.

슌스케가 돌아온 이후, 물론 단둘이 만났던 적도 있었습니다. 다만, 아무리 기다려도 슌스케의 입에서 지난 10년 동안 어디서 무슨 생각으로 살았는가 하는 이야기는 나오지 않았고, 키쿠오 쪽에서 계기를 만들어보려고 백호가 죽을 때의 상황 등을 이야기해도 그저 '미안해. 너한테 신세를 졌네'라고 사과만 할 뿐, 당연하다면 당연하겠지만 이제 10대 시절 같은 편안함은 완전히 사라진 것입니다.

돌아갈 준비를 하고 분장실을 나서자 키쿠오의 발길이 향한 곳은 위층 연습장이었습니다. 배우의 이름과 가문 칭호가 적힌 보관용 상자가 쌓인 좁은 계단을 올라가자 바로 만기쿠의 목소리가 들려옵니다.

키쿠오가 발소리를 죽이며 복도를 나아가자 샤미센이 연주하는 것은 〈처녀 도죠지〉. 먼 옛날, 이 작품을 슌스케와 연기해 갈채를 받았을 무렵의 일이 선명하게 떠오릅니다.

"잠깐, 자기. 그렇게 움직이니까 거칠게 보이잖아. 잘 봐. 이렇게 짠, 이렇게 돌고 짠. 자, 한번 보라고. 춤추는 동안 자기 소맷부리는 흘러내려서 팔이 훤히 드러나는데, 내 소맷부리는 손목에 착 달라붙은 것 같잖아."

다시 연주자의 샤미센이 울리고, 만기쿠의 지도대로 춤추는 슌스케의 소맷부리가 이번에는 제대로 손목에 달라붙습니다.

"······잘 들어, 이것도 기술로 하는 게 아니야. 내가 완전히 젊은 아가씨가 되어버리면 부끄러워서 팔뚝을 드러내지 못하게 되는 거니까. 춤을 추다가 그렇게 된다는 건, 결국 자기가 처녀가 되지 못하고 있다는 증거야."

나무를 보는 듯하면서 숲을 보여주는 만기쿠의 지도법에 저도 모르게 신음하는 키쿠오였지만, 이내 뭔가 스스로도 설명할 수 없는 어두운 기분이 가슴을 조여옵니다.

슌스케도 지난 10년 동안 분명 많은 고생을 했을 겁니다. 하지만 그 역시 놀고 있었던 건 아니었습니다. 그런데도 먼 옛날에 둘이서 춤을 췄던 〈처녀 도죠지〉를 한쪽은 그 오노가와 만기쿠와 함께 공연하고, 다른 한쪽은 그들이 연습하는 모습을 복도에서 훔쳐볼 수밖에 없습니다.

분함에 주먹을 불끈 쥔 키쿠오. 정신을 차려보니 아픔도 잊고 피가 흐르는 것도 잊은 채, 그 주먹을 벽에 힘껏 짓누르고 있었습니다.

"뭐, 하고 있는 거야······."

주먹을 짓누른 채 오사카 억양으로 중얼거립니다.

"뭐 하는 거냐고······."

역시 주먹을 내민 채 이번에는 도쿄 억양으로 중얼거려봅니다. 그러자 이상하게도 오사카 억양 쪽이 더 거짓말을 하는 것처럼 들립니다. 슌도령과 사이가 좋았던, 자기 일보다 탄바야를 먼저 생각하던 오사카 억양이 심하게 거짓말을 하고, 반대로 최근 몇 년간 완전히 익숙해진 도쿄 억양이 귀에 훨씬 익숙하게 들려옵니다.

'……뭐 하는 거야. 이런 데서 이러고 있으면 계속 이 꼴이잖아. ……여기서 기어 올라가는 거야. 여기서 기어 올라가라고.'

벽에 주먹을 내민 채로 계단을 내려가는 키쿠오의 가슴을 그런 말이 가득 채웁니다. 그것은 자기도 처음 들어보는 자기 목소리였고, 무서운 울림이었습니다.

분장실 층에서 정리할 수 없는 기분인 채로, 의상실, 가발실 등에 아직 남아 있는 장인들을 초점 없는 눈으로 바라보며 좁은 복도를 걸어가면 자신이 사용하는 공동 분장실이 있고, 욕실이 있고, 배달 접시를 겹쳐놓은 탕비실이 있고, 그 앞에 상급 배우들의 개인실이 쭉 늘어서 있었는데, 바람이 없는데도 그중 한 곳의 포렴이 크게 흔들리더니…… 그곳에서 젊은 여자가 걸어 나온 것은 바로 그때였습니다. 시선 끝에서 키쿠오를 발견하자마자 그야말로 꽃이 화악 피어나는 듯한 미소를 짓습니다.

"키쿠오 오빠!"

꼭 끌어안다시피 하는 이 여성은 에도 가부키의 간판 아즈마 센고로의 둘째 딸로, 이름은 아키코. 현재는 대학에서 사회학을 공부하는 여대생입니다.

"키쿠오 오빠, 아직 있었네? 아까 대기실에 갔었는데."

기뻐하는 아키코를 바라보며 왠지 또 아까의 목소리가 되살아납니다.
'여기서 기어오르는 거야.'
다만 이번에 들려온 목소리는 틀림없이 자기도 잘 아는 자기 목소리였습니다.

―하권에서 계속

국보 상·청춘편

1판 1쇄 인쇄	2025년 10월 16일
1판 1쇄 발행	2025년 11월 3일
지은이	요시다 슈이치
옮긴이	김진환
발행인	황민호
본부장	박정훈
책임편집	신주식
편집기획	김선림 최경민 윤혜림
마케팅	이승아
국제판권	이주은 김연
제작	최택순 성시원
발행처	대원씨아이㈜
주소	서울특별시 용산구 한강대로15길 9-12
전화	(02)2071-2095
팩스	(02)749-2105
등록	제3-563호
등록일자	1992년 5월 11일

www.dwci.co.kr

ISBN 979-11-423-3429-0 (04830)
　　　979-11-423-3428-3 (Set)

- 이 책은 대원씨아이㈜와 저작권자의 계약에 의해 출판된 것이므로 무단 전재 및 유포, 공유, 복제를 금합니다.
- 이 책 내용의 전부 또는 일부를 이용하려면 반드시 저작권자와 대원씨아이㈜의 서면 동의를 받아야 합니다.
- 잘못 만들어진 책은 판매처에서 교환해드립니다.
- 책 가격은 뒤표지에 있습니다.